本书出版由暨南大学"211 工程"第三期"比较文艺学与海外华文文学"建设项目资助

广东省人文社科重点研究基地：暨南大学海外华文文学与华语传媒研究中心资助

台港澳及海外华文文学与华文传媒研究丛书

王列耀　主编

QUYI YU GONGSHENG

趋异与共生

——东南亚华文文学新镜像

王列耀　等著

中国社会科学出版社

图书在版编目（CIP）数据

趋异与共生：东南亚华文文学新镜像／王列耀等著．

北京：中国社会科学出版社，2011.7

ISBN 978 – 7 – 5004 – 8974 – 0

Ⅰ.①趋…　Ⅱ.①王…　Ⅲ.①中文 – 文学研究 –

东南亚　Ⅳ.①I330.6

中国版本图书馆 CIP 数据核字（2010）第 142676 号

责任编辑　曲弘梅

责任校对　周　昊

封面设计　弓禾碧

技术编辑　李　建

出版发行　中国社会科学出版社

社　　址　北京鼓楼西大街甲 158 号　　邮　编　100720

电　　话　010 – 84029450（邮购）

网　　址　http：//www. csspw. cn

经　　销　新华书店

印　　刷　北京奥隆印刷厂　　　　装　订　广增装订厂

版　　次　2011 年 7 月第 1 版　　　印　次　2011 年 7 月第 1 次印刷

开　　本　710×1000　1/16

印　　张　17.25

字　　数　272 千字

定　　价　34.00 元

前　言

东南亚区域，国家众多，国情各异；华文文学的生存境遇、发展状况，也差异较大。本书仅以华人都是作为所在国的少数族群，而且文学创作相对繁荣的菲律宾、马来西亚，印度尼西亚和泰国为例，尝试性地进行某些探索与研究。

20世纪80年代以来，尤其是90年代之后，东南亚华文文学呈现出的一种新的发展趋势：华人文学与华裔文学，在文学观念、文学主题、创作方法等多方面，产生着互动，在不同中寻求着发展，在存异中寻求着靠拢；共同以所在国少数族群文学的面貌，出现在拥有多元族群的东南亚国家之中。

一　有关的基本词语

目前，学术界不仅对华侨文学、华人文学等概念有着诸多说法；而且，对华侨、华人、华裔等基本词语，也有诸多的用法与阐释。故而，在本论题展开之前，有必要对将要涉及的基本词语和主要概念先作一些清理和界定。

1. 东南亚土生华人、华侨、华人、华裔

对东南亚土生华人、华侨、华人、华裔这几个基本词语的理解，至为重要。因为对这一组基本词语的理解，既决定着我们对创作主体的认定和认识，也决定着我们对东南亚华侨文学、华人文学等概念的认识和阐述。

东南亚土生华人

指20世纪中期以前已经在东南亚生活与繁衍了数代，在某种程度上已经同化于当地社会的早期土生华人。他们有着较为明显的特征：既有来自父系的华人血统，也有来自母系的当地居民血统；既从出生于中国的父亲那里继承了中国的风俗习惯，也从当地母亲那里承受了当地的文化与习俗；拥有倔强、勤劳和聪明的性格，并且崇尚教育和忠诚；他们与中国的联系不多，多已融会于当地社会之中。

在东南亚各国，对土生华人的称呼各有不同：印度尼西亚称为"土生"或"侨生"（Peranakan）；新马（主要是在原海峡殖民地，包括新加坡、马六甲和槟榔屿）将男的称为峇峇，女的称为娘惹，也有统称为侨生的；菲律宾称为 Mestizos；泰国称为洛真；越南称为明乡。土生华人，与19世纪中期以后大批南迁到东南亚的新移民，即所谓的"新客"相比，两者在文化适应、文化特征等方面都有重大差别，所以，许多学者把东南亚的华人社会划分为早期土生华人和新客两大部分①。

东南亚华侨

指侨居在东南亚而仍然保持中国国籍的中国公民，主要是19世纪中期至20世纪中期来自中国的第一代或者第二代移民，是侨居在东南亚而仍然保持中国国籍的中国公民。也就是所谓的"新客"；在东南亚华人中，他们是保持着最鲜明的"中国人"特征的群体。

东南亚华侨的主要特性："包括四个要素：（1）中华民族成分的要素。即具有广义的中华民族血统及其民族共同特征的人（民族成分）"；"（2）侨居海外的要素。主要是以经济、谋生为目的的海外侨民"；"（3）中国国籍继续保持的要素。这是法的概念，是区别于外籍华人或外籍华族的根本依据"；"（4）具有中华意识的要素。整体而言，华侨是一个有强烈中华民族意识的移民群体。就个体而论"，应该是具有"华侨意识的人才能称为华侨"。② 在这四个要素中，尤其是其中侨居国外而保持着中国国籍、保持着强烈的中华民族意识这两个特性，使东南亚华侨在相当长的历史时期中，与其他具有中华民族血统的群体保持着较大的差异。

---

① 曹云华：《变异与保持—东南亚华人的文化适应》，中国华侨出版社2001年版，第361—362页。

② 蔡苏龙、牛秋实：《"华侨""华人"的概念与定义：话语的变迁》，《云梦学刊》2002年第11期。

东南亚华人，有着广义与狭义之分，有着指涉整体与部分的差别。

广义的东南亚华人

泛指在东南亚历史与现实中，"具有广义的中华民族成分的人"。这里，所谓的"中华民族成分"，起码是包括了血统因素、文化与民族认同等含义。简单地说，就是不论是完全、部分或者少部分"具有中国血统"，认同中华文化、认同自己华人身份的人，我们都将其称为华人。如曹云华指出："怎么样来辨别一个人是否是华人呢？根据目前东南亚华人的具体情况，单纯从外表上、血统上、语言上或宗教信仰等方面都难以确认，唯一简单可行的办法，就是根据这个人的民族心理，即他本人的民族认同，他认为自己是华人，那么，他就是华人。作为东南亚的华人，这个提法包含了三层意思，首先，从国籍和政治认同的角度看，他是东南亚人，如泰国人、马来西亚人、新加坡人等等；其次，从民族认同的角度看，他是华族移民的后裔，或者具有华人血统；再次，是从文化认同的角度看，他在文化方面仍然保留了华人的许多特色。"[①]所以，广义的"东南亚华人"是一个整体性的概念，既包括"东南亚华侨"和狭义的"东南亚华人"，也包括在狭义的"东南亚华人"概念尚未出现之前，与"东南亚华侨"概念相对应的"东南亚土生华人"——即居留在荷、英等殖民政权管制下的东南亚，与中国已经基本上失去联系，但在某种程度上"具有中华民族成分"的人。

狭义的东南亚华人

特指 20 世纪中期以后，出现在东南亚新兴国家的具有中国血统的所在国国民；即"具有中国血统的外国国民"——"取得了外国籍而丧失了中国籍的具有中华民族成分的人"；"华人这个新概念，是用来形容第二次世界大战以后，东南亚新兴国家的华裔公民"；"在 20 世纪下半叶，这些侨居华人变成当地公民的过程，却是一种新颖的，也是重要的历史现象"。[②] 狭义的"东南亚华人"，是广义的"东南亚华人"

---

① 曹云华：《变异与保持——东南亚华人的文化适应》，中国华侨出版社 2001 年版，第 9 页。

② 蔡苏龙、牛秋实：《"华侨""华人"的概念与定义：话语的变迁》，《云梦学刊》2002 年第 11 期。

中的一部分，他们主要是由东南亚华侨演变而来。狭义的"东南亚华人"的概念，是与"东南亚华侨"等概念相平行的属于第二层次的概念。

东南亚华裔是指在居住国出生，并且拥有居住国国籍的华人。由于他们都是华人移民的后代，在居住国土生土长，因而往往是华人中"当地化程度更深者"。[①]

2. 土生华人文学、华侨文学、华人文学、华裔文学

东南亚土生华人文学

是指 19 世纪末诞生于印度尼西亚及马来西亚等国和地区，发展与延续了 50—60 年的由早期土生华人用马来由语创作的文学，所以，又称土生华人马来由文学。

东南亚华侨文学

主要是指 19 世纪后期至 20 世纪中期，甚至更晚，侨居东南亚而仍然保持中国国籍的海外华侨创作的文学。

从某种意义上看，东南亚华侨文学，可以说是中国文学的一部分，是"中国文学在海外的一个分支"。因为有不少华侨，尤其是在中国现代文学时期，最终并未成为海外华人，他们选择了"归根"之路。就"国民"身份而言，他们始终都还是中国人。他们在海外的文学创作，确实是"中国文学在海外的一个分支"。

从另一种角度看，东南亚华侨文学，更是东南亚华人文学发展过程中的一个重要阶段，是不可或缺的阶段。东南亚华人文学以及整个海外华人文学，抹去了华侨文学，都将谈不上完整。并且，许多海外华人作家，都经历过由华侨到华人的转变。不少作品，尤其长篇小说的创作，对一位作家而言，就有可能跨越着华侨与华人这两个人生阶段。加之，在早期东南亚华侨作家中，有回归中国与留居当地的不同；而在留居当地者中，又有入籍居住国和保留中国国籍之分。时至今日，那些长期居留海外又始终保留中国国籍的华侨作家，尽管还有，毕竟为数不多。而

---

① 蔡苏龙、牛秋实：《"华侨""华人"的概念与定义：话语的变迁》，《云梦学刊》2002 年第 11 期。

且，为数不多的这类作家，当下的生活方式与创作心态，与现代文学时期归国的华侨作家相比，也已经发生了较大变化。

东南亚华人文学

所谓"东南亚华人文学"的概念，也有广义与狭义之分、指涉整体与部分之分。

广义的东南亚华人文学

是指在东南亚历史与现实中，"具有广义的中华民族成分的人"——不论是完全、部分或者少部分具有中国血统、认同中华文化、认同自己华人身份的人的文学创作。所以，既包括"东南亚华侨文学"、狭义的"东南亚华人文学"和"东南亚华裔文学"；也包括由"东南亚华人"用汉语之外的语言——本地语言、殖民语言等进行的创作；如"东南亚土生华人文学"等。也就是说，广义的东南亚华人文学，强调创作主体是否为广义的东南亚华人。只要是广义的东南亚华人的创作，不论是用中文，还是"用'外语'发出的声音"，都应该归为广义的东南亚华人文学。

采用广义的东南亚华人文学的概念，就是试图能够对东南亚华人文学特殊的历史性、多样性、复杂性，进行一种较为深入的理解和叙事。

狭义的东南亚华人文学

主要是指由于国籍的变化——由华侨身份变化为华人身份的东南亚华人作家所创作的文学。20世纪五六十年代以后，出于种种考虑，越来越多的东南亚华侨，入籍所在国。东南亚国家的华侨社会，也开始转型为华人社会。随着作家国籍身份的转换，东南亚华人文学已经分别归属于所在国文学，而不再是中国文学在海外的支流。

采用狭义的东南亚华人文学的概念，就是试图能够对这种持续了将近半个多世纪，因为创作主体的身份变化导致的多种变化，尤其是其中的多样性、复杂性，进行一种较为深入的理解和叙事。

东南亚华裔文学

是指20世纪中、后期以来，尤其是八九十年代以来，由在居住国出生、拥有居住国国籍的第二代、第三代，甚至有些还是第四代、第五代华人的文学创作。他们不像狭义的东南亚华人那样曾经期望"两栖"，他们认为自己不是中国人，而是入籍国的一个少数族群——华族中的一员；他们自觉地要求政治身份与文化身份的统一，要求能够较好地融入"在地"。他们试图以新的姿态面对和处理"同化"与"融合"、祖国（所在国）和祖籍国（中国）的关系；从而建构一种属于这个族群的新文化、新文学——既不被所在国文化完全同化，也不是他们认为的"中国文化的旁枝末节"。

作为广义的东南亚华人，不论是土生华人、华侨、华人、华裔，最重要的一个共同特点，就是他们对自己具有的华人血统与华人传统的认同。也就是说，不论是完全、部分或者少部分具有中国血统、认同中华文化、认同自己华人身份的人，我们都将其称为华人。同时，也正是因为，都是"具有"与"认同"，却又存在着"完全、部分或者少部分""具有"与"认同"的差异；所以，都是东南亚华人，就有了，或者说，却有了土生华人、华侨、华人与华裔之分别；也就有了东南亚土生华人文学、华侨文学、华人文学与华裔文学的同与不同。

二　创作主体心态的衍化

半个多世纪以来，东南亚华文文学作家的创作心态，已经经历了两次较具规模的转换：从华侨文学到狭义的华人文学，再到所谓的华人族群文学。但是，这两次转换的原因、特点，意义有所不同。

第一次转换，发生在20世纪50年代至60年代前后。转换的主要原因，是因为作家的国别身份发生了变化：由侨居当地的中国公民，变成了所在国的公民。随着作家入籍仪式的举行，几乎是在"一夜之间"，华侨文学脱去了"中国文学在海外分支"的"衣衫"，成为了归属于所在国文学的华人文学。与之相适应，文学的主要艺术视野，也从"面向中国"转向为"面向东南亚"。

第二次转换，发生在20世纪80年代至90年代前后，一直延续至今。转换的主要原因，是因为作家的身份意识发生了较为深刻的变化：由仪式性的入籍——身入心不入或者是身入心未入，转化为实质性的入籍——身心皆入或者是追求身心皆入。这一过程，从时间上看，历经了三十多年，正好是入籍仪式之后出生的一代新人——华裔，出生、成长并涌现为文坛新人的必须时间；从文学观念看，转换途中的文学，自觉地将自己定位为所在国多元文学中的一元——作为华人族群的少数族群文学。与之相适应，文学的主要艺术视野，也从"面向东南亚"转向为"融入东南亚"。如果将第一次转换视之为被动性转换的话，第二次转换，也许就可以被视之为主动性的转换了。

在第二次转换过程中，可以发现许多新的气象：其一，是作家队伍的构成发生了重大变化——土生、土长的华裔作家，以极具冲击力的方式"闪亮登场"，形成一种"新人"与"老人"、华裔作家与华人作家"同台共舞"的新格局。其二，在"同台共舞"的新格局中，由于华裔作家作为"新人"的"劲舞"，不断激起许多新碰撞、新火花、新趋势；又由于华人作家作为"老人"的不甘示弱，争相以新的姿态、新的观念、新的方法作为回应，故而，"新人"与"老人"、华裔作家与华人作家之间，出现了互动、互促的共生趋势。其三，在互动、互促的大趋势中，由于多种原因，华裔作家与华人作家，是异中有同、同中有异；但是，就谋求作为所在国少数族群文学的生存、发展权利与质量，进而以谋求作为所在国少数族群文化的生存、发展权利与质量而言，二者则具有充分的共同性。

为了有别于20世纪50年代至60年代前后的第一次转换，我们将20世纪80年代至90年代前后的第二次转换，称之为当代转型；为了充分认识华裔作家与华人作家在"同台共舞"中显示出的新特征、新气象与新目的，我们将这种异中有同、同中有异，以谋求作为所在国少数族群文学的生存、发展权利与质量，进而谋求作为所在国少数族群的文化生存、发展权利与质量的文学潮流，称之为华人族群文学，或者称之为东南亚华文文学的新镜像。

应该说明的是，东南亚区域辽阔，国家众多，国情各异；华文文学的生存境遇、发展状况，也差异较大。即使在华文文学相对繁荣，而且华人族群在所在国同为少数族群的菲律宾、马来西亚，印度尼西亚和泰国，也存在着极大的差异。例如，同为所在国的少数族群，20世纪50年代至60年代以来，印度尼西亚华人承受的打击和灾难，都更为严峻；佛教在泰国影响极大，伊斯兰教在马来西亚、印度尼西亚影响极大；而天主教在菲律宾影响极大。又如,菲律宾、马来西亚、印度尼西亚曾经有过被"殖民"的历史,甚至被多次"殖民"的历史,泰国则不同。而且,即使一国之内的不同区域,被"殖民"的经历也不完全相同,如马来西亚的"西马"与"东马"。

本课题的提出与展开,具有较大的尝试性,面对着许多困难。故而,我们将试图抓住三个主线:"望乡"主题——从故乡到原乡的转换;"父亲"形象——从强势到"弱势"的嬗变;华人文学与华裔文学在"异族叙事"中出现的多种变化,以探寻华文文学在发展与变化途中的新内涵与新特点,并且试图围绕上述三个主线,通过对华人文学与华裔文学所表现出的异中之同、同中之异的分析,进而探寻在当代转换过程中,华人族群文学在"自我"意识与文化意识等方面的特点、趋势。

目　　录

第一章 "船"与"岸"的回望

作为东南亚华人，不论是土生华人、华侨，还是华人、华裔，都有一个重要的特点：对自己"具有"，或者"部分地具有"的华人血统与华人传统的认同。正是由于以这个共同的"认同"作为基础，使得东南亚华人，生活在不同时空，却拥有一个共同的想象：对自己血统与传统的发源地——中国，作为"乡"的想象。而且，这种想象有如大江东去，坚忍不拔；又如天马行空，时有意外、时有创造。在一百多年的不懈追求与反复抉择之中，东南亚华人文学的所"望"之"乡"，给人一个由虚到实，又由实到虚；由远到近，又由近到远的观感。但是，应该看到，一个时代有一个时代的文学，作为时代的文学必有时代文学的内在追求：在当今的"望乡"想象中，东南亚华文文学中的此"虚"，已经不同于此前任何一种时代的彼"虚"，东南亚华文文学中的此"远"，也已经不同于此前任何一种时代的彼"远"了。

东南亚华文文学中的许多作品，都较为充分地描写了中国移民如何在当地开荒拓土、艰难创业、爱国爱乡等，较为完美地显现了东南亚华侨文学与华人文学时期的文学品格与"家"、"国"意识。

被誉为"印度尼西亚华文文坛开荒牛"的黄东平，自20世纪60年代中期以来就致力于小说创作，是一位横跨了几个历史纬度、经历了由华侨向华人转变的老作家，他的故乡书写就是老一辈华人"故乡"叙事的力证。

在特殊的语境中，为了避免当局的干涉，黄东平的小说多以"荷印"时代为背景，反映中国移民离乡背井，颠沛流离、艰辛悲苦的生活际遇，展示他们与当地原住民一起反殖民主义的斗争风云，可谓20世纪印度尼西亚华侨、华人坎坷历史的记录。在黄东平以华侨生活为题材的小说中，《侨歌》三部曲（《七洲洋外》、《赤道线上》、《烈日底下》）占有重要地位。这一系列小说真实地再现了经受经济灾难后华侨的觉醒，反映了华工在各行各业华侨支持和声援下，与当地工人团结互助，奋起推翻殖民者的伟大壮举。小说塑造了华侨社会形形色色的人物形象，特别对华工形象的描写栩栩如生。

《侨歌》中的主人公大多属于第一代移民，他们对待故国和居住国的态度，也处于情感纠结的矛盾处境中。他们爱自己的祖国，也爱居住国；支持中国的学生运动，也积极领导和参与印度尼西亚的反殖民主义斗争。而黄东平自身的创作，更是为透视那段历史中的"故乡意象"提供了更多思考的空间。

一 "祖辈"与"祖辈"的故乡

如果把华人在印度尼西亚的发展历史分为土生华人、华侨、华人、华裔阶段的话，黄东平对故乡的想象应该是介于华侨意识与华人意识之间，或者说体现了二者的过渡与混合。

在黄东平笔下，故乡不是一个宏大的政治符号，在那些朴实无华的故事中，故乡被建构成一个父亲的"家国"形象，也是他心中摇曳多姿的"故乡"影像。

现实中的黄东平，便有一个令他思绪纷繁的"父亲"。他的父亲是苦难深重的中国大地上一个穷苦人家的孩子。"四岁的时候从闽南内地被卖到一个岛县的大户人家；十岁时，被这个'大户人家'中当上'荷印'当局委任的华人'甲必单'的'祖父'送出洋来。"而被带到"荷印"的父亲，当时只是一个"完全没有人关心的孩子，直至于头上生满了蚤虫……"当"甲必单"的家业被别的子辈耗光时，他就断然独自另外谋生了[①]。对于黄东平而言，富商"祖父"是一个模糊的影子，而"父亲"——受苦受难的华人的典型代表却是清晰深刻的人生记忆。

在黄东平所述说的那个时代，华侨的"母亲"大多留在国内，海外的"父亲"不得不承担着"父亲与母亲"的双重责任。加之，黄东

① 黄东平：《我与侨歌》，载《短稿一集》，新加坡教育出版社1984年版。

平的母亲不幸早逝，父亲成为了儿女们的生活之树与精神之根。所以，父亲在黄东平的生活和生命中，都占有极其重要的位置——"父亲""给我们留下了最宝贵的东西：他用数十年的劳力养育了我们，也用一生的表现教育了我们。尤其是母亲在香港去世之后，他带着我们到南洋来；面对着三个十来岁的孩子，他不但是严父，而且是慈母……身兼两任"。正因如此，以至于当"父亲去世"时，他的感觉仿佛是天塌地陷："一片刺心透骨的声响在我的耳边号叫，在我的脑子里号叫，在我心灵深处号叫。这撕裂我精神的声音，像一把火，我的感情全部烘灼得干枯了。我尽全力想把它甩掉、驱掉，但不能够，它越来越响，有如万斤重闸压下来，压下来……"①

正是这种切身的体验，使黄东平在文学叙述中，能够较为深入和深刻地刻画出东南亚华人对创业、拓荒史上的第一代华侨的情感：刻骨铭心、毫不动摇的信任、依赖与追随。

《侨歌》三部曲中的故事，发生在印度尼西亚独立前的"荷印"时代——主要是在20世纪的20—30年代。应该说，这些关于父辈们的生活和情感，属于父辈们的记忆，并不是黄东平所熟悉的领域，但"儿子"对"父亲"复杂、深厚的感情，使黄东平决心以"宏大叙事"方式进行把握与叙说。对此，黄东平曾说："必须从'荷印'年代写起，而且把它当作一个重点。"②

或许《侨歌》三部曲创作的意图是复杂的。但是还有一层重要的原因——从情感的角度而言，那就是作为"儿子"的黄东平，内心深处有一种永远无法挥去的对第一代华侨——"父亲"的强烈的情感与依恋，并且以此推展至对生活在"荷印"时代的"先辈们"的强烈的眷念。其中也许还隐藏着一种强烈的冲动，那就是要以"父亲"为聚焦点，以"忆旧"的方式，对华侨的历史——带着"浓厚的本族特性"的华侨历史，进行属于华人自己的想象与构建。

在殖民地时代，以及殖民地获得了独立之后，西方人一直都是殖民

---

① 黄东平：《我与侨歌》，载《短稿一集》，新加坡教育出版社1984年版。
② 黄东平：《父亲去世了》，载《短稿一集》，新加坡教育出版社1984年版。

地历史的叙说者。他们不仅用西方的眼神与视角，向全世界讲述殖民地与当地人；也用西方的眼神与视角，向全世界讲述殖民地与殖民地的华侨。19 世纪末至 20 世纪上半叶，土生华人曾经尝试逐步摆脱西方的眼神与视角，尽力讲述殖民地的土生华人自己的生活与自己对生活的思索。但是，由于所使用的语言及其多种限制，其影响与作用都有一定局限。

独立后的文学的一个重要任务，就是要夺回话语的权力。当地人与华侨，也要用自己的眼神与视角，向全世界讲述殖民地的历史，向全世界讲述殖民地的当地人与华侨，包括他们自己的生活与自己对生活的思索，他们的历史与他们对自身历史的思索。艾勒克·博埃默在《殖民与后殖民文学》中曾说："我们已经看到，独立后文学的特点之一就是忆旧。"尽管黄东平欲"忆"之"旧"，不一定就处在艾勒克·博埃默的考察范围之中，但是，他的文学想象显然具备着艾勒克·博埃默所谓"独立后文学""忆旧"的指向："关心回溯历史和重塑过去"——通过"对历史的修补，把一个民族群体成熟的过程叙述出来"，以此"获得一种对过去的控制，赋予它以一种形式"①。

黄东平本人在《我与侨歌》中也有明确的解说："我时时感到：华人（包括华侨和当地籍的华裔）首要之图在于谋取生活资料……他们就是为了生活才被迫漂洋过海；……悠悠千百年，广布各群岛，华人人口发展至千万众，直到今天，还只有各殖民地洋人记存的文字多，由华人自己写下的经历少。遂令那千百年、千万众的种种甘苦，直至近世，少有留存的；教我们后代的人，无从聆其心声"，"虽然由于年纪关系，我更熟悉的是以后各时期的华人社会生活，可是，'荷印'时代已日渐远去，当日华人的生活渐不为人所知。目前，尚能熟知其事的只剩老年人了。是则当日华人在殖民者压迫下那段困辛的生活，以致对这统治的仇恨和反抗，越加没有人能加以记录了；何况这段时期，也是华人生活尚带着浓厚的本族特性的年代。所以，我必须把我所知道的反映出

---

① 〔英〕艾勒克·博埃默：《殖民与后殖民文学》，盛宁、韩敏中译，辽宁教育出版社、牛津大学出版社 1998 年版，第 228 页。

来"。他又说："故这小说，我曾把它作为对父亲的纪念。"①

就这样，作为"儿子"的黄东平，是被自己"心灵深处号叫"和"撕裂"、"精神的声音"所驱动；作为"第二代"华侨并且成为华人的黄东平，又是被自己强烈的"忆旧"情结和参与"叙述"的责任感所驱动；几乎是无可逃避地"被投入"到重写"我所知道"的"父亲"，重写"我所知道"的"父亲"那个"年代"的"宏大叙事"之中。

黄东平重写"父亲"与"父亲"的那个年代，与后来的中国作家莫言写《红高粱》以"我爷爷"、"我奶奶"拉开故事叙述时空的"回溯式"描写不同；他采取的是收紧故事叙述时空的"进入式"描写。莫言的好处是以所谓的"个人"视角极力渲染了历史的苦难，把"我"与历史直接重叠起来，又和历史本身保持了一段审美的距离。黄东平则是运用了让历史在时间中重现自身的叙述方式，"我"是隐没的，然而这种表现方式，更能真实再现苦难的华侨历史，而个人对历史的思考也就在血与泪的事实中得到了模塑。

"故乡"在黄东平的文学想象中，牵系着"父亲"身上的关于故国的记忆与痛苦，牵系着"父亲"在漂泊流离中的苦难沉寂，牵系着"父亲"在印度尼西亚的苦难岁月中对故乡的感情——爱着、心痛着、眷念着、远离着。

二 "船"与"岸"的想象

然而，故乡与异乡之间似乎还有着一种另在的联系，这种联系，在《侨歌》中被一个新的意象建构起来，那就是——"船"，船载着"父亲"离开了一个"苦难深重的中国"；"船"又载着"父亲"——作为"海外孤儿"，开始了在殖民统治的血海中、在"孤苦无援"的心海中的双重漂流。

在"父亲"以及"父亲"之前的那些年代，船是必不可少的工具和中介。大大小小的船、各种各样的船、各个国别的船，把中国人，尤

---

① 黄东平：《我与侨歌》，载《短稿一集》，新加坡教育出版社1984年版。

其是沿海的中国人，更主要的是把沿海的中国男人——华侨文学中的"父亲"，用各种各样的方式，载到海外、留在海外、抛在海外，并且，使他们成为了所谓的华侨，日复一日地"漂流"在海外。

在"南洋"的生活中，特别是在"千岛之国"，国与国之间，岛与岛之间，甚至城与镇之间，都得靠船来联络与维系。"父亲"的生存，"父亲"与"父亲"、"父亲"与妻儿及亲人之间的联系，也都不得不依赖于大大小小、各种各样的船。《侨歌》中，作者描写的就有"芝"字号远洋船、岛际航行的"班船"、"内河的汽船"，以及"大木船"、"舢板"等。

由于旧中国"苦难深重"——官、匪、寇等横行乡里，百姓难以生存，才造成了一代又一代民众的被迫流亡——像"阿贵"们那样，卖儿卖女来到"南洋"；成为流落海外的孤儿。"船"载着中国人"出洋"、"过番"，把本在大陆上生存的中国人，变成了在"七洲洋"外漂泊、流浪的华侨——"海外孤儿"。不论正"在船"，或曾"在船"的中国人，都对正在之"船"，或曾在之"船"心惊肉跳；都对"船"过七洲洋心如刀绞："华侨的心目中，一向把七洲洋当作中国与南洋的界限。所谓'过番'出洋，'出'的就是这个'洋'，过了洋，也就是'番'了。因而，以往的年代，多少出洋的华侨，在这'洋'上，对着乌黑汹涌、不知多少深浅的海水，心如刀割，回首北望，痛哭流涕，叫着亲人的名字，槌胸跳跃，几至于要蹈海自尽！这些往事，更引起了搭客们无尽思乡，有的一声长吁，不断地摇头；有的回过头去，呆望着海水，眼里噙着泪，一言不发……"①

中国正在"苦难深重"中，载着"父亲"的华侨之"船"——"坷埠"的整个"华侨社会"，不得不"在别族中间靠自力求生"，"在殖民者压迫屠戮下生活"。"第一次世界大战已经过去了十年。由于战争的需要而呈现的'繁荣'时代早已过去了。'不景气'的侵袭，'宗主国'的加紧搜刮，使南洋群岛的居民处在极度穷困苦难的境地。"②

---

① 黄东平：《七洲洋外》，新加坡岛屿文化社 1998 年版，第 56 页。
② 黄东平：《父亲去世了》，载《短稿一集》新加坡教育出版社 1984 年版。

具体来说，那就是在荷兰殖民当局"坷埠"县政府的"治理"之下，种族歧视、军警横行，再加上荷商的欺行霸市，"中国人大街"处处人心惶惶——不能"回家"的"海外游子"、"海外孤儿"，破产的破产，沦落的沦落；更有的只好隐入深山老林，与各族的山民结婚生子，脱离"华侨社会"。整个"坷埠"的"华侨社会"，就是一艘在海上漂流的孤舟陋船，孤苦伶仃，无依无靠，听凭风吹浪打，随时都有倾覆的危险。

对此，作者曾经说过"这部小说的写法"："我不准备像某些名著以一个家庭为中心来写，我要更广泛地反映这个'华侨社会'，使我熟悉的、在那个时代有代表性的人物的生活都得到反映。"① 所以，《侨歌》三部曲重点不是在写哪一个具体的"海外孤儿"；而在于，整体上把"坷埠"的"华侨社会"，视作了"一个海外孤儿"。"作家写他们孤儿的遭遇，写他们的童年，混血杂种等，来表现由殖民主义造成的生离死别的痛苦，这些比喻都强调失去了群体的维系，与历史沟通的脐带被切断了。"②

从这个意义上看，"坷埠"的"华侨社会"，不仅是一艘现实意义中的孤舟陋船；更是一艘心灵意义中的孤舟陋船。尽管华侨以及"侨生"，都想为正在漂离中的孤舟陋船"系"上一根与"陆地"——祖国，相连接的"缆绳"，以减少心灵中的漂流感；但是，所有的努力，都未成功。例如：华侨和"侨生"都很"重视'读书识字'"，而且非常明确他们要读的书识的字"并不是对任何书，任何文字，而只在于是中国书、中国字！这是他们对全体华侨，尤其是对下辈的深谋远虑，读中国书、识中国字，有了中国文化，才能怀念、记住唐山祖国，才是一个中国人。否则，就是'归番'了。在他们的认识中，这是一个最紧要的关键，是让不让自己的下一代还成为中国人的大问题"。他们并不成功，他们仍然不断尝试，包括从中国请秀才到"坷埠"教书。

"三十多年前，还是光绪年间，这坷埠出现了一家侨生富豪。这侨

---

① 黄东平：《我与侨歌》，载《短稿一集》，新加坡教育出版社1984年版。

② ［英］艾勒克·博埃默：《殖民与后殖民文学》，盛宁、韩敏中译，辽宁教育出版社、牛津大学出版社1998年版，第217页。

生在海外住上几代人了，到林显臣手里才'发达'起来。""荷属东印度政府……请他做官：做华人'甲必单'，管理埠中华人事务。他身为侨生，做了荷兰人的官，却又很重视中国的教育、风尚——当日各埠的侨生富豪都是这样的。于是特地从唐山聘来了一位颇有名气的秀才，专教自己的子弟诵读四书五经。而且，一切按故国的'礼度'办事：祭孔拜师，小学生们都穿长衫马褂，戴瓜皮帽。于是，这'盛事'成为埠中多少年的'美谈'。这事，除了林家夸耀豪富、表示不忘故国外，似也因为林显臣觉得，只有这种教育才能坚固自己的大家业。……待到'甲必单'去世，家道也逐渐衰落了。他的下辈一反'遗志'全盘趋向欧化，一切学荷兰人的样。萧志卿（秀才）也就离开他家。"[①]

华侨和侨生在"自己"最"发达"的时候，从中国请来"一位颇有名气的秀才"，一切按中国传统"行事"，也依然无法给孤舟陋船系上一根"缆绳"；既改变不了孤舟陋船的继续漂流，更不可能减轻"船民"的漂流感。可见，要挽住在血海与心海中越漂越远的孤舟陋船，"唐山""秀才"不堪此任——旧中国、旧文人、旧传统都不堪此任。

在《侨歌》中，徐群是一个新型人物，他不是华工，身上似乎更少悲苦的色彩。徐群的登船，与"阿贵"的登船同时发生。而且，他们所"登"，都是同一条船。但是，"阿贵"之"登"，在作家的叙述中，犹如上几代的漂流者一样，作为"劳力"，仍然是为了个体性的生存"谋取生活资料"，充其量只能做个"光宗耀祖"的"个体户"。徐群之"登"，在作家的叙述中，则是"七洲洋"外自有中国人以来的新鲜事；作为"劳心"者，他不是为了个体的"谋生"，而意在做一个付出型的"点灯者"——是要送去一些光亮，要去拨亮"一船人"的心灵之灯。

在"出洋"所"搭"的"芝"字号轮船上，徐群就表现出领袖才能：他给搭客讲解华人出洋的历史，讲出了作为全书灵魂的名言："没有华侨，就没有南洋群岛的开发。"他帮助船友与用开水烫人的水手论理，制止安汾籍水手水枪射人；与船长交涉，要求开放餐厅给浑身湿透

---

① 黄东平：《七洲洋外》，新加坡岛屿文化社 1998 年版，第 104 页。

的散客等。"搭客们立即传开了。说咱们船上有了一个'能人',能出头露面替大家办事。于是大家……什么事情都找上他来了","跟徐群站在一起……不少相识的人,都跑来接近徐先生"。特别是经过几次与船上"恶人"的争斗,"阿贵"就已经将年龄与自己相差无几、而且也是第一次出洋的徐群,视为自己的朋友、知己和依靠。碰到疑难之事,"阿贵"和其他"搭客",都会不由自主地"靠"到徐群身边;到达"坷埠"之后,"阿贵"最想念与想见的,第一是他在"家乡"的亲人——老母、妻子、女儿,第二就是在"旅途"中结识的亲人——徐群。随着时间的推移——母亲、妻子的先后故去和女儿的失踪,在"阿贵"心目中,最重要的亲人和可依靠的就是徐群一人。正是在徐群的点拨下,"阿贵"和一些贫穷的"搭客",才懂得要活得像人,要为人的活法而努力而抗争。可见,徐群的登船——而不是"阿贵"的登船,成为"离岸"叙述的焦点与亮点。

也正源于作家这种带有"南洋特色"的"想象",徐群登"船"之后,竟然能以一介书生、两袖清风之身,拨动正运载"父亲"在血海与心海中漂流着的"孤舟陋船",并且,打造出一根"连接""船"与"岸"的"缆绳"。

徐群的离船登岸——到达坷埠,才是他的"旅途"和使命的真正开始。也就是说,徐群的离船登岸,恰恰是他的离"岸"登"船"——从"祖国"之岸,踏上了漂泊之"船",踏上了他欲去为之"付出"的所在。因而,在20世纪20年代最后两三年的某一天,徐群的离船登岸,准确地说应该是徐群的离"岸"登"船"——到达坷埠的时间,就顺理成章地成为了《侨歌》三部曲的叙述的开始。

徐群登"船"之后,也就是他的"在船"——在"孤舟陋船"上的活动和影响,更是小说叙述的重心,在某种程度上,甚至可以说是小说叙述的主体。

"坷埠""远离中国大地两千多海里的南洋群岛的南端",是"荷兰殖民地东印度的一个大岛"上的一个市镇。它"离开别的城市远,中间隔着原始森林地带,与外界的交通只靠海路,深入内陆则靠河流"。岛上的"中国人大街",基本上是一个"商业社会"——所有人都与经商有关，要么是商号的"头家"、伙计，要么就是"头家"的家眷或者他们所收留的"难民"。在殖民政权的多重压迫下，在失根的煎熬中，坷埠华侨社会这条"船"以及"船"上的所有"搭客"，都成为了在"海"上漂泊的"苦儿"与"孤儿"。

为了系住这艘"孤舟陋船"，许多人付出过努力，但是都未能成功。徐群未到之时，人人都对这艘"孤舟陋船"丧失了信心：从中国请来的"老秀才""教学"的失败，在宣告旧中国、旧文人、旧传统不堪重任的同时，也标示着早期侨生所做努力的失败；当年追随过孙中山、参加过兴中会的卢仰山，目睹"党部"的腐败，发誓退出公共事务，宣示了又一种失败——"党部"的变质而导致的人心涣散。

徐群一登"船"，就坚持把省下来的路费——"侨胞们的血汗钱，一定要归还大家"；他开办夜校，为众多年轻人无偿授课；他敢于和洋人争斗，不怕坐牢、不怕诬陷、不怕杀头，他告诉学生："中国人民苦难的真正原因，国民党破坏合作，排斥异己，实行一党专政，招致帝国主义的侵略……"他教导学生："'反对殖民主义'并不是叫我们去憎恨所有的荷兰人，找事情去跟他们敌对。我们所要反对的是他们的制度：他们派军舰架大炮到别人的土地上来，他们把当地人的土地强占了，把当地的财物都抢走了，还要当地人永远给他们做奴隶。因此，不仅仅华侨受到殖民主义的压迫，当地人更受到压迫。我们和当地人应该反对的是这种殖民主义！"他带领学生，深入到矿山、农村，联合各个种族的矿工、农民，共同抗击殖民者及其走狗。徐群的人品、才能、胆识，很快就在华侨中得到了广泛的认同："这位新教师确乎有两手，大学生到底不同哪！""黄坤山佩服徐群的慷慨和无私，清泉叔赞许他的敢出面协助唐人，财富伯、周慎修赏识他的认识和见解；但大家都称赞他的不怕洋人，原因是，海外华侨受尽殖民者的残虐，渐渐地觉得处处不如人，于是，'不怕洋人'就会在侨众心中激起更大的回想。"[1]

徐群登"船"，很快就显示出中坚与领袖的作用——促成与造就了两个"相连"：其一，在"孤舟陋船"上，聚集人气、凝聚人心，使

---

[1]　黄东平：《七洲洋外》，新加坡岛屿文化社1998年版，第111页。

"华侨社会"人与人、心与心相连。其二，启蒙救亡、提倡反抗，使"船"与"岸"的心灵航向，既相望，又相连。

在《我与侨歌》中，黄东平曾说："我不准备以一个主角串贯全篇，因为我觉得在我准备写的华人的生活里，这样做是不恰当的。我要用几个角色来分担这使命，在我这作品里的人物将只有重要和次要之分，写法只有繁简之别，各人物都在作品里承担一定的使命，并没有非他莫属、驰骋全局的英雄角色。"① 黄东平也尽力这样做了：他写了徐群的登船而"来"，也写了徐群的登船而"归"——重返上海；徐群的离去，使其"在船"的"历史"未能"串贯全篇"。同时，作者还"推出"了许多"主角"，有满腔热血、回国捐躯的冯群，有"接替"徐群继续"在船"的少华、吴阿贵等。

艾勒克·博埃默认为：文学家通过"对历史的修补，把一个民族群体成熟的过程叙述出来，这在一个民族的自我想象过程中起着至关重要的作用。过去的典型事件被作为寓言加以展开，或加以简化，成为经验教训的实例，这都可以成为解放事业理想的结晶和升华"② 黄东平重写"父亲"与"父亲"的那个年代，实际上就是有心亦有志于"对历史的修补"。而且，这不仅是在"修补"，更应该说是在恢复"父亲"的历史，恢复印尼华侨的早期历史。可能正是这样一个原因，黄东平对徐群的关注与想象似乎超出了原来的"准备"：徐群走了，徐群对"船"的爱心与关心没有"走"，他只不过是换了一个角度——由"在船"转换为"在岸"，依然关注与牵扯着这艘"船"；"船"对徐群的爱护与信服也没有变，况且，徐群已经培育出了许许多多"在船"的学生。所以，尽管徐群走了，徐群的精神与影响已经"串贯全篇"，徐群所代表的正在孕育中的新中国、新文人、新传统也已经流润于"全篇"。

黄东平创造的"徐群和他的学生"，多少有些类似艾勒克·博埃默所说的被"展开"、"修补"过的民族群体成熟的过程的"寓言"。多

① 黄东平：《我与侨歌》，载《短稿一集》，新加坡教育出版社1984年版。

② ［英］艾勒克·博埃默：《殖民与后殖民文学》，盛宁、韩敏中译，辽宁教育出版社、牛津大学出版社1998年版，第211页。

少年来，"孤舟陋船"都在谋求一个或者谋求一群众望所归的领航与把舵人；"老秀才"、"国民党员"、大小头家与众多伙计、工人都不堪此任，唯有离"岸"南来的徐群和他培育出的一批仍然"在船"的传人才有可能担此重任。

黄东平写作《侨歌》的时候，20世纪中国文学已经走过了启蒙与救亡，进入了"当代"时期。"五四"新文学中，知识分子领风气之先，登高挥手、四下响应的"启蒙"模式已经辉煌不再。相反，对知识分子的质疑与对其软弱性的透视，以及类似对"阿贵"式"劳力"者的高贵品质的挖掘，反倒成为20世纪中期中国文学的时尚与潮流。但是，"在船"的黄东平，对中国现当代文学中曾经一时的时尚与潮流，并无感应。一味从"船"——包括华侨与部分土生华人的角度，坚持与中国文学中"启蒙"模式相"呼应"；并且，把启蒙与救亡的希望、想象，都放在了到达"坷埠"的第一个"中国大学生"徐群及其传人身上，以及他所代表的正在孕育中的新中国、新文人、新传统之上。

黄东平虽然应该算作第二代华侨——主要生活在"海外"。但是，他与一般的第二代华侨又有不同，他少年时代还具有中国经验。在一段时间内，这种中国经验或多或少地影响着他作为"船"对"自己"、对"岸"的言说与想象。在《留在中爪哇的岁月》中，他曾说："回国后在家乡所受的影响，我总觉得华侨是落后的，南洋的生活环境不及中国，尤其比不上香港，我更想住在香港。……而当华侨，在我今天权衡起来，也并没有失悔，反而颇觉庆幸。"也就是说，作为初期华侨文学的代表，黄东平曾经"觉得华侨""落后"。但是到了后来，他自己纠正了这一来自"少年"的"经验"，并且，随着时间的推移，还调整了自己对"船"与"岸"的整体性想象。

后殖民主义理论认为"在殖民地世界，无论是本土人还是移民者，他们都相信高等文化和意义来自别的地方"①。今天看来，黄东平之所

---

① ［英］艾勒克·博埃默：《殖民与后殖民文学》，盛宁、韩敏中译，辽宁教育出版社、牛津大学出版社1998年版，第215页。

以相信"别处",胜过相信"自己",也可能有着殖民地社会"遗留物"的影响;但是,更具决定性的影响,应该来自他视中国为"岸",视所在地为"船"的华侨心态。而他个人的"中国经验",则正好强化了他在重写"父亲"与"父亲"的那个年代时的华侨心态。当然,随着后来的身份变化与心态变化,他对"船"与"岸"的整体性想象也发生了变化;但此时他的创作心态与创作,已经成为印尼,乃至东南亚华人文学中的一段珍贵的历史。

三　在回首中重构历史

马来西亚华文文学,与东南亚大多数国家的华文文学一样,经历了由华侨文学到华文文学的转变。就其所呈现的族群的身份意识而言,经历了由华侨意识到华人意识再到"华族意识",这样一个由"三段式"体现的发展过程。

在华侨文学时期,华侨的身份意识较为单纯。作为中国的海外侨民,他们直言不讳地声明:我是流寓在马来西亚的中国人。不脱离当地"华侨社会"、爱国爱乡;与巫、印等民族友好相处,为所在国的国家独立和经济发展作出贡献,这是他们重要的处事准则。这种单纯、明了的身份意识及其表达方式,体现与代表着东南亚华侨意识在历史发展进程中的主流和亮点;同样,对这种较为单纯和明了的身份意识的发掘、赞美与歌颂,也成为了马来西亚华侨文学及其东南亚华文文学多年以来所展现的主流和亮点。

李永平早期的小说,取材与表现的角度则较为奇特——多是反映马来西亚华侨身份意识中阴影的一面——用强化与强调的方式,从反省与救赎的角度,揭示出在特定的历史时期与特定的区域内马来西亚华侨、华人身份意识中的阴影。

李永平学习华文并开始华文写作的时代,正好是马来西亚发生较大变化的时代:1957年,马来亚独立;1963年,马来亚,即西马——马来西亚的政治经济中心,与北婆罗洲的沙巴、沙捞越即东马,以及新加坡共同组建为马来西亚联邦;1965年,新加坡退出;马来西亚于是形成现在的国家格局。一句话,是一个逐渐由殖民地走向独立国家的时代。

李永平的小说，大多不是描写时代的巨变，而是描写时代巨变之前，也就是在殖民地时期，发生在东马——北婆罗洲的沙巴、沙捞越的一些涉及族群间恩怨情仇的故事。

艾勒克·博埃默在《殖民与后殖民文学》一书中认为："任何一个新的独立实体——也许有人还要说，在争取独立过程的每一个新的阶段——都需要这个民族国家在人们的集体想象中重新加以建构；或者说，让这种属性化作新的象征形式。"① 我们也可以把李永平小说中涉及族群间恩怨情仇的一些故事，看做是他对东马殖民主义历史进行的一种有意的回想与重构。

李永平在小说中对"英属婆罗洲"殖民历史的回想与重构，富有较为浓烈的个性化色彩。他所要描绘的殖民者，不是像我们在许多作品中常见的那种——无处不在、凶神恶煞的暴君；相反，殖民者要么是尽量被推向"虚化"，要么是被描写得有点像，起码是在外表与行为举止方面，有点像温和文雅与友善类型的统治者。

由于李永平在《婆罗洲之子》、《拉子妇》等作品中，把作为"统治者"的"白种人"尽量推向"虚化"，有批评者曾经称这种做法是对殖民历史的"冻结"：《婆罗洲之子》"谈到殖民政府的地方只有一处：'后来我听拉达伊讲，那便衣的支那（即华裔警察）叫做暗牌的。拉达伊还说，这个时候，我们这个地方是被白种人管的。'除了这些代表殖民国家法律外，在作者的全文里都没有出现跟殖民政府有关的描述。""由于殖民情境是被隐藏的，所以，作者在铺设小说情节时，难免有将殖民者建构的'种族'意识形态具体化的嫌疑。"②

温和文雅与友善类型的统治者，较为典型地出现在短篇小说《支那人——围城的母亲》中。作为殖民地"主人"的"英国人"——"镇上洋行的经理"，长相外貌、行为举止都较为温和、文雅和友善。

----

① ［英］艾勒克·博埃默：《殖民与后殖民文学》，盛宁、韩敏中译，辽宁教育出版社、牛津大学出版社1998年版，第211页。

② 林开忠：《"异族"的再现？——从李永平的〈婆罗洲之子〉与〈拉子妇〉谈起》（上），［马来西亚］《星洲日报·文艺春秋·评论》2003年7月1日。

"他"有两个明显的外在特征：身材特别瘦长，喜欢咧着嘴向人笑。"身材特别瘦长"，给人一种文弱而非强悍的感觉。"喜欢咧着嘴向人笑"——"这个英国人平日咧着嘴向人笑，使他那两撇长长的黄胡子高高地翘起来"，则给人一种温和而非暴戾的印象。

这两个外在的特征，加之他喜欢与华人像朋友般交谈的"做派"，使"镇上的人都觉得，他和那些冷头冷脸的英国人不一样"——不是一个暴君型的统治者，而像一个温和文雅、笑容可掬、关心他人的"朋友"。

"他"是在一种非常紧张的情势之下——"拉子们已经将这个镇子围了三天"，"屠城"即将发生之时出场的：

> 这一带纵横百里的河谷和连接的山地，遇到几十年不曾见过的大旱，接连三十多天一滴雨都不下来。那些疏疏落落地散布在河谷里和山地上的拉子村落，像发生了瘟疫一般……拉子们的稻子都已经死了。饥荒跟着便来到。……十几天前的半夜里，饿得发疯的拉子闯进河上游的一个小市镇，将一条街上的十多店铺放一把火烧了，所有可吃的东西都抢去。……镇上人心里明白，拉子们只等一个夜黑风高的晚上，便杀进城里来。

天色已经接近黄昏，"他"出现在小镇的街面上，一边依旧"咧着嘴笑"，一边与"我"的"母亲"打着招呼、拉着家常。只有一副戎装——"头上，歪歪地戴着一顶灰色的帽子，身上穿着一件很不合身的褚黄色警官制服，腰间挂着一把手枪"，透露出"他"既为商人，亦为殖民地占领者的特殊身份。

"他"的第二次出现，是在"英国人的洋枪"和"雇用的马来警察"击溃了围城的"拉子们"之后："那个英国人又咧嘴笑起来，用一种轻快的声调"来给"我"的"母亲"报信：

> "我们把拉子赶走啦！"
> 他看着母亲，等待着，脸上带着愉快的表情。

　　这个"白种人"的做派，显然与一般的"统治者"——人们在作品中常见的殖民地的"白种人"不太相同——他与殖民地居民的关系，倒有点像"朋友"。

　　在对历史的回想与重构中，作家对"英属婆罗洲"的殖民者作如此特殊的"处置"，必定会有多种考虑与原因。其中，也许既与"英属婆罗洲"的特殊历史有关，也与作家观察及回想、重构历史的方式有关。

　　"东南亚地区是一个多民族地区，西方殖民者总体上对东南亚本地人民采取白人至上的种族歧视政策，针对东南亚多民族的特点，还推行增加多民族程度和强化已存在的民族障碍的政策。前者表现为鼓励外国移民，后者表现为分而治之。"①

　　"分而治之"，是殖民者的一个主要统治策略，也是殖民者的一个一贯性的统治策略。但是，当它表现在马来亚与落实在北婆罗洲时，有着一些重要的区别。

　　在马来西亚半岛（1963年马来西亚成立前称为马来亚），马来人、华人和印度人构成的三大族群占了人口的绝大多数。英国殖民者为了贯彻"分而治之"的策略，在那里主要是人为地制造三大族群之间的差别、矛盾，从政治、经济等方面分离与分隔马、华、印三大族群，以防止他们团结一致反对殖民统治。他们"一方面将马来人定为合法原住民，一方面又通过法律将马来农民圈定于农村从事农耕劳动。与此同时，又大量引进华人和印度人到橡胶园和锡矿充当劳工，开发殖民地经济。他们在经济上利用华人和印度人，而在政治上培植马来人，只有马来人才能充任殖民地官吏：警察和军队，人为地制造种族差别，为马来亚的种族冲突埋下了祸根"②。

　　在北婆罗洲，族群的构成与"马来亚"不同——当地土著族群在人口比例中占压倒性多数。加之，北婆罗洲在英国的整个马来半岛殖民地中，是最后一个被侵占的地域，殖民统治本身就带有了一些特殊性。

―――――――――――――

① 孙福生：《西方国家的东南亚殖民政策比较研究》，《厦门大学学报》2005年第1期。
② 同上。

"达雅克"人——又被称为"拉子",指生活在北婆罗洲的所有非穆斯林土著,因而,包含了伊班人、比达优人等诸多土著族群在内。早在18世纪,荷兰人就把婆罗洲内地的族群称为"达雅克"(Dajak)了(Aveand King 1986:10)。刚开始的时候,伊班人称为"海达雅克"人,而第一行政区的语言繁杂的一个内陆族群(今天称比达优人)则称为"陆达雅克"人。"达雅克"一词及其变体的意思是指内陆或者河流上游方向/地区。而"马来人",指的则是马来族人和其他土著的穆斯林人口。

据1991年的人口普查资料显示,沙捞越的法定人口为170万,其中伊班人占29.8%,华人占28.0%,马来人占21.2%,比达优人占8.3%,美拉闹人占5.7%,其他土著人为6.1%,另外还有0.9%的其他人口(Department of Statistics,1995:41)。其他土著人包括比沙亚人、格达晏人、卡央人、格拉毕人、伦巴旺人、皮南人等。可见,华人与马来人之和,在沙捞越的总人口中,依然也只是少数。①

从18世纪到20世纪初,英国用了二百多年时间,才逐渐控制了整个马来半岛,北婆罗洲是最后一个被侵占的地域:"1786年,英国利用马来半岛吉打(Kedah)与邻国的纠纷侵占了槟榔屿(Penang),1824年又占新加坡。1826年,英国将槟榔屿、新加坡和根据1824年英荷条约得到的马六甲联合成立海峡殖民地。1874年,英国强迫马来亚毗呐(Perak)土邦签订邦喀条约(Pangkor),建立了向土邦派驻驻扎官制度。1895年,英国将接受驻扎官的毗劝、雪兰获(Selangor)、森美兰(Negri Sembllan)和彭亨(Pahang)合组为马来联邦(Federated Malay States)。1904年,英国又强迫暹罗放弃对吉打、玻璃市(Perlis)、吉兰丹(Kelantan)、丁加奴(Trengganu)四土邦的宗主权。1914年,上述四土邦与柔佛(Johor)邦合组马来属邦(Unfderatd Malay States),英国设置顾问官控制政务。至此,英国在马来亚建立了殖民统治权。此外,到1906年,英国还相继侵占了婆罗洲上的广洲(Brunei)、沙捞越

---

① 陈志明:《族群认同与国家认同:以马来西亚为例》(上),罗左毅译,《广西民族学院学报》2002年第9期。

(Sarawa) 和北婆罗洲（North Borneo）。"①

逐渐控制了整个马来半岛的英国，并未在此建立统一的政治制度，而是将其分为海峡殖民地、马来联邦、马来属邦三大块，以直接与间接等不同方式进行统治。对于最后侵占的北婆罗洲，英国人的统治方式与手段，有可能更为特别——汲取前期的统治经验，在继续推行"分而治之"方略的前提下，变换其中的某些统治策略或手段。

在李永平的小说中，我们看到：北婆罗洲的殖民者在贯彻"分而治之"的策略时，一方面，从政治、经济等方面继续分离与分隔当地土著和马、华族群；另一方面，还变化了许多在马来亚惯用的手法，改以"联马和华压拉"的手法，来压制、打击人口众多的以"达雅克"人为代表的当地土著，制造和扩大种族差别与矛盾——尤其是制造和扩大华人与达雅克族群之间的矛盾，以达到维护殖民统治的目的。李永平创造的"温和文雅的统治者"，正是在"联马和华压拉"的殖民地背景之中，获得了具体的历史性内涵。

在北婆罗洲，英国殖民者通过实施"联马和华压拉"策略，建立起一个权力的金字塔：立于塔尖的是在总人口中占极少数的英国殖民者；殖民者下端，是被殖民者所"联"之"马"与所"和"之"华"；处于金字塔最下端的，则是被殖民者所"压"的"拉子"——生活在北婆罗洲的非穆斯林的土著族群，也是生活在北婆罗洲的人口众多的族群。

李永平从小就注意观察作为外来者的"白种人"，特别注意观察、探究"英属婆罗洲"的"探险者"、"统治者"身上那些内在与潜在的复杂心理与情感：

> ……那成群穿梭游走在闹哄哄唐人街上，满脸好奇，观看支那人做买卖的白种男女。瞧，大日头下，他们圆睁着碧蓝翠绿的眼珠子，蹑手蹑脚探头探脑，只顾瞄望店檐上张挂的一幅幅龙飞凤舞金碧辉煌的支那招牌——合通发、窨安堂、三江贸易公司、朱南记绸

---

① 孙福生：《西方国家的东南亚殖民政策比较研究》，《厦门大学学报》2005 年第 1 期。

布庄——边观赏边交头接耳窃窃议论，脸上流露出又是迷惑，又是恐惧，又是轻蔑的神色。

"出生于英属婆罗洲，成长于 ABCD 字母横行的世界，受西方殖民文化熏陶，耳濡目染"[①] 的李永平知道："迷惑"，"恐惧"，"轻蔑"，不仅是作为旅行者的"白种人"的一种"神色"与心理，而且，也是作为占领者的"白种人"对被占领者的根本"神色"与心理。只不过，作为旅行者的"白种人"，可以将这种"神色"与心理随意地挂在脸上；作为占领者的"白种人"，则有必要将这种"神色"与心理略加收藏，甚至加以伪装与变化。

身着"警官制服，腰间挂着一把手枪"，"身材特别瘦长，喜欢咧着嘴向人笑"的"洋行的经理"，就是这样一个作为占领者的"白种人"——他不仅用温和与文雅掩饰着占领者的"神色"与心理，还以"联马和华压拉"的策略和手法把自己变化为马来人、华人的朋友。但是，在种种掩饰与变化之后，不变的还是"分而治之"——这个殖民者的统治策略与法宝。

作为占领者的英国人，无论是"身着制服，腰间挂着一把手枪"出现在前台，还是被"虚化"、被有意"隐藏"到幕后，他们都是军事、政治的首领和商务的巨头。也就是说，不论是"冷头冷脸"，或是"咧着嘴向人笑"，还是"藏头藏脸"，甚至是被虚化到"无头无脸"；在北婆罗洲，他们都是以占领者的身份，立于政治控制、社会运作、商务贸易，直至话语权力的顶端。

英国殖民者"手臂"的"延伸"，是作为被殖民和被"雇用"的"马来人""警察"——平时，四处捕人，危急关头，"在镇里镇外戒备"；以及少数充任警察与官吏职务的华人——在马来西亚半岛，华人不能充任此类职务。

在李永平的小说视野中，由于殖民者的"预设"与"安排"，北婆

---

① 李永平：《文字因缘》（中），马来西亚《星洲日报·文艺春秋·散文》2003 年 7 月 27 日。

罗洲种族间的矛盾，主要展现在华人族群与"达雅克人"族群之间。

在殖民者"联马和华压拉"的"情景"之中，作为小商、小贩的大多数华人，既多方面受控制于殖民者，也与"洋行的经理"们，有着较为经常的联系与交往。英国人对这些华人，也是竭尽所能地进行拉拢，尽力造成一种"朋友"般的景象。

在《风雨霏霏，四牡骓骓》中，英国人，甚至是英国军人，为了帮助在婆罗洲丛林中迷路的两个中国小孩，竟然派遣"两个英军开着吉普，赶到长屋来，又好气又好笑，把这两个在丛林里流浪的中国小孩，押上车，送回古晋城"。

在《支那人——胡姬》中，"小孙子"对"老人"如此描述自己的父母与英国人之间的关系："公公，好多好多红毛人到我们家来玩呢。他们都是爸爸和妈妈的好朋友，爸爸要我们喊男的红毛人昂哥，喊女的红毛人昂地。爸爸跟他们一块喝酒，一块打羽毛球，妈妈也常常跟他们打羽毛球。"

英国人这种"和华"、"压拉"的做法，既加深了"中国人"对英国人的武力与话语的依赖，也导致并加剧了殖民地各族群间的猜疑与对立。

《支那人——围城的母亲》中的"洋行的经理"，在兼有"军人"、"官商"身份的同时，还兼具"朋友"加"新闻官"的身份。他不仅能够主导和发布各种各样的"战地消息"，还能证实那些"传到镇上的消息"的真伪，因而，在一定程度上，就左右了"围城"中许多华人的"去留"，左右了"围城"中许多华人对"拉子"的态度。

另一方面，殖民者对达雅克人则是血腥镇压，滥杀无辜。英国人，英国军人甚至包括"洋行的经理"，他们的"洋枪早就摆好等着拉子们，他们雇用的马来警察，也抖擞着精神，在镇里镇外戒备着"。他们的"赫赫战果"，便是击毙了一名老拉子，"在破席子上……像一只死去的老狗，仰天睡在那儿。席子上淌着一些猩红色的血；血从袒露的胸膛上淌下来，已经凝结。明亮的阳光晒在他的身上，使他的血发出晶莹的光来。他睁着眼睛，恐惧地瞪着灿烂的天空；嘴巴像痴人一般张着，露出一颗污黑的大牙"。

可是，这个"老拉子"，并不是一个来"围城"的强盗，他只不过是城中的一个乞丐，是一个已经老得直不起腰来的乞丐。"镇上谁都知道这个年老的拉子，从我懂事的时候起，我便知道有这个老人。他终日弓着身体，在街上走动，嘴里喃喃地说着只有他自己才明白的话，不曾停过嘴。有时他给人劈柴，有时给人在栈桥上搬货物，有时给学堂里的老师做一点杂事。晚上，他便睡在学堂里；晴天时，他常常铺着一张破席子，睡在街上，栈桥上……在我小时候，他便已经老得直不起腰来。"

英国人如此实施"压拉"策略，进一步加剧了华人与当地土著族群——"达雅克"人，即所谓的"拉子"间的猜疑与对立。达雅克人曾较为普遍地认为："支那不好做朋友，石头不好做枕头"，"支那人""刮达雅克的钱"，"玩达雅克女人"等①。得利的，只有在人口总数中占极少数的殖民者——英国人。

艾勒克·博埃默曾经这样提出并论及过"文明化的野蛮人"："宗主国作家，如福斯特和劳伦斯，似乎很愿意按照他们自己的需要吸取其他的文化，然而，在探索新的表达方式时，这个他者则保留了许多程式化的特征，如野蛮人英雄或文明化的野蛮人，而且是刚刚发蒙、皮肤黧黑、举止怪异的野蛮人——我们仍然把它看成是一种后天的殖民话语"②。

艾勒克·博埃默显然是从"宗主国作家"这一角度，提出并论及"文明化的野蛮人"这个"他者"的；但是，如果我们从殖民地作家角度去考察这个"他者"——如从李永平小说去考察"少数充任警察与官吏职务的华人"——这一"出走"了的"文明化的野蛮人"，也会很有意味。

《支那人——胡姬》，就是一个以老华人的处境与心境为轴心，回想与重构殖民时代"出走"了的"文明化的野蛮人"的作品。

"老人"是渡海来北婆罗洲的第一代华人，过惯了"野蛮人"的生

---

① 见《婆罗洲之子》、《拉子妇》。

② ［英］艾勒克·博埃默：《殖民与后殖民文学》，盛宁、韩敏中译，辽宁教育出版社、牛津大学出版社1998年版，第164页。

活，也作出了当一辈子"野蛮人"的选择——蛰居于乡村，"打着赤膊，只在腰上系着一件土兰短裤，脚也赤着"；妻子逝世后，续娶了一个"更野蛮"的"拉子妇"——她"在娘家的时候，常常在晴朗的日子里，一个人在渺无人迹的野地上，放肆地伸展四肢躺下来，静静地睡半日"。

他最喜欢向人夸耀的是烹饪中国菜的手艺，"说他当年从家乡到婆罗洲来时，最初是在四海通的老店管伙食，当了三年的火头军，才到别处去发财的"。为了迎接"出走"了的儿子、儿媳的"归来"，准备了"一盘盘的菜，整整齐齐地摆在灶头边上，只等老人回头亲自下厨，烧出一盘盘拿手好菜来"。

老人的"儿子"，选择了"出走"——从乡村走进了都市，从田野走进了"机关"，从"野蛮"走进了"文明"。

他的外表与做派，都与父亲以及父亲所在的"野蛮人"极为不同：皮肤洁白，"身上穿着洁白的运动衫和洁白的运动裤，脚上是一双洁白的运动鞋和英国式的洁白长袜，方方正正的脸庞上戴着一副宽大的黑框眼镜。他的妻子站在他的身边，显得十分纤弱。她穿着一袭白底碎花的淡素洋装，撑着一把鹅黄的女装洋伞，十分的娴静，嘴角边挂着矜贵的微笑"。

他的"归来"，不是为了品尝父亲的"中国菜"，而恰恰相反，是为了拔掉自己作为"野蛮人"的"根"——"这老人的儿子，媳妇，想要老人到城里和他们住，但是，不想要拉子妇"。

"老人"已经无法拉回自己"出走了"的儿子，甚至已经无法让"出走了"的儿子再尝一尝自己所钟情的中国菜，只能是"发着脾气"，"把儿子和媳妇赶回城里去，说叫他们回城里去享他们自己的福，他并不稀罕，不必他们费心"。然后，他只有无奈地"听见园子外面响着汽车开动的声音"，看着"马路上扬起一圈圈的尘土，一圈追赶着一圈"，"目送着最后一圈尘土"，目送着"出走者"再次"离家出走"。

该走的，留不住；留下的，不会走。虽然，"老人"没有办法把"儿子"从"白人"堆里拉回来；但是，"老人"已经选择了统治者最不愿意看到的"野蛮"之举——与"拉子妇"在乡间共度余生。

英国殖民者，对"马来人"、"华人"与"达雅克人"三个族群都是一样的"恐惧"与"轻蔑"，一样的把他们视作"野蛮人"。但是，英国人在北婆罗洲实施的"联马和华压拉"的策略，也确实蒙蔽了不少华人，甚至导致了少数华人——尤其是第二代华人中的某些人——"儿子"们的自愿"出走"，成为所谓的"文明化的野蛮人"——殖民地大多数华人的"他者"。这个"老人"与"儿子"的故事，扎根与出走的故事，可以说是生活在婆罗洲英国殖民地的华人族群的一个历史性的剪影，也是华人族群的自我在不断发展中走向自觉的一个象征。

用富有个性的回想与故事重构历史，用从本地历史中提取的象征再现历史，虽然李永平的小说的文字都很"平淡"，但这样的"历史"，使人感觉到曾经"存在"的严酷与真实。

四　"故土"不在婆罗洲

余光中在《十二瓣的莲花——我读〈吉陵春秋〉》一文中曾说："李永平不愧是别有天地而风格独具的小说家，值得我们注意。他早期的《拉子妇》曾见赏于颜元叔，获《联合报》短篇小说首奖的《日头雨》曾有朱炎的详论，《吉陵春秋》里的多篇作品也赢来刘绍铭的推崇，甚至拿来与张爱玲、白先勇相提并论。这三位学者和我，正如李永平自己一样，都出身于台大外文系，也许并非巧合。李永平的声名不应该囿于这学院的一角……李永平为当代的小说拓出了一片似真似幻的迷人空间。"[1]

所谓李永平早期的小说，主要指他《吉陵春秋》以前的小说；或者说，主要指 60 年代至 70 年代，他以"故乡"——婆罗洲丛林生活为题材的小说。在这一时期的小说中，李永平虽然尚未显示出余光中所说"为当代的小说拓出了一片似真似幻的迷人空间"的气概；但是，就他小说的选材与表现角度而言，尤其是就反映马来西亚华侨、华人身份意识中阴影的一面而言，李永平在马来西亚华文文学，乃至在东南亚

----

[1]　余光中：《十二瓣的莲花——我读〈吉陵春秋〉》，见李永平著《吉陵春秋》，台湾洪范书店 1986 年版。

华文文学中，都恰如余光中所言："别有天地而风格独具。"

作者似乎有意另辟蹊径：通过塑造两个特殊的人物系列："半个支那"与"拉子妇"，以一种强化与强调的方式，不是赞美与歌颂，而是从反省与救赎的角度，揭示出在特定的历史时期，马来西亚华侨身份意识中的阴影——在偏僻、遥远的婆罗洲沙捞越的原始森林中，某些华侨的唯利是图与狭隘自私，以及由此而导致的华侨与当地族群之间的误解与疏离。

"半个支那"人物系列，开端于《婆罗洲之子》，并在李永平早期的其他作品中得到扩展。

《婆罗洲之子》是一部中篇小说，也是李永平的起步之作，曾于1966年获选为婆罗洲文化局征文比赛优胜作品。小说中，人物与情节都较为纷繁复杂，艺术结构也不够紧凑。但是，特殊的时代感、地域感，以及特殊的经历、感受、思考，尤其是对"半个支那"——这个特殊人物的塑造，使他的创作表现出极强的个性与震撼性。

《婆罗洲之子》的叙述焦点，主要集中在达雅克人与华人所生的混血儿，被达雅克人称为"半个支那"的大禄士身上。从此，在李永平早期小说中，"半个支那"既是大禄士这个混血儿的名字，也成为达雅克人对所有达雅克族女人与华侨男人所生的混血儿的一种蔑视性的统称。

大禄士，在达雅克人中原本生活得很好——与族人和睦相处，有一个很好的达雅克族姑娘阿玛，做他的女友。族长杜亚鲁马选中大禄士做自己祭祀时的助手。在达雅克人看来，这是一个光荣、神圣、令人骄傲的职务，大禄士也深深为之兴奋、自豪。祭祀之时，会场肃穆、安静，人们的目光，完全集中在主祭——族长杜亚鲁马和他的助手——大禄士身上。

一件偶然发生的事件，彻底改变了大禄士的命运。

"突然，一个苍老的声音高喊起来：'不行！杜亚鲁马，不行！杜亚鲁马，大禄士不是我们的人，他是半个支那，他会激怒神的！'"

达雅克人认为，如果让"不是我们的人"来祭祀神，就会激怒神；激怒了神，神会降下灾难，达雅克人就会遭殃。于是，族长杜亚鲁马立即决定撤换大禄士，由另一名达雅克族青年蓝达奴作为祭祀时的助手。

事后，疑惑不解的大禄士从母亲处得到证实：他真的是"半个支那"——是达雅克人与华侨的混血儿；他的生父是一个被称为"头家"的华侨，现在的达雅克族父亲只是养父。

"他是半个支那"，"不是我们的人"——这句话，或者说，这个事实，成为了大禄士命运的转折点——把他从达雅克族中驱逐了出来，使他从一个优秀的达雅克族青年转眼间变成了达雅克人的异类。

从此，大禄士在"长屋"中的地位与身份，发生了突变，几乎是从天上掉到了地下：人见人怕、厄运不断——被女友误会、被朋友唾弃、被族人陷害。

大禄士的亲生父亲是一个华侨商贩，是来自中国的客家人。在婆罗洲沙捞越的原始森林中开铺子当"头家"期间，也许是寂寞，也许是性的冲动与需要，他和大禄士的母亲有了肌肤之亲，并且有了儿子。但是，在他的意念中，"唐山"的妻子，才是真正的妻子——远赴"南洋"，只是为了谋求生计。

大禄士的母亲，由于"家境不好"，起初只是帮"头家"洗衣煮饭，像佣人一样照料"头家"的生活。后来，"糊里糊涂"和"头家""做了夫妻"，生下了儿子大禄士。

生了儿子的达雅克族女人，以为生活从此有了依靠和保障。可是，没有想到这个"没良心的爹"，在大禄士刚满一岁时，突然卖掉了铺子，仅仅留下一些活命钱，就"狠心抛掉"这对孤儿寡母一去不返——"回他的唐山去了"。

大禄士从未得到，也不可能得到华侨社会的接纳与承认，并且早就被他的亲生父亲所遗弃。尽管大禄士本身并无过错，但是，他的一半华侨血统——"半个支那"的身份，在达雅克人看来就决定了他的过错，决定了他是受害者，决定了他是一个混迹于达雅克人中的达雅克人的异类，一个间接地投射着华侨族群意识阴影的异类。

李永平还塑造了一些更痛苦、更失落、更冤屈的"半个支那"。如《婆罗洲之子》中，仅仅一岁就被亲生父亲遗弃的小香；《拉子妇》中，正在遭受亲生父亲痛骂的："'半唐半拉'，人家见了就吐口水，他妈的！"此外，还有被亲生父亲所遗弃的幼小的"虾仔"、"狗仔"等。

这样，在六七十年代的马来西亚华文文学中，李永平塑造出了称得上是在那个年代里，在那个区域中，最痛苦、最失落、最冤屈的一群人——"半个拉子"，描绘了他们的自怨、自卑、自伤和自弃，揭示出他们所遭遇的一种非正常的现实境遇：是被"两股人所鄙弃的孤儿，所不接受的孤儿"——既被生父及所属的华侨社会所鄙弃、所抛弃，也被母亲所属的达雅克族人所鄙弃、所抛弃。

《婆罗洲之子》的叙述视角，来自达雅克人，而不是华侨。作者从达雅克人的角度，在创造出"半个支那"——这个陷于两难境遇之中的混血儿的同时，也成功地获得了一种跨越族群去叩问、追寻达雅克人的心结、隐痛的方便：谁——什么——造成了"半个支那"的哀和怒？谁——什么——造成了达雅克人的哀和怒？

首先，在对故事的时代、背景和对两个族群的集体意识经意或不经意的描绘中，作品隐现出一种渊源久远的殖民主义统治的影响与难以挥去的旧日的思想烙印。

殖民主义时代，英国殖民政府对马来亚各民族采取分而治之、互相隔离的统治办法：承认马来人是当地的主人，承认和维护马来人在政治、经济和文化等各方面的特权；设立甲必丹制度，后正式改为华民护卫司署，专管华侨、华人事务，限定华侨、华人主要从事中下层工商业；通过对印度人移民机构的管理，让印度人主要在橡胶园做工。

殖民主义者的这种分而治之、互相隔离的统治办法，对日后马来西亚族群关系的走向产生了很大影响：使华人、印度人与当地马来人互相隔开，各民族均保留自己独特的经济领域、文化习俗，民族之间极少往来，缺乏互相理解与支持，甚至由此引发和造成了许多误解与疏离。

达雅克族，是马来西亚这个多元种族国家中的一元。达雅克族的人口较少，只有100多万。由于历史、习俗等原因，更由于殖民主义者分而治之的统治手法，达雅克人主要生活在偏僻的婆罗洲山区。就是在这样偏僻、遥远的婆罗洲沙捞越的原始森林中，族群间的误解与疏离也非常严重。

《婆罗洲之子》所描述的沙捞越山地，是婆罗洲原始森林的一部分。在"白人统治"的殖民主义时代，这里既偏僻又落后，"长屋疏落地散布着，只有一道羊肠小径通到外边的一个小镇"。在这里生活的达雅克人，几乎与外界完全隔绝。他们代代相传，以较为传统与原始的方式从事种植，经济发展程度较低，生活方式与宗教信仰都较为原始。

沙捞越的华侨多为商贩，人数虽然不多，"只有几十家经营胡椒的中国人"。但作为小商贩，他们有着比较机敏的商业头脑、非常现实的生存原则。他们虽然与当地的达雅克人有着一些必然的生意上的联系与往来，但是，互相之间的误解、矛盾、隔阂很深。

两个族群之间，可以说既有联系，又各有"边界"，互相猜疑，互相贬低。所谓"支那人"，是达雅克人对华侨商人的一种带有贬抑意味的称呼；所谓"拉子"，又是华侨商人对达雅克人的一种带有贬抑意味的称呼；所谓"半个支那"，从称呼到内涵，都是这种互相贬抑的延续与发展。而这一系列的互相贬抑性的称呼，透露与折射出的正是在婆罗洲这个区域渊源久远的殖民主义统治的影响，与难以挥去的旧日的思想烙印。

其次，作者在故事中也毫不讳言，早期华侨族群意识中存在着阴影，而且，这种阴影具有较大的负面影响。

早期的沙捞越，华侨的人数不多。但是与达雅克人——地域上的边民与经济上的弱者——相比，他们始终处于强者与主动的地位。某些沙捞越的华侨，未将沙捞越当做"故乡"，只是将其作为一个"淘金"的场所；并且，存有对"他族"——达雅克族的负面看法，并将其投射到社会生活之中，投射到对"他族"的体验与表达之中。他们意识中的阴影，一旦以恶德与恶行的方式体现出来，或称投射到对"他族"的体验与表达之中，就直接造成了达雅克人的哀和怒。

——"支那不好做朋友，石头不好做枕头"。

——"刮达雅克的钱"，"玩达雅克女人"。

这是达雅克人的箴言，也是他们作为弱者的经验总结。

从达雅克人的视角来看，个别华侨"头家"的恶德与恶行，就成了华侨的族群意识的全部，甚至成了华侨——"支那"的代名词。弱小的达雅克人无法与较强的对手抗衡，无法也无力向欺负了他们的华侨商贩复仇，只好将怨恨发泄、转移到更弱小的人们——被华侨商贩遗弃的混血儿——"半个支那"身上："支那拼命在刮达雅克的钱,玩了达雅克女人又把她丢掉,留下可怜的半个支那给达雅克人出几口鸟气。"

"支那"的替代物"——半个支那",就毫无道理却又顺理成章地成为了达雅克人的心结与隐痛。正是在这个背景下,揭露"半个支那"、冷落"半个支那"、报复"半个支那",成为弱小的达雅克人报复他们所不满与怨恨的华侨的一种手段与方法,成为一种作为弱者与边民,对"头家"的迁怒与报复的手段与方法——一种曹禺在《原野》中,也曾经表现过的"父债子偿"式的原始型的报复手段与方法。

"拉子妇"人物系列,与"半个支那"一样,也具有极强的个性与震撼性。"拉子妇",是"半个支那"的达雅克人母亲,是被华侨"头家"抛弃的拖儿带女的母亲、走投无路的弃妇。在《婆罗洲之子》中:大禄士的母亲——是由于"头家"突然离开马来西亚,返回"唐山"与原配妻子团聚而被遗弃的"拉子妇"。姑纳——是由于她的丈夫认为她失去了"商业用途"而被遗弃的"拉子妇"——她"原是我们长屋里达干的女孩子,三年以前给头家娶去做老婆",并生了女儿。娶妻生子对姑纳的丈夫来说,只是"做生意"赚钱的一种手段——一种利用达雅克人哄骗达雅克人的商业手段。

《拉子妇》的叙述焦点,集中在一个与华人结了婚的达雅克族女人——"拉子妇"的身上:她没有名字,"是三叔娶的土妇";她"长相很好","是一个好人",是一个会讲"唐人"话的达雅克族女人;在她丈夫的圈子中,在她所面对的所有华侨中,她的名字就是"拉子妇"。

"三叔一路来在老远的拉子村里做买卖",娶了她做妻子。"祖父从家乡出来,刚到沙捞越","她怀里抱着一个小孩子,特地和丈夫一起满怀欢喜地从山里赶来看望中国来的公公。"

听说三叔娶了一个土妇,公公赫然震怒,"认为三叔玷辱了我们李家的门风。在家里拍桌子,瞪眼睛,大骂三叔是畜生……""三婶敬茶时没有跪下去,祖父脸色突然一变,一手将茶盘拍翻,把茶泼了拉子婶一脸。"

"拉子妇"在作品中再次出现,是六年后,她遭受了自己的丈

夫——"三叔"，一个在沙捞越原始森林中安家的华侨商人的侮辱和
遗弃。

三叔决定"休了""拉子妇"——"她的面貌的变化实在太大
了"，原本丰硕的乳房，现在已经变得干黑如麻布袋。她仿佛"老了二
十年，像个老拉子妇"。三叔决定把她和孩子送回长屋，然后，再娶一
个十八岁的"唐人"姑娘做妻子。

三叔的理由很充分——"拉子妇天生贱种，怎好做一世老婆？"再
娶一个十八岁的"唐人"姑娘做妻子，正好符合父辈的期望与要求。
三叔的计划实施了不久，"拉子妇"就静静地死了。作为"哑静"的
"殉道者"——死于病痛、死于孤独、死于被遗弃。

颜元叔指出："男主人翁当时为什么要娶拉子妇——原来，男主人
翁像苏武牧羊，几乎没有选择，不能不娶番女。年轻时，性的引诱可以
抗拒一切的社会压力；但是，婚姻未曾给她带来幸福，反而使她受尽屈
辱、遭受遗弃，直到在贫病交加中走向死亡。"①

不论是红颜老去，遭人遗弃；失去"商业用途"，遭人遗弃；还是
"头家"返乡，遭人遗弃；都说明"拉子妇"与她们的"头家"男人
或丈夫，处在一个非常不对等的结构之中：一方是绝对的强者，处于主
动、支配与施虐者的地位；另一方是绝对的弱者，处于被动、被支配与
受虐者的地位。

由于男女双方属于不同的族群——达雅克人与华侨，男女问题，便
带有了强烈的种族问题的意味了。所以，颜元叔说："我愿意指出，根
本上，这是一篇种族问题的小说。是一篇多数迫害少数的小说。"②

就马来西亚的历史与国家整体而言，华侨、华人在政治、经济、文
化等方面都处于劣势和弱势。"在以马来人的意志为主体、'国家政策
向来只为种族服务'，作为马来国族国家的马来西亚，主人意志的'单
面条件同化主义'下，华人在作为奴隶的国民历史中，常常必须面对
不断重演的类似的迫害情景——相对于稳固的迫害的结构——政治经济

---

① 颜元叔：《评〈拉子妇〉》，见李永平《李永平作品集·附录》，马来西亚婆罗洲文化
出版局 1978 年版。

② 同上。

上新经济政策国民权益的种族固打制、'颠倒的正义'（劫华济巫）的合法的国家暴力和内部安全法令的英殖民遗产、马来化的国家备忘录"——"你的鞭挞，我的哀怜"，"一种施虐——受虐的主权结构、创伤结构里的回——儒对话"。[①]

在"拉子妇"系列中，包括在《拉子妇》这篇小说中，当种族问题成为了关注的焦点时，呈现出一种新的"施虐——受虐的结构、创伤结构里的华——达的对话"结构。颜元叔把华侨作为多数，把"土著"的达雅克人作为少数，正是对在特殊的时代、特殊的区域中"这个结构"的另一种表述方式。如果我们将这种由"拉子妇"引出的说法，视作对特别的时代、特别的区域、特别的状况的一种特别的描绘的话，那么，这种描绘揭示了马来西亚华侨的族群意识在特定历史时期中的某些阴影以及造成的严重后果。

心理学家指出："认出我们的平凡，甚至比承认我们的邪恶更困难。"[②] "我"及"我们"，不是小说中悲剧的制造者，只是旁观者。"我"及"我们"，对自我的"从父"意识、从众意识的反省，使得李永平的小说，在历史性地反映出马来西亚华侨族群意识中阴影的同时，也历史性地反映出马来西亚华侨对本群体的族群意识中阴影的自我反省。

由此，也反之可见，"哑静"的"殉道者"，已经实现了"殉道"的回报——这也是来自"被拯救者"的反省与忏悔。因为"殉道者"的"哑静"的"殉道"，小说的叙述者及其所代表的出生于马来西亚的第二代华人，主动对"自我"进行了反省，主动站到了"殉道者"一边，主动站到了自己的父辈的族群意识阴影的对面。心理学家曾借用光学的原理，这样来比喻光线与阴影的关系："阴影是光线产生的，是那光线的影子，是意识的结果的反面。"[③] 华侨作为马来西亚多元民族中的一个族裔——华族的前身，在不断发展的历史进程中，其身份意识，

---

① 黄锦树：《东南亚华人少数民族的华文文学》，《香港文学》2003 年第 5 期。

② 詹姆斯·杨德尔：《深度心理学与新道德·前言》，［德］埃利希·诺伊曼：《深度心理学与新道德》，高宪田、黄水乞译，东方出版社 1998 年版。

③ 同上。

既有光亮的一面，也会有着与"光线"、"光亮"互为表里、互为正反的阴影的一面。

"故乡"并非婆罗洲——李永平用强化与强调的方式，对特定的历史时期与特定的区域内马来西亚华侨身份意识中阴影的揭示、反省与救赎，不仅仅是作家对现实的一种描述与反映，同时，也包括了华人意识的生长，华人意识在发展与转变过程中对阴影的反省与克服。

体味尘封中的"半个支那"与"拉子妇"，重温李永平小说对马来西亚华侨意识中阴影的反省，有益于我们对东南亚华文文学发展历程的了解，也有益于我们对华人族群意识过去的历程与未来的走向的了解与把握。

第二章　故乡与原乡

返回中国已经不太可能，为了在社会上求得生存，在经济上求得发展，更是为了让自己的后代能在所在国更好地生存，大多数华侨入籍当地，放弃了中国国籍。从华侨转化为华人，转化为所在国的华裔公民，标志着他们的国家认同开始发生或者将会发生根本性的变化：所在国将成为华人的祖国，成为他们所依恋、所思念的故土与故乡。虽然国籍的转变与心态的转变并不完全同步，但是，客观的环境、生存的需要、主观的认同，更有时间的磨砺，必然会带来观念与心态的变迁。对于那些生在东南亚、长在东南亚的第二代、第三代华人而言，所在国理所当然的就是他们的祖国，是他们所依恋、所思念的故土与故乡。

但是，华人毕竟还是华人，在他们的血液中，流淌着中国文化的因子，流淌着对中国文化的记忆与梦幻。菲律宾华人周鼎的一段话颇有参考意义："中国当然还是我们的故乡，但是那是由父兄承继而来的籍贯的故乡，而非我们感受中'童年的故乡'。如果因此我们缺乏一份对中国深切的感情，这应该不是我们的罪过。"[1] 这段话同样适合于描述泰国、印度尼西亚、马来西亚的华人，他们已经不是中国人，中国故土成为一种想象与背景而存在，他们的文化也不是纯粹的中华传统文化了。

一　此乡与彼乡

"乡愁"主题在海外华人作品中是普遍存在的，但是过去我们所说的"乡愁"，多指"海外孤儿"对中国的思念。随着华人在东南亚扎根繁衍，他们出生成长的土地，成为承载童年记忆的故乡。浓稠的本土情结，构成东南亚华人新的集体性记忆。中国成为一个遥远、模糊的所

---

① 周鼎：《童年与故乡》，菲律宾《东方日报》1980 年 2 月 26 日。

在，再也难以承载他们厚重的"乡愁"记忆。

在这种重要的转变中，华人文学中的实体性的故乡，正在逐渐被所在国的故乡所替代，而精神意义的故乡，却依然指向自己的文化之根——中华文化及其象征符号。此乡与彼乡，就像音乐中的二重奏，共同构成了东南亚华人和华人文学中的精神家园。

印度尼西亚人作家晓彤的短篇小说《金伯》，表现了自己与第一代华侨在对待中国的情感、观念上的不同。金伯十多岁就离开中国，来到南洋谋生，现在事业有成，却无时无刻不怀念故国的土地，故国的山水，故国的亲人。最后终于实现了"落叶归根"的夙愿，回到了深深思念的故乡——唐山。与此相比，作者却全然没有这种怀念故国的乡愁。"我生于斯，长于斯，也可能死于斯。我热爱我居住的地方，也习惯了我现有的环境，当然我明白我祖上的来源，可是我出世在这南岛，这儿是我的家。所以无论如何，我不能像金伯那样对遥远故土的情深，万般的感触和乡愁。"[1] 作者的心态和最早来南洋谋生的祖辈们截然不同，她们没有在中国生活的直接经验，中国在作者心目中已经变得遥远、模糊、虚幻，而印度尼西亚却给了作者鲜活的生活记忆。

高鹰在散文《我的眼泪》中曾经这样描述过华人与中国的关系："我是华夏的后代，身上流着炎黄的血液，我祖父来自嘉应洲梅江河畔，我的亲生父母，常常教诲我'不要忘本'，'要把唐山看做自己的第二故乡'。"[2] 可见，印度尼西亚华文作家笔下的"故乡"含义的第一个层面，指向作家国籍所在与心灵所依的祖国——印度尼西亚，她蕴含着华人家族繁衍的历史、童年时期的记忆，留下了华人生存的足迹，流淌着与友族之间和谐关系的亲情回忆。

可以看出，中国已经成为"彼乡"——"第二故乡"了，只是华人血统、文化上的最初来源。而他们现实生存的印度尼西亚直接哺育了华人的生命，是他们可以触摸到的"此乡"——"第一故乡"。

在印度尼西亚出生、成长的第三代、第四代华人，难以理解、体会

---

① 见《沙漠上的绿洲》，新加坡岛屿文化出版社1995年版，第188页。
② 严唯真主编：《高鹰文集》，鹭江出版社2000年版，第68页。

他们的父祖辈对故国——中国的一往情深，因为他们已经远离了被抛离中国的痛苦；他们已经把印度尼西亚当成自己的祖国，而不再是漂流异国的游子。父祖辈们当年回归中国的愿望，在新一代的华人看来已经成为一种遥不可及的神话。在印度尼西亚出生、成长的第三代、第四代华人，与东南亚其他国家的华人一样，他们出生、成长的共同经历本身就是扎根本土的观念生成、壮大的一种见证和象征。

　　印度尼西亚政府在 1959 年颁布总统第 10 号令后，造成了大规模的逼迁事件，从而使华人向大城市流动。此外，由于历史的原因，华人多处于商品流通领域的中介商地位，这就更加促使华人成为城市人口。对于后来辗转于大城市生活的华人来说，乡下小镇成为他们思念的"童年的故乡"；城市奔波的生活亦使他们更加留恋乡下生活的淳朴。

　　在袁霓的散文《老家》中，"老家"指作家童年生活的印度尼西亚乡下小镇。文中作者发出了对田园幽径、人与自然合而为一的乡土生活的呼唤，表达了对童年生活的印度尼西亚农村的眷恋。这一时期反映印度尼西亚华人此类"乡愁"的作品为数不少。明芳在散文《淡淡的乡愁》中写道："我出生在万隆，养儿育女也在万隆市，把美丽的万隆当成了自己的家乡。"[①] 印尼在明芳的笔下没有了早期的疏离感，相反，它在作家的眼中因为亲切而美丽，因为世代的子孙繁衍而成为寄托亲情、乡情的所在。晓彤在《情深》中也是乡情缱绻："想念我一别就是十九载的故乡，那里的每一寸土地，良师益友，还有我熟悉的卡江河。"[②]

　　杨戴荣在诗歌《万隆颂》中写道：

> 怀着游子归乡的心情
> 我重返阔别多年的万隆
> ……
> 我童年至长大的万隆

---

① 严唯真主编：《明芳文集》，鹭江出版社 2000 年版，第 8 页。
② 见《沙漠上的绿洲》，新加坡岛屿文化出版社 1995 年版，第 180 页。

　　我亲爱的故乡

　　我为你高兴

　　我为你骄傲

　　我举杯祝你成功①

　　语言既是一个民族文化的重要组成部分，也是文化的重要载体。虽然印度尼西亚华人的母语是华语，但是在与原住民交流的过程中，其语言已经发生了一定的演变。不少文学词汇吸收了当地的语言，如立锋的《卖渣姆的姑娘》的"渣姆"是从印尼语 jamu 音译而来，指印度尼西亚的一种传统草药。纱笼（sarong，围裙）、巴刹（pasar，市场）等词汇在印度尼西亚华文文学中也是信手拈来，十分常见。在散文《乡音》中，作者明芳讲一口流利的顺达语，这种乡音成了作者"表明身份的标志"。②"在远离家乡的地方，听见乡音，竟有他乡遇故知的感觉，在国外，这种感觉尤其强烈。"③ 在这里，是印度尼西亚的巽他语，而不是祖辈们的客家话，成了慰藉作者心灵的乡音。而在袁霓的另一篇散文《干炒河粉》中，雅加达的小吃饱蘸作者对祖国故乡的思念之情，让远在新加坡的她百般回味，垂涎欲滴。

　　可见，在时空的转换中，印度尼西亚华人心目中所眷恋的故乡，已经发生了迁移。他们所眷念的是他们自身有着切身体验的，他们生于斯、长于斯的印度尼西亚的故乡，而不是他们祖辈的远在大海另一端的故乡。他们对祖籍国的观念逐步淡化，日益明确地把居住国当做他们永久的家园；他们熟悉当地环境，能够流利地使用当地语言，适应当地人民的生活习俗，比较容易同当地的原住民交往；他们对待中国和印度尼西亚的情感也没有祖辈们那么复杂，在他们心中，印度尼西亚就是他们的祖国。

　　华人作家创作中对本土经验的强化，实际上是华人的国家认同发生

---

　　① 袁霓等主编：《印度尼西亚的轰鸣》，印尼文学社、印华作家协会 2000 年版，第 119 页。

　　② 严唯真主编：《明芳文集》，鹭江出版社 2000 年版，第 22 页。

　　③ 同上书，第 23 页。

转变的外在表现。但是，对于印度尼西亚华人来说，除了国家认同之外，还存在文化认同、心理认同等复杂问题。应当看到，文化底蕴如同一条大河源远流长，不可能像国界那样泾渭分明，千百年来在华侨华人社会中埋下的文化的种子不可能在短时间内消失。中华文化的一些道德礼仪、风俗习惯依然对华人的生活发生着重要影响；同时他们置身于文化习俗不同的环境，入乡随俗，在生活方式和应酬习惯等方面，已经有些印度尼西亚化。因此，印度尼西亚华文文学作品中的"故乡"就包含了另一层面的内容：作为华族族群精神之所系、集体记忆之所源的"心灵的故乡"。

多数华人以矛盾和无可奈何的心情对待印度尼西亚政府的同化政策，他们认识到既然已经加入印度尼西亚国籍，唯一的选择就是融入主流社会。另外，虽然长期与当地原住民的杂居，经济生活与当地的密不可分，以及战后大多数华人加入所在国国籍后出现的政治认同的转向，使印度尼西亚华人不可避免地朝着本土化的方向发展，但是中国作为他们文化、血统的最初来源，仍是他们不能忘却的集体记忆。对于海外华人，"文化乡愁意味着散居族裔文化的延续。族裔残余的集体记忆随着人们的迁移而扩散，甚至穿过时空深植于基因之中，以遗传的方式代代相传"[1]。

在当时的高压环境下，华人不可能公开宣布自己的文化取向，只能以某种隐藏的方式表达这一愿望。不少华人为了同官方机构打交道，在商务活动中，大都采用原住民常用的名字，同时在与华人的私人交往中仍然使用原有的华文姓名。而只要细心观察就会发现，这些华人使用的原住民名字，又往往与其华文名字存在某种谐音关系。[2]

1965 年以后，印度尼西亚不断出现排华浪潮，这种极端政策也从反面加强了华人的文化认同。排华的实质是企图对华人实行强制同化。然而，在这种政治风潮下，华人断绝了与外界主流社会沟通、对话和交流的途径，在思想和情感上撕裂了与本土的联系，在生活上退到了华人

---

① 温任平：《谈"断奶"与"影响焦虑"》，马来西亚《星洲日报》1998 年 3 月 29 日。
② 梁英明：《战后东南亚华人社会变化研究》，昆仑出版社 2001 年版，第 260 页。

集团内部，从而使华人在本质上更加"传统化"。在承认本土化的同时，华人文化上的危机感加剧，中华传统文化在他们心中更加重要。

印度尼西亚华人或许已经不再尊崇华人民间信仰而改信伊斯兰教，或许已经不会说华语，但在他们的行为方式和态度观念上依然保留着某些中华文化的价值观念。华人的存在首先是一种文化的存在，在原住民文化的参照下，他们意识到自己代表的文化身份和价值。

因此，在印度尼西亚华人作家的笔下，"乡"还含有"精神家园"的意味。明芳在《茶树》中表达了华人虽在印尼扎根，却仍希望保留华族文化特色的愿望。茶树是北方移植过来的植物，但是在移植南洋之后，习惯了热带的风云雨雾，生生死死，一代一代繁殖开来。"我不知道，几百年前的茶树，与几百年后的茶树，在外表上，会有什么变化。我只知道，足以让茶树自豪的是：繁殖了几代的茶树，仍然保留茶树固有的苦涩与芬芳。"① 作者以茶树喻人，华人也是印尼土地上的移民群体，他们虽渐渐习惯了热带的风土人情，但是在渐渐本土化的过程中，保留自己民族的文化传统仍然是华人发自内心的选择。

袁霓的《温家的婚礼》，记叙了一个"侨生"按照中国传统习俗举办的婚礼，从大门左右的对联到婚礼的仪式及新娘、新郎的礼服，都保留了中国传统的习俗。这些习俗，对于作者及一起参加婚礼的华人来说，是既欣喜又陌生。作者不无感慨地说："随着城市文明的日益入侵和同化，这种风俗大概也会被时代慢慢淹没。如果真的淹没了，那实在有点遗憾和可惜。"② 短短的几句话，写出了作者对华人被同化处境的无奈与矛盾。袁霓的另一篇散文《祖母》表现了在对待长辈的观念和态度上，"孝道"仍然是华人后辈的行为规范。《把成就献给您——母亲》写作者袁霓及其兄妹对辛劳一辈子的母亲的感激之情。"为回报父母养育之恩或为父母争得面子乃至光宗耀祖，可能成为海外华人（尤其是老一辈华人）在社会中获取成就的一个极其重要的源头。"③ 华人（特别是土生华人）或许已经不会说华语，或许已经不恪守传统文化习

---

① 见《沙漠上的绿洲》，新加坡岛屿文化出版社1995年版，第130页。
② 严唯真主编：《袁霓文集》，鹭江出版社2000年版，第33页。
③ 许午晴：《海外华人文化认同的社会心理分析》，华声龙脉网，2000年10月。

俗和信仰，甚至很少参加宗庙乡团组织的活动，但是由于家庭传统负载、祖先祭祀经验等原因，依然保持孝道、人情、勤俭、报答、和睦、分享等价值观念，保留华人的一些风俗习惯，包括饮食、服饰、亲属关系和节日等。"民族传统是一种很微妙的东西，它既可以体现在巨大方面，有时也可以体现在微小的事物之中。对端午、中秋之类的节日的亲切感情，对长城、龙凤之类的标志的深刻印象，固然是民族传统，有时它还可以隐藏在对一双筷子、一首唐诗、一句俗谚的反应中，只有华族人能迅速地了解它、感应它。"①

　　民族传统深植于个体的内心，可以长期保存下来。在印尼，华人极少与原住民通婚，虽然他们之间在语言的沟通上已经没有任何障碍。早期的中国移民，如马六甲等地的华人男子，确实有人与当地的原住民妇女结婚。但是他们通常只娶信奉印度教的妇女为妻。在交际原则上，华人以家庭为中心，然后逐步扩展到血缘、地域、行业、族群和整个社会。它使华人内部在不同层次上团结、互助、立足并发展于异域。在印尼，甚至整个东南亚，都有一些宗亲会、同乡会之类的组织。它们在华侨史上曾经扮演过重要角色，如今仍然在经济等领域发挥着重要的作用。这些现象说明，中国的传统习俗、宗教信仰和民族心理等因素，仍然起着十分重要的作用。

　　对中华传统的继承最主要的体现在民族精神方面，其中的一种是刚健精神，即自强不息、不怕困难、决不屈服、拼搏向前。刘昶的散文《苹果园里一堂课》写到了华人生存的哲理：天无绝人之路和不屈不挠的奋斗精神。炎黄儿女能在世界各地落叶归根、开花结果，靠的就是这种与逆境抗争的勇气。这种精神使华人坚强地走过岁月的风风雨雨，在今后也必将在华人融入印尼社会的进程中发挥重大作用。

　　明芳的散文《失业之后》，写一对夫妇失业后在一个临时巴刹（市场）做起小生意，这种摆地摊、卖干料的生意虽然赚的都是蝇头小利，但是他们仍然充满信心、充满干劲。作者对这种面对生活挫折而不屈不挠的奋斗精神予以充分肯定："我们的祖先，已经把刻苦耐劳、艰苦奋

---

① 秦牧等主编：《台港澳暨海外华文文学大词典》，花城出版社1998年版，第3页。

斗的美德，播种在这辽阔的土地上。我们的先辈们，大多是白手起家
的，是从一点一滴的收获、一分一毫的盈利，发展扩大到现在的；在艰
难时期，挺起胸膛，咬紧牙关，不屈不挠。所以，人类才能绵延不断，
越来越进步。"①

印尼华人具有克勤克俭、坚忍不拔的创业精神，这种精神使他们能
够经受住恶劣生活环境的考验。白放情的小说《家》叙述了一位华族
的有志青年为改变家庭经济现状，先后做过卖咸菜、送报纸、卖海参等
活计。文中的"我"乐观面对生活的困难，深信天无绝人之路，走出
了一条自强不息的道路。

此外，对民族精神的继承还体现在面对着强大的异质文化压力，运
用母语写诗作文，抒发自己情感的过程中。华文作家还通过"华校被
禁"的题材来表达华人心中的沉痛心情，讴歌印度尼西亚华人在文化
浩劫中坚持华文自修的坚强不屈的精神，表达了华人不愿放弃母语的愿
望。如刘昶的《永别母校》、立锋的《献给母校》、广月的《祭母校》
和《伫立在母校门外》都是华校被禁的挽歌。而袁霓的《记忆中的阿
五》、《失落的锁匙圈》等则表现的是华人在艰难环境下坚持华文创作、
华文自修的历史。

由此可见，华人在印度尼西亚扎根繁衍，在文化上受到自觉或不自
觉的、自愿或不自愿的同化。但是，中国传统文化作为一种"集体记
忆"，在华人思想意识中的影响是根深蒂固的，因此，与国籍的转变相
比，华人在文化认同上的转变要复杂、迟缓得多。正如肖依剑在《这
一代印尼华人》中所说：尽管"印尼华裔坚持自己是印尼国家的一分
子，他们效忠这个国家，并为它的经济发展作出了贡献。但是，在文化
上，大部分华裔都希望能保存祖先遗留下来的特性"②。因为"共同的
民族意识、民族感情"，乃是民族"最主要的特征"，"缺此，便不成其

---

① 严唯真主编：《明芳文集》，鹭江出版社 2000 年版，第 16 页。
② 郑民：《印尼华人与国家认同》，载《华侨华人研究》（第二辑），暨南大学出版社
1991 年版，第 232 页。

为民族了"。①

　　历尽沧桑的印尼华人，虽然在文化上发生了变迁，不免朝着本土化、当地化的方向发展，但是"通过与其父母和其他长辈的语言交流，他们吸收了根深蒂固的文化价值"②。文化对于一个民族的影响具有深刻的历史连续性，尽管在印尼这种连续受到强制性的干扰。中华传统文化是华族族群精神所系的故乡，是华族"集体记忆"的源头，是华人欲去难离、如影相随的印记。

　　从印度尼西亚华人文学表现出的对文化之根的保留与呼唤，我们得以窥见民族文化层面上稳定的因素。虽然中国已经成了他们遥远的记忆，但是广大的华人不可能忘记自己的祖先，不可能忘记由五千年悠悠历史积淀而成的博大精深的中华文化。

　　可以看出，当作者的身份由华侨转变为华人之后，他们对于"故乡"的认同开始发生转向。他们已经摆脱了对故乡根源的迷恋式想象，祖辈们回归的愿望，在新一代的华人看来已经成为一种神话。然而他们对华夏文化传统的留恋，又形成一种"剪不断，理还乱"的情形。经历了沧桑的印度尼西亚华人，开始更加客观、理性地反思自己的身份和自身的文化。在不同文化的撞击中对民族文化的坚守和对其他文化的吸收，成为华族文化发展的选择。

　　因此，当我们观看 20 世纪后半叶以来的印华文学时，不难发现"故乡"一词的含义复杂了许多、丰富了许多。"故乡"已经由昔日单一的指向演变为互为表里、互为补充的双向所指：既指蕴含着作家家族繁衍、童年记忆、生命足迹与社会认同的实体性故乡——华人生于斯、长于斯的印尼，也指向华族集体记忆的所源所依、华族族群精神所系的精神性故乡——华族的精神文化家园。

　　在"故乡"含义的转变中，不仅实体性故乡发生了置换，其精神文化层面的内涵也在特殊的语境下催生。尽管，这种故乡的情愫可能会是混沌的，但其中表现出的新的动向与特性，却成为海外华人文学中值

---

　　①　转引自陈衍德《论当代东南亚华人文化与当地主流文化的双向互动》，《东南亚研究》2001 年第 4 期，第 5 页。

　　②　同上。

得关注的一种文学现象。

二　"家园"的乌托邦色彩

现实中被排斥与压制的遭遇，曾经给印度尼西亚华人带来多方困惑，也促使印度尼西亚华人作家选择了对"故乡"的不断阐发："故乡"虽然含义丰富，但仍无时无刻流露出一种无所归依的感觉。无论是离乡还是归乡，华人都注定要面对心灵的"失乡"。

20世纪60年代以后，印度尼西亚华人文学中塑造"故乡"的很多层面都受到了现实的强烈影响。印度尼西亚华人作家的"故乡"书写，实际上是一场试图化地狱为天堂的乌托邦想象。它使沉默的印度尼西亚华人找到言说的途径，使他们表达自我、重塑族群属性的愿望得以达成。

华人的生存状态以及主流社会对华人的态度和观念，是印度尼西亚华人作家选择这些层面塑造"故乡"的原因。具体说来，在文本中，和谐的族群关系代替了现实中的冲突，对本土强烈的归属愿望代替了本土对华人的排斥，华人的本土化得到了大力张扬。从华族文化的变迁、华族与友族的和谐共处的角度，印度尼西亚华人作家表现了华族本土化的历史和对这片土地的风土人情的深厚感情；从华人归化的史实、华人国家意识的转变方面，表现了华人对于自己政治身份的明确认识。祖辈们的故乡情结被土生土长的华人视为原乡神话，越来越抽象、遥远，难以承载他们现实生活的记忆。

印度尼西亚华人作家对"故乡"的塑造，似乎无时无刻不在以主流意识作为创作的参照。在写作中，作家有效载入了以往的记忆，也融入了幻想与想象的成分。它将作家的愿望赋予分散破碎的经验，重新建构新的华人形象，以抵制加诸华人身上的种种带有偏见的定型化形象，这使他们的写作成为捍卫民族尊严、改善民族处境的有益尝试。这种虚拟的理想国，既满足了华人对归属感的渴望，也寻找到了一条可被主流社会认可的表达方式。这样，印华作家通过写"故乡"，也成功塑造了热爱祖国、与友族和睦相处的华人群体，为主流社会了解的华人形象提供了另一种参照。

在当时的社会背景下，华人表达自己的思想充满了危险。因为对族群生活的描写和族群属性的重建，或多或少联系着华人的凄惨历史，很容易被认定为是对当局的不满或反抗。因此他们表现得小心翼翼、甚为谨慎：或对华人凄惨的生活一笔带过，或于淡淡的哀愁下闪烁着思想的火花，或在小事中含蓄地表达自己的选择和取向。例如，《淡淡的乡愁》的作者明芳，含蓄地表达了在热爱华人现在的祖国——印度尼西亚的同时，也不应遗忘祖辈生长的地方——中国的思想。作者生长在万隆市，养儿育女也在万隆，她自称把万隆的山城当成自己的家乡，根本没有什么乡愁可言。然而一位朋友探亲回来，说起她第一次去父亲的出生地并在父亲的老屋住了几天时，作者竟深受感动，于是"我也萌生了一个念头，有机会去松口，一定要到我父亲出生的地方，盘桓一些日子……"①

在当时的社会环境下，华人不能表达对父祖故乡——中国的思念，只能将这种感情尘封。朋友的探亲将作者压抑的乡愁唤醒，这也是印尼华人在面对同化时对于"根"的回忆的压抑、对于历史记忆的尘封在偶然契机下的释放。可见作者原先声称没有乡愁只是一种逃避。从作者的这种心态可以看出，华人对于曾经祖祖辈辈生活的祖籍国存在着割舍不断的情感，它的一草一木、一房一瓦是华人心中珍存的老照片，虽年代久远而渐渐发黄，然而因为它联系着一段难以忘却的历史而弥足珍贵。

在其他印华文学作家的作品中，亦时时流露出这种淡淡的无奈。在他们的作品中，我们没有听到乡愁被压抑的痛苦呻吟，只能偶尔感受到其中的缕缕辛酸。印华作家将现实的痛苦降到最低，更多地写他们对印尼本土的认同和当下的幸福生活。多写幸福与快乐，少写或不写心中的痛苦和不满，这也是印度尼西亚华文作家对"故乡"乌托邦写作的表现。

苏轼曾曰："此心安处是吾乡"。当年背井离乡的华侨满怀游子的孤独与苦闷，自有一番凄楚情愫；20世纪60年代以后加入印度尼西亚

---

① 严唯真主编：《明芳文集》，鹭江出版社2000年版，第92页。

国籍的华人在现实生活中被排斥压制的不平等待遇，更是一份比身体漂泊还要孤苦的精神流浪。他们脱离了母文化的主体，作为印度尼西亚公民，又未享受到与其他民族同等的政策待遇，难免会有一种孤独的心情。这种"他者"身份带来的边缘感，使华人渴望获得一个平等、和平、自由发展的家园。

这种愿望影响了印度尼西亚华人对"故乡"的塑造，他们将现时的愿望与理想寄寓虚拟的故乡，使之呈现出明显的美化故乡的乌托邦色彩。在他们建构的乌托邦家园中，华人体验着梦幻的欢乐及其与存在处境间的疏离。他们对"故乡"的追寻源于现实的流离，也试图致力于未来与印尼社会的融合。因此，与其说他们是在建构故乡，毋宁说他们是在表达自己的理想与对未来的祈祷。

在"同化"与"融合"之间作出选择，重新调整与"祖国"和"祖籍国"关系的尝试，在东南亚的华人中一直都存在并延续着；只不过随着主客观情势的变化，时隐时现、时强时弱。20 世纪 80 年代至 90年代以来，马来西亚、新加坡的一些华人学者和及其"新生代"作家，在所在国少数族裔文学——华人族裔文学的建构中，逐步将故乡情结虚化为原乡神话，将"故乡"虚化为带有神话色彩的祖辈的"原乡"；将曾经魂牵梦萦的"文化中国"，虚化为一种资源——类似于"树"所需要的多种"肥料"中的一种"肥料"。

20 世纪的 80—90 年代，对许多作家而言，言说中国——被作为对抗身份不被认同危机的象征——逐渐被抽离其具体的内容，在很长一段时期内占据着他们文学想象的空间。换言之，在他们心目中，中国以及与之相关的意象群，如长江、黄河、长城、腊梅、海棠、枫叶以及雪花等，多成为他们应对新的国民身份不被认同危机的情感转换方式，即所谓借中国的酒杯浇自己心中的块垒：

乡愁着录影带里
神州的山山水水
时而咳嗽——归不去的江南岸及
望不穿的公民权

　　郁成
　　胸中一口三十年咳不出的浓痰

　　这里吕育陶说的公民权，指的是马华族群不能与马来人同等分享公民权利的现实处境。这种处境引起的焦虑导致了他的乡愁，也导致了他对中国的想象。

　　很明显这里的乡愁，并不源自有着切身经验的故乡情结，也并非指向祖辈在中国的某一具体的故乡，而是大而化之为整个中国：一方面把中国看做了得不到公民权的"原罪"，另一方面却又热烈地拥抱着这个"原罪"。

　　这种矛盾的心境，从其他新生代作家的言谈中也可见出端倪。例如，刘育龙在1999年的本土与旅台作家座谈会上说："我们跟大马的关系其实也有内在的疏离或内在的矛盾存在，尤其是出生在60年代的我，是很无奈的生活在七八十年代，虽然当时还是个求学的学子，但整个华社所面对外来的压力及政治偏差，我们的感受是非常深刻的。所以，就是因为这样子身份不被认同的危机，使我们产生很强烈的反弹。"但他同时也认为，这种中国情结的反弹，并不指向任何实实在在的政治实体，而只是一种文化上的回归，"真正的文化中国是活在我们内心，而不活在世界上的任何角落，任何土地上"①。

　　既不愿成为所谓中国文学的"边缘点缀"，又不愿被马来西亚当局以马来文化为主体打造的马来西亚国族共同体所同化，所以，对有些新生代作家来说，如何从整体上反思华文写作中的中国想象，就成为他们最大的焦虑。

　　黄锦树认为："第一代的马华文学写作者，所生产的其实都是流亡文学，作品必然饱含自身经验史中的乱离；因为离去，而让故乡不得不乌托邦化为原乡。另一方面，后半生的居留地，自不免是另一个故乡。从个人经验史的角度来看，一个人是两个人，也是许多人。这种双乡的

　　① 刘育龙：《旅台与本土作家跨世纪座谈会会议记录（上）》，马来西亚《星洲日报·星洲文艺》1999年10月23日。

状态，其实在迁移者身上是很常见的情况，尤见于殖民地，因为殖民教育最常制造出学舌者、流亡者、分离主义者，这种生产线不会在殖民政权收摊后即刻停止生产，因再生产机制的持续运作而可以延续好几个世代。"①

对早期的华文写作，他们颇多微词，以为这种与中国近现代历史同步共振的马华文学所蕴含的知识分子中国想象，并不代表广大底层移民的真实情感。他们认为，晚清以降知识分子的南来，具有中国文化转移的象征，但知识分子所代表的精英意识其实与劳苦大众间有着明显的落差，前者所具有的渊博知识和文字表达能力使之成为当之无愧的中国文化的南洋再现，而对于构成早期移民主体的粗识文字甚至不识字的后者来说，除"少数在殖民档案或幸存的账册之类实用文献上留下生存的具体痕迹，极大多数只是在墓碑上留下最空洞的记录，作为统计数字被归入人的自然史"②。所以，肇始于南来知识分子的马华文学对中国事务的广泛介入，实际上就充当了对底层民众具体而微的故乡情结消音的工具。而所谓"再生产机制"下的"学舌者"，所指之一就是那些不曾有过真实的中国经验却仍执著于中国想象的第二、第三乃至第四代移民的文学创作，并且认为这样的文学创作，实际上会造成华侨意识的复苏，不利于马华作为马来西亚境内少数族裔的形象塑造。张光达也认为，马华文学作品中泛滥的中国想象，"令马华作品失掉创造性，令马华文学失掉主体性，成为在马来西亚的中国文学的附属，成为大中国文学中心的边缘点缀"③。

在这样的"言说"追求与环境中，到 20 世纪末期，许多华裔作家，更讲究的是对中国进行"隔代""言说"的言说方式。这时候，在许多华裔作家的心目中，已经对中国以及与之相关的意象群，如长江、黄河、长城、腊梅、海棠、枫叶以及雪花等，并不真的那么"有感

---

① 黄锦树：《原乡与离乱》，马来西亚《星洲日报·文艺春秋》2003 年 4 月 13 日。

② 黄锦树：《境外中文，另类租借，现代性：论马华文学史之前的马华文学》，马来西亚《星洲日报·文艺春秋》2003 年 1 月 12 日。

③ 辛金顺：《历史窗前》，载陈大为、钟怡雯主编《赤道形声——马华文学读本 I》，台湾万卷楼图书有限公司 2000 年版。

觉"——它们，只不过是一个既有亲情又很陌生、淡化的"地方"。

钟怡雯在《从追寻到伪装——马华散文的中国图像》① 一文中，曾经这样描述：

> 相对于曾经在中国大陆生活过的祖父或父亲辈，马来西亚第二代、第三代华人最直接的中国经验，就是到中国大陆去旅行或探亲。那块土地是中国文学的发源地，他们曾经在古典文学里经验过那未被证实的风景和地理，从长辈的口耳相传之中对那块土地及亲人产生情感，或者经由文学催生想像，因此从这些旅游文学中，我们可以读到被风景召唤出来的文化乡愁，而最常见的符号是长城、黄河和海棠。这意味着中国的情感都是好书本、长辈以及民族之情所引发的，他们因为风景的召唤而产生激情式的认同。
>
> 这些游记呈现的特质，特别突出文化和历史的记忆，那是民族记忆最重要的部分，他们不像出生于中国的祖先想回到那块土地，这些第二代、第三代的华人，在生活习惯上已深深本土化，其实已具备多重认同的身份，他们所认同的中国，纯粹是以文化中国的形式而存在。

钟怡雯还通过分析潘碧华的散文《我会在长城上想起你》，指出"长城"未变，但是，"长城"——那块被祖先称为故乡的土地，对海外华人的意义已经变化了——旅游的意义远大于"返乡"的意义。

潘碧华在《我会在长城上想起你》说，她对这趟旅行的期待，源自于一位来自中国大陆的、相当于"长辈"的老师口中的文化/文学的中国引发了她的思古之幽情：

> 那几年来听你讲课，从远古的尧舜到近代的抗日，多少英雄人物从你口中提起，而这些人物的活动范围就在一块海棠叶上。上课

---

① 载陈大为、钟怡雯、胡金伦主编《赤道回声——马华文学读本Ⅱ》，台湾万卷楼图书股份有限公司 2004 年版。

的第一天，你在黑板上随手就把中国的地图画了出来，黄河在北，长江在南。你在黄河之上缝了一条伤痕，你说，这条伤口，便是万里长城。那时我只觉得你的形容很传神，一张时时受伤流血的海棠叶。也是那时起，我爱上了你的课，爱你用神往的口气说历史故事。

钟怡雯认为，潘碧华诚实地道出了马来西亚华裔作家与华人作家在"言说"心态上"隔代"的区别："你（老师）的悲剧不在我成长的年代，我不能体会你的切肤之痛。"对华裔作家，也包括"对她而言，马来西亚才是家乡……她现在的故乡是马来西亚，文化认同或国家认同并不等同或混淆"。"对于这些流离之子的后代……以长城和海棠作为象征的中国游记似乎说明了一个事实：马来西亚华人对中国其实并不真的那么'有感觉'，而是民族情感的普遍共鸣，就像戴小华在《踏上中国的土地》所说的：'中国毕竟是一个既有亲情又很陌生淡化的地方……是为了去认识那与我流着共同血脉的民族，是为了去了解与我有着共同文化的国家'，这种简单的理由和千篇一律的情感其实不算乡愁，只不过作为相同的族群，因而对中国大陆有一分亲切的情感，则是不争的事实。"①

辛金顺在《历史窗前》一文中，通过"会馆老了"这一意象，不仅再次演绎了"隔代""言说"的言说方式，而且，对"隔代""言说"中的言说者心态作了直截了当的告白：

> 冷寂的墙壁对着列祖列宗的牌位？而我很少走进去，多是路过，然后把会馆远远遗留在身后。
> ……我想，我们这一代既没有离乡背井而还紧紧抓住自家乡土的泥香感情，也没有海外遗孤旅居客地孤寂清冷的乡念，桑梓社会的感情自然是较之先辈来得淡薄。

---

① 钟怡雯：《从追寻到伪装——马华散文的中国图像》，载陈大为、钟怡雯、胡金伦主编《赤道回声——马华文学读本Ⅱ》，台湾万卷楼图书股份有限公司2004年版。

　　　　……我对会馆永远是带着一种崇敬的心情，像对着那一批批浮萍入海，孤身漂洋，忍溽暑、抗虐蚊、拓荒土和开莽林的先辈一样……

　　　　只是……我心里依旧是响着那句话：会馆，毕竟还是老了。

　　在华侨社会和华侨文学时代，中华会馆是华侨和华侨社会的心脏，是中国在海外华侨中的象征和延伸。在华人社会和华人文学时代，中华会馆是华人和华人社会的感情、文化与精神聚集点，是中国传统和文化在海外华侨中的象征和延伸。所以，"会馆老了"；实际上，也就是预示着、代表着华侨文学与华人文学的两种时代心态的"老"与"去"——到了华裔社会与华人族裔文学时代，"所谓籍贯，或所谓乡谊的传统观念，那都是属于上一代的事了，都已成了一片残黄的历史"①。

　　实际上，在长城"淡化"、海棠"陌生"、会馆"老了"的背后；都隐藏着一个共同的"叙事"：在他们的心目中，中国已经是祖辈的"原乡"，而不再是自己——作为华裔的"故乡"了。对此，林幸谦在《狂欢与破碎——原乡神话、我及其他》中，对"原乡"与"故乡"的区分，更是作了一番比较详细的、深入的陈述：

　　"在老去的海外人心中，人生大概别有自己的滋味：所谓故国，亦另有意义。对老去的人而言，祖国故乡仅仅可能是记忆中一个破碎的国度，就算完好如初，恐怕也已经失落；取代的，是一种理想化了的原乡神话。

　　我们或将不再一味地执著于自己的中国属性。而中国作为原乡的母体，原有的意义也已经丧失殆尽。种种隐喻也在丧失的寓言中——浮现。

　　原乡神话，在本质上意味着乐园形式的家乡，它唤醒人们寻找生命

---

① 辛金顺：《历史窗前》，载陈大为、钟怡雯主编《赤道形声——马华文学读本Ⅰ》，台湾万卷楼图书有限公司 2000 年版。

乐土的渴望。神秘的原乡神话所带来的疑惑，连带也有了华丽辉煌的色彩。到了我这一代，我的乐园已经丧失在历史场景中。各式各样的故乡，反而成为一种符号，标志着命运的开端，也标志着追寻与丧失的归属，是一切记忆的根。直到今日方才看到了残缺的真相。那些被文化血脉所滋养的原乡神话，如今都已贫血而亡，才知道自己原来不曾有过故国。故国是夜里的一场大梦。……经过百余年的思索，原乡的迷思至今仍旧令人盲目。原乡神话的迷思，把所有的海外人囚禁在一个民族大梦。……经过一个多世纪的追思，中国人早该走出民族主义论述的人生。让人生归复人生，种族归复政治。……走到了 20 世纪末的今天，我们不得不承认，我们不再是纯粹的中国人！……从民族主义的禁忌中解禁，不等同于根的失落。祖先原就是各族的祖先，血统和文化已经说出了各自的身份……"而且，他直言不讳地宣称："所有的神话终有重写的一日，任何惊天的变动，我们都不必讶异。"①

于是，我们可以理解：中国作为祖辈的"原乡"，而不是自己的故乡，曾经存在于祖辈们成长的经验史里的，其间的地理与人情，"在最易感的年少岁月里陶铸其感性"②；而后，"这些早年从民不聊生的土地上走到南洋卖苦力，尝尽猪仔辛酸的祖先们，在锡矿场和胶林里流下他们的血泪，却终究没有重回那块遥远的土地"③。于是，在经年回顾中，记忆中的乡土逐渐剔除惨痛的成分而发酵成简化复理想化的图像："茶余饭后，几张瘦长的旧板凳按时聚集于椰树下，晚风徐徐，梳理方言里精致的音韵和粗犷的内容。汉子慢慢被梳成大伯，大伯们动不动就是想当年如何如何，动不动就是唐山有多好多好。返唐山是贴在大嘴两旁的门联，这句话背后埋藏了无以估量的希望与辛酸，尽管历经风雨而略略褪色，但我还是可以清楚地感受到它的重量，一笔一画，笨拙地装入我

---

① 林幸谦：《狂欢与破碎——原乡神话、我及其他》，见钟怡雯主编《马华当代散文选》(1990—1995)，台湾文史哲出版社 1996 年版。

② 黄锦树：《身世，背景与斯文——〈华太平家传〉与中国现代性》，台湾《联合报·联合副刊》2003 年 3 月 22 日。

③ 钟怡雯：《门》，见钟怡雯主编《马华当代散文选》(1990—1995)，台湾文史哲出版社 1996 年版，第 287 页。

无从闪避的耳膜正中央。"①

这种属于祖辈的记忆图像，又被称之为原乡神话。所谓神话者，要么是指关于神仙或神化的古代英雄的故事；是古代人民对自然现象和社会生活的一种天真的解释和美丽的向往。要么是指荒诞的无稽之谈②。用在这里。显然既有"天真的解释"和"美丽的向往"之意，也并非全无"荒诞"与"虚化"之意。而所谓原乡神话者，则不过"在本质上意味着乐园形式的家乡"，它的确是关乎地理，关乎亲情，关乎记忆，既见证着他们从安土重迁的老中国传统里出走海外而至漂泊南洋的辛酸，也见证着他们难以认同异地文化的迷茫。但马华新生代中的一些作家，正是这样以原乡的神话性替换着父祖辈故乡情结的实指性。

三　"一个国家、一个故乡"

当中国——这个昔日的"故乡"已经退隐和虚化为祖辈的"原乡"之时，一个新的一体化之"乡"——由给予了华裔生命、童年、亲情、事业与政治身份的祖国，以及他们正在追寻、建构的国家文化框架中的华族文化，所构成的实体性与精神性二者合一的"故乡"，即所谓的"一个国家、一个故乡"便理所当然地成为了东南亚华人族裔文学的所"望"之"乡"。

20 世纪 90 年代，马来西亚华文文坛出现过许多讨论和争论：如《"马来西亚文学"的概念不贴切》、《国家与文学的纠葛》、《迈入 21 世纪的马华文学：原点的省思》、《开放的体系——马华文学超越国族主义》、《却顾所来径》、《民族记忆与现代文本的两难》等文章，从多角度探讨华文写作的基点与走向。围绕关于"重写马华文学史"问题也展开了一系列的讨论：《星洲日报》专门开辟了"重写文学史"讨论栏目，台湾暨南国际大学召开了重写马华文学史学术研讨会，许多参与讨论的论文，如陈雪风等的《解构 90 年代马华文学史观》、《重写马华

---

①　陈大为：《抽象》，董农政主编：《新华文学》第 53 期，新加坡商务印书馆 2001 年版，第 141 页。

②　中国社会科学院语言研究所词典编辑室编：《现代汉语词典》（2002 年增补本），商务印书馆 2002 年 6 月第 292 次印刷，第 1123 页。

文学史，塑造当代新史观》、《重写意思与诠释权》等，都较为引人
注目。

　　在这些讨论和争论的参与者中，有许多人都是所谓的华裔新生代。
他们大多是第三代，甚至是第四代、第五代华裔，曾经在马来西亚的胶
园和雨林里度过童年。在他们的记忆中，听过马来故事、印度故事，也
听过中国古老的传奇和祖辈父辈的垦荒故事；他们吃咖喱，也吃米饭；
他们过屠妖节（DEEPAVALI），也过春节。就现实的国籍而言，他们不
是中国人，而是所在国的一个少数族裔——华族中的一员。他们认为自
己已经成长为一个特殊的群体，试图以新的态势面对和处理一些特殊的
事情：如重新调整与"祖国"——入籍国和"祖籍国"——中国的关
系；从而建构属于这个族群的一种新的文化：既不被所在国文化完全同
化，也不是他们认为的"中国文化的旁枝末节"；既要广泛吸纳马来社
会各种非华人的价值观，以争取在马来西亚国家文化里合法地、长久地
生存下来，又要保持作为当地少数族裔的华人的文化认同，以确保在多
元民族文化中的独特"华"性特征。这些讨论和争论，也都曾经以
"重写"、"诠释"为标示，探讨着文学"望乡"时"一个国家、一个
故乡"的迫切性与可能性。

　　这一时期的马来西亚华人族裔文学写作，以极大的热情和明确的声
音回应、参与了这场以"重写"、"诠释"为标志的大讨论，并且正是
在汉语写作中，发出了心中"一个国家、一个故乡"的声音。

　　辛金顺在他的诗歌《最后的家园》中，这样宣布他的效忠和他的
归宿：

　　　　我以骨骼宣誓
　　　　忠于栽种我童年的泥土

　　林春美在《我的槟城情意结》中，这样述说她心灵的挂牵与灵魂
的皈依：

　　　　曾说死后要把骨灰分别葬在平生五个最牵心的地方，生时眷念

却无法分身相依的地方，死后要让灵魂去相厮守。而最挂心头的，
自然是槟城。我说如果葬我，必要在槟城的闹市，在中路恒毅小学
附近吉灵人的报摊旁。①

　　从他们的这些宣称和诉说之中，我们可以看出：政治的中国和地域
的中国，都已经从他们认为的"故乡"中退出；他们要以"骨骼"效
忠和要以"灵魂相厮守"的只有一个朝向——那就是入籍国的"乡"
与"土"。
　　林幸谦在《中国崇拜》中，这样反思着"我"与"中国""传
统"：

　　　　在图腾宴上
　　　　忍着泪
　　　　把吞下的传统回吐

　　　　我吐出我的中国
　　　　自己变回蛇体
　　　　钻入黑暗的地狱
　　　　冬眠

　　　　现世中国
　　　　纯属个人的私事
　　　　梦中没有故乡
　　　　传统都在变体
　　　　独尝梦的空虚
　　　　……
　　　　冬眠后的春天

---

　　① 林春美：《我的槟城情意结》，载陈大为、钟怡雯主编《赤道形声——马华文学读本
Ⅰ》，台湾万卷楼图书有限公司 2000 年版。

我再度崇拜宇宙[1]

　　诗歌名为《中国崇拜》，实则是要表达诗人的一种期望：像"蛇"一样"回吐""中国崇拜"。虽然是"忍着泪"，但是"把吞下的传统回吐"的意念却非常明确而且非常坚定。与之同时，"把吞下的传统回吐"、"我吐出我的中国"，并不是从此不再吸纳"中国""传统"；而是，不再以"崇拜"的心境吞咽"中国""传统"；而是，要在"崇拜宇宙"的关照中，广泛吸纳各种思想与价值观。中国的辉煌文明和悠久的历史积累，将被作为世界文化资源中巨大的资源深井之一，为海外华人世代所求、所用。这种有意的在文化上的与"中国"的"远离"或者称为对"中国崇拜"的反思，实际上是有意于、出发于对东南亚华人族裔文学所"望"之"乡"——一个新的一体化之"乡"——由给予了他们生命、童年、亲情、事业与政治身份的祖国，以及他们正在追寻、建构的国家文化框架中的华人族裔文化，所构成的实体性与精神性二者合一的"故乡"的奠基与构建。

　　林俊欣与林春美分别记述过他们离家——从马来西亚到新加坡后，思家的"感觉"。

　　林春美写道："槟城是我最亲的家乡……其实，我也分不清楚自己终日放在心上的到底是一整个槟城，还是岛上我一个小小的家。""我在新加坡繁忙的街道里……我有两百多英里长的乡愁，却有三百多日更长的工作日……我只能在那秋风袭心时，跑到'SS2为食街'，叫一碗标榜着槟城的小食，解解乡愁。"[2]

　　林俊欣写道："对某些人来说，回家是一件十分重要的事。更何况那些不是每天可以回家的游子或工作者。然而，对我而言，回家是一个必然，背井离乡后的必然结果。……遥想当年执著于鸿鹄之志，我选择了南方一个岛国，一个和桑梓比较之下纯粹异样的国度……在异邦，放

　　① 林幸谦：《中国崇拜》，载陈大为、钟怡雯主编《赤道形声——马华文学读本Ⅰ》，台湾万卷楼图书有限公司2000年版，第64页。
　　② 林春美：《我的槟城情意结》，载陈大为、钟怡雯主编《赤道形声——马华文学读本Ⅰ》，台湾万卷楼图书有限公司2000年版。

眼望去，尽是炎黄之胄簇集的盛景，还有惹云弄雾的危楼，车如流水马如龙。"①

　　在老一辈华人心中，马来西亚与新加坡分治之前本是一家，分治之后地理相近、渊源相同；两国之间，有差异但不是太大。但是，在新一代华裔看来，身在这两个不同国家，差异极大——因童年之所在与童年之所不在、国籍之所在与国籍之所不在，决定了"家"之所在与"家"之所不在。即使身在新加坡的华人社会，即使身在汉字文化圈中，离乡背井的感觉竟是如此的沉重："寻寻觅觅，获得的结论竟然让我惊心：原来方块字可以是排斥、漠然与无能的函数。……在岛国，心中两个国家零个故乡；在丹洲，心中一个国家、一个故乡。"②

　　钟怡雯还以"我的神州"这一创造性"意象"，对林俊欣"心中一个国家、一个故乡"的表述作了进一步的见证：

　　　　我终于明白，金宝小镇，就是我的神州。
　　　　爷爷在世的时候，他的神州，是家人的梦魇。传说中完美无瑕的地方，却是瞎眼的奶奶迫不及待要逃离的疫乡。尽管如此，她却在我连父母之名都未知晓的年纪，反反复复的教我：'我的祖籍是广东梅县'……
　　　　吊诡的是，爷爷一再要我离弃的金宝，最终却成为了我的神州。③

　　"神州"一词，本为特指，"战国时人驺衍称中国为'赤县神州'④，后世用'神州'作中国的代称"⑤。在"我"眼里，"神州"一

　　① 林俊欣：《背井：感觉与冥思》，载陈大为、钟怡雯主编《赤道形声——马华文学读本Ⅰ》，台湾万卷楼图书有限公司 2000 年版，第 509—513 页。
　　② 同上。
　　③ 钟怡雯：《我的神州》，载钟怡雯主编《马华当代散文选》（1990—1995），台湾文史哲出版社 1996 年版。
　　④ 见《史记·孟子荀卿列传》。
　　⑤ 中国社会科学院语言研究所词典编辑室编：《现代汉语词典》（2002 年增补本），商务印书馆 2002 年 6 月第 292 次印刷，第 1124 页。

词，在特指的同时，又有了新意：爷爷、奶奶的"神州"——中国，作为一个"疫乡"与"完美"之乡的混合，已经成为一个"传说"，一个"梦魇"；"我的神州"——"金宝小镇"与"金宝小镇"所在的国度，"爷爷一再要我离弃的金宝，最终却成为了我的神州"，而且是现实的、"最终"的"神州"。可见，这里的"我的神州"中的"神州"，已经由特指的中国，演变成为华裔的祖国，即他们要以"骨骼"效忠和以"灵魂相厮守"的那"一个国家、一个故乡"。

四　"第三代橡胶树"

在中国被视作祖辈的"原乡"、入籍国成为了"我的神州"的同时，"华人文学"时代的许多观念，势必会受到种种新的审视。这些审视，既是因为在所谓"第二次转换"中作家的身份意识发生变化后的主动选择；也是因为西方后殖民主义理论的传播，影响和推进了这些审视。

在众多需要"审视"的观念中，首当其冲的就是如何对待已经被视作祖辈"原乡"的"中国传统"。王润华的《华文后殖民文学——中国、东南亚的个案研究》一书，可以说是众多的"审视"之作中的一个代表。

橡胶树寓言，在王润华的写作以及在他对新马华文写作的解读中，具有重要的地位和意义。但是，随着时间的推移，这个寓言也不断被重新"审视"和修订，其中的所寓之言也有所变更和补充。

王润华曾经说："我的祖父像一棵橡胶树一样，他在同一个时候被英国人移植到新马这土地上，然后被发现非常适合在热带丘陵地带生长。不但往下在土地里扎了根，还向上结了果，我的父亲像第二代的橡胶树，向热带的风雨认同了，因为他是土生土长，不再是被移植、试种的经济植物。小时候，我也像一棵生长在马来西亚霹雳州的近打区的第三代橡胶树。"[1]

---

[1]　王润华：《华文后殖民文学——中国、东南亚的个案研究》，学林出版社 2001 年版，第 104 页。

"小时候"的"第三代橡胶树",也就是"过去的"橡胶树,更突出与强调的是橡胶树在"被移植、试种"到"土生土长"的过程中,与热带土壤、气候、风雨的认同——如何从"移植"转化为"土生"。

"成年后"的橡胶树,也就是"现在的""第三代橡胶树"所寓之言变得较为复杂。其中之一,就是更突出与强调"橡胶树"身上应该有,但是,在"过去的""我""笔下的橡胶树"上已经失去了的殖民时代的惨痛记忆:"我笔下的橡胶树,其树上已失去很多殖民地时代的惨痛记忆。因为我是第三代移民,我的橡胶树也是,而且我父亲受英文教育,父母是橡胶园的小园主,因此英国殖民统治者的意识形态已渗透进我们华族文化和无意识中,我的华族文化已是'派生之物'。当民族意识被弱化或被瓦解后,我的橡胶树便变成快乐地、喜欢这个热带环境。虽然身上还带着创伤。早年华人移民的记忆不再生长的第三代的橡胶树,在上述独立前的作品中的橡胶树才是殖民地社会文化、生活的具体符号和载体。"① 在驱逐"失忆"、重温"创伤"的这个层面上,"橡胶树"不仅是个体对"很多殖民地时代的惨痛记忆",而且还成为了一个"民族寓言"——隐喻西方霸权统治与控制的寓言:"作为一个'民族寓言',橡胶树不但把华人移民及其他民族在马来半岛的生活经验表现得淋漓尽致而且还同时把复杂的西方资本主义者与大英帝国通过海外殖民,海盗式抢劫、奴隶贩卖的罪行叙述出来,也呈现了殖民地官员与马来商人在马来半岛进行压迫劳动与资本输出所做的残忍勾当。"②

与之同时,"成年后"的"第三代橡胶树",也就是"现在的"橡胶树,还有更为复杂之处,即又"借用西方的话语"反过来驱逐"反失忆"——反对两种后殖民文学的特性:"受到英国的文化霸权和中国文化霸权之不同模式与典范的统治与控制。"

王润华认为:"新马的华文文学,作为一种后殖民文学,它具

---

① 王润华:《华文后殖民文学——中国、东南亚的个案研究》,学林出版社 2001 年版,第 106 页。

② 同上书,第 109 页。

有入侵殖民地与移民殖民地的两种后殖民文学的特性。在新马，虽然政治、社会结构都是英国殖民文化的强迫性留下的遗产或孽种，但是在文学上，同样是华人，却由于受到英国的文化霸权和中国文化霸权之不同模式与典范的统治与控制，而产生了两种截然不同的后殖民文学与文化。一种像侵略殖民地如印度的以英文书写的后殖民文化，另一种像澳大利亚、新西兰的移民殖民地的以华文书写的后殖民文学。"①

艾勒克·博埃默在《殖民与后殖民文学》中指出："在殖民地世界，无论是本土人还是移民者，他们都相信高等文化和意义来自别的地方。"这里的"别的地方"，指的应该是殖民者和移民者所来自的地方——"西方"。因此，进入一个新的时代之后，"殖民地的黑人特别注意他们在文化方式上的连贯性和合理性；而移民者的后裔则侧重于他们与欧洲不同的经验。但两部分人都是在寻找家园，寻找归属，寻找一个属于自己的地方，一种对他们所在之地的精神上的把握和重新把握"②。

王润华借用了其中的一些"理论与技术"，通过对澳洲、新西兰白人移民作家建构本土性经验的解析，来言说"新马华文作家"反"中国文化霸权"的理由——创造与建立双重的文学传统：

"在殖民地如澳洲、新西兰，白人移民作家首要使命便是要建构本土性。他们与侵略殖民地的印度作家不一样。后者在英国殖民统治离去后，主要使命是重新寻找或重建本土上原有的文化，白人作家则要去创造这种本土性。他们为了创造双重的传统：进口与本土的传统，这些白人作家需要不断采取破除权威与挪用的写作策略。新马华文作家在许多地方其处境与澳洲的白人作家相似，他们需要建立双重的文学传统。""为了创造双重的传统——进口与本土的传统……他们关心的是这棵树，而不是肥料。这棵树只能适应生长在这片新土地上，因为它不是英

----

① 王润华：《华文后殖民文学——中国、东南亚的个案研究》，学林出版社 2001 年版，第 62 页。

② ［英］艾勒克·博埃默：《殖民与后殖民文学》，盛宁、韩敏中译，辽宁教育出版社、牛津大学出版社 1998 年版，第 215 页。

国文学的枝树。"①

这时的"第三代橡胶树",既不是西方之"树",也不是中国之"树",已经要求自己必须是本土之"树"。也就是说,一旦外来之"枝",独立成"树"——成为本土之"树"时,它就是一个独立的个体性生命。本土的华人文学与中国文学的关系,也是如此。汉语写作一旦在本土插枝成树,它与中国的汉语写作就已经不是"树"与"枝"的关系,而是"树"与"树"的关系。对于这颗新"树",中国文学传统如同养料,只是一种有益的资源。就此而言,二者的关系又像肥料与树的关系;树是唯一的,肥料则是可以多向选择的。这样,"现在的""第三代橡胶树",既强调了华族文学的国籍归属;又能从中华文化资源中汲取营养,以使华族文学区别于马来西亚其他民族文学。

为了凸显东南亚华人文学作为所在国少数族裔文学的特色,王润华还以"创造双重的传统的策略"——"舍近求远"和"重审经典"来应对、解构"中国文化霸权"。

所谓"求远"之"远",指的是中国古代文学传统。用王润华的话说,就是"在中国本土上,自先秦以来,就有一个完整的大文学传统。东南亚的华文文学,自然不能抛弃从先秦发展下来的那个'中国文学传统',没有这一个文学传统的根,东南亚,甚至世界其他地区的华文文学,都不能成长"②。也就是说,中国古代的辉煌文明和悠久的历史积累,仍然被认为是巨大的资源深井,应该为海外华人世代所求、所用。

所谓"舍近"之"近",主要指的是中国"五四"新文学传统。王润华在《从战后新马华文报纸副刊看华文文学之发展》中写道:"中国作家用五四文学的传统精神播种,长出的马华文学的根当然深植于中国五四文学里,尤其普罗写实文学、偏重社会性的文学观,作家要肩负思想导师与改革社会运动家的使命与角色。当时来新马的作家,不管是报纸编辑还是老师都要求自己在文学、思想、文化、爱国救民上发挥助

---

① 王润华:《华文后殖民文学——中国、东南亚的个案研究》,学林出版社 2001 年版,第 122 页。

② 同上书,第 129 页。

长与激发的作用。即使今天的新马文学还是四处可见，到处可闻到五四文学老传统的遗迹和气味。""从最早至战前，来自中国文坛的影响力，完全左右了马华文学之发展，副刊成了他们统治当地文坛的'殖民地'。""现在重读这些副刊，便明白本地意识、本土作品没法迅速成长的原因。"①

所谓"舍近"之"近"，不应包括受中国新文学影响的新、马华文写作中的现实主义文学传统。为此，王润华说："目前不少大马青年精英，加上又受了留学台湾的新殖民思想的影响，拿出西方经典的理论，认为第二次世界大战前后的马华写实作品毫无阅读之价值。这就证明西方文学霸权通过西方批评话语继续殖民。西方文化与文学的意识形态已经渗透大马华文文学的形式与无意识之中，把新马文化沦为一种派生物。"②

与"舍近求远"相比较，"重审经典"的要求更为强烈。而且，它既要求"重审"经典作家，也要求"重审"经典作品。

鲁迅对马华文坛产生过重要影响。从马华文学发展的历史看，各个时期的主要作家、批评者对鲁迅及其作品，都非常重视和推崇。但是在"重审经典"的要求和姿态中，批评者由对鲁迅的热情推崇转向为对鲁迅的逐渐"解构"。例如，王润华在《鲁迅与新马后殖民文学》中，首先"解构"的是鲁迅作为著名左翼作家的地位与影响。他指出：在新马"鲁迅最早是受到自由主义派的作家学者的肯定"，"虽然已是知名作家，但是他的知名度与地位并没有特别重要，新马逐渐抬头的左派作家，反而嫌他思想不够前卫"。③ 鲁迅的地位与影响，很大程度上是因为"政治"的推力；是因为毛泽东在 1940 年，即鲁迅逝世四年之后写的《新民主主义论》，"塑造了他的伟大形象，于是鲁迅的名字便开始从中国大陆流传到世界各地有中华文化的地方"。从此，鲁迅"领导左

---

① 王润华：《华文后殖民文学——中国、东南亚的个案研究》，学林出版社 2001 年版，第 137 页。
② 同上书，第 102 页。
③ 同上书，第 52 页。

翼联盟"，"以左派与革命的旗帜登陆新马"①。并且，以"战士、巨人、导师、严父、甚至新文学之父"出现，成为了"一个万人崇拜的英雄形象"②。如此"解构"鲁迅，并不一定是要通过"重审"，以辨明何为政治家、何为文学家的鲁迅；也不一定是要通过"重审"，以分析鲁迅思想的发展，或者分析新马作家认识鲁迅的经历与过程。王润华显然是从西方后殖民主义理论中得到启示，以为鲁迅所代表的中国新文学"经典"在战后的新马受到了过度重视与推崇，以致最后成为了新马本土的"后殖民文学"之一，即"同种族、同文化、同语言的移民者殖民地"③ 文学，从而压制了本土华文文学作为一种所在国的少数民族文学的独立发展。

因此，在更大程度上，这种"重审"重在表示一种姿态或者一种情绪：当中国已经由实体性的"故乡"转化为祖辈的"原乡"之后，许多中国经典，尤其是中国新文学的经典，不应在马来西亚仍然保持过去的那种强势性和影响力。

与之同时，王润华还对另一位中国新文学作家——老舍的作品，进行了新的审视与诠释。

老舍是中国现代文学中极具北京地方味道的作家，他那种诙谐风趣、蕴含思考，让人读着笑、笑得潸然泪下的笔力，得到中国直至世界许多华人的喜爱与推崇。但是，较之于鲁迅，老舍对海外华文文学及其对马华文学发展的影响，都还显得较为有限。但是在"重审经典"的要求和姿态中，与"解构"鲁迅的方式不同，王润华对老舍热情推崇——可以称之为是意欲重新发现。

王润华认为：老舍在1934、1935年间写作和发表的《还想着它》、《我怎样写〈小坡的生日〉》、《一个近代最伟大的境界与人格的创造者——我最爱的作家——康拉德》、《写与读》，都是以他在海外生活的经验来阅读康拉德的热带丛林小说；而且，"由于老舍的后殖民论述与

① 王润华：《华文后殖民文学——中国、东南亚的个案研究》，学林出版社2001年版，第53页。
② 同上书，第58页。
③ 同上书，第62页。

新马的经验有关，老舍虽然短暂住在新加坡，这也算是新马后殖民文学发展史上重要的一个注释"①。王润华从他所理解和阐释过的后殖民主义理论出发，阐述着老舍及其小说《小坡的生日》在海外的重要意义与启示。他认为：《小坡的生日》中的"花园"，预言了今日新加坡"花园城市"的蓝图；小坡和印度小男孩、马来小姑娘、广东小胖子、福建小孩一起玩耍，象征着"多元种族的主义的民主生活方式"；孩子们联合起来打华文私塾老师，象征新加坡的下一代联合起来改革旧的教育制度；维持公道、机智灵巧的小坡，是新一代新加坡人的典型，象征着新一代的新加坡领导人等等。②

现代阐释学认为，每一次文本的解读都是文本的一次再创作。从这个意义上看，王润华的解读，尤其是对文本中"花园"，即象征今日新加坡"花园城市"的阐发，不一定是创作者的当年的原意，而是解读者今天的"原创"。通过这样的解读，王润华把《小坡的生日》，"再创作"成了一个"中国最早的后殖民文学理论"和"中国最早的后殖民地文本"③，成了一个在走向民族融合的时代，对新马华文文学具有启示意义的重要文本。

比较王润华对鲁迅和老舍的解构与解读，可以看出所谓"舍近求远"之"近"，既以"现代"和"古典"为限，又不绝对以"现代"和"古典"为限；在"舍近求远"的大框架中，要着力于通过重审来发现对新马华文文学具有启示意义的新经典；要着力于"新马诗人努力修正从中国移植过来的中文与文本，因为它已承载中国的文化经验，必须经过调整与修正，破除其规范性与正确性，才能表达与承接新马殖民地新的先后经验与思乡感情"④；要有利于已经将中国作为祖辈的

---

①　王润华：《华文后殖民文学——中国、东南亚的个案研究》，学林出版社 2001 年版，第 21 页。

②　王润华：《中国最早的后殖民文本：老舍的〈小坡的生日〉对今日新加坡的后殖民预言》，《华文后殖民文学——中国、东南亚的个案研究》，学林出版社 2001 年版，第 45 页。

③　同上书，第 37 页。

④　王润华：《走出殖民地的新马后殖民文学》，《华文后殖民文学——中国、东南亚的个案研究》，学林出版社 2001 年版，第 122 页。

"原乡"——而不是"故乡"——的"我们"与"我们这一代",在"调整与修正"中重寻出路。

如果说,土生华人文学的所"望"之"乡",有点像"失魂"前的一种"回光返照"的话,华人族裔文学的所望之"乡",就应该是"坚持"中的一种选择了。正因如此,东南亚土生华人已经逐渐同化到"在地"之中;东南亚华人、华裔则试图抵制同化,他们选择的是融汇:要以所在国少数族裔——华族的身份,融汇到多元民族组成的社会与文化之中。

与这种主动选择、调整的要求相适应,东南亚华人族裔文学所"望"之"乡",是一个新的一体化之"乡"——由给予他们生命、童年、亲情、事业与政治身份的祖国,以及他们正在追寻、建构的国家文化框架中的华族文化,所构成的实体性与精神性二者合一的"故乡"。而"中国",在东南亚华人族裔文学的"望乡"叙事中,不再被视作华裔自己的故乡,而是已经演化为华裔祖辈的"原乡",曾经存在于祖辈们成长的经验与历史里,属于祖辈的记忆图像。这个"原乡",作为一个抽象的历史背影,再难以承担得起遥远的乡愁,更多的是留作一种见证:见证他们的祖辈从安土重迁的中国出走海外而漂泊南洋的辛酸,也见证着他们在融入"在地"遭遇坎坷与挫折时的迷茫。

因此,东南亚华人族裔文学的"望乡"之"路",也仍然是一条崎岖与多彩之路、艰辛与悲情之路。当地民族的"恐惧感"、"自卑心理"和华人社会"病态的优越感",都有可能牵动、冲击东南亚华人族裔文学的"望乡"之"路"。与之同时,来自西方的"东方主义"话语,来自"故乡"的激情性话语,也同样可能牵动、冲击东南亚华人族裔文学的"望乡"之"路"。

在牵挂中行走,在牵扯中摸索;在种种"困境"中,东南亚华人族裔文学的"望乡"之"路",将依然会以这样的姿态不断得到铺陈与展开,并且,以极具冲击力的方式,展现在世人的眼前。

第三章　叙说"父亲"

　　东南亚华人文学中的"父亲",往往具有多重含意:既象征着、甚至是代表着华人祖辈及其子孙身上携带着和心灵中流淌着的中国血缘与文化基因;同时,也蕴含着不同时期的作者对"父亲"所象征、所代表的思想内涵的种种看法、立场与心态。因此,从某种程度上看,华人文学中的"父亲"叙事,既是作者对"这一位父亲"具体、生动的描述和言说,更蕴含着作者对"这一位父亲"所代表的"父辈"文化的一种观察和态度。

　　在东南亚华文文学的发展中,在相当长的时间内,"父亲"形象,都是作者关注与叙说的主要对象,而且,是被作为"强者"进行述说的一种对象。在旧中国的东南沿海一带,由于贫穷、战乱等多方面的原因,长久以来都是女人在家劳作,男人漂洋过海到海外谋生。就是这些在早年间背井离乡的男人,慢慢地、艰难地在东南亚扎下了根,做了父亲,又做了祖父。他们是东南亚华侨、华人社会的开创者,也是东南亚华人族群的功臣,以致今日东南亚许多国家的华人,祖籍多为福建、广东,尤其是福建的泉州和广东的江门沿海地区。

　　东南亚的华人移民已有几百年历史,这些华人"父亲",也是东南亚许多国家,尤其是新兴国家的功臣。例如,在马来西亚,华人作出了诸多贡献。"在英国人进入马来西亚之前,马来亚半岛13.1万平方公里土地上,总共只有20万居民。而从1916年到1941年,到达马来西亚的华工达350万人次。英国殖民者也对华工给予了很好的评价。莱特曾经说中国人是马来西亚最有价值的成员,瑞天威总督指出,马来亚各邦能有如此成就,全靠中国人的精神与事业。"① 由此可见,华人对马来

---

① 转引自庄礼伟《从政治形态转型看马来西亚种族经济政策的演变》,《暨南学报》1999年第4期,第60—61页。

西亚的贡献是很大的，惜乎却湮没于历史烟云之中。沈慕羽在南洋华族历史小说《青云传奇》序中所说："我华人祖先，栉风沐雨，披星戴月，为开辟炎荒而牺牲者，比比皆是，三宝山上累累坟墓，证明他们是马来西亚的开路先锋，为最忠贞、最早期的马来西亚土著。令人遗憾的，他们的丰功伟绩，不受政府的褒扬，只能在几块残破模糊的石碑上寻到蛛丝马迹，而缺乏完整的记录。"① 华人在当地论述中无故缺席，华人作家的使命就是在民间为自己移民马来西亚的祖先著书立言，让马来西亚华人发出响亮的声音。正如美籍华裔作家汤亭亭要通过在《中国佬》② 中叙述自己的祖先在美国所作的贡献为华人发声一样，他们发掘回忆，是为了给自身提供一个"在场的"想象的家园和追怀的途径，并借此塑造华人的文化身份。"先贤胼手胝足的成就，带来了如今繁荣美丽的马来西亚。四百万的后裔认定马来西亚为永久的故乡。先贤的辛劳与永垂不朽的精神，我们正需写入史册，让世世代代的子孙永志不忘而发扬光大。"③ 不仅如此，"父亲"还从"故乡"带来了中华文化，带来了中国人的勤劳勇敢和勤俭奋斗精神。因此，描写与叙说这一时代的"父亲"，实际也是描写与叙说东南亚华侨、华人的成长历史，描写与叙说东南亚华侨、华人身上特有的中华文化属性。

一 "父亲"的英雄化

英雄，这一词语，在不同的语境中有着不同的含意。东方的英雄，多强调英雄身上的集体主义精神；西方的英雄，则更强调他的个人奋斗与努力，因而英雄人物往往是民族品质与民族文化精神的集中体现者。东南亚华文文学中的英雄"父亲"则具有两方面的内涵：既"强调他的个人奋斗与努力"，也强调"他"所代表的"集体主义精神"。所谓"父亲"的英雄化，就是指在这一时期，以文学的方式叙说"父亲"的英雄形象，已经成为一种十分盛行的创作潮流，并且得到了较为广泛的重视、关注。

---

① 郑百年：《青云传奇》，香港中文大学海外华人研究社 1994 年版，第 4 页。
② 汤亭亭：《中国佬》，肖锁章译，漓江出版社 2000 年版。
③ 郑百年：《青云传奇》，香港中文大学海外华人研究社 1994 年版，第 4 页。

英雄化的“父亲”，大多都是商界的英雄，财力雄厚，气魄博大。马来西亚郑百年的《青云传奇》塑造的英雄，是华人甲必丹李为经。甲必丹①是荷兰殖民者任命的华人领袖，专门管理区域内的华人事务。“其人财力之雄厚，气魄之博大，爱民之诚挚，实在令人佩服。”② 李为经慷慨解囊，将三宝山及附近超过百英亩土地购下以作为马六甲所有华人葬英灵埋忠骨之地。为争取华人的生存空间，李为经艰难地周旋在荷兰殖民者与马来土著之间，忍痛同意自己的儿子与马来人谈判，结果新移民得救了，儿子却被扣为人质，成功逃回又被荷兰当局以里通敌人之由枪杀。李为经为华社所作出的贡献足以彪炳史册，自然也得到了华人的衷心爱戴。

在郑百年的另一部历史小说《石叻风云》中，③ 则出现了父亲的群体塑像，它以陈金声、陈明水、陈明岩、陈若准等人物为主，涉及恒山亭第二代亭主薛佛记及陈笃生、陈德源等历史风云人物。这些父亲的业绩犹如夜晚的银河群星，璀璨夺目：薛佛记首创恒山亭，让华人有了处理事物的会所与争取权益的组织；陈笃生开办了石叻（今新加坡）第一家平民医院；陈金声创办了志在教育民生的崇文阁和萃英书院，又捐钱数万促使政府修建自来水工程，使新加坡人民头一次喝上了健康干净的自来水；而陈明水也不甘落后，出资修建了马六甲第一座大钟楼，让所有马六甲人从此有了严谨的时间观念。除了他们个人的成就，他们更在新加坡人的利益上精诚合作，置生死于度外。

在危急关头，他们往往挺身而出，力挽狂澜，平息一场场蓄势待发的暴力冲突。陈德源在一触即发的流血冲突前，抛开生死，深入虎穴，凭借自己的威望义正辞严地劝说对方放下屠刀。而陈明水亦与他人合作成功说服了冲突的另一方，终于将干戈化为玉帛。就这样，在一场场风波中，父亲们披荆斩棘地走向事业的巅峰，同时也在新加坡开创出一片江山。

---

① 甲必丹，清康熙年间，荷兰统治马六甲，由于华人众多，便委任华人领袖为甲必丹，处理华人事物。当时的青云亭是华人社会的中心，亭主就是甲必丹。

② 郑百年：《青云传奇》，香港中文大学海外华人研究社 1994 年版。

③ 郑百年：《石叻风云》，香港中文大学海外华人研究社 1994 年版。

　　英雄的"父亲"，大多具有超凡脱俗的人格，具有强大的影响力与凝聚力。作者这样描写李为经的出场："出来的是一位年迈的老人家，头戴明人方冠，身着明人长袍，银白的须髯，飘然垂扬，在烛光的照射下，显得特别雪白明亮，就像烈日照射下的冰山，明晃晃的，晶亮亮的，非常耀眼。"① 烈日下冰山的比喻说明了这位父亲的超凡脱俗的人格，同样也暗示了他强大的人格力量。小说作者以巧妙的叙述技巧刻画了李为经的英雄形象，充分表现了华人对李为经近乎圣人般的崇敬之情。作者对李为经的赞颂并不是通过直接的评价与议论，反而是通过一名意图暗杀李为经的中年刺客的意识转变而表现出来。全知叙述者有意忽略了这位刺客的姓名，刺客的视角也就带有更广泛的代表性。

　　刺客来自中国，本意要暗杀"大汉奸"李为经，没想到来到南洋后却处处听到华人对李为经发自肺腑的赞颂之词，有的对他几乎是顶礼膜拜："跑堂好像拜见自己十八代的老祖宗似的，带着虔诚赞赏的调子说：'他老人家呀，是我们马六甲华人村的领袖！他老人家保护着我们，关照着我们，简直把我们当他老人家的子孙来看待！如果没有他老人家，我们不知要给荷兰仔怎么个欺负，连我们死后也不知要葬身何处呢！'"② 李为经的德高望重说明了优秀华人的号召力与影响力，这一点既与现实中的华人几乎无声的处境形成鲜明对比，又说明了作者对李为经所代表的华人传统的倚重。而刺客的视角，也让读者从下层平民的角度进一步了解了李为经，使得李为经的形象更加真实可信，血肉丰满。从汉奸、恶魔到英雄、偶像，从最初的意图谋杀到最后的真诚跪拜，读者与刺客一同经历着思想的巨变，也一同折服于李为经的人格魅力。

　　英雄的"父亲"，还是中华文化的传播者、传承者，更是中华文化的维护者、体现者，正是有了这样的父亲，中华文化的精髓才得以薪火相传。《石叻风云》中处处可见各位亭主对前人留下的亭训的热情吟诵，对历史的尊重与对华语的热爱。代表华人文化精神的亭训犹如汩汩热流，温暖着后人的情怀，也激励后人将之发扬光大，而作者照抄实录

---

① 郑百年：《青云传奇》，香港中文大学海外华人研究社 1994 年版，第 9 页。
② 同上书，第 52 页。

大段大段的亭训，对传统文化的热爱，也都体现出老一辈华人作者对母体文化的由衷热爱。

无论父亲们是正当壮年还是垂垂老矣，都不能影响他们的威严与声望。"父亲"拥有不可质疑的权威，儿子唯父亲马首是瞻，子承父业既是家族意识的延伸，也使得父亲的权威、父亲的传统得以继承、肯定，从而保证了文化传统的延续与生机。而作者则通过塑造英雄的父亲形象弘扬了华人的文化精神，肯定了母体文化的魅力，显示了华人在马来西亚的贡献，彰显了华人的文化意识。但是，从时间这一纬度来看，这些英雄的"父亲"，都已经是历史的英雄，过去的英雄；英雄本身具有的强大力量，只能是"生活"在历史的语境中——在遥远的历史时空中现身，这本身也暗示出马来西亚华人的现实困境。

二 "父亲"的硬汉化

随着英雄的"父亲"在文学中逐渐消隐，硬汉子的"父亲"在文学中逐渐盛行。在硬汉子"父亲"身上，华人又找到了将"父亲"作为"强者"进行述说的一种方式。

硬汉的"父亲"之"硬"，首先是表现在在不利的环境下，"父亲"对母体文化的坚持与维护。他们不像英雄的"父亲"那样具有着雄厚的经济实力，但是在清贫中仍然维护着母体文化的传承，在主流文化与西方文化的冲击中仍然保持对母体文化的信心与热爱。洪祖秋有几篇小说都以这样的父亲为主角：《抉择》[①] 中的华人校长在清贫的岗位上一呆就是十年，尽管遭受他人的诽谤陷害一度思想产生了动摇，但最后还是选择了华教事业，将孩子的教育费用等一大堆现实问题抛之脑后。《春风化雨》[②] 中的华伯虽然只是华小的一名校工，却勤勤恳恳，比谁都敬业热心，退休之前还将自己辛苦积攒的四百元捐献出来以做校资。孟沙的《种》[③] 初看起来是一个关于社会治安的题材，家长对孩子的安全日夜忧心，只到了最后才发觉这其实是一个选择何种教育环境、

---

① 见洪祖秋《讨海人》，马来西亚新亚出版私人有限公司 1990 年版。

② 同上。

③ 见《高林风响》，马来西亚华文作家协会 1988 年版。

选择何种文化的问题。林医生自小接受的是华文教育，对家乡、父母有着很深的情感，尽管在国外深造后取得了医师资格，但他仍然首选华文教育，因而坚持将孩子送回父母身边接受传统文化的教育。方北方的《头家门下》① 以史氏家族的兴衰为中心，描绘了马来西亚近五十年的广阔社会画面，反映了华人艰辛的创业过程。作者并不讳言华人创业期间的吝啬与自私，有时甚至会不择手段，但对华人的坚忍朴实还是给予了高度赞扬，最难能可贵的是，一向谨慎持家的史德林在遗嘱中将近三分之一的遗产捐献给华教事业，充分表现了对母体文化的热情扶持。只是这笔馈赠引发了不肖儿女的明争暗斗，最终整个家族也分崩离析，毁于一旦。小说中的父子同心到此时的父子离心，父子之间的对立至此已初露端倪。

硬汉的"父亲"之"硬"，其次是表现在"父亲"为生存而拼命苦干的毅力与斗志。如果说赞颂硬汉父亲对华文教育的热忱直接说明了作者对母体文化的维护意识，那么塑造硬汉父亲苦干的正面形象则成为华人追怀祖先与传统文化的间接反映。

由于历史的原因，大多数华人在马来西亚的活动区域局限于商品的流通领域，因而商人是在马华人最主要的职业。但是，马华文学中硬汉化的"父亲"，很少是商人，而是挣扎在生活低层的，仍然需要艰苦打拼方能养家糊口的低层次低收入的劳动者，如三轮车夫、出租车司机、渔夫、小学老师、农民等。即使有一定的资产，如种植业主，他们的发家也是靠自己超出常人的付出与牺牲，与懒惰、狡诈、巧取豪夺完全无关。可见，传统农业文明中积淀下来的老实本分、勤劳致富的观念仍然是在马华人的主导倾向。

硬汉的"父亲"，大多出现在 20 世纪的华人创业进程中：褪去了英雄的光环，还原为普通一员，谋生乃是他们主要的人生目标。郑百年在历史小说中刻意渲染父亲的成就，因而对父亲们的创业过程只是一笔带过，而在方北方等作家的笔下，血泪艰辛的创业从淡淡的背景转入前台成为主要场景，贯穿父亲们一生辗转奔波的旅程。作者的叙述目的在

_____

① 方北方：《头家门下》，漓江出版社 1987 年版。

于重现华人自力更生的创业历程，正如方北方在《树大根深》自序中所说："《树大根深》这部长篇小说的内容，主要是通过根深蒂固、树干坚实、绿叶纠结的三种形象，象征华族的这棵历史悠远大树，在马来西亚成长的过程中，经历无数次的风暴所摧残破坏，如何从幼苗，发展到今日树干苍劲、高薄云天的大树；落叶飘到什么地方，大根和小根也深扎到那里去的情形。"① 叙述重心的转变，也表明了华人生存环境的恶化。当谋生上升为父亲主要的任务时，父亲的视野必然随之缩小，"达则兼济天下"的意识萎缩了，家庭、妻小构成父亲的整个世界。父亲们不再财大气粗，终日忙忙碌碌只是为了一家人的肚皮。

与英雄的"父亲"相比，硬汉的"父亲"的生存领域更为广泛，涉及种植、渔业、交通运输等行业，表明华人与马来西亚有了更为普遍、密切的联系，华人与马来人也必然有着更频繁更直接的交流与沟通。《槟榔花开》②（1970）中的父亲，以踏踏实实的劳动者面目出现。小说主要采用的是故事内情境的第一人称少年旁观者的叙述视角，儿子以纯洁无邪的眼光见证着父亲的任劳任怨：

> 干栳枳（槟榔俗名）是吃力下劲的活儿，尽是些繁重、费力、零碎和复杂的事情。我们一家人忙碌地干活，几乎教人难有喘口气的时间。白天在园里顶着火辣辣的太阳，冒着浑身的臭汗；晚间在枳台旁双手并用地使用枳刀切着枳肉，而父亲在下半夜还得起来焙熏枳饼。这么夜以继日的操劳，把应有的休息与睡眠的时间也剥夺泰半，这是父亲的主业，是我们一家人的经济来源。至于父亲的所谓副业，那是在芭场上耕种农作物。当钩栳枳的工作告一个段落之后，父亲便转到芭场上去了。③

在艰苦的生活里，父亲承担着最危险、最繁重的体力活，连他的牙齿都在钩槟榔的时候被砸掉了好几颗。丁云《载梦船》里的父亲更是

---

①　方北方：《马华文学及其他》，三联书店香港分店、新加坡文学书屋1987年版。

②　见马崙《马崙文集》，鹭江出版社1995年版。

③　同上。

在浪尖风口上讨生活，出生入死成了家常便饭："所以要回想起来真是感慨良多啊，几乎此生就与海讨生与船为伴了，什么悲惨事情没见过？什么风浪没遇着？年前头村的顺利号才遇上海盗，舵手见机转逃，却不熟水路自撞上礁石；船穿了，全船四个伙伴只剩下一个年轻的阿泉，抱着块木板漂流了两天两夜，才被别的渔船救起，整个人给海水泡了四十多个小时，加上日头暴晒，几乎给晒僵了，被救上船两天不能说话，不停喃喃地喊着呓语。"①

　　人物的话语是作者塑造人物、推动情节发展的重要手段，而不同的话语表达方式则表现了不同的叙述者、叙述对象与读者的关系，因而是我们阐释人物的有效途径。"'自由直接引语'的优势是使读者能直接进入人物的内心世界，但这意味着叙述者与人物的思想全然无关。而在'自由间接引语'中，读者听到的是叙述者转述人物话语的声音。一位富有同情心的叙述者在这种情况下，声音会充满对人物的同情，这必然会使读者受到感染，从而增强读者的同情感。"② 在传统的第三人称的全知视角中，由于叙述人无所不知的特权，常用的自由间接引语不仅能保留人物的主体意识，而且还能巧妙地表达出叙述者隐性评论的口吻，同时又由于自由间接引语没有引号与引导词，与叙述语浑然天成而没有中断的痕迹，因而很容易形成叙述语而被读者领悟与接受。这一段人物的内心独白与叙述语浑然天成，因而极容易被看成叙述语而让读者对人物产生深深的同情，同情他们的遭遇，敬佩人物的胆识与勇气。

三　"弱势"的"父亲"

　　马来西亚的华人是所在国的少数族裔。在英殖民期间，华人就已处于弱势地位。1957 年马来西亚建国后，马来人国家意识高涨，充分发挥自己的政治优势。宪法的制定标志着马来人的全面胜利，马来语被定为国语，伊斯兰教被定为国教，马来人在教育、经济、政治权利等方面享有各种特权。"按照一些成文和不成文的规定，马来人在外交部、内

---

① 李忆莙主编：《马华文学大系·短篇小说卷》（1965—1980），马来西亚彩虹出版社 2001 年版。

② 申丹：《叙述学与小说文体学研究》，北京大学出版社 2004 年版，第 312 页。

政部和警察署等机构中占有全部公务员的 80%，在司法部和海关等机构中占 75%，但在实际执行过程中这一比例又被远远超过，如 1969—1973 年政府招收的公务员中 98% 是马来人，如包括警察和军队则 99% 是马来人。1999 年，马来西亚全国公务员中华人只占 2%，警察中华人占 2.9%。"①

华人曾经尝试改变自身的不公平地位，但 1969 年 5 月 13 日爆发的种族冲突的流血事件使得华人不敢挑战马来人的特权地位。不仅如此，华人的文化教育权利也受到严格限制。虽然华人享有保留本民族语言、文化和宗教信仰的权利与自由，而且华语小学自建国后也享有政府的津贴，但 1961 年马来西亚通过的教育法令终止了对华文中学的财政拨款，迫使一大批华文中学改为以马来语为教学媒介的国民型中学，华语小学实际上也就失去了存在的依托。当维系文化母体最直接媒介的语言受到严重限制时，文化传统的萎缩就在所难免。华裔招牌的店号、文字都被缩小，公市不准摆放猪肉，露天的观音佛像不可筑得超过某种高度，华人如果在有其他族群出现的公共场合演出，必须要先经过申请。而 1971 年通过的三大原则：政治领域实施的国家原则，经济领域实施的新经济政策及文化领域推行的国家文学，更是雪上加霜，进一步恶化了华人的政治与文化生存环境。华人名为马来西亚公民实则为二等公民，受到种种限制的华人文化意识在外力压迫下不再高昂凸显，而是逐渐衰落至隐而不彰。于是，小说里的父亲便相应地变形，扭曲，或者无可奈何地退化、老化，或者背上了传统的重负步履艰难，或者干脆缺失消隐，整体呈现出一种弱化现象。父亲的遭际成为华人命运的自我投射，寄寓着华人对文化传统的深刻思考。

从"强势化"到"弱势化"，"父亲"开始在家庭与华人社会中逐渐被弱化与走向消隐；他们失去了中心、显要的位置，他们的观念变得与现代社会格格不入。在某种程度上，"父亲"已经开始成为多余

---

① 赵自勇：《东南亚华人的身份、地位和权利问题》，《北京行政学院学报》2005 年第 1 期。

的人。

　　1. "父亲"的老化

　　在"父亲"老化的文学叙事中，首先是"父亲"生理上的衰老，更有随之而来的生存能力的下降和在社会、家庭中地位的下降，甚至被边缘化——遭到子女或社会的遗弃趋向。

　　在马来西亚华文文学中，从1967年的《愁雨》① 到1991年的《村之毁》② 等，"父亲"不断地以弱者、老者的形象出现：既不能承担开创历史的重任，也未能拥有一家之长的威望与凝聚力，他们一旦衰老便被无情的儿女和社会放逐。

　　在这些文本中，华人的家庭不再是父慈子孝、相依为命的亲密格局。长大了的儿女们纷纷远离父母，老去的父亲们只能等待儿女们金钱上的援助、精神上的抚慰，往往充当着父子冲突中的弱者一方。维系家庭的枢纽已经松弛老化，亲情于是也随之淡漠。面对这一无情的历史趋势，作者对父亲表示了深切的同情。他们往往以父亲作为主要聚焦对象，重点叙述无辜的父亲被弃的悲凉与辛酸，描摹父亲的孤独与无助。

　　这里有一年到头享受不了儿女亲情的孤独父母，如《老人》③ 中的"老人"，《阿全伯的生日宴》④ 里的"阿全伯"，《最后一颗榴莲》⑤ 里的"老人"，《山林瓷像》⑥ 中的"大伯父"，《头手》⑦ 里的"头手孙"，《阿公七十岁》⑧ 的"我"，等等。更有被儿女视为累赘而急欲丢

　　① 李忆莙主编：《马华文学大系·短篇小说卷》（1965—1980），马来西亚彩虹出版社2001年版。

　　② 陈政欣主编：《马华文学大系·短篇小说卷》（1981—1996），马来西亚彩虹出版社2001年版。

　　③ 马汉：《马汉文集》，鹭江出版社1995年版。

　　④ 李忆莙主编：《马华文学大系·短篇小说卷》（1965—1980），马来西亚彩虹出版社2001年版。

　　⑤ 同上。

　　⑥ 陈政欣主编：《马华文学大系·短篇小说卷》（1981—1996），马来西亚彩虹出版社2001年版。

　　⑦ 同上。

　　⑧ 曾沛：《曾沛文集》，鹭江出版社1995年版。

弃的，如《送上山去》①、《过渡》② 中的"父亲"等等。潘友来的《过渡》写的是大年初一的早晨，三个儿子将他们风烛残年的父亲送进医院以便使自己安心过年，父亲就这样成了后代们的眼中钉。《送上山去》的父子关系同样冷漠无比，在儿子不胜其烦地给家人上坟之时，也顺便给老父送了终。引人注意的是，作者陈政欣在另一个文本《引魂》③ 中也关注了父辈被弃的事件。只不过《引魂》以母亲代替了父亲一职，母亲衰老不堪，女儿照顾不胜其累以至盼其早死以解脱自己。在这两个文本中，作者都采用了第二人称的方式展开叙述。《引魂》以"你"——死去的父亲的视角来观察世界。《送上山去》以死去的母亲视角来见证老伴的被弃与死亡，同样以"你"——将死的父亲作为受述者推进故事的发展。在这样的叙述中，已经死去或将死去的父亲，满心无奈：他们只能观察却不能干涉，他们只能顺从而无法违抗，他们甚至无法出声。这样的视角与情节的设计，直接凸显出衰老与老化的父亲已经陷于"失声"的处境。

　　"父亲"的老化，不仅意味着父亲年龄的衰老，还意味着父亲地位的下降。父亲过去可以以一技谋生，可这种技艺已经在快速发展的现代社会中失去了存在的价值。菊凡的《我的伯父传文》④ 塑造了一位精通中国书法的伯父，他为自己的技艺自豪，也热爱为他人书写春联的职业；他的名字本身就含有传承文化的用意。可是，随着现代建筑业的发展，住进新屋的人们再也不需要春联的点缀，伯父也就失去了工作与人生的乐趣。

　　孙彦庄的《开麦拉》⑤ 则从一位父亲的角度目睹了自己从事的传统木偶戏的衰落。木偶戏在"我"小的时候极为风行，可现在却观者寥寥，"我"家好不容易请来电视台拍摄表演以作宣传，可表演内容又被

　　① 　陈政欣：《陈政欣文集》，鹭江出版社 1995 年版。

　　② 　李忆莙主编：《马华文学大系·短篇小说卷》（1965—1980），马来西亚彩虹出版社2001 年版。

　　③ 　同上。

　　④ 　《马华当代文学选》，马来西亚华人文化协会 1982 年版。

　　⑤ 　同上。

导演以吸引观众的理由修改得面目全非，英雄人物在台上混战一气，台后却是"我"无奈的叹息。这种传统技艺的流失，不禁让我们想起了老舍创作的《断魂枪》。沙子龙身怀武林绝技，可是他的"五虎断魂枪"已无人欣赏，甚至他的镖局都已改成客栈，在这种形势下，沙子龙宁愿让自己的绝技失传。同样是传统被时代遗弃，马华中生代作者更为强调父亲的被动性来表现对母国文化的留恋不舍，而老舍却让他的主角主动选择放弃来暗示文化传统的脆弱性与丢失的内在可能。

"父亲"老化的另一种表现形式，是父亲在家庭中地位的下降。作为儿女的守护者与教导者，父亲却未能成功地将儿女引上正途，直接导致了传统文化之链的断裂，如《长夜》①中的"福顺伯"，《愁雨》中的"林枝伯"，《清溪水，慢慢流》②的"我"等等。父亲眼睁睁看着儿女们犯错而无力回天，而张贵兴的《伏虎》③则以触目惊心的情节设计突出了父亲的困境：祖父是个德高望重的老医生，他的儿子却吃喝嫖赌，杀人越货，伙同他人谋杀财叔独吞财产，还奸污了财叔家精神智障的女儿阿清，致使阿清怀孕。对一切洞若观火的祖父最后忍无可忍，亲手阉割了儿子。手段原始而残忍的阉割斩断了不安的欲望与不洁的记忆，但阉割也杜绝了新生与希望，祖父的有心无力在此暴露无遗。因为阉割实施之后，是祖父的迅速衰老。

从某种意义上看，老化的"父亲"形象的集体性出场，预示着传统文化的在海外华人中的式微；也表现出海外华人对自身文化传统的一种反思。

2. "父亲"的弱化

在弱化"父亲"的文学叙事中，伴随着"父亲"生理上的衰老，更有父亲思想的老化、僵化，以及由此而导致的"父亲"角色的淡化与退隐。

这时的"父亲"，既不像英雄的"父亲"般雄姿英发，也不再像硬

---

① 《马华当代文学选》，马来西亚华人文化协会1982年版。

② 陈政欣主编：《马华文学大系·短篇小说卷》（1981—1996），马来西亚彩虹出版社2001年版。

③ 张贵兴：《伏虎》，《台港文学选刊·马华文学专辑》2003年第4期。

汉子"父亲"般拼命苦干；他们举步维艰又食古不化，甚至，水土不服，因而遭到犀利的反思与追问。

梁放的《观音》① 采用了象征、隐喻、反讽等手法叙述了一个南来家族的故事。与《树大根深》中的华仁那种被迫南迁后白手起家的情形不同的是，这个家族一开始就有着雄厚的经济基础与明确的发家目的，只是这种发财梦因为父亲们自身的荒唐行径而迅速破灭。父亲从这里已开始让人失望，而他们身上的文化积习更让人难以理解。来到热带雨林的徐家依旧住在传统的泥屋里，这间泥屋在当地可谓别具一格，因为别的华人都已明智地选择了原住民不知经多少生活练就依环境所需而建的高脚木屋，只有徐家还固守着千疮百孔的泥屋直到它轰然倒塌。梁放以那栋不合时宜的泥屋隐喻福来姆一家顽固守旧的生活方式，以那个从家乡带来号称装满财富的箱子隐喻父亲们抱残守缺的文化观念，以泥屋的倒塌及福来姆被箱子的内容所惊吓象征着守旧意识的失败及陈腐观念的可怕。

作者对父亲的反思，因带着文化与历史的批判意识而具有了丰富的意蕴与独到的见解。虽然这些作者也像老一辈作家方北方那样强调父亲们的南来背景，但其意已不在为自身引以为傲的华人身份溯源，而是为他们的文化包袱提出注解。因而这些父亲体现的就不是华人的传统美德，而是积千年之久的文化糟粕与腐败的封建意识。华人传统的弊端与积习触目惊心地暴露在父亲身上，使得他们的脾气古怪而缺乏人情，行为乖张不合情理，性格冷酷缺乏温情，家庭成员之间矛盾重重，充斥着争斗、怀疑、抗拒与疏离，亲人之间的关系严重扭曲。他们的突出特性是迷信、盲从于中国的传统封建文化，顽固地希望保持旧我，坚决抵抗异族文化，妄图以旧我文化来消融异族文化却惨遭失败的命运。他们既是这种旧文化的受害者，又是坚决维护这种旧文化的迫害者，双重角色的承担使得他们既可恨又可怜，也因此体现出作者对父亲的复杂心态。

一方面，作者们批判"父亲"因袭的文化重负，另一方面，却又

---

① 马崙主编：《马华文学大系·中长篇小说卷》（1965—1996），马来西亚彩虹出版社2001年版。

借人物之口或直接的评价、议论来表示对"父亲"的同情与谅解。这
表明作者意图，并不仅仅在于追究、拷问历史，而是为华人的生存寻找
更合理、更积极的生活方式，而这种生活方式与华人文化观念的变更有
着密不可分的关系。当华人离乡背井来到一个陌生的国度定居，作为一
个少数族裔，文化观念、文化意识、价值体系的转变是必然的历史选择
与出路。作者们也正是借"父亲"生活的困窘、尴尬、家庭内部的矛
盾冲突来营造阴郁、压抑的故事氛围，审视华人的文化意识，从而表明
自己的文化思考与价值评判。

　　唐珉的《津渡无涯》，同样是一篇借华人妇女的悲惨命运来反思华
族封建父系文化的力作。借助于女性主人翁的回忆与叙述，叙述者向读
者展示了她一生坎坷曲折的经历。陈妹仔出生时就险因家贫而被祖母溺
死，幸得母亲拼死保护才死里逃生。随着这一序幕的拉开，父性人物的
堕落已暴露无遗，因为家境贫寒的直接原因就是父亲沉溺于烟瘾之中无
法自拔。未及成人，陈妹仔又被卖作童养媳来换取弟弟们一年的口粮。
不久随着丈夫来到南洋，拼命养家糊口的同时，还要时时忍受丈夫的拳
脚，就因为不能及时给他提供赌资。父亲的能指发生了变化，所指却依
然故我。父亲清一色是浪荡子，或是赌棍，或是鸦片鬼，母亲则匍匐在
父亲的淫威下默默忍受。作者对父系文化的反思不仅针对父亲的专制与
暴力，也指向母亲的懦弱与忍耐。因为福来姆与陈妹仔都是自觉自愿地
充当沉默温顺的受害者，也从另一方面也助长了这种父系文化的嚣张气
焰："自己那当家的不成人样，陈妹仔的处世方法无他，除了逆来顺受
之外，就是凡事委曲求全，给人留点余地，无疑就给自己留了条后路，
不是吗？"① 在这样软弱的心态下，精神依附所造成的苦难也就在所难
免。福来姆、陈妹仔的南洋生活无疑也是华人创业历史的一部分，但因
为主体人物意识的萎靡与僵化，就使得这段历史既缺乏辉煌或悲壮的创
业风姿，也缺乏苦中作乐的坚忍精神，因而展现的只是灰暗压抑的偷生
史，人物的个体价值湮没于历史的风尘之中。

---

① 马崙主编：《马华文学大系·中长篇小说卷》（1965—1996），马来西亚彩虹出版社
2001 年版。

　　李永平的《拉子妇》① 是种族歧视观念导致的悲剧，悲剧的主角是三婶，一位拉子妇。得知儿子娶了一个异族，从中国来的祖父大发雷霆，大骂儿子是畜生，辱没了李家门风。三婶自此在夫家一直抬不起头，最后遭丈夫遗弃，默默死于长屋。华人与达雅克人同属境内的少数族裔，但是华人凭借文化传统与经济实力略占上风，三婶也就成了种族歧视的牺牲品。但作者的用意远不仅此，华人自身就是种族歧视的对象，长期生存于种族冲突的阴影之中，因而这篇小说完全可以看做是对华人命运的一个警示，一则寓言。而且小说的遣词用句也泄露了警示华人的用意。"'对马来群体而言，中国文化是外来文化，所以坚持外国文化的族群就是外国人，而保有外国人的特性而宣称是本国人是对马来民族的严重冒犯。'从长期累积的文化冲突所得的教训中，马来西亚华人有了积极严格的自我审查与过滤'机制'，对国内的'敏感问题'特别敏感，包括对'中国'字眼的运用。所以，本地的炎黄子孙只能是'马来西亚华人'，而绝不能是'马来西亚的中国人'。对大部分的人来说，'中国人'只能是政治身份和国籍归宿，而绝不能是个文化符号或人种标签。在马来文的运用中，也'自动自发'地以'China'来指称'中国'或'中国的'，以'Cina'来指称'华—'或'华人的'。然而，从来就没有人要求创造新词以作为'印度'或'印度的'的替代，以区别远方的'印度人'和'马来西亚的印度人'。"② 由此可见，中国一词，在某种意义上，已成为马来西亚华人的禁忌。但是，《拉子妇》多次出现了这种敏感的称谓，而且是华人以此自居："对一个死去的拉子妇表示过分的悲悼，有失高贵的中国人的身份呵！"③ 叙述者"我"对自己以拉子妇称呼三婶也深感不敬，"但是已经喊上口了，总是改不过来"；并且，倘若我"不喊拉子，而用另外一个好听点的、友

　　① 李忆莙主编：《马华文学大系·短篇小说卷》（1965—1980），马来西亚彩虹出版社2001 年版。

　　② 陈丽娟：《华侨·华人·中国民族主义》，《读书》2004 年第 5 期。

　　③ 李忆莙主编：《马华文学大系·短篇小说卷》（1965—1980），马来西亚彩虹出版社2001 年版，第 129 页。

善点的名词代替它，中国人会感到别扭的"①。叙述者对中国字眼的大胆运用，更可视之为一种反讽，对华人身处逆境而夜郎自大的当头棒喝：华人作为弱势族群的处境本已岌岌可危，种族间的通婚无疑是消除隔膜减少差异的最好办法之一，若非要以纯血统论来保持种族的物质特征，那么最终受伤害的只能是华人本身，拉子婶的命运在象征层次上又何尝不是华人被排挤遭歧视的写照呢？所以拉子婶的悲剧其实就是华人自身的悲剧，而悲剧的直接原因就是祖父强调血缘纯正的僵化观念。

"父亲"与"唐山"的关系，一直是海外华文文学中的重要话题。在《青云传奇》中，主角李为经是"明人"身份，对唐山有毫不掩饰的政治忠诚。而在大多数华文小说中，"父亲"与"唐山"，仅仅只是一个远离家乡的华人对家乡、亲人的思念。但是，现在这种思念，连同思念者的"父亲"也遭到了严肃的叩问。

在作品中，首先，回到唐山的父亲被处理成负面形象。梁放的《龙吐珠》② 中的华人父亲对伊班妻子与混血儿子百般不满，最后干脆抛弃他们回到唐山。叙述人以儿子的口吻谴责了父亲的薄情寡义。其次，思念家乡的父亲被"唐山"抛弃。艾斯的《千帆过尽》③ 中的来恩伯，对"唐山"牵挂不已，可却被其儿女无情的遗忘；怀冰的《寻》④ 中的雷光祖远在家乡的妻儿已经去世，可他一直被蒙在鼓里，对"唐山"的感情也被"唐山"的侄儿用来骗取财物。

可以看出，在对"父亲"与"唐山"关系的反思甚至是批判中，固守面向"唐山"，也被认为是一种僵化凝滞的文化态度，被认为已经不宜于华人的本土化进程。

四　被审视的"父亲"

马华文学在国家文学中的边缘化状况，促使伴随着这个新兴国家成

---

① 李忆莙主编：《马华文学大系·短篇小说卷》（1965—1980），马来西亚彩虹出版社2001年版，第129页。

② 见云里风主编《最初的梦魇》，现代出版社1993年版。

③ 同上。

④ 同上。

长起来的新一代华裔作家，带着强烈的使命感与切身感受加入到推动马华文学进入国家文学的行列之中。为使华人文学作为所在国的一种少数族裔文学进入主流文化圈、获取更多资源，他们摇旗呐喊，冲锋陷阵。在这种情势之下，如何建立一个与传统马华文学有别的华人族裔文学形象的问题，凸显出异乎寻常的重要性。

这时，后殖民主义理论的滥觞与风行，也恰到好处地与新一代华裔作家在焦虑中的探求，起到了火借风势、风助火势的作用。后殖民主义理论，本来是一些身处第一世界内部的来自第三世界的学者借助自身的特殊的文化背景而提出的一种多元文化理论。如果说"殖民主义"主要是指宗主国对殖民地的政治、经济、军事进行侵略的话，那么"后殖民主义"则主要是强调前者对后者文化、语言、知识等方面的控制。因此，如何摆脱"文化殖民"，建构属于自己明确的文化身份，就成为后殖民主义理论家及所有第三世界的学者，特别是马来西亚华人学者极为关切的问题；它正迎合马华文学寻求突围的需求，从西方文学、马来文学、中国文学三重夹缝的尴尬处境寻求突围的需求。

新一代华裔作家、学者，将后殖民理论中的东方与西方对立项改成了马华文学与中华文学，认为强势的中华文学对作为少数族裔的海外华文文学的发展，存在某些负面影响，甚至会控制与左右，进而导致其停滞不前："要写出典雅、精致、凝练、辞藻丰富的中文，无疑要向中国古典文学传统吸取养分，深入中国古典文学。这一来同时导致文化、思想上的中国化，很可能造成情感、行动的回流，而认同中国……然而设使不深入中国传统，又会受限于白话文本身存在的体质上的虚弱。深入传统外，还需紧紧盯着海峡两岸新文学的发展，吸收白话文在这两个中国文化区的突破。这种关注本身就含有比较的成分，无疑中国文化区的创作相对的优越，因此，本土的文化传统就会受到一定程度的忽略、轻视，而无法呈现一种血缘上的连续性。"[1]"中国性的表现形态与叙述语言乃是中国文化象征符码系统的惯性运作，中国性并不是文字技巧那么

---

① 黄锦树：《马华文学：内在中国、语言与文学史》，马来西亚华社资料研究中心1996年版，第22页。

简单，其中的中国文化思想和意识形态也扮演着决定性的作用：决定着马来西亚的中国文学还是马来西亚的华文/中文文学？……中国性令马华文学作品失掉创造性，令马华文学失掉主体性，成为在马来西亚的中国文学的附属，成为大中国文化中心的边缘点缀。认清中国性所带来的危机和障碍，迅速做出调整转化，把毒瘤果断地切除，无疑是所有马华作家的重大任务。"①

后殖民理论的引入，也引发了作家、学者中对原有经典的再阅读，再评估，再思考。文学中的"父亲"，也就被置于后殖民的过滤镜下重新评估、审视、判断。而这种变化，表明新一代华裔作家、学者文化意识的转型；表明作为所在国少数族裔的华人族裔文学的正在构建中的一种新思维与新追求。

1. "父亲"的陌生

马来西亚新生代作家群的迅速崛起，引起了广泛的关注。在小说领域，以黄锦树、黎紫书、李天葆、柏一、鞠药如等人的创作最为杰出。他们大多出生于20世纪的60年代末至70年代初，有的还有留学背景。他们试图以新的方式叙说历史与现实中的"父亲"：揭露他们因为错误的选择与恶劣的个人品行带给后代的痛苦与不幸，书写对立、紧张的父子关系；而"父亲"形象亦从熟悉转为陌生，从高大滑向猥琐，从正面走向反面，成为子辈的不可承受之重。

陌生的"父亲"，是指在对"父亲"的重新审视中"造成"的"父亲"的陌生化现象：父亲不再是熟悉而值得尊敬的长辈，也不再象征着丰厚的历史涵养；父子之间的关系由亲密转为疏离。对"父亲"的陌生感，也间接地表达出对"父亲"所代表的传统的隔膜，并直接导致对自我认知的怀疑。

陌生的"父亲"，在文学叙事中，首先是"父亲"在儿子意识中的模糊与父子关系的冷漠。黄锦树曾经变换各种角度，或亲或疏，或远或近，以逆游的方式向历史回溯，以旁观者或历史探询者而非亲历者的角度来触摸历史。在与"历史"拉开距离的同时，也在情感上与"历

---

① 张光达：《九十年代马华文学（史）观》，吉隆坡《人文杂志》2000 年版，第 13 页。

史"，包括"父亲"进一步"疏离"。在《大卷宗》①中，叙述者的"我"较为微妙：不仅与作者"有分有合"，还与文中的马来西亚华人共产党员有着父子、祖孙的关系。爷爷早年曾是马共成员，中途的变节令他被迫逃亡他乡，开始了撰写历史的事业；儿子偏偏又继承了他早年的志向并因此被捕，从此杳无音信；而爷爷又一次重复逃亡的历史。叙述者以少年的天真眼光见证了父亲被捕、祖父逃亡的混乱场面，但因为其懵懂无知的年纪，叙述者回避了对父亲的理性的认知。虽然他成年后又以国学研究者的身份介入到对祖父从事的马共历史的资料收集工作，但是，无论是亲密如此的关系以及貌似客观公正的身份也未能直接进入历史的核心，叙述者只是围绕着历史的边缘做着一番推测，带着微怨的情绪。

　　叙述者的"我"，在历史的叙述中，并未获得力量反而因此加速了衰老，甚至丧失了自己的身份："觉得镜中人实在不像自己，有时怀疑，是否自己现在过着的生活是别人的梦境，一朝身死，才发觉自己原来不是自己？"②

　　"我"对叙述中的"父亲"颇有微词的："祖父究竟是怎么搞的。物大成精，人活得太老是否也会带一点妖气？"③ 不仅如此，叙述者的不可靠性加深了读者对历史、"父亲"的不信任。按照布斯的分类标准："言语或行动与作品常规（指隐含作者的常规）相一致的叙述者是可靠的叙述者，否则是不可靠的叙述者。"④ 这里的不可靠性，并不是由于叙述者在情感上或价值观或智力水平与隐含作者的差异，而是来自于同故事叙述者、叙述时间与故事时间的无法同一。很明显，同故事的叙述者的叙述必须发生在故事时间之后，即使他采取的是即时的叙述手法。但是，《大卷宗》的叙述者在文末应该是死于精神的衰竭与虚脱，那么，问题出来了：是谁叙述了这一故事？是谁记录了叙述者"我"

---

① 黄锦树：《梦与猪与黎明》，台湾九歌出版社有限公司1994年版。

② 同上书，第51页。

③ 同上书，第61页。

④ ［美］戴卫·赫尔曼主编：《新叙事学》，马海良译，北京大学出版社2002年版，第36—37页。

的感受？既然作者无意出面设计另一个叙述者来加强故事的可信度，因而暴露出来的是文本的虚构与荒谬，从而否定了历史的所谓本质，同时也否定了活在历史中的"父亲"。

　　黄锦树不仅将"父亲"置于马共这种"禁忌"中加以陌生化与放逐化，就是普通的家庭叙事中，"父亲"也会被儿女疏远。《落雨的小镇》① 描述了哥哥对失踪妹妹的追寻。妹妹是"我"家从小抱养的孩子，在我归家的前一天与一个外乡人一起失踪。在一路似乎心有灵犀的寻找中，"我"走过无数熟悉而又陌生的小镇，那种不断冒出来的离家、返家的感觉暗示着这实际上是"我"这个叙述者对家园的寻找，对家园的亲近与重新熟悉。当"我"终于找到那个拐走妹妹的异乡人家中时，一切猜测豁然开朗：

　　　　如今我来到那外乡人的家乡，挨家挨户的寻去，他们却说，那个人已经离家很久了，他已很久没回来。我找到了他的家，他们说，他出国去了，在许久以前。他家看起来相当熟悉，木屋、水泥地、瓦片盖的屋顶。颇陈旧。②

　　他们说的不就是"我"这个离家出国求学的异乡人吗？这个熟悉的家不就是"我"记忆中的家吗？只是"我"已经淡忘了，还有那亲人真挚热烈的感情。原来所谓的妹妹失踪只不过是一个巧妙的障眼法，实际上是妹妹引导哥哥走上一次精神的归家之旅，引导这个游子体认久违的亲情家乡情，而这本身却又暴露了叙述者对家园与家人的隔膜与陌生。

　　《大水》③ 则描述了恶劣，肮脏的家庭环境以及冷漠紧张的家庭关系。这可以从叙述者视角的选择中看出一些痕迹。叙述者明明是作为子辈的"我"，但他却以一种完全陌生的眼光打量、称呼着他的长辈。一开始，就这样介绍着幻觉中的祖母："我看得如此清楚——她慢慢地抬

---

① 黄锦树：《梦与猪与黎明》，台湾九歌出版社有限公司1994年版。
② 同上书，第247页。
③ 黄锦树：《乌暗暝》，台湾九歌出版社有限公司1997年版。

起头，迎面将长发使劲往后一甩，灰色脸上一对暴眦圆睁的三角眼便在迷蒙的雨中森森的夜里迸射出恶狠的绿色幽光——如此的真实，以至于无可置疑。"① 祖母的形象既陌生又狰狞恐怖，时时闪回在孙儿的梦魇里。而在转入往事的回忆时，叙述者又以第三人称"他"的视角介入故事。对于父亲，他也是这样客气冷漠的叙述："他来了。推着脚踏车戴着斗笠穿着黑雨衣，在泥泞中走来。步伐有点急促。他高瘦的身子大踏步进门，把她从桌面上搬到椅子上坐下，替她按摩双腿。他小声地朝着他黑色的背叫一声'爸爸'。"② 如果不是人物被迫开口招呼，读者真难以相信他们之间是祖孙、父子关系。从故事内的叙述者"我"到故事外的"他"的眼光的转变，说明了叙述者更愿意用陌生的视角看待他的父亲。

《貘》③ 则不仅止于再现这种冷漠乃至怪异的关系，更展现了儿子在这种非正常的关系中对自我身份的怀疑，展示了华人在寻找身份中的困惑不解。

《貘》以叙述者"我"在踏乡之行中纷乱错杂的思绪，再现父子间奇怪陌生的关系。这里的"父亲"在儿子的记忆里是模模糊糊的，经常以动物的形象出现："父亲……对父亲毫无记忆。"④ "暇时他常站在树梢枝叶稀疏处，像只鹰。他的脸上有几分父亲的神情，然而，他也不是父亲。不是父亲。（我唯一确定的也只有这一点……）"⑤ 这个人兽难辨的"父亲"，却又将卑贱的特征经血缘遗传给后代："辜是我们的姓。辜，即是罪。让我们都还原为兽。"⑥ 家族的标志伴随的不是强有力的父性影响，而是父亲记忆的消失，这意味着后代身份的迷失，历史源头的含糊不清使得当下也失去了确定性，所以"我"不禁要焦虑急切地发问：

---

① 黄锦树：《乌暗暝》，台湾九歌出版社有限公司1997年版，第159—160页。

② 同上书，第80页。

③ 同上。

④ 同上书，第227页。

⑤ 同上书，第233页。

⑥ 同上书，第228页。

"我在哪里?"

"我是谁?"①

丢失了身份的"我",就像一个不知来自何处也不知去向何方的过客,悬浮在一列不知起点与终点的火车上,也悬浮在一个充满对立情绪的不同族群的国度里。"移民及其后代的父子矛盾,是以后辈的无能与子一辈的迷惘暂告结束的。而这象征性的希望破灭的场景,喻示着作家对于前途的深沉困惑:叛逆者自身承受着身份危机的折磨,却又找不到可以钦佩或景仰的领袖人物,这一切使得叛逆者的叛逆行为只是一个以背相向的姿态,前途或出路毕竟渺茫"。②

叙事中的故事,以"陌生化"的方式"放逐"了"父亲",虽然并没有光明的出路与前途;但是,叙事者以对父亲的决绝表示了他们重写历史与开拓未来的决心。

2. "父亲"的堕落

"父亲"的陌生化,是审视"父亲"的第一个重要内容,与之而同行的,是"父亲"的堕落化——从道德、伦理的层面对"父亲"进行审视。

在小说中,黄锦树描绘出了令人触目惊心的父子关系,以及由于父亲的罪恶而衍生的父子情感与纠葛。尽管,这个父亲是一个身为侵略者的日本兵,但从血缘上说,仍然是父亲;这种父亲给儿女造成的尴尬境遇同样有其象征寓意。

在《说故事者》③与《色魇》④中,黄锦树以女儿代替了儿子的角色,以女性的柔弱与易受侵袭,来加深由于"父亲"的罪恶而给子辈留下的伤害与痛苦。主人公"棉娘"与"伊",可说是一个人物的两个不同人生阶段。她们都是日本军官强暴当地华人姑娘后生下的女儿,所以她们"不是父亲的孩子,而是母亲的孩子"。血缘的纽带并没有让她们享受到父亲的保护与疼爱,反而因此遭受一连串的不幸。棉娘从小被

---

① 黄锦树:《乌暗暝》,台湾九歌出版社有限公司 1997 年版,第 233 页。

② 程爱民主编:《美国华裔文学研究》,北京大学出版社 2003 年版,第 127 页。

③ 黄锦树:《乌暗暝》,台湾九歌出版社有限公司 1997 年版。

④ 同上。

母亲以外的所有亲人唾弃，以致不得不和母亲搬离家园。伊白白嫩嫩的，却被母亲嫁给远乡一个黝黑矮小的男子，婚后又遭人强暴被人不耻。她们战战兢兢地活在别人的窥视与窃窃私语中，作为欲望的表征与发泄的对象而卑微地存在，承受这非己之过的无妄之灾。由于黄色的种族标志，她们还承担着所在国土著的排斥与敌视，成为非法移民的打劫对象与种族歧视政策的牺牲品。殖民地的女儿这种尴尬的身份，不正是华人微妙处境的某种隐喻吗？

《少女病》① 中的小雪的父亲——养父康先生，把本应纯洁的父女关系演变为情人关系。表面冰清玉洁的小雪，唤起了小满对纯洁女性的渴慕，但残酷的真相击碎了小满心目中完整无瑕的女神形象，在极度的失望痛心中竟然迁怒于自己的身体，于自残后自杀身亡。真正纯洁的小满死了，在他还未正式成人之前。正是"父亲"的不端行为，杀死了自己的儿女们。在小满死亡的阴影下，潜藏的正是作者对"父亲"的拷问与鞭打：伟大的父亲在哪里？应该作为人子榜样的父亲在哪里？

商晚筠的《卷帘》与黎紫书的《天国之门》②，都采用了第一人称叙述，都涉及与"父亲"的恩怨离合，都是"儿子"与"父亲"的故事：一个在变异的父亲影响下迷失的儿子的故事。作品中的儿子，力图显露病兆寻求医治，并逃离父亲，自我救赎。

黎紫书的《天国之门》，意图在西方宗教的语境中演绎一场诱惑与被诱惑、驱逐与被驱逐、犯罪与救赎的故事，充满着欲望膨胀之后的暧昧不明。苹果、蛇、弃婴这些意象的反复出现，彰显出人物之间内在的紧张关系。父亲的形象虽然只是一闪而过，但作为一种隐性的存在却是故事发生的根源，正如"萨义德在《东方学》一书中讲道：自我身份的建构，……最终都是一种建构，牵涉到与自己相反的他者身份的建构，而且总是牵涉到与'我们'不同的特质的不断阐释和再阐释"③。

由于父亲的滥情，导致了他的发妻——叙述者养母的厄运，也使儿子背负了沉重的情感包袱，父辈所代表的传统道德与亲情的双重流失，

① 黄锦树：《梦与猪与黎明》，台湾九歌出版社有限公司 1994 年版。
② 黎紫书：《天国之门》，台湾麦田出版社 1999 年版。
③ 爱德华·W. 萨义德：《东方学》，王宇根译，三联书店 1995 年版，第 425 页。

使得主人公时时缠绕在被弃的哀伤与绝望之中。这个儿子。因为父亲的罪恶而自感罪孽深重。养母把他送到神学院，使他丧失了在一个正常的环境之下健康成长的机会；导致儿子犯下种种过错。而这一切，皆源于父性力量的丧失、父性权威的崩溃与父性主体的坍塌。父亲的堕落，已经成为了儿子的"原罪"。

《某个平常的四月天》① 以一个小女孩的视角见证父亲与人偷情的丑态，并以女儿的震惊与绝望控诉父亲的无耻；《洞》② 中的"父亲"，因为幼年时被人鸡奸而心理变态，长年累月在精神上虐待着妻子；《疾》③ 中的父亲则是一个缺乏责任感的自私男人，一辈子贪图所谓的自由享受，留给女儿的是无边的仇恨："后来医生说，你看他的心跳，简直像年轻人。是的，死之将至犹不知悔改的笃定与稳当，一分钟跳七十五下，如果心电器与测谎器雷同，你看你这天生杀人犯，完美的罪人，该将你钉在十字架上，让你死于各各他山。"④

《蛆魇》⑤ 中的父亲懦弱无能，因为无法忍受妻子的偷情愤而自尽，爷爷却让自己的小孙儿为其口淫，其行径令人难以置信；一个丧失了对妻子的外在的约束力，一个则丧失了对自己的内在约束力——"父亲"的沦落让人触目惊心。

柏一的《猫恋》⑥ 中，父亲的面目模糊不清，但其所作所为却是妻子、儿女噩梦生活的导因：吃喝嫖赌，不事稼穑、不务正业，将自己的儿子也拿去卖钱。在《红疯子》⑦ 中，父亲抛妻弃子，导致儿子产生了变态心理，发疯后自杀身亡。在李天堡的《水香记》⑧ 中，荷花的丈夫

① 刘俊等主编：《出走的岁月》，花城出版社 2005 年版。

② 同上。

③ 同上。

④ 同上。

⑤ 同上。

⑥ 马崙主编：《马华文学大系·中长篇小说卷》（1965—1996），马来西亚彩虹出版社 2001 年版。

⑦ 陈政欣主编：《马华文学大系·短篇小说卷》（1981—1996），马来西亚彩虹出版社 2001 年版。

⑧ 同上。

一跑了之，将年幼的女儿甩给没有正式职业的妻子，导致女儿疏于管教，并被人拐卖。

许裕全的《三代摩羯》① 中，儿子这样评述着父亲："因此我常在纳闷，岁月到底开了这个干瘪的老人家什么玩笑，以至于他的脑袋瓜中，任凭我怎么努力也榨不出一滴历史的汁液，甚至连模糊的影子也没有。他长长的人生，好像不痛不痒的直接从婴孩跳格到老年，年轻时代空白的那一大段，便自然而然地被省略掉了。然而随着年龄的增长，便渐渐地发现眼前这一位老人家，其实更像一只寄居蟹，经常和我这小毛头优哉游哉地闲晃着，多余得让人担心。"让"我""平添厚厚的羞耻感"，以至于"老人家"的死让人大松了一口气，埋葬了"老人家"，"也一并把一桩丑陋的家族史埋在没有回音的黄土之下。"②

审视的"父亲"的小说，在叙事中的一个突出特点，是擅长采用作为子辈身份出现的目击者或主人公的第一人称有限视角展开叙事。如黎紫书的《天国之门》、《山瘟》③、《蛆魇》、《推开阁楼之窗》④、《疾》、黄锦树《落雨的小镇》、《大卷宗》、《大水》、《貘》、许裕全的《三代摩羯》等等。这种叙事，突出了对儿子或女儿身份、眼光、情感的重视和对他们评价的肯定，张扬着凌厉的自我意识。由于叙述者是作为小辈的主人公或目击者的"我"，因而"父亲"需要经过作为媒介的"我"才能够被读者"阅读"，所以，读者对"父亲"的了解，不再是直接的、全面的，而需要经过"我"的眼光与"我"的感知，并受制于"我"的视野与认知。

正由于"我"的介入，使得"父亲"增添了一层真实的色彩。叙述者不仅用回忆性的叙述说出"父亲"的故事，更用"经验"的眼光透视"父亲"的隐秘世界。由于"经验的自我"，往往处于天真幼稚的童年阶段，因而他们对世事的懵懂无知，对父亲勃发的欲望及其前因后

---

① 许裕全：《三代摩羯》，《星洲日报》2003 年 1 月 26 日。

② 同上。

③ 黎紫书：《山瘟》，台湾麦田出版社 2001 年版。

④ 陈政欣主编：《马华文学大系·短篇小说卷》（1981—1996），马来西亚彩虹出版社 2001 年版。

果就更无法理解。《天国之门》的"我"，不知道父亲为何要抛弃发妻另结新欢；《某个四月的星期天》中的"我"，不知道父亲为何要与秘书偷情；《三代摩羯》中的"我"，同样不知道祖父为何总是默默不语沉迷鸦片。当叙述者进行回顾性叙事时，也对这些秘密避而不谈。这种明显的"少叙法"，无疑使"父亲"的犯罪或不端行为呈现出没有原因的严重后果，高大的父亲形象轰然倒塌，龌龊不堪的父亲形象便摇曳在后辈的视野之前。

　　在《天国之门》中，主人公是一个华人的私生子，他偶然见到父亲的发妻时还是一个无知的孩子：

　　　　我见过她，在父亲的皮包里，女人的黑发垂至胸前，偎依在父亲的怀中，平面的笑脸蕴藏了立体的幸福。"那是谁？"我伸手触摸照片中的女人，想要感应她单纯的快乐。父亲睨我一眼，不远处似乎埋伏了一双悲愤的眼睛。'不要提她，不要在我们的孩子面前提起她！'女人哽咽地咆哮，掺杂在碗碟摔破的清脆响声里，我迅即回头望向厨房……①

　　由于"我"的年幼无知，才会觉得照片上的女人单纯而快乐，丝毫没能理会其中的复杂关系。作者正意图用孩子的纯洁来反衬父亲的荒唐。

　　《蛆魇》中的"我"则愤恨于母亲的无边欲望，灭罪的冲动驱使她在伪装的无知中让生病的同父异母的弟弟淋雨变成白痴，又让继父死于药物的过量食用，而这一幕恰恰都暴露于弟弟忧郁的眼睛前。虽然"我"用恐吓手段让弟弟以沉默来保守了这个秘密，但弟弟一次无心的叫喊又使"我"再起杀机，欲溺死弟弟而后快却反而让自己命丧黄泉，在冥冥中还觉得自己的肉身充满了罪恶。

　　除了父子之间这种近距离的审视，作者还擅长使用第三人称限知视角，观察者或者是子女，或者是父亲本人，但观察的结果都指向"父

① 黎紫书：《出走的乐园》，花城出版社 2005 年版，第 40—41 页。

亲"的不轨与阴暗。这样的第三人称限知叙述与第一人称回顾性叙述在视角上极为相似。里蒙－凯南说："就视角而言，第三人称人物意识中心（即人物限知视角）与第一人称回顾性叙事是完全相同的。在这二者中，聚焦者均是故事世界中的人物。它们之间的不同仅仅在于叙述者的不同。"① 因此，我们在这样的视角中，同样感受到了儿女面对父亲的惊恐和油然而生的对父亲的痛恨：

"这是一个心碎的日子，肖谨推开办事处的门扇。

老李赤裸裸的身子像极了一条发育不良的壁虎，胶厂书记小姐的双腿盘在他的腰上，像一只枷锁般紧紧扣住了男人。两人并没有发觉悄悄推开门扇的女孩……

肖谨并不理解父亲和书记小姐在办公室的动作有什么意义，她缄默的目睹老李一下一下的耕作，女人双掌抓住桌子边缘压抑的呻吟。肖谨嗅到了干辣椒的气味，还有工厂里某种特有的工业气息，它们又结合了，肖谨怪喊一声，回头便跑。"② 在这样的观察与审视之下，"父亲"意味着陌生、堕落，意味着一段羞于启齿的历史，也意味着一种沉重的负担与折磨。

令人深思的是，当有些马华新生代作者，主张远离中国文化，尤其是主张淡化中国"新文学"的影响时候；当年并未继承中国"五四"文学"弑父"精神的马华文学，却在辗转几十年之后，又重新回到了与狂飙突进的"五四"文学相同的"弑父"轨道。当然，此"弑父"，也不能完全等同于彼"弑父"。中国"五四"文学的"弑父"，是以一种既形象又特殊的文学方式，挑开了中国封建思想与传统的外衣，以建构一种新时代的文学与新时代的思想；马华文学的"弑父"，则是以一种既形象又特殊的文学方式，试图通过否定旧的"自我"，揭开构建新的华人族裔文化及其文学的序幕。所以，在审视"父亲"之后，在"偶像"被打碎、被抛弃之后，在已经揭开的序幕之后，如何上演更加精彩的"故事"，仍然还是一个有待观察、值得思考的问题。

---

① 转引自申丹《叙述学与小说文体学研究》，北京大学出版社 2004 年版，第 238 页。

② 黎紫书：《出走的乐园》，花城出版社 2005 年版，第 5 页。

五　"父"与"子"的定位与反思

随着的时代的发展，菲律宾华人，也渐渐舍弃了老一辈"落叶归根"的思想，而选择在菲律宾"落地生根"，菲律宾的华人的心态也逐渐发生着转变。20世纪末，菲律宾的一些华人，例如，于长城、于长庚等提出融合理论：鼓励菲律宾华人正视现实，不要在新的历史时期再固守已经无法坚持的阵地，全副身心投入到菲律宾当地社会，成为菲律宾的公民，为菲律宾的国家建设作出自己的一份贡献；鼓励华人自觉自愿地融合于菲律宾当地民族，融合进菲律宾主流社会。① 随着时间的推移，这一思想已经为菲华社会广泛接受。

越来越多的菲华作家，试图通过族群交往中的"异族叙事"，讲述华人如何打破，或者如何希望打破固步自封的小圈子，主动融入当地社会的积极愿望，同时也体现出华人对于族群交往中"自我"的种种反思。在这些文本中，菲华作家们不约而同地选择了极具文化内涵的"父"与"子"形象作为叙事的焦点，使得华人"父亲"与"儿子"的形象，出现了许许多多值得思考的新特点。

1. 高大与狭隘

在中国现当代文学发展的历程中，出现过很多带有倾向性或普遍性的文学思潮，研究者们常常称之为文学现象，诸如"赵树理现象"、"周扬现象"等。这种所谓的文学现象，通常是由某一位作家的文学思想或创作方法经验，在文学界引起呼应与效仿，因而形成一种带有倾向性的文学氛围、创作潮流。

因为不同的文化环境与社会背景，不同的人生经历与心理构成，一些在中国现当代文学中构成"现象"的潮流，并未在海外华文文学中引起强烈的反馈与呼应。相反，另一些在中国现当代文学中尚未构成"现象"的创作主张和文学名著，则在海外传播益广，呼应益强烈，并形成一种文学趋势与潮流，不少作家纷纷效仿，并创造性地寓以更深沉

---

① 曹云华：《变异与保持——东南亚华人的文化适应》，中国华侨出版社2001年版，第73页。

的文化与人生含义。例如，朱自清的散文名作《背影》，在菲华文学界引起的效应就是如此。这里，我们姑且也套用"现象"这一术语，称之为菲华文学中的"背影现象"。

朱自清是中国现代文学中的著名散文家、诗人、教授，1925年即任教清华大学中文系，有多种文学作品与论著传世。如诗文集《踪迹》、散文集《背影》、《你我》、《欧游杂记》，文艺论著《诗言志辨》、《新诗杂话》、《论雅俗共赏》等。在他的多种文学成就中，尤以抒情散文著称，如《桨声灯影里的秦淮河》、《背影》、《荷塘月色》等，都是现代文学中的名篇。

所谓菲华文学中的"背影现象"，指的是菲律宾华文作家沿着朱自清《背影》的创作路向，产生、演化且使之深化的一种描写父亲、父爱、父子情的文学创作趋势。

中国的"五四"时代，是一个反叛性的时代。反叛封建思想、反叛陈腐的文学形式。同时，"五四"时代，又是一个思想解放的时代，引进各种文学思潮，号召冲破各种束缚，发现人的自由与权利。于是，走出家庭、反叛族权、父权，成为一代文学青年的普遍呼声。矛盾笔下的梅女士，巴金笔下的觉慧、觉民，都因反叛家庭、反叛父权的激烈精神与反封建色彩，受到人们的欢迎。作为一个新文学作家，朱自清的成就不在于对"父亲"所代表的旧势力的反抗；而是因他成功地剔除了"父亲"身上的带有封建色彩的强暴成分，别开生面地对与家庭"暴君"相反方向的慈爱型父亲进行歌颂。《背影》这一名作，即是从父送子别时，儿子眼中的父亲那"肥胖的"、"蹒跚"的背影这一平凡而又特殊视角，具体、细微而又温情地描绘出"父亲"的爱子之心与"儿子"的敬父之情。

朱自清的《背影》在中国现代散文史中占有重要一席，也在广大读者中交口传颂至今。但是，由于"五四"时代特殊的思想、文化背景，名篇的传颂并未能形成一种"现象"效应。然而，在海外，在菲律宾的华族之中，却生成了一个波澜起伏的"背影现象"。

朱自清的文学作品，何时传入菲律宾，又获得读者的如何反应，现难考究，但从施颖洲的回忆中，可得到一些推论。"新文学潮流什么时候开始冲击菲华社会，现在已无从稽考。1932 年，我升入菲律宾华侨中学时，学校图书馆中早已有丰富的新文学书刊，由胡适的《尝试集》到徐志摩的《志摩的诗》，由鲁迅的《阿 Q 正传》到老舍的《猫城记》，我都借过。贪婪阅读借不完的新文学作品"，"国内重要的文艺刊物，出版未久，便可在马尼拉书店买到。《文学》、《文学季刊》、《水星》、《译文》、《作家》、《光明》、《中流》等刊物，我都是一本一本从书店里买来，收藏全套；其他次要的文艺刊物，也是见到就买的。这可证明，新文学作品很早便已流入菲华社会"。"抗战后，《烽火》、《文艺阵地》、《七月》、《文丛》、《西洋文学》等刊物，仍源源地输入菲律宾。"① 朱自清不仅在上述新文学期刊上，发表了诸多作品，且他的散文《背影》刊出不久，即编入中学语文课本。菲律宾华校建立之后，很长时间都是直接采用国内课本。可见，《背影》有多种途径传入菲律宾。

菲华作家大量描写父亲、父爱之作，多是沿着《背影》的情感路径，着力表现人间的亲情——真挚的父子、父女之情，并极力主张为"父爱"正名。

陈恩的散文《父爱》开头即写道："我爱我的母亲，也爱我的父亲。世人写母爱的文章很多，而写父爱的却少了！其实，父爱并不亚于母爱，有慈母，也有慈父，颂扬应该公平，不能只说'母爱'，顺理成章；读'父爱'好像不甚得体。""我爱我的母亲，也爱我的父亲。"

菲华作家，尤其是女作家，常常以非常动情的方式，描写父子之情、父女之情。默云的散文《苦雨凄风》，庄良有的散文《一封写不完的信》，都是以女儿的身份苦苦悼念逝去的父亲，追忆父亲博大的爱心、慈祥的音容。

庄良有写道："不管时光是怎样的急流着，时代是怎样的在变，我们心里永远感触到一种寂寞忧伤的滋味。时间不会是治疗创伤的药，相反的，它会加浓我们对您的怀念。""爸爸，满腹的委屈，无限的辛酸，

---

① 施颖洲：《四十年间——〈菲华短篇小说选及散文选〉代序》，中华文艺出版社 1977 年版。

向哪儿去倾吐呢?"默云的《苦雨凄风》同样令人怆然泪下:"爸爸:痛苦悲愁时,想念您,心灵的风雷来临时更想念您,而快乐幸福的时刻也同样思念您,因为没有您来分享,没有您的声声赞儿好,心有多遗憾、多落寂。"

这些菲华作家,真挚地在散文中展示出儿女的敬父、尊父之情和永恒的依赖、依恋心态。他们笔下,父亲的慈爱超过严峻,父亲的慈爱完全"不亚于母爱"。恰如朱自清在《背影》中描写作者面对父亲"背影"时止不住的泪水,菲华作家描写父亲,特别是追忆父亲在人生尽头留下的"背影",亦常常令人泪流满面,涕泪涟涟。并如朱自清一样,含泪忏悔当时未能理解父亲的一片深情。

菲华作家描写父亲、父爱的作品,很多采用了《背影》式的方式:(1)描写平凡、普通的父亲;(2)从平凡小事中勾勒父爱与父子情。

王文选的散文《父亲》颇有代表性。文中的父亲是一间店铺的雇员,从没受过教育,而且已经白发斑斑。作者15岁离开香港的母亲,到菲律宾与父亲一同生活至"进入研究院"。这中间也许会有很多事情可写。但作品如同《背影》一样,也是重笔叙述了三件小事:父亲戴着老花镜为"我"缝衣服扣,父亲给"我"买了一个苹果,父亲破例请假专门赶到学校参加"我"的毕业典礼。连作者论事时情感的流露方式,也像极了《背影》。譬如,作者写泪:目睹父亲缝扣,"我的眼眶不禁有点湿润",'看着手中的苹果,"眼泪不禁又簌簌流了下来";在毕业典礼上意外地看到父亲,我"喉咙已经给眼泪哽塞住了"。这种亲情的描写与作者动情的方式如同朱自清《背影》中三次描述送别中的小事时,三次所写的"眼泪又来了"十分近似。

作者还十分着意去写父亲的平凡及自己对平凡的父亲怀有的无限爱心与敬意。"每次有人问起父亲的名字,我总要大声地告诉他们;也正如我所预料的,听到的人大多摇摇头,表示不认识。"作者对此专门论述道:"不错,在这个社会中,父亲不过是一个极平凡的小人物,平凡到只有很少人认识他。但是在我的心中,父亲却是一个最了不起的伟人,我为了自己是他的儿子而感到骄傲。"

陈恩的《父爱》,亦是从点滴的生活小事中写在一个"小工艺作坊"干活的父亲，以及他在日常生活中显示的博大爱心。林婷婷的散文《蓝色的湖》，则回忆父亲讲过的一个故事，以及父亲如何抱病坐在湖畔，他那瘦弱的臂膀和慈祥之中透露的爱心。

菲华文学界的"背影现象"，除了《背影》这篇名作的影响之外，更有其深刻的社会背景、文化心态、价值观念等诸方面的原因。

首先，菲律宾投入"背影现象"的华文作家，大都是漂泊者的后代。或者他们的曾祖父、祖父，或者他们的父亲，从中国过海来到菲律宾，赤手空拳地谋生与创业。描写具象的"父亲"、"父爱"，实际上寓进了对菲律宾华人祖辈的厚爱与尊崇，具有从"个别"中窥见"一般"的社会内涵与人生意义，因而，容易引起作者的响应与读者的呼应。

在福建泉州沿海一带，长久以来都是女人在家劳作，男人漂洋过海到菲律宾谋生。时至目前，菲律宾的华人，祖籍多为福建；福建籍者，又多为泉州。若艾在散文《路》中写道："历来我家所有的男丁统统是出洋的，祖父、父亲、伯叔们、哥哥。"女人在家侍奉老人名为媳妇、养育儿子名为母亲，当然十分辛苦。但是，出洋过海的男人们更加辛酸与痛苦。"拿起破纸伞伴着贱弱的骨头出洋去，接受人家无穷的奚落、白眼和鄙视，大中华的人民，变成'中国猪猡'的称呼。但是，南洋——吕宋，到底在人们的称呼里魔力是宏大的"，"典卖祖业，向亲友告贷，拿阎王的高利债，冒称是人家的私生子，或带已死的华侨护照，横着心肠离开摇篮的故土，把自己的命运作一次冒险的赌注"。就是这些男人，慢慢地艰难地在菲律宾扎下了根，做了祖父、做了父亲。他们是菲华社会的开创者，也是菲律宾华族的功臣。因而，描写各个时代的"父亲"，实际也是描写菲律宾华人的历史；赞颂各个时代的"父亲"，也寓含着赞颂华族在艰苦中求生存的不屈精神。

其次，菲律宾的华人，大多数白手起家，且平凡地生存于社会上。写平凡的人，描写平凡的"父亲"，既能反映出华人生存现状与家庭伦理，又容易得到菲律宾社会的理解。

虽然有不少资料显示，华人在菲律宾的经济领域中，占据了举足轻重的地位。但是，真正的华人富翁毕竟只占华人人数的极少部分。大多数华人，都在为"休养生息"而奔忙。况且大多数老华人，都没有受过什么专门的教育，终生在争生存、求温饱、争发展的路径上奋争。因此，写平凡的“父亲”，关照的是华人中的多数，也是众多华人作家最熟悉的题材与主题。

再次，更为重要的是，写“父亲”的平凡，写出的是华族人士最基本的精神面貌。“父亲”们平凡的举止和情感，流润着一股鲜明的中华文化的气息。

菲华社会中的“父亲”们，多是来自中国的农民。他们虽然没有文化，却在血液中流传着中国文化精神中最基本的因子。慈爱忠厚、生活俭朴、侍亲至孝、乐善好施，往往是他们最基本的行为准则，也是他们每天都在反复重复的“小事”。正像陈恩的《父爱》所言：“父亲工作勤快，能吃苦耐劳，正如俗话所说的‘鸡打鸣，直干到老鼠敲钟’。他不知疲乏，好像‘空闲就是受罪’。他是地道的中国劳动人民的典型。”王文选的《父亲》则指出：“父亲白手成家，不但为自己开拓了一个新境界，也为我们下一代带来了幸福。”从“父亲”的平凡中找出中华文化的“根”；通过“父亲”的平凡光大中华文化的优秀品质，这种自觉、自发的文化意识也推动了“背影现象”的生成与拓充。

直到20世纪80年代，菲律宾华文文学创作中的“背影现象”仍在延续。随着族群融合愿望与要求的升温，叙说族群间交往中“父亲”形象与故事的作品再次走向了繁荣。然而80年代的“父亲”，与从前的“父亲”有了许多不同：他们经济上较为富有，并且精神旺盛、形象高大。这些作品，似乎都表述出一个共同的意象：破“墙”意象——“父亲”正在极力打破阻隔华人与异族之间交往的“墙”，正在极力消除族群间的文化隔膜，解开心结，促使华人积极地融入当地社会。

白凌在《墙》中，对“墙”进行了诗意的表述：

> 不同的肤色是人类的墙
> 分割地图
> 殊异的文化是思想的墙
> 分布在温柔的水上

　　　深入心灵的源头
　　　只有肤色剥落
　　　让荡漾心头的水冲走
　　　墙才会遁隐①

　　他认为：不同的肤色是人类的墙，殊异的文化是思想的墙；只有肤色剥落，墙才会遁隐。秋笛的《生计楼琐事》，巧妙地以"我"——小女孩，这样一个儿童视角展开叙述，讲述了一个在族群交往中"破墙"的故事。父亲为了小吃店的生意而不得不配置一台发电机，以应付菲律宾因暴风雨天气而导致的停电。然而，发电机所发出的轰鸣声，引起了菲律宾邻居们的不满。"我"遭到白眼；家里的玻璃，也常常被顽童扔的石子打碎。"我"对这一切既委屈又生气，父亲却没有说什么，一直默默地忍受着这一切。然而，就在一个雨夜里，一个曾经对"我"不友善的菲律宾邻居，因为无法卖完糕点向父亲求助。父亲毫不犹豫地买下糕点，解除了异族邻居的苦恼。

　　在这个故事当中，作者着意突出了父亲的泱泱气度以及求善立身的人格品质。父亲不计前嫌、出手相助的行为与"我"的肤浅无知形成了鲜明的对比。

　　应该指出，这一类型的父辈形象，与20世纪50年代至60年代"背影"现象中的"父亲"是一脉相承的：在传递父辈们坚韧、努力的品德的同时，作者也有意地让他们成为族群交往的友好使者，使得中华文化中"与邻为善"、"求善立身"的精神得以发扬光大，并且，使其自然地与当地人及其"儿子"的"小器"、"不顾大局"的品性形成了巨大的反差。

　　林泥水的小说，更以《墙》为题，通过两代人——父亲老陈和儿子小陈对隔离两族之"墙"的不同心态与姿态的比较，揭示出"父亲"与"儿子"之间的思想差异。

---

　　① 白凌：《墙》，见吴似锦《菲华文艺选集（第一辑）》，菲律宾菲华文经总会学术书业1996年版，第17页。

　　老陈是一名成功的商人，在当地享有很高的声望，逢年过节都会捐出一笔丰厚的款子给当地人，特别是赠给那里的小孩和老人。他与菲律宾人帛洛升成为了无话不谈的好朋友。

　　小陈对父亲的做法却非常不以为然，从心底里瞧不起这些菲律宾邻居，甚至认为当地人会对自己的生活造成威胁，因此他便在院子里面修了一堵一层楼高的高墙，并且装上了铁丝阻隔父亲与当地人的交往。

　　这堵刺眼的墙，引起了当地人的反感，一些孩童经常对小陈一家搞些恶作剧；他们的行为激怒小陈，他又把这堵墙加高了两公分，"涂得鲜灿橙黄，遍点刺粒的铁丝网，修以银色，烁烁傲艳的雄姿，俨然森严的屏障"①。更甚者，小陈把家里的后门锁上，收起钥匙，不许父亲再与当地人来往，并扬言如果家里有任何的损失，他就要报警，要把附近的邻居当做小偷抓起来。

　　儿子的这番激烈反应，让父亲老陈十分痛苦，无法与好友把酒聊天，又受到儿子、儿媳的限制，老陈觉得自己犹如生活在一个密实的牢笼里面；这时候，小孩们对小陈的行径也越来越不满，甚至用小石头击碎了他们家的玻璃，还砸坏了一台电视机。小陈更是恼羞成怒，扬言要报警，把他们都抓起来。

　　矛盾到了白热化阶段，老陈不得不亲自出面平息：请人拆掉了这堵带有铁丝网的墙，并宣布不再追究小孩们行为。而愤怒的小陈，只好带着妻子搬离此地。

　　上述作品的叙述意图，是要尽力展现出在与异族交往中，华人"父亲"与"儿子"的两种不同姿态与心态，即高大的"父亲"与狭隘的"儿子"。

　　小陈对当地人的歧视、敌意与不可理喻的猜疑、不信任，正是白凌所言的"人类的墙"；他对外在之墙的一味依赖，说明在他心灵之中内在之墙的坚固与高耸。而老陈的所作所为，则显示出他的胸怀与气度，显示出一种在由"父亲"所代表的华人，在异族交往中强烈的"破墙"愿望与行动。

---

①　林泥水：《墙》，见施颖洲《菲华文艺》，菲律宾菲华文艺协会1992年版，第146页。

2. "矮化" 与成长

然而，在上述由 "父亲" 所代表的华人 "破墙" 故事中，在 "父亲" 破除现实之墙的同时，又隐藏着或者说隐现出另外一堵 "父亲" 无法破除的墙，一堵看不见的墙——"殊异的文化" 所带来的 "思想的墙"。

老陈不但是一个成功的商人，同时也被塑造成为一个喜爱品酒赏菊，具有高风亮节的文化气息的中国文人，在族群交往中占据着主动的地位；而在墙外的菲律宾人，是一群没有经济能力、缺乏文化教养的贫困者，在族群交往中处于较为被动的地位。因此，叙事角色的配置，本身便充满了不平等与不对称。

在乐善好施的老陈身上，处处闪现出中华文化的理想人格与情操；他在主动撤除 "人类的墙" 时，无意之中，却在异族的心目中展现出另一堵殊异的无形的文化之墙——"思想的墙"。正如帛洛升仰视着老陈，说道："巴列，不是我夸你的，他们都说，你站在我们面前，比那道墙还高呢！"① 可见，叙事角色的配置，本身便充满了不平等与不对称。

从这个意义上看，由 "父亲" 所代表的华人 "破墙" 故事，"破" 中又有不破，或者说未破。为此读者不得不思考，纵然这道有形之墙——砖砌之墙被 "父亲" 拆除了；然而另外一道无形的墙——文化的墙、思想的墙，是否却仍然伫立在华人与当地族群之间呢？

20 世纪 90 年代，在菲华文学描写族群交往的创作中，出现了一些反思意味十分浓厚的作品。其中一个较为明显的特征，正像庄垂明《拐杖》② 中所述说的 "父亲"，虽然坚强，但是年事已高。

> 拄杖出门的父亲
> 常常在路上跌倒
> 跌倒了又再撑起来

---

① 林泥水：《墙》，见施颖洲《菲华文艺》，菲律宾菲华文艺协会 1992 年版，第 146 页。
② 庄垂明：《拐杖》，见《菲华文艺》，菲律宾柯俊智文教基金会 1994 年版，第 25 页。

然后他会笑着说：
街道再长，也长不过
我手中的拐杖

拄杖出门的父亲
现在不再出门了
他的世界
已经缩成一张
简陋的床

拄杖出门的父亲
让他的拐杖
挂在床边的墙壁上
使它看起来很像一个
涂在画布上的
巨大的问号

　　年事已高，拄着"拐杖"，尤其是拄着"拐杖"的不同姿态，似乎成为某些"父亲"的一种象征与符号——生理与心理，两方面都不可避免地走向老化，在身体变得衰老的同时，脾气和心态也变得有些"固执"与"偏执"。与此同时，是"父亲"与"儿子"的换位："父亲"形象，从前期的"与邻为善"、大度，变得"固执"、"偏执"与"小气"，而且显示出一些被"老化"与"矮化"的迹象；"儿子"形象，则从前期的"小器"、"不顾大局"，变得理性与成熟，往往成为"老化"与"矮化"了的父辈的观察者与批评者。

　　许少沧《绝望的呼声》，讲述的就是一个由于"父亲"的观念陈旧、落伍所导致的悲剧故事。

　　"我"的小儿子被坏人绑架，作为父亲，"我"不是报警求助，而是选择了私下与绑匪接触。令人遗憾的是，"我"的儿子，最终还是被绑匪杀害了。

通过菲律宾警察之口，我们看到了如下表述：

> 这不怪你。其实，我明白，这是你们华侨的苦衷，警察界良莠不齐，许许多多案件，我们警察不仅未能及时给予你们帮忙，甚至有时候还帮倒了忙，真是我们警察的耻辱；不过，话说回来，你们华侨自我隔绝于菲律宾社会，不愿互相沟通，因而令许多案子使我们警察无从着手办理，致不幸之事一条又一条地发生，你们华侨多少也要负部分责任……①

在血的教训面前，在老来丧子的巨大悲痛中，"父亲"终于想起了一位菲律宾友人对自己说过的话："你们（指华侨）生活在菲律宾，却无视菲律宾的存在。你们关心中国较关心菲律宾还要关心，这是不对的。"②

查理的小说《雷公、亚男、公鸡》，讲述的同样也是一个令人心酸的故事。

"父亲"年事已高，身患高血压，每天最重要的事情就是和孙子亚男一起，把所饲养的鸡赶回笼子里。他这样做的原因只有一个，担心菲律宾邻居会偷他的鸡——即使这是不可能发生的事，因为"菲邻的鸡比我家多"。

一天傍晚，当他与孙子赶鸡的时候，突然发病。眼看着公公突然倒下，亚男第一个念头就是要把公公送去医院。但是，雷公却坚决拒绝孙子送他去医院，固执地要亚男先去赶鸡。

> "不"老人像是避嫌似的把右手躲开亚男，喘口气又吃力地说："亚男，看到鸡没有？快赶他们回家……"
>
> "可是……公公，你……"
>
> "去，去，去。"雷公截断亚男的请求挥着那只好手道："别再

---

① 许少沧：《绝望的呼声》，见吴似锦《菲华文艺选集（第三辑）》，菲律宾菲华文经总会学术书业 2001 年版，第 288 页。

② 同上。

叫我生气了，赶快赶鸡去。"

　　"公公，你得先回去，我还得去叫爸爸来。"

　　"叫什么！"雷公青筋暴起，怒道："你真要气死我了，这还不快点赶鸡去，难道要给人抓走你才甘愿吗？"

　　亚男舍不得雷公，紧紧抱着公公的身手，错愕地发觉他公公竟比片刻前一下老了几十年。

　　"亚男，鸡呢？"公公有气没力地问道。

　　"我顾不了鸡，我舍不得你。"十六岁的独孙落泪冲动。"公公，我抱你跑快一点，找医生去！"①

　　雷公始终担忧鸡被菲律宾邻居偷走，多次制止孙子送他去医院，最终倒在孙子的怀中。

　　作者以第三人称的方式，冷静地叙述着这个故事。然而却让读者感受到了焦虑与不安。令人深思的是，这个悲剧发生的原因——只是雷公的"固执"与"偏执"——他宁可死，也不愿意看见菲律宾邻居偷他的鸡；他至死，也不肯相信菲律宾邻居不会偷他的鸡。

　　从这些作品中，我们可以发现："年事已高"，既是实指"父亲"的年龄，从诗意的角度看，也可以理解为虚指"父亲"的观念和心理——"固执"与"偏执"。

　　对于"异族"的不信任，正是这些"年迈"、"倒下"的"父亲"的共同之处。

　　从这个意义上说，我们也许可以从庄垂明的《拐杖》一诗中，悟出一些弦外之音："他的世界，已经缩成了一张简陋的床。""年迈"且自闭的"父亲"，不仅在生理上苍老、衰老了，在心理上也显得苍老、衰老了——"比片刻前一下老了几十年"。他们的"衰老"、"固执"与"偏执"，最终只会导致出各种各样的悲剧性故事。

　　与之同时，族群交往中华人"父亲"的性格特征，也出现某种演

---

　　①　查理：《雷公、亚男、公鸡》，见吴似锦《菲华文艺选集（第三辑）》，菲律宾菲华文经总会学术书业 2001 年版，第 246 页。

变：优越感逐渐减退；叙事者试图通过一种较为平等、协商，甚至自我矮化的视角和语调，来叙述华人、华人"父亲"形象。

施文志的《羔羊》，叙述的是一个在族群交往中不再伟岸，也不够坚强的华人的故事：范尼道为了养家糊口，为了自己和妻子、儿女，默默无闻地挣扎在菲律宾社会的最底层，甚至自愿成为一个"沦落"为"异族"的华人，一个华人眼中的"异族"。

范尼道是唐人街的一名马车夫，地位非常低下。他从不承认自己是华人——不讲华语，只说菲律宾话。只是，偶然在一次醉酒后，他才承认自己是一个华人。他说："我不想人家知道我是一个华人，并不是因为我是一个马车夫。"①"在华人社会里，好人坏人都有，不择手段的人更多，正所谓白狗偷吃黑狗当罪，几个华人做了坏事，动不动就把罪过推给华人社会，好像那一次白米短缺，有些报纸就说是华人囤积，准备操纵时价，你和我有没有做过损人利己的事情？菲律宾人'一竹竿压倒一船人'，每天我走出家门，心里就有一种感觉——'我像一只代罪的羔羊！'"②

"我就像一只代罪羔羊！"范尼道的这句出自内心的呻吟，或许正说出了像他这样的一批不为人所熟悉的底层华人、华人"父亲"的心声。

作为华人，范尼道没有伟岸的身材、坚强的信念，更没有任何值得夸耀的财富；作为家长和父亲，他选择的是逃避：为了避免骚乱和迫害，"自愿"放弃和隐瞒自己的华人身份。

与过去的一些高大完美、求善立身、坚韧不拔的华人男子与"父亲"形象相比，范尼道这个华人男性形象、"父亲"形象，是萎缩的、沉默的，甚至是自我矮化的。但是，就"破墙"而言，范尼道这个华人男性形象、"父亲"形象，却获得了特殊的意义。

如前文所述，在"老陈"等"父亲"所代表的华人"破墙"故事

---

① 施文志：《羔羊》，见吴似锦《菲华文艺选集（第二辑）》，菲律宾菲华文经总会学术书业 1999 年版，第 258 页。

② 同上书，第 261 页。

中，当他们破除现实之墙的同时，又隐藏着或者说隐现出另外一堵无法破除的墙，一堵看不见的墙——"殊异的文化"所带来的"思想的墙"。作为成功的商人、具有高风亮节的华人，"墙"内的"父亲"，外在于"墙"外的"异族"；他们在族群交往中占据着主动的地位；而在"墙"外的菲律宾人，是一群没有经济能力、缺乏文化教养的贫困者，在族群交往中处于较为被动的地位。所以，乐善好施的"老陈"们，在主动撤除现实之墙之时，却在异族的心目中展现出一堵殊异的无形的文化之墙——"思想的墙"。而这堵"思想的墙"，在"异族"的心目中，比那道被拆除了的现实之墙，还高出了许多，厚实了许多。

范尼道这个萎缩的、沉默的，甚至是自我矮化的华人男性形象、"父亲"形象，已经自我流放到菲律宾社会的最底层，自我流放到那堵"思想的墙"的另一端。如果说，他也是一个"他者"的话，他已经是一个双重的"他者"：一个甘愿"沦落"到"异族"中的华人，一个华人中甘愿自我放逐的"异族"。

就叙事角色的配置而言，原来"老陈"们与"邻居"们的不平等与不对称态势，在范尼道这里发生了变化：范尼道，既在"墙"内，又在"墙"外；既不在"墙"内，也不在"墙"外。就华人的血统与华人的族群身份而言，他在"墙"内；就对华人的血统与华人的族群身份的"认同"而言，他似乎又在"墙"外。从叙事角色的配置来看，范尼道与"老陈"们，反而形成了不平等与不对称；范尼道与"邻居"们，倒是形成了某种意义上的平等与对称。

在与异族交往的叙事中，一方面，是"父亲"的老化与矮化；另一方面，则是"儿子"的成长。杨韵如在《马尼拉的天空》中，试图通过一个的华人男子的心理活动，尤其是通过反思与质问"父亲"的某些失误，来发表对"儿子"的看法，表述"儿子"的成长：

> 要是家长都能尽到责任，不迁就跟菲佣牙牙学菲语的儿女而讲我们的母语，华文也不会式微，不信，把一个外国的幼儿给我带，包准他长大后是个中国通。笨呀笨，你有这份豪情与耐力，别人不一定有呀，一厢情愿没用，众人抬山山会倒，要合作，真心诚意

的，没门户之见，派别之分，办起事来才会成功。①

外国朋友来，闻名华侨义山是观光胜地。非去见识一下不可，有什么好看的，那是侨社畸形，变相的奢侈，里面的高楼大厦和义山外的贫民窟有天壤之别，你不会过意不去吗？不会愧对友邦兄弟吗？②

大部分从商的华人"父亲"，由于自身工作繁忙，对"儿子"缺少必要的教育与沟通，他们往往只关注孩子的成绩，平常却习惯把孩子丢给家里的菲律宾佣人照顾，致使这些华人小孩本身就失去了学习华语以及中华文化的环境，导致华人与其后代之间的断层越来越大，因而"我"也不禁自问，华人——尤其是"父亲"，是否应该对此负上大部分的责任呢？

在作者的操控之下，"我"与以往作品中所谓的"宏大叙事"者截然相反——以作为"儿子"的"我"的真实感受，对部分华人，尤其是对"父亲"的过于浮夸、毫不体谅"邻居"的行为进行了讽刺。"我"的心理活动，不仅仅解构了华人，尤其是解构了"父亲"的高大、完美；同时也在解构着自身——包括"儿子"在内的华人群体的失误，甚至是丑陋。华文文学中的"儿子"，也正是在这样的双重解构中，显示出自己的成长。

柯清淡的小说《路》，以更加"诗意"化的方式，言说着"父亲"的老化与"儿子"的成长。老华侨阿贵，一生守着自己的"林氏杂货店"；最终只为了圆一个"落叶归根"的回乡梦。在菲律宾逾半生的居住岁月当中，"浮居感"始终是他心中的隐痛。他在香港的儿子"港生"，更认为菲律宾是危邦乱国，极力主张父亲早日离去。那么，"我"这个"儿子"辈的菲律宾华人，脚下的路又该通向何方呢？

作者巧妙地选择从"我"的视角，去表述菲律宾华人子辈与父辈的不同，去表述菲律宾华人子辈与菲律宾华人在香港的儿子的重大差

---

① 杨韵如：《马尼拉的天空》，见《菲华文艺（四）》，菲律宾柯俊智文教基金会1994年版，第257页。

② 同上书，第256页。

异："我"并没有以悲观的眼光去看待这个闭塞的 K 村，也没有因为阿贵被劫、惨死而退却。反而，"我"还打算买下"林氏杂货店"，并"以此为 K 村发展的立足点"。

菲律宾华人之"子"，正是在"父亲""已老"，"兄弟""相弃"的艰难境遇中，经历了多种磨砺并且逐渐成长，当然，"儿子"的这种成长之路，非常崎岖，也很漫长。菲律宾华人之"子"，现在还仅仅，或者说是刚刚跋涉在自己的成长的路上。

从高大、完美的父辈形象，到矮化、偏执的父辈形象，从小气、偏执的"子辈"形象，到旁观、理性的"子辈"形象，这一变化，多少带有一些中国"五四"文学中"弑父"的含义。但是，菲律宾华文文学中的"弑父"，不同于中国"五四"文学中的"弑父"。这不仅仅是由于半个多世纪的时间流逝形成的时代差异，更是因为，由于空间转换，所谓"弑父"的目的性有了差异。"五四"文学中的"弑父"，目的是反对中国的封建主义；菲律宾华文文学中的"弑父"，目的是消解华人中曾经流行、当今仍然阻碍着华人顺利地融入所在国族群的"自大"心态。因此，前者的"弑父"，针对的是制度、社会，是你死我活的，是异常决绝的；后者针对的是观念、思想，是逐渐摸索的，也是逐渐推进的。

在这样一个逐渐演进的所谓"弑父"的浪潮中，尽管"儿子"的成长还有待时日；但是"父亲"的衰老、"儿子"的独立，以及"父与子"的换位，已经反映出创作者意识的嬗变，反映出菲律宾华人社会，尤其是新生代，对族群交往中"自我"意识的一种重新定位与反思。

第四章　视角的调整

　　菲律宾、马来西亚、印度尼西亚和泰国的华人族群，都是所在国的少数族群，"族群杂居经验"是他们最为重要的生存经验。东南亚华文文学的"异族"叙事，是指作为少数族裔的华人作家在"族群杂居"的语境中，对复杂、微妙的"杂居经验"的感受、想象与表述方式，以及他们利用文学方式，与各种异己话语进行交流的一种积极努力和追求；也是指他们期望通过或者是利用文学方式，实现对作为少数族群之一的自我的一种言说策略与方式。

　　在马来西亚，马来人、华人、印度人和其他少数族群，如达雅人、依班人等共同生活在同一片蓝天之下。华文文学，在叙说华人故事的同时，也必然会叙说异族故事。文学叙事，不仅是对生活的真实再现，更折射着叙事者本身的复杂心态。从某种角度上看，作为所在国少数族裔的华人作家的异族叙事，既是在言说异族，也是在以另一种方式言说自己。

一　从"吉宁仔"到"蔡也古巴"

　　印度人族群，作为马来西亚国土上的第三大族群，是马来西亚人口的重要组成部分。在殖民主义时代，印度移民在马来西亚①也饱受殖民者的压榨和剥削。马来亚独立后，印度人和华人一样较为边缘化。可以说，印度人族群和华人族群，有着相同的命运和经历，既是难兄难弟，又同是隔海"舶来"的"继子"。

---

　　① 马来西亚的建国过程非常复杂：1957 年马来亚取得独立，1963 年沙捞越、沙巴以及新加坡并入马来亚成为马来亚联邦，1965 年，新加坡脱离联邦，史称新、马分治，马来西亚正式成为一个独立的国家。因此，此处的"马来西亚"非指政治和版图意义的"马来西亚国家"，而是一种地理意义上的位置。

　　在华文文学的异族叙事中，早期印度人的形象大多是以"吉宁仔"——"邪恶"者的面容出现的。在冷笑的《热闹人间》里，"吉宁人"是一群劳动能力差、可怜如牛马、不善营生、无意积蓄、动辄酗酒的"吉宁仔"："他们——吉宁人——的生活，总是特殊的式样，身已黑，而穿白衣，尤好围着与他们肉色相反的白布，从他们的感觉，这样总算作美，所谓美是主观的，直觉的，这也是个例证。他们的生活真可怜，竟和牛马没有什么两样。而工作率又极小，整天辛劳，所做的寥寥无几，加以他们毫无积蓄，日中所得工作，尽消费于饮食中，尤以椰酒一门，是他们的大宗的消费。酒醉后，常逞气相打骂。"① 在秋红的《旅星杂话：吉宁人》② 里，"吉宁仔"的形象就近于"妖魔"了："他那蓬乱的头发，散在肩上，黝黑的肤肉，涂着油黏黏的液汁，说话像鬼叫的咽啼，还有，还有那五花十色的纱笼，如袈裟，简直像鬼一样可怕。"

　　"吉宁仔"不仅外貌"像鬼"，行事也非常古怪，甚至是非常险恶与丑恶。

　　姚拓《捉鬼记》里的看门人——印度佬老山星，"有票的人也不准进场。这位印度人平时就有点阴阳怪气的，连话都懒得和人说一句，除了看门，偷喝椰花酒外，就是睡觉"③。

　　在温祥英的《角色》里，"吉宁仔"是一个不负责任、玩弄女性的无耻之徒。他想方设法、一次又一次地引诱涉世未深的少女林亚格，当林亚格逐渐迷恋上他时，这个"吉宁仔"无情之极，还以下流的语言侮辱、伤害林亚格："令爸爸吃鱼吃肉，也会吃腻的。何况……你，一块连狗都遗弃不要的瘦骨头。"④ 在李有成的《印度》中，"吉宁仔"

---

① 冷笑：《热闹人间》，见《南洋商报》副刊《海丝》1927 年 10 月。

② 秋红：《旅星杂话：吉宁人》，见《南洋时报》副刊《狮声》1933 年 5 月 9 日。

③ 姚拓：《捉鬼记》，《马华当代文学选（小说）》，马来西亚华人文化协会出版（约1982 年或者稍后），第 46 页（原载于 1969 年十月号《蕉风月刊》第 204 期）。

④ 温祥英：《角色》，《马华当代文学选（小说）》，马来西亚华人文化协会出版（约1982 年或者稍后），第 189—204 页（原载于 1979《南洋商报》的"读者文艺"）。

对小商店中的童工、小伙计，进行了多次的猥亵与摧残①。商晚筠在《洗衣妇》中，通过一个印度洗衣妇的遭遇，对"吉宁仔"进行了这样的描叙："凭着一张嘴巴搭上她，把个女儿捏成形了从此便跑天下"，"醉起来连老婆都可以大方地陪给人睡"。②

20世纪70年代，一部分作家开始重新打量这个社会地位上与自己差不多、一样处于边缘化的"难兄难弟"。

驼铃在《下女》中，以一个女性叙述者的口吻，讲述了一个在马来人家做下女的印度少女拉芝米的故事。在这篇小说中，拉芝米是一个勇敢、叛逆、善良、追求真爱、洁身自好的印度少女。当她受到"头家"主人的猥亵、侮辱时，拉芝米勇敢捍卫自己的尊严。她不顾嫌贫爱富的父亲的阻拦，勇敢地爱上了贫穷、善良的印度男子詹得南，显得非常幸福。当她再一次遭到"头家"侵犯的时候，她"光亮而微黑的脸倏地变成了死灰色，恐怖中带着愠怒"。尽管找一份工作不容易，"那拖着马尾的脑袋一扭，一句话也不说，便大踏步走向大门"③。在叙述者的眼里，拉芝米俨然是一位得胜的英雄，扬长而去。④

在碧澄的小说《迷茫》中，印度青年——"吉宁仔"古玛则是一个正直、有责任感、勤劳、爱家庭、爱妻子的好男人形象。结婚时，古玛对妻子承诺："勒兹美，我们要创造一个美好的将来！"古玛辛勤劳作，亲手搭建了自己的房子、鸡舍甚至冲凉房，把家庭布置得井井有条，当妻子感到歉意的时候，古玛"拉着勒兹美双手，轻轻牵她起来，温柔地说：'为了你，为了我们俩，我什么都愿意做，做什么也不会觉得苦'"⑤。

20世纪90年代以后，马华作家笔下的印度人形象发生了进一步的

---

① 李有成：《印度》，《马华当代文学选（小说）》，马来西亚华人文化协会出版（约1982年或者稍后），第383—386页。

② 商晚筠：《洗衣妇》，《马华当代文学选（小说）》，马来西亚华人文化协会出版（约1982年或者稍后），第459—462页（原载于1979年《人间丛刊》的"烟火"）。

③ 秋红：《旅星杂话：吉宁人》，见《南洋时报》副刊《狮声》1933年5月9日。

④ 同上。

⑤ 碧澄：《迷茫》，《碧澄文集》，鹭江出版社1995年版，第138—153页。

变化。

在小说《风华正茂花亭亭》中，李忆莙塑造了一个华人的印度裔妻子玛妮的崭新形象。玛尼是一个来自北印度的女子，出身于贵族世家，父亲是律师，哥哥是牛津大学的学生。"她是一个高个子的女孩子，褐色的皮肤显示着她如果不是印度人便是欧亚混血儿，头发濡湿，束在脑后，绑了条红色的丝巾在额发上，穿着一件宽大的白 T 恤，一条白短裤，两条腿异常修长，是那种成熟女人的身材，平凡中却带着一股非常诱人的吸引力。""她有时候显得很豪爽，豪爽得近乎洋妞。有时候又很沉静，那种气质与气度，是我所形容不出来。总之，觉得这样一个女孩子，实在稀有，值得我为她回家革命。"① 在"我"的眼里，妻子身上洋溢着知识女性的俊朗、洒脱、大方而不是勒兹美的妩媚、温存和柔顺。

在陈绍安的《古巴列传》中，"吉宁仔"——古巴不仅是华人的兄弟，而且是同生共死的患难兄弟。古巴，全名再也古巴，出生在华人的居住地——槟榔屿的华人贫民窟的"非法木屋"里，从小和华人伙伴一起玩耍。不同于早期的那些游手好闲、贪图享乐、荒淫、酗酒的印度人，也不同于古玛一类善良、本分、胆怯的印度人。古巴是一个知识精英型的印度青年，上过大学，说一口流利的英语，在南马承包过一些发展工程。他热爱华人文化，福建话说得很流畅，把印译本的《西游记》背得滚瓜烂熟。为了使自己更像华人，他把名字写成"蔡也古巴"或者是"财也古巴"。

当政府要强行拆掉华人的木屋——"槟榔阿当"的时候，"古巴一口流利英语、国语再加上什么人权、人道理论把政府官员噼里啪啦得一个个瞠目结舌，一举成为木屋居民以来的大柱子……"古巴俨然成为一个英雄："一个在华人区崛起的黑皮英雄，以福建话纵横民间，以国语、英语对抗官方，以半生不熟的华语争取华人的认同与亲近"，"不

---

① 李忆莙：《风华正茂花亭亭》，见《李忆莙文集》，鹭江出版社 1995 年版，第 27—96 页。

管怎样，古巴还是古巴，一条在华人区长大的黑色硬汉……"①

可见，异族叙事中的印度人形象——从早期的"吉宁仔"到眼前的"蔡也古巴"，已经发生了巨大变化：从"魔鬼"变成了兄弟，从醉鬼变成了社会精英，从不负责任的"吉宁仔"变成了敢作敢为的"黑皮英雄"。

二 "拉子"与"半唐半拉"

马来西亚华文文学的异族叙事，必然会涉及同在一片蓝天下生活的其他少数族群，如达雅克人、依班人及华人与其他族群所生的后代——在文学中曾经被称为"半唐半拉"的"混血儿"；当然，也会涉及同在一片蓝天下生活的主要族群——马来人。

在早期的华人社会中，女性较少，很多华人不得不与其他族群女性结婚，或者是共同生活。异族女性就这样走入了华人的生活，并进入了文学的叙事视野。

在李永平的《拉子妇》里，达雅克人妻子在华人的家庭中是卑微的、被侮辱、被损害的。三叔娶了一个土著女子做妻子，惹得祖父动怒。"祖父"、"三叔"——这些来自中国的华侨，对"拉子妇"充满了鄙视。

在《婆罗洲之子》里，出现了两个同样遭遇的女性——大禄士的母亲和姑纳。大禄士的母亲在华人头家——大禄士的父亲的店铺打杂，与头家同居，生了儿子；可是，头家始乱终弃，独自返回"唐山"，扔下这个异族女人和孩子。姑纳的遭遇，几乎就是大禄士母亲的翻版，华人头家对她非打即骂："你妈的！死拉子婆！你要害死我呀？"在这种所谓的"婚姻"里，"拉子妇"根本没有妻子的权利、地位，她们被华人头家侮辱和损害，还要遭受来自本族的歧视和隔膜，命运极其悲惨。

在新生代作家笔下，华人的异族妻子，仿佛胡姬花一样，不再憔悴、萧条，而是开出了娇艳的花朵。她们一改过去被损害、被侮辱、逆

---

① 陈绍安：《古巴列传》，选自《马华文学大系·短篇小说卷》（1981—1996），马来西亚彩虹出版社 2001 年版，第 71—84 页。

来顺受的弱者形象，成为独立、自尊、自强的新一代女性。作家张贵兴，以擅长写婆罗洲故事见长，在他的小说《猴杯》① 中，达雅人女子亚妮妮是个完美的化身，如同一个飞往人间的精灵。她已经不同于早期的土著如《拉子妇》里的三婶，也不同于《婆罗洲之子》的大禄士的母亲和姑纳。她是一个崭新的土著形象，作为深山老林中的达雅克人的后裔，像男人一样猎杀野兽，脱光了到河里洗澡，但是，她上过学，有知识，懂英语，是个新时代的女性。她自然而脱俗，美丽而善良，温顺而不失主见，温柔而勇敢，非常有个性和魅力，以致"我"在不知不觉中已经爱上了她。

在《我思念的长眠的南国公主》② 中，作者以神话的方式讲述一个令人动容的爱情故事：一个华族的男子爱上了一个当地雨林酋长的女儿，二人私奔、逃亡途中，公主喝下猪笼草中的水后昏迷不醒。男子坚贞不二地守候在她的身旁，直至头发尽白。一日，容颜未改的公主醒来，竟不识眼前老人为何人。

石问亭在《梦萦巴里奥》中，则把神话转换成了一个现实的故事。作品中的女子土著族酋长的女儿瑞柳，是一个新时代的女性，她和"我"在同一所学校读书，比"我"高两届。瑞柳既有时代女性的追求、视野和开阔的心境，又有土著——自然之子的淳朴、善良、野性，被"我"视作生死契阔的理想伴侣。

可见，在这类小说叙事中，走进华人家庭的异族女子，由起初地位卑贱的"贱妇"，到美丽、自立的"过客"，最后成为了高贵、美丽的公主和值得华族男子等待、相陪、护爱的理想伴侣。

在马来西亚，华人和马来人所生孩子，男性称为"峇峇"，女性称作"娘惹"。"半唐半拉"，则曾经是文学叙事中对华人和达雅克族女子所生孩子的一种贬称。

早期华人小说中，"娘惹与峇峇"，多以无根的"孤儿"形象出现——既不为华人社会认同，也难以得到当地族人的认可，成为文化的

① 张贵兴：《猴杯》，台湾联合出版有限公司 2000 年版。
② 张贵兴：《我思念的长眠中的南国公主》，台湾麦田出版社 2001 年版。

孤儿。在方北方的小说《娘惹与峇峇》中，林娘惹就是一个失去了父亲的娘惹；她的儿子，林峇峇更处在一种双重的"失父"境遇中。在李永平的《拉子妇》里，三叔压根没有把"半个拉子"当作自己的儿子："蠢东西！爬开去，看见了就发火。""半唐半拉，人家见了就吐口水。妈的！"在三叔的骂声中，孩子们"垂着头，默默地，慢慢地走开去"。

80 年代以后，在小说叙事中，"娘惹与峇峇"、"半唐半拉"形象发生了变化。在驼铃的小说《可可园的黄昏》里，罗希是马来青年阿旺和华人少女阿华的儿子，他用手抓饭吃，皈依回教。他有华族的美德，比如孝顺、善良和勤劳。只是此时的"他"，对自己的身份依然在惶惑、迷茫和自卑之中①。在廖宏强的《被遗忘的武士》里，查东年这位华、马混血儿，常常把自己扮成武侠小说中的长髯的武士，寻找自己的根性，寻找自己失落、混杂的身份。但是，祖父已经死去，父亲也不知道行踪，唯一的线索是仁爱山庄里那个疯疯癫癫的老太婆。她的"疯病"使得查东年在寻找根性的过程中线索再一次被中断。

在马华文学中，华人作家对所在国的主要族群——马来人的书写也从来没有停止。抗战时期，华人和印度人、马来人一样被日本人蹂躏、欺压、屠杀，也在"同一个战壕"中共同反抗。

在战前和战后十几年间，在小说叙事中马来人经常以"友人"的形象出现。在《憧憬》中，夏霖塑造了一位马来少女依莎的美好形象。依莎的父亲是一个警察，在围捕劫犯时英勇牺牲了。从此，依莎和乡下的叔叔相依为命，在贫穷的乡村过着自食其力的清贫生活。叔叔年老，体弱多病，依莎就一个人顶起生活的重担。收成不好，生活每况愈下，依莎毅然把唯一的嫁妆——珍藏了多年的纱笼偷偷卖掉，换回一点粮食来维持生活。在这篇小说里，作者发掘与彰显出马来少女身上的美好品德：她们勤劳、善良，虽然屡遭命运的捉弄，不屈不挠，任劳任怨，勇于与生活抗争。②

---

① 驼铃：《可可园的黄昏》，见《驼铃文集》，鹭江出版社 1995 年版，第 126—133 页。

② 夏霖：《静静的彭亨河》，新加坡《民声报》出版社 1948 年版。

在《摆渡老人》中，马崙塑造了一个令人为之感叹的马来族摆渡老人巴曼梳的形象。他一辈子都在摆渡，曾经捉过鳄鱼，也曾经救过很多人，善良、勇敢、乐于助人，以至任何人"对于这么一位忠实而乐意助人的老船夫，若有那多余的担忧和那善疑的念头，在你与他结识之后，你准会深深感到不信任人家那是多么伤害对方的自尊和人格呀。即使对方毫不知道你的心理活动，你也不由得会感到愧疚"[1]。在《槟榔花开》中，马崙还塑造了一个善良、美丽、聪明的马来少女玛莉安，她与华人少年"我"情同手足，以姐弟相称。[2]

驼铃在《板桥上》，则叙说了一位在小茶店卖茶的马来老人阿里，如何关心华人邻居的故事。阿里是一个饱经风霜的老者，"对于老迈的表象，他似乎并不在意，平日指尖所触摸的，不外印堂上那一树为自家斧口所伤的疤痕"。但是，当华人邻居钟华被迫卖掉土地时，老人却不平静了："他也不了解，这到底是为什么，钟华的这块地即使真的被YB卖了，那也不过是在地契上换个名字而已，到底还是跟自己连在一起的，怎么偏偏觉得若有所失？"[3] 老人对当局采取的不当政策，甚为感叹："异教徒，异教徒又怎样呢？他们不都是善良的人？"可见，一方面，作者衷心赞扬着阿里这位华人朋友的忠实、真诚；另一方面，也透过阿里的言行，对当局政策的偏颇间接地提出了质疑与批评。

三 "魔化"、"华化"与"还原"

马华小说中印度人、达雅克人等形象及其叙述方式的种种变化，既反映出作为少数族裔的印度人、达雅克人在不同历史时期的生活状况与精神的面貌，更反映出创作者对同处社会边缘的弱势兄弟的感觉与看法。而马华小说中马来人的形象及其叙述方式的某些变化，也不仅反映出作为个体的华人与马来人的密切关系与紧密联系，更反映出作为少数族裔的华人对主要族群的复杂心态与希冀。

---

① 马崙：《摆渡老人》，选自《马崙文集》，鹭江出版社1995年版，第30—40页。

② 同上书，第71—227页。

③ YB，国、州议员的简称，略带敬意，全文为 Yang Berhormat，见《马崙文集》，第158页注释②。

　　也许可以这样理解：叙事心态与叙事方式，在某种意义上决定着被叙之事的发展与结局，决定着被叙说着的人物的性格和命运。从"吉宁仔"、"拉子"、"半唐半拉"与"马来人"的形象变化，尤其是从"吉宁仔"的形象变化中，似乎显露出叙事方式从"魔化"、"华化"到"还原"的一种变化趋势。

　　所谓"魔化"叙事，是指早期小说中存在的以"审视"的眼光，"魔化""异族"的一种叙事方式。"魔化"叙事，首先通过"视觉"上的"审丑"得以展现，主要体现在对异族的"可视"性特征——生理特征、生活习性，尤其是肤色特征、衣着方式的某种丑化与渲染。

　　如在秋红的《旅星杂话：吉宁人》中，印度人黑色的皮肤和怪异的举止，让人觉得邪恶不堪："他那蓬乱的头发，散在肩上，黝黑的肤肉，涂着油黏黏的液汁，说话像鬼叫的咽啼，还有，还有那五花十色的纱笼，如袈裟，简直像鬼一样可怕。"又如冷笑在《热闹人间》中，对印度人衣着方式的描写："他们——吉宁人——的生活，总是特殊的式样，身已黑，而穿白衣，尤好围着与他们肉色相反的白布，从他们的感觉，这样总算作美，所谓美是主观的，直觉的，这也是个例证。"

　　一般说来，在华人的审美习惯中，黑色象征不吉利，是容易引起恐怖情绪的颜色。在上文的叙述中，都自然地从本族群的审美习惯出发，对印度人——"吉宁人"的肤色、衣着、举止，甚至"发音"，都表现出某种程度的排斥和厌恶，话里话外都流露出厌恶、鄙视、嘲讽的情绪。在这里，"蓬乱"、"黝黑"、"油黏黏"，给人以肮脏不堪，甚至是恶心的感受；说话不是"说"，而是"鬼叫"、"咽啼"；"五花十色的纱笼"，如"袈裟"，"像鬼一样可怕"等描述，显然都带上了描述者本身极为强烈的主观色彩。

　　"魔化"叙事，又通过"动作"上的"审丑"得以延伸。在姚拓的《捉鬼记》中，由于一位印度人"山星佬"的捣乱，戏院的生意日渐冷清。于是，通过一场"头家"与"山星佬"的对话，充分展现出"山星佬"的丑态：

　　"是不是你又喝椰花酒了？站在门口，瞪着死鱼眼看女人？"

　　"不是，不是，头家，头家！"他急得直抓满腮的胡子分辩说，"这两天我连一口酒也没有喝！"

　　"混帐的东西，"我咆哮着，"还说没喝酒，小心我拔去你脸上的狗毛！"

　　"头家，头家"他慌慌忙忙地几乎是哭着说，"酒……酒，酒是喝了一点点——要是不喝点酒壮壮胆，我……我真的连站在这里都不敢了！"

　　"胡说，你守门守了半辈子，还要喝酒壮你的胆！"

　　"不是啊，头家，"他变得有点神经质地全身颤抖，而且上牙齿打着下牙齿说，"头家，不瞒你说，人家说这个戏院有鬼？"

　　"有鬼？"我几乎是跳起来，"你才是鬼！"我真想当面给他几耳光。

　　温祥英在《角色》中，笔墨不多，"审视"却非常充分：例如："他"那罪恶的富有诱惑的男人的身体，如何一次一次地诱惑了单纯少女林亚格；"他"的言语与行为，如何无情甚至无耻之极："以后不用等我了"，"'令爸爸吃鱼吃肉，也会吃腻的。何况……'阿吉嘴角上翘，做出个不屑的表情，藉以遮掩内心的惧意，'你，一块连狗都遗弃不要的瘦骨头。'"

　　于是，小说叙事中的印度人成了这样的一群：酗酒，一无所长，能力差。"他们的生活真可怜，竟和牛马没有什么两样。而工作率又极小，整天辛劳，所做的寥寥无几，加以他们毫无积蓄，日中所得工作，尽消费于饮食中，尤以椰酒一门，是他们的大宗的消费。酒醉后，常逗气相打骂。"①

　　"魔化"叙事，还通过"结构"性的"审视"得以"深化"。在姚拓的《捉鬼记》中，二元分流、二元对立的叙事结构十分明显：就地位而言，"我"为一家东方戏院的经理部书记，"山星佬"是一个卑微

---

　　①　温祥英：《角色》，《马华当代文学选（小说）》，原载于 1979 年《南洋商报》的"读者文艺"，第 189—204 页。

的看门人；就能力而言，"我"年轻有为，"山星佬"碌碌无为；就精神状态而言，"我"朝气蓬勃，"山星佬"萎靡不振；就勇气而言，"我"勇敢无畏，带领大家"捉鬼"，"山星佬"胆怯心虚，魂飞魄散。在这样一种泾渭分明的叙事结构中，清者自清、浊者自浊；"山星佬"的丑态，在与"我"的美德的比较中，不断得到强化和深化。

在曹兰的《红纱笼》里，也隐含着这样一个二元分流、二元对立的叙事结构。尽管一方是华人"我"，一方是"娘惹"露西："我"是露西丈夫的老板，露西丈夫是"我"的一个卑微的工人；"我"是一个能抵抗诱惑的正人君子，不乘人之危；露西是一个内心空虚、自暴自弃的女子；"我"竭力关心露西、帮助露西，露西却不断地试图诱惑"我"，最终，由于缺乏自爱走向堕落与死亡。在这样的"魔化"叙事中，"视觉"上的"审视"，使印度人的外形"像鬼"；"动作"上的"审视"，使印度人的行为"像鬼"；加之以"结构"性的"审视"，在不知不觉中，印度人甚至"娘惹"，都成为了"丑陋"与"邪恶"的化身。

所谓"华化"叙事，是指作家在"进行痛苦的调整"中，在塑造"异族"形象、叙说"异族"故事的时候，有意无意地过滤或者部分过滤了异族的"他性"特征，使得他者不似"他"，或者说成了"我"的变体——"己他"。弗里德里希·克拉托赫维尔认为："无论是通过'发现'还是通过移民形成的同他者的遭遇，都经常迫使我们进行痛苦的调整，调整自我观念，调整对世界运转的判断或者期望。"[①] 这个"他者"，"被我们对他者的设想所控制，我们按照自己'删除'的观点描述对他者的认识"[②]。随着岁月的流逝，已经扎根在这片蕉风椰雨的土地上华人，也不得不"进行痛苦的调整，调整自我观念"，以新的姿态和心态面对生活、面对"异族"。

"过滤""他性"，首先是在叙事中有意无意地淡化、模糊异族的生

---

① ［德］弗里德里希·克拉托赫维尔：《文化之舟，航行还是返航》，见约瑟夫·拉彼得、弗里德里希·克拉托赫维尔《文化和认同——国际关系回归理论》，浙江人民出版社2003年版，第277页。

② 同上书，第266页。

理特征，以适合华人的审美习惯。在碧澄的小说《迷茫》里，作者塑造了一对勤劳、自立、恩爱的印度族年轻夫妻古马和勒兹美的形象，叙述者只是对古马作了如此的介绍："两条肌肉坚硬、有几条粗筋突起的臂膀"；虽然也提及了勒兹美"黑色"的肤色，但是尽量淡化"黑色"，以避免在读者心里可能引起的不舒服的感觉。在马崙的《槟榔花开》中，马来少女玛莉安"有一副棕赤色光润的鹅蛋脸儿，俊俏的鼻子，墨晶色的大眼睛，朗若曙光的目光，丰满有致的嘴唇，笑时老是显出她柔和的轮廓。她的身材，苗条矫健，如奔跳的乳鹿"。"她笑语温和，给人一种亲切静穆的感觉"，"她嫣然一笑：哦，那是一朵非常优美娴雅的微笑。她那亲切的笑，给人一种温馨的感觉。这教我心灵舒朗乐一阵"①。鹅蛋脸、苗条的身段，娴静、纯洁、温柔的玛莉安，如同中国绘画中的仕女，没有了赤道雨林中南国女性的野性、火热、开朗、奔放，无拘无束。

"过滤""他性"，还表现为叙事中有意无意地植入、强化华人的道德观念，以适合华人的审美追求。在《可可园的黄昏》里，马来青年阿旺与华人少女相爱；在强大的社会压力之下，只好选择了私奔。尽管"岳父"一味反对，对他不理不睬；但当老人孤苦无助之时，阿旺义无反顾地选择了回归，任劳任怨、勤勤恳恳地尽一个晚辈的责任，直到最后得病死去。这样，阿旺这个马来青年身上闪耀着的是华人所推崇的美德：重孝道，讲责任，容忍敦厚。如果不是作者有意标出他的马来人身份，阿旺的所思所想、所作所为，倒更像是一个优秀的华人青年。因为过度劳作，阿旺病逝了；这个结局更像一个隐喻：当"他"者不"他"，太多地承载了"非他"的重负时，这样的"他"是病态的，是一种不太真实的存在，早晚都会消失。

作家还巧妙地利用这种所谓"过滤"的方法，以一种更隐讳的方式——将异族人物华族化，成为"我"族的代言人；从而彰显自我，映照出"我"族的族性光辉。例如，驼铃的在《迷茫》里，塑造的印度族年轻夫妇，在许多方面"酷似"华族。在男主角古马身上，呈现

① 碧澄：《迷茫》，见《碧澄文集》，鹭江出版社1995年版，第138—153页。

出华人理想中男性的外形特征——健康、强壮；在女主角勒兹美身上，体现了华人理想中的女性生理特征——柔媚、苗条、充满东方女性的神韵。古马勤劳能干、善于创造、不畏艰难、对生活充满自信，勒兹美则温柔、体贴、善于持家，是丈夫的得力助手。在不利的社会境遇中，在艰辛的生活条件下，这样一对夫妇，驾驶他们的生活之舟，平稳地行驶在多风波的生活海面上。作者的叙述手法是值得品味的：通过有意将这对印度族夫妇性格与命运华族化，暗含着的是华人对自身境况的思考，是华人对华人族群整体性未来的一种预言与希望。

90年代以来，"痛苦的调整"不断深化，成为一种发展中的趋势。在不断"调整自我观念"的过程中，作家试图以新的姿态和心态面对生活、面对"异族"；试图以多元化的审美眼光，来"还原"异族。

在石问亭的小说《梦萦巴里奥》中，华人青年"我"与土著少女瑞柳相爱；这种爱已经不是《拉子妇》中"三叔"对"三婶"的"权宜"之爱，也不同于《槟榔花开》中"贵清"那种精神之爱、理想之爱，而是彼此承认差异又互相妥协的现实之爱、平等之爱。叙述者在叙说"瑞柳"的时候，采取的是多元的审美视角——既是华人的，又是异族的。所以，"瑞柳"的族群特征十分明显，而且美丽动人："一对大耳垂、手上、脚上刺青"，"瑞柳为了隆重上我们家与父母这一次会面，特换上五两重的沙铃（sarring）金坠子。那是她祖先世袭的财产，一代传一代的遗物，这两粒沙铃垂到她两边肩上闪闪发亮，加上族人传统珠饰帽子，非常漂亮。这时，我方留意她的眉是纹的，就像诗词上的柳眉"；"她轻柔的手姿好似肯雅兰鸟于一场雨之后，制芰荷以为衣，集芙蓉以为裳，安然振翅起飞，从一个树头滑到另一个树头，没有目的也没有企图。两个乳房跟着舞步起伏如风之于山巅，十指轻盈上下翻动如鸟的飞翔，双脚碎步向前滑行，静止时一潭湖水"。大耳垂和纹眉等异族特征，成了美的标志与象征——是土著少女健康、生气勃发、活力四射的标志。

在张贵兴的《猴杯》[①] 中，叙述者竭力凸显着亚妮妮的异族身份，

---

① 张贵兴：《猴杯》，台湾联合出版有限公司2000年版。

她身上的刺青，她耳朵上的达雅人的装饰品——沙铃，她那被"拉长了"的耳垂。在早期的华人眼中，这些都是象征着野蛮、不开化的族群特征，在叙述者看来恰恰都是奇异之美。叙述者对于亚妮妮族人的叙述，也是一种充满赞赏意味的语气。

在《古巴列传》中，作者非常注意凸显"古巴"的印度人特征，但是毫无恶感："黑皮肤和魁梧的身材使得他如同一只北极熊，黑眼眶如同熊猫眼"；"一个身材魁梧，皮肤黝黑，走起路来有北极熊的笨重与冷酷的大个子，两只熊猫眼镶在如墨斗的黑眼圈里，在原本黑黝黝的脸上，镶得更黑如无底深渊……"印度人的"黑"，已经没有了"黑鬼"或者"干瘦"的恐怖感和厌恶感，甚至让人感到几分笨拙的可爱。

叙述者在叙说的"异族"文化特色的时候，也试图采取多元的审美视角——既是华人的观察、感受与批评，又有试图换位思考的辩解与"自白"。

在《色魔》中，黄锦树塑造了一个全新的马来青年形象，那就是警员阿末。当美丽而有着悲惨屈辱身世的华人少妇棉娘被印度黑皮在橡胶林里强奸之后，族人对她不是同情，而是或幸灾乐祸或也想来占她的便宜。她的丈夫也对她产生莫名的厌恶，并且对她进行报复般的性虐待和冷嘲热讽。面对这个不幸的少妇，阿末对她产生了爱怜，最后放弃了自己警察的身份而和棉娘一起私奔。尽管叙述者对马来青年阿末用笔不多，但是，这个年轻的马来青年正义、善良的形象却深刻地烙在读者的脑海中。①

在《猴杯》中，张贵兴泼墨如水般地运用大量篇幅叙述老达雅人阿班班的纹身艺术；并且，通过展现两代华人的不同看法，引出所谓换位思考、多元审视的重要与必要。早期华人，如余鹏稚的母亲对丽妹——达雅族养女刺青的评价："这刺青……番人的玩意嘛……""以后别刺了……番鬼不卫生，这刺青会染病……"② 然而，在叙述者眼里，刺青是土著文化最流光溢彩的精华，是他们身上最具有神性和神秘

---

① 黄锦树：《乌暗暝》，台湾九歌出版社有限公司1997年版。
② 张贵兴：《猴杯》，台湾联合出版有限公司2000年版，第37页。

色彩的一部分，也是祖先遗留下来且代代相传的神秘礼物。因此，对于阿班班而言，刺青的图案是具有某种神性和生命的，它可以"被刺绣在另一人肉体上，被镂琢在棺木上，被浮雕在吹矢枪上，被肉雕在刀背腕环上，被彩绘在符箓木偶上，被编织在摇篮上"①；这图案使得他"感觉身体某一部位幽幽复活"。刺青高手——阿班班，如同华族杰出的民间艺人一样，在学习和游历中成长："十五岁那年为了参透婆罗洲土著服饰艺术之奥妙精妙，也常独游雨林，呼妖扰灵，逐兽追月……漫游半个婆罗洲岛，拜师学艺，像变色龙拟态猎食在各族雕刻纹身之幽灵斑斓。阿班班二十八岁就博闻强记，脑中纹路潜伏骚动着数千种婆罗洲原始民族传统装饰图案……"②

在叙述者笔下，达雅克族猎人头的习俗也呈现崭新的面目。猎人头的老者，是一个看上去和蔼、温和的老者——"达雅克老战士"。"当年我砍下侵略者头颅，一来是为了保家，二来为了获得姑娘的爱慕……"③ 在这段话中，猎杀对象是"侵略者"：猎人头的行为被重新解释为一种崇高的行为，一场保家卫国的战斗。

张贵兴还重笔书写了达雅克族少女亚妮妮身上的野性——勇敢、泼辣。她猎杀野兽，生吃兽肉，敢在众目睽睽下脱光了衣服跳进河里洗澡、赤裸着身体游泳。亚妮妮又具有现代知识女性的特性——善解人意、聪慧、气质脱俗。

《猴杯》中还有一个重要人物，那就是巴都。在叙述者的笔下，巴都是一个勇敢地闯入原始森林的丛林之子，他有着土著剽悍、强壮的体质，也有土著的勇敢。作为丛林主人的他，从小习惯了与野兽共存于雨林食物链中，存在于雨林生态系统之中，成为其不可缺少的一个组成部分。他叛逆，特立独行，不因循守旧，不愿再重复祖辈的路，他猎杀了族人护卫的灵兽，被族人驱赶出来。他也不愿意接受文明的"归化"，不愿意接受和履行"文明"社会中的种种规则。这样一个沉默而叛逆的"怪人"，却不遗余力地帮助余鹏稚寻找失踪的妹妹。在石问亭《梦

---

① 张贵兴：《猴杯》，台湾联合出版有限公司2000年版，第108页。
② 同上书，第107页。
③ 同上书，第38页。

萦巴里奥》中，瑞柳也是一个洋溢着原始生命活力，敢作敢为、充满
天真无邪和童贞的幻想，有着女性的温柔，有着知识者的理性与观察
力，更有人类童年时代的纯真，没有被所谓的"文明"社会污染，心
灵深处有一片无涯的净土的土著女子。

　　在"还原"他者的同时，作者也在重审"自我"——"自己家族
的罪恶"。达雅克人以本族女孩丽妹失踪为诱饵，将华人余家的孙子骗
入丛林深处，希望得到他祖父的黄金。然而，在故事的叙述中，这个阴
谋的恶性被逐渐缓解，曾祖的荒淫、"自己家族的罪恶"却逐渐突出。
"曾祖父"曾经残暴地强占和蹂躏了一个雇工的女儿小花印，撕碎、践
踏了儿子——"祖父"的爱情梦想。而"祖父"则继承了"曾祖父"
的荒淫，买下了达雅克人的女儿丽妹。丽妹产后在医院失踪，是阿班
班、亚妮妮、巴都等达雅克人的一个阴谋。祖父杀死了阿班班，巴都出
现，杀死了祖父。在叙述中，早期华人身上的荒淫、丑恶：狎妓、抽鸦
片、奸淫等，都被重笔呈现出来，华人的罪恶遮盖了和淡化了这场达雅
克人的阴谋。

　　因为寻找丽妹，巴都——这个有着雨林传奇色彩英雄式的人物，阿
班班——这个土著文化的继承者，都显出鲜活的生命力；相比而言，华
族的祖辈们的形象，则显得颓废、荒唐、萎靡甚至荒淫。在这样的叙述
中，异族成为了华族反观自我——自审的镜子，并且是以聚光镜、透视
镜的方式与力度，照出了华族自身的某些劣根性。

第五章 "涵化"：自由与不自由

在泰华文学的异族叙事中，在场与缺席、虚构与真实、稳定与变迁是矛盾统一体，它们相互交错，互为表里。只有从文本出发，揭开差异的面纱，我们才有可能领悟到泰华作家在综合了历史与现实、政治与文化等各因素之后的心灵历程。

一 "涵化"特色与艺术视角

要研究泰华文学中关于"异族"的写作状况，理当首先对泰国的"华族"作一个界定。如《海外华人百科全书》之《泰国》篇所说：

> 研究泰国华人，一个极具争论性的问题是：这个族群到底从哪里开始？又到哪里结束？今天泰国华人人口到底有多少，难以得到精确的统计数字，我们充其量只能猜测而已。由于中泰混血儿多采用泰人的名字，所以如果要从姓氏来考察什么人才是华人，困难很大。而且高频率的异族通婚，使精确的统计更为困难。据估计，泰华约有 450 万至 600 万人，占全国约 6 千万人的 10%。

> 另一方面，中泰文化关系密切，以及中国传统已融入泰国文化而成为泰国文化遗产的一部分，使有关的统计变得更加模糊不清。实际上，中泰融合的文化已构成泰国文化的一环。抑有进者，历史上有一段时期，泰人根本不把华人作为外国人看待。①

---

① 潘翎主编，崔贵强编译：《海外华人百科全书》，三联书店（香港）有限公司1998年版，第218页。

当然，在学界还存在不同的看法，有说华族就是指华人少数民族，如曹云华认为："东南亚华人是根源于中华民族，居住在东南亚各国的一个少数民族，是在政治上认同所居住国家，但在民族心理与文化上有着共同特征的族类共同体。"① 也有一种较为普遍的观点则认为，华族指的是华人族群，族群（ethnic group）："一个由民族和种族自己集聚而结合在一起的群体。这种结合的界限在成员中是无意识承认，而外界则认为它们是同一体。也可能是由于语言、种族或文化的特殊而被原来一向有交往或共处的人群所排挤而集居。因此，族群是一个含义极广的概念，它可以用来指社会阶级、都市和工业社会中的种族群体或少数民族群体，也可以用来区分土著居民中的不同文化和社会集团。族群就这样综合了社会标准和文化标准。"② 那么，"族群性（ethnicity）概念的关键特征是对任何一种群体或人们类别进行区分或标识，并将被认同的群体与其他群体及类别作或隐或显的对比。在使用族群性概念时，总是要牵涉到'我们——他们'这一对两分标准。标识或对比的特征是动态的，可以根据具体情形再作解释，所以在不同层次中存在着多种族群性。……对特定的群体和人们类别，族群性可以是客观的，也可以是主观的，明确的或不明确的，外在的或内隐的，可接受的或不可接受的"③。或者可以这样说："'民族'（nation）不必拥有一个世系神话，尽管他们要求有集体记忆的旨趣和明确的地域。而'族群'（ethnicity）则恰恰相反，它不必占据一方领地，但却要有群体共享的祖先神话。"④ 当然，以上两种说法既有差异性，也有趋同性。

"民族"和"族群"概念既有联系又有区别。"民族"通常与

---

① 曹云华：《变异与保持——东南亚华人的文化适应》，中国华侨出版社 2001 年版，第 2 页。
② 吴泽霖总纂：《人类学词典》，上海辞书出版社 1991 年版，第 308 页。
③ 同上书，第 237—238 页。
④ 转引自马戎编著《民族社会学——社会学的族群关系研究》，北京大学出版社 2004 年版，第 54 页。

一个国家的政治实体联系在一起，"族群"偏重自我认同。这种认同不仅来自于自我本身，也来自于"他者"或者说是"异族"，这一点我们从社会学家 Shibutanit 和 Kwan 对于族群的界定得到启发："人们凭借共同的世系构想他们有共同的来源，真实的和虚构的，以致被其他群体认为他们是谁。"① 然而，每一种界定都不可能是一种一劳永逸、放之四海而皆准的真理，如在泰国，户籍上就有"华族"这样的政治上的限定，它所赋予的是公民的一种政治身份，这应该属于前者的范畴，因而，"华族"在不同的语境下有不同的所指。

曹云华在《跨民族的人际关系与人际交往》② 中，通过分析美国学者 Boonsanong Punyodyana 的一组详细的调查资料与其自己作的调查表明：泰国是东南亚国家中华人与当地民族通婚率最高的，泰国华人与泰人之间的社会距离也相对比较小。他还通过调查得出："在城市地区，尤其是在一些大城市，华人多为聚族而居，因此，跨民族之间的人际交际相对较少，社会距离也相对会大一些，而在乡村地区，华人一般都与当地人混合居住，他们和睦相处，亲密无间。"更有一种说法：70% 的泰国人，都有中华民族的血统，只是有些人改用了泰姓。斯金纳则认为，"每一代华人移民的大多数后裔都与泰国社会融为一体而且与本地居民难以区分，甚至于实际上并不存在第四代的华人"。而泰国一位著名学者旺威帕·布鲁沙达那攀的论文《泰国的华人特性》则提出了另一种观点，他从政治、经济、文化等各方面分析了华人特性，并认为，华人特性在不同的场合有不同的表现。作为华人自己来说，他们并不赞同"同化"③ 一说，而认为是华族与其他族群很好地融合在一起，或者

---

① 转引自曾聪《漂泊与根植》，中国社会科学出版社 2004 年版，第 6 页。

② 暨南大学华侨华人研究所编：《华侨华人研究》第五辑，香港荣誉出版有限公司 2001 年版。

③ 美国学者阿诺德·罗斯将"同化"解释为：一个人或群体对另一个社会群体文化的采纳。这种采纳程度是如此彻底，以致没有任何特征可以把这个人或群体与其原先文化联系起来，对其原来的文化也不再有任何特别的忠诚。导向这种采纳的过程即是同化。

借用一个人类学上的术语, 用"涵化"① 更为恰当。

与东南亚其他国家的华文文学相比, 在泰华文学作品中, 异族形象较少, 给读者印象最深的往往是琳琅满目的华人及其传统, 如极具地方色彩的潮汕风情, 还有那色彩缤纷的泰华社会。可以说, 以"和睦相处, 亲密无间"为特色的"涵化"视角, 在泰国华文文学中, 也得到了较为充分的展现。如作家林光辉的回忆录所记: 他们家以烧砖和烧石灰为业, 请的工人都是当地人, 家人与这些当地工人之间的关系非常融洽, 没有民族之间的隔阂, 也没有老板与雇员之间的差别:

> 每年的春节和中元节, 家里总要备许多鸡、鹅、鸭等三牲祭品, 于祭拜神明和祖先后, 父亲便水酒齐备大开筵席宴请全体工人及左邻右舍, 一直至饱醉才罢。所以, 不论工人或邻人, 都昵称呼我父母为"爸爸"和"妈妈"。我家所在方圆几百多户人家中, 只有距离颇远处有一家华人从事园艺, 其余清一色为泰人家庭。但数十年来我们融洽无间, 虽然在銮披汶元帅时期曾经推行排华政策, 曾发生小部分有偏激思想泰人欺侮华人的事件, 但我家所住的地区完全例外, 我家是长期安居乐业的。
>
> 我觉得我的人生和绝大多数泰华人不同的是, 自从呱呱坠地至成家立业, 都在泰人社会中生活, 交往的朋友十之七八是泰国人。②

---

① 社会学者、记者和行外人往往用"同化"(assimilation) 一词来指由族群间交往引起的没有失去族群认同和失去了其原有族群认同的社会与文化变迁。在涉及一个族群文化向另一个族群文化变迁的过程时, 用"涵化"(acculturation) 这个概念更为适合一些。这可以是一个互动的过程, 尽管这种互动通常是意味着少数族群在社会与文化方面更多地向主流群体的文化方向调适。从另一个方面来看, 同化不仅意味着社会与文化的变迁, 而且也意味着族群的变迁。比如, 当我们说甲族群被乙族群同化的时候, 我们是指甲族群已经在族群上被乙族群吸纳了, 这种吸纳的结果是甲族群丧失了原有的族群认同。正如特斯克 (Teske) 和纳尔逊 (Nelson)(1974:365) 正确地指出的那样, 涵化不一定必然导致同化, 但是, 涵化是同化的必要条件, 虽然不是一个充分的条件。

② 林光辉:《碧城风云录》, 泰国时代论坛出版社 1999 年版, 第 34、35 页。

　　由南部作家贺氏五兄弟毛草（贺金）、林文辉（贺玉）、林作明（贺满）、徐南君（贺堂）、子帆（贺俊）推出的小说合集《赤贫儿女》①，其中的作品，都烙有泰国南部生活的印痕，主要反映的是山民、渔夫等生活在社会最底层人们的辛酸、痛苦，从中也较难看出人物的族群身份及其族群之间的差异。

　　梦莉的散文《客厅的变迁》②，则通过记叙她家一间客厅布置所发生的转变，极富寓意地展示出中华文化在泰国文化背景中的"涵化"状况。作家深有所寄地写道："由于客厅的转变，我发觉中式的红木家具，有一种淳朴、谦虚的气质，它们很容易相处，即使和其他各式家具，或别类摆设相组合，搭配在一起也显得十分融洽、协调。我相信，在很久很久的将来，这套中式红木家具，依然会以坚实精致的木质，静穆幽雅的造型，永远赢得人们的重视和珍惜。"在文中，作家将自己的思考寓于客厅这一形象之中，用文学的"声音"，对文化"涵化"的问题进行了非常形象而又寓意深远的分析与讨论；在"客厅"从全中式转为中泰兼容布局的演变中，可见出中华文化那种"淳朴"、"谦虚"、"静穆"、"优雅"的气质，永远不会被其他文化吞没，而且极有可能与其他文化和谐相处、共同发展，形成你中有我、我中有你的文化景观。《客厅的变迁》，在某种意义上，象征着泰国华族文化"涵化"的趋势及特质。

　　"涵化"特色与艺术视角，也较为显著地展现在陈博文的"佛幻现实主义"小说中。

　　泰国素有"黄袍佛国"的美称，20世纪20年代，佛教被正式定为泰国国教，泰国人至今采用的纪年是佛历，代表佛教的白色也占据在国旗的上首。在泰国，佛教已深深扎根于泰国人们的日常生活中，已成为泰国人的精神核心，上至贵族王室、达官显贵，下至平民百姓，无不深受佛教与佛教文化的影响。佛教既是理论的宗教、哲学的宗教、教条的

①　《赤贫儿女》，泰国大众印务局1990年版。
②　梦莉：《在月光下砌座小塔》，泰国八音出版社1992年版。

宗教，也是艺术的宗教、生活的宗教。在佛教盛行的泰国，现实生活和社会意识都流露出鲜明的佛教特色。在一些国家、地区不可能产生和流传的神话、传说、幻想，在泰国民众中不仅层出不穷，且能久盛不衰。陈博文的大量散文、杂文，都记载和反映了这类神话、传说、幻想。

陈博文，1929 年生于广东澄海县一个书香世家，自幼就受到中国传统文化的熏陶和教育，曾经大量涉猎中国古典文学名著。来到泰国之后，沐浴着佛国的春风雨露，在真正地了解这种"异"域文化之后，他较为理性地对其进行了审视，将中泰文化融会贯通。虽然陈博文的小说与杂文都呈现出斑斓的佛国特色，但他对于所在国的佛教文化并非一并"拿来"顶礼膜拜，而是以儒学的忠孝仁义作为其安身立命之本，以入世建功立业为其人生哲学。在他的作品中，不管是艺术审美，还是价值取向，都极富于中国古典文学的意蕴。例如他用积极的入世态度对"六根清净"说、"与世无争"论等佛家理念进行了批判和重新的解读。他在杂文中谈及的不少中国历史人物，如秦始皇、项羽、曹操、李世民、苏轼、岳飞等，以及在《人间至情》、《还有孝行人》、《时不吾予》等作品中都反映了他的理想境界。

陈博文那五彩缤纷的"佛幻现实主义"[①] 小说，堪称中泰文化交融的典范，他的小说以"商场"与"情场"为舞台，层层剥离，淋漓尽致地揭示出对欲念的放纵可以吞噬一个人的人性，毁灭一个人的一生。其最具佛幻现实主义特征的小说，集中体现在被他冠以"佛国传奇"系列的《金孩儿》、《魔女》、《阴阳赌局》、《蛇恋》四篇小说以及《剥皮亭》等作品之中。这些小说的共同之处在于，都以在泰国流传的民间神话、传说为素材，再加上作家自己的想象，以"佛幻"的方式演义出种种具有神奇特色与劝谕色彩的人生故事。

特定的民间的传说，既给陈博文的"佛幻"之幻提供了创造的"要件"，而产生这类神话、传说的幻想方式，也影响和刺激着陈博文

---

①　参见《陈博文与泰华"佛幻现实主义"小说》，见王列耀《宗教情结与华人文学》，文化艺术出版社 2004 年版。

构造"佛幻"之幻的思维方法。① 他的《恶念》② 一文开门见山地提出了人性的"善"与"恶"问题，在"我"、克仪与茹萍的三角恋爱中，由于康成与克仪二人卑鄙自私的"恶念"，可怜的茹萍被一场大火烧为灰烬。应该说，致茹萍于死地的不是自然界的那场大火，而是两个情敌之间的恶念与妒火。康成在因"一念之差"导致人亡家散后，皈依宗教："面对我佛，忏悔我所作的罪孽"，转而成为"性格随和慈祥可亲的出家人"，被邻近的人称为"大师"，也可谓"放下屠刀，立地成佛"的佛门典范。他的杂文更是直接以醒目的标题宣扬了他对佛教理念的领悟，如《善有善报》、《报应》、《果报之说》、《六根净五》等。

像这样深受佛教影响的华人作家不在少数，郑若瑟的《自食恶果》③ 写的是黑社会头目强占部下新婚妻子的故事，揭示出搬起石头砸自己脚的必然结果。小说以形象的故事诠释了佛学的理念，宣扬了善有善果和"强权报应，祸及子孙"的佛学教义。倪长游的《怨恨可消》："儒家讲究恕道，圣经劝人亲善敌人，佛法认为'怨亲平等'……都有其大道理。"④ 还有他的《善善恶恶》与《贪》、《贪财》、《贪色》和他的"梦回录"系列短篇小说⑤，都可以看出作者受佛教教义影响的深深痕迹，但同样，我们在他的《今人看〈二十四孝〉》⑥ 一文中，不得不为他深厚的传统文化功底感到惊叹。

二　"自我"的担忧

本尼迪克特·安德森认为，一个民族是一个"想象的共同体"。这种说法，也许同样适应于一个族群。也就是说，族群的认同，有时也可能是一种潜在的、无意识的认同，但是，在与"他族"或"异族"文

---

① 参见《陈博文与泰华"佛幻现实主义"小说》，见王列耀《宗教情结与华人文学》，文化艺术出版社 2004 年版。

② 《陈博文短篇小说自选集》，泰国八音出版社 1996 年版，第 266 页。

③ 见郑若瑟《情债》，香港获益出版事业有限公司 2004 年版。

④ 司马攻主编：《倪长游文集》，鹭江出版社 1998 年版，第 284 页。

⑤ 见《倪长游文集》。

⑥ 同上。

化碰撞中，经过对比，从而反观自身的时候，族群的自我认同便会自然地彰显出来。2003 年 9 月，陶然在《香港文学》刊出"泰国华文文学作品展"时曾说："在曾心的大力协助下，这一作品展终于推出了，而钟怡雯的短评，正是解读它的'钥匙'。那次离开新加坡后，我又到曼谷逗留了几天，虽然蜻蜓点水，却多少能体味到泰华文学生存的困境：说它恶劣太过严重，但困难确实不少；想要走出困局，恐怕还要加强主观努力和客观支持的力度。《香港文学》愿意提供一个平台，以沟通各地华文文学的交流渠道。"① 钟怡雯在短评中则说："从搜集得来近两百本出版品，我读到了泰华作家对创作的热情，却也同时发现文学背后的禁忌，那是来自政治加诸文学的约束与桎梏——不能触及的种族与国家的敏感题材，包括丰富的神话，这巨大的隐藏区块却极可能是泰华文学的精华和宝藏，足以凸显并标示泰华特色的最有利题材。若非在曼谷游荡了几天，并与一群泰华作家见面和访谈，我们大概也会以为那些十分贴近生活的书写，记录心情与事件的素朴写作方式，就是泰华文学的全貌。"② 比较而言，泰国政府对华人的政策相对宽松，泰国华人在描述"他者"的时候，主要不是作为一种"文化抵抗资本"，而多是借助"他者"来达到表述自我的目的。在泰国华文文学中，我们看到：一方面是"涵化"的视角与"和睦相处，亲密无间"的文学叙述；另一方面，则映现出某种对自我文化——华族文化逐渐淡化与难以传承的恐慌：对文化"失根"的恐慌，对自我"异族化"——被同化的恐慌。

与老一辈华人作家相比，一些新生代的作家缺乏在中国生活的经历，对泰国文化有较为深入的理解与诠释。如作家若萍，少年时期曾在缅甸接受华文教育，在缅甸政变后返回泰国。近年于曼谷各华文报副刊发表散文、诗歌等作品。她的《只要一个合十》③ 充分展现了泰国人的淳厚与友善，也使一个名副其实的微笑的国度呈现在读者的面前。作者从细微处着手，讲述了一次赴宴的经过：由于路上堵车，好心人推车帮我们解危，而"我"唯一能做的，就是向小货车的主人合十行谢礼，

---

① 陶然：《文学生存的环境》，《香港文学》2003 年 9 月，总第 225 期。
② 钟怡雯：《想象更完整的泰华文学版图》，《香港文学》2003 年 9 月，总第 225 期。
③ 《只要一个合十》，《泰华文学》第三十二期，http://www.thaisinoliterature.com。

而他，也满面笑容的合十回礼；作者对佛国特有的礼仪文化表示了由衷的赞美。在她的《新年假期》①中，写的是自己的在泰缅边境一个叫美赛的地方的一次旅游经历，其间作者有这样的一段感慨："但是，今天的美赛，却是喜欢购买价格低廉的中国货者的天堂，尤其是一些名牌衣物的依照赝品，泰国在专利版权法律的束缚下，必须取缔所有的冒牌商品及走私品，而缅甸却不买碧眼蓝睛洋佬的账……"美籍华人学者杜维明认为："即使这些人历来用的是完全不同的语言，可是他们通过与其父母和其他长辈的语言交流，他们吸收了根深蒂固的文化价值。"这里的文化价值就是儒家的世界观和价值观。马来西亚何国忠博士也指出："的确如此，许多人连一个中文字也不认得，但是却可义正严辞的以自己为华人为荣，为自己有五千年的文化感到自豪。"②

　　虽然说只要有海水的地方就有华人，只要有华人的地方就有中华民族的精神。但是经过了数代的繁衍和变异，在华人身上，所在国文化成分越来越多，而中华民族传统日益减少。如果说一个民族的文化价值观是文化的灵魂，那么文字则是其灵魂的载体，是架构其民族精神的骨骼与血肉。汉字，是中华民族几千年历史的结晶，是中华文化传统的核心部分。而一旦汉字在华人群里消失，对某些华人来说便意味着一个精神王国的失落，于是有作者振臂疾呼：

　　　　曾经，读着你渐渐模糊的影子，
　　　　一切思绪在心中猛撞！
　　　　那是一件苦涩的记忆。

　　　　窗外的星星眨着眼睛，

　　　　一直在守望，
　　　　一夜又一夜，

---

①　泰国《新中原报》2006 年 2 月 17 日。
②　陈衍德：《对抗、适应与融合——东南亚的民族主义与族际关系》，岳麓书社 2004 年版，第 190 页。

生怕五千年消失在瞬间。

颠颠簸簸，
暗礁处处，
旅经于沉没的边沿！

可是，
梦的涟漪不断，
紧撑一个痛苦的坚持；
紧抱一个美好的希望。

嘀唷！
来了，晨风跃进了窗口，
唧唧晨鸟捎来讯息，
黑暗即要过去！

从梦中醒来，
模糊地看到一股热血，
推动着迟钝的脚步。

方块字在疾呼，
加大力度，搞活！
传下去，升起来！

——文风《方块字在疾呼！》①

　　20 世纪 30 年代生于泰国的司马攻，祖籍中国广东潮阳，他的少年时代曾在潮汕平原度过，在那里汲取的中华文化养分为他后来的创作生涯奠定了坚实的基础。因而在他的许多作品中，始终寄寓着一种弘扬中

---

① 《泰华文学》第三十五期，http：//www.thaisinoliterature.com/book24.htm。

华文化传统的使命感和责任感。他的《我有一把小茶壶》①不仅是"思乡怀旧"篇，更重要的是让我们感受到了作者在海外弘扬中华文化的良苦用心，也流露出他对于精神家园的向往与追寻。散文以一把刻着"明月水中来"的小茶壶为文本结构的基石，极具象征意味。因为"这小茶壶现在是属于我的，而数十年前是属于祖父的"。中华文化的衣钵就这样代代相传。然而到了"我"儿子的一代，有时"我"要十几岁的小儿子喝功夫茶，他只喝了小半杯便嚷叫起来："哎呀！这样热，这样苦，我不要啦！""我"惶惑了，无可奈何地发出了慨叹：

> 我有一个感觉：这把小茶壶，算是传了三代的小茶壶，将来又要寂寞了！当我死去之后，它可能会永远寂寞下去。我的儿子是不会喝茶的！这小茶壶将来的命运如何？被打碎呢？还是被藏起来？唉！我倒后悔把它带到泰国来了！

然而有一天，当"我"外出回来，却看到小儿子坐在"我"经常坐着喝茶的地方，用他那生硬的手法，拿着这把小茶壶，正在喝功夫茶。这一发现不仅使"我"大大吃了一惊，而且使"我"意识到：这把小茶壶将不会寂寞，它将有新的主人了。它以前是"我"祖父的，现在是"我"的，将来是"我"儿子的。

不仅如此，"我"还感悟到"明月水中来"的真正含义：

> "明月水中来"这个明月，我看得分明：她是故乡的那轮明月。这明月我将留给我的儿子，以及他的儿子。
> 这明月，它是故乡的明月，是中国传统文化的明月，终于，我欣慰了，因为中华民族文化传统发扬光大后继有人。

如果说在《我有一把小茶壶》中，还只是一场有关中国文化传统

---

① 见司马攻《明月水中来》，泰国八音出版社1989年版。

断裂的虚惊的话，在它的姊妹篇《水仙！你为什么不开花？》① 中，"我"越来越感受到在海外华人后代身上，中华文化传统的淡化甚至岌岌可危。当"我"怀着热切的期望，托朋友从汕头带来中国的水仙时，"我"的女儿却将那球茎肥大、上边长着两寸多长的青苗的水仙当成蒜头。一方面，是作者的失望与无奈；另一方面，也反映出海外年青一代对中国与中华文化的隔膜。在他的《看球赛》中，62 岁的李思国召集子孙看亚运足球赛，比赛是中国对泰国，同时，老人与儿孙们也出现了心理上的较量，老人希望中国赢，子孙们则希望泰国赢，最后，泰国赢了，李思国被淹没在子孙们的欢呼声中。司马攻的这三篇文章，反映了泰国新老华人的不同心态，同时也反映出泰国老一代华人对于自己的后人逐渐走向"同化"的担忧与无奈。

同样的主题与心境，也出现在其他的泰华作家作品中。

在饶公桥的《"老子"与"儿子"》中，老周与老陈对于他们在美国留学的儿子娶"红毛婆"极为不满，这些留洋的子辈们的一个共同点就是：贪图享受、好逸恶劳，祖辈们的优良传统已在他们身上消失殆尽。面对这些，老周与老陈只有苦笑了之。曾心的《蓝眼睛》，写母亲担心儿子留洋后娶个"红毛"妻子回家。事情真的发生了，然而，儿媳有一个华人的名字，是研究中国历史的博士，讲的是普通话，唱的是中华歌。母亲转忧为喜，把红宝石戒指赠送给她。他的《宝贝》写母亲临终怕未谋面的外孙是"红毛"，担心后代"变种"。"我的家族，从来就没有红……毛……的！""母亲去世后，在越（寺庙）里办丧礼期间，这个混血的婴儿，很惹人眼：乌黑的眼睛，金黄色的头发，胖乎乎的，像只粉红色的乳猪。这个亲友抱来吻吻，那个亲友抱去亲亲，在人群中，竟成了一个既可爱又好玩的宝贝！"李栩的《准硕士》②、白云的《代沟》③、《第三代》④，也同样用自我嘲讽的笔调显示出几代华人不同的风貌，揭示出某些华人后代的生活恶习与文化失根。

① 见司马攻、梦莉等《轻风吹在湄江上》，泰国八音出版社 1988 年版。
② 李保初主编：《南洋华人小说选》，中国华侨出版公司 1989 年版。
③ 见白云《羽毛脱落的翅膀》，饶公桥编校，泰国曼谷（自印）1992 年版，第 125 页。
④ 同上书，第 159 页。

可见，随着泰国现代化进程的推进，西化之风也在华人社会愈刮愈烈，对于自身从何处来、往何处去的问题，也已经逐渐成为华人难以解开的心结。

三　"泰人"、"红毛"、印度人

叙事学理论认为，叙事只是构筑了关于事件的一种说法，而不是描述了它们的真实状况；叙事是施为的而不是陈述的，是创造的而不是描述性的。① 叙事理论还认为，身份不在身内，那是因为身份仅存在于叙事之中。一是讲述我们自己的故事，先把能表现我们特性的事件，并按叙事的形式原则将它们组织起来，以仿佛在跟他人说话的方式将我们自己外化，从而达到自我表现的目的。二是我们要学会从外部，从别的故事，尤其是通过别的人物融为一体的过程进行自我叙述。身份是关系，即身份不在个人之内，而在个人与他人的关系之中。根据这种观点，要解释个人的身份，就必须注意个人与他人的差异。换句话说，个人身份不只是包含在个人的"身躯"之内，更在于个人与他人的关系之中。②

在创作过程中，海外华文作家时时都处在对自我与"他者"、本土与"异域"关系的自觉之中，即使这一意识有时来得并不那么强烈。他们所创造的艺术形象，是对两种不同文化间的差距所作的文学想象，也是一种对文化"想象"的艺术叙述，当中凝结着作者的情感和思想。作家笔下的"他者"形象，虽来自生活，但都是经过作家的文化眼光、主观选择、过滤、"内化"而成的，是作家从一定的文化立场出发，根据自己对异族形象的理解与想象"内化"而成的。因此，已经不同于现实生活中的"他"和"她"，而是他们在华族文化中的"镜像"和"折射"，而且还是在两种文化"对话"中生成的一种文化对另一种文化的解读和诠释。

所谓"异族"一词是建立在"华族"的基点上，也就是说，本论题确立的一个前提条件就是：在泰华文学中，作品中的叙述者甚至是作

---

① 参见［英］马克·柯里《后现代叙事理论》，宁一中译，北京大学出版社2003年版，第130页。

② 同上书，第21页。

者，必须是具有"华族"意识的。因为"在文学创作中，语言绝不是一种透明的媒介，不是一个可有可无的工具，母语像是一个活跃的掮客，它一方面蛮横地阻止某种倾向，使话语每一次的运作都变成自身特点的一种证明。从这个意义上说，确实不是作家支配语言，而是语言支配作家，尤其是母语支配作家"①。"他们在异国他乡坚持用汉语写作，实际上是一种生存意志的体现，是在异质文化环境里为消除陌生感、不安全感而努力建构自己的精神家园，是对本民族文化理想的诉求……"②

泰华文学中所塑造的"异族"人物，主要是"泰人"、"红毛"、印度人。

在泰华文学作品中，贫苦百姓的"泰人"居多，或者说，作家更关心的是那些处于社会底层、受剥削、受压迫的劳苦百姓，如《夜航风雨》③中崑湛一家，《大地之变》④中的仑全一家，《沸腾大地》⑤中的茉莉一家，《干拉耶的爱情》⑥中的干拉耶等。在有些作品中，作家对贫苦大众的对立面——地主之类的剥削者也进行了入木三分的刻画，如《大地之变》与《沸腾大地》等作品。

巴尔的《沸腾大地》，通过对以乃良与叔蔡为代表的莲花村民众遭受上至县长、警察局长、烟酒局长，下至村长、流氓、恶霸的重重压迫、剥削和蹂躏的具体而生动的描写，真切地展现了20世纪30年代末期泰国銮披汶独裁政府统治下，华侨与东北部佬族人民遭受到的苦难以及他们之间患难与共、友好相处的情景，进而有力地鞭笞了那些欺压民众的丑恶势力。

在这部作品中，华侨叔蔡一家与佬族乃良一家，是同一战线上的难

① 张卫中：《母语的魔障——从中西语言的差异看中西文学的差异》，安徽大学出版社1998年版，第79页。
② 饶芃子：《海外华文文学与比较文学》，选自饶芃子、傅莹编《多重视域中的文艺学——暨南大学文艺学研究与教学文集》，暨南大学出版社2005年版，第269页。
③ 黎毅：《黎毅短篇小说集1956—1992》，泰国八音出版社1993年版。
④ 见《陈博文短篇小说自选集》，泰国八音出版社1996年版，第183页。
⑤ 巴尔：《沸腾大地》，厦门大学出版社1990年版。
⑥ 见年腊梅《黑腊肠》，泰国大众摄影有限公司1993年版。

兄难弟。叔蔡开了一个小店，童叟无欺，他在莲花村居住了几十年，和村里的人融洽相处，一向相安无事，在莲花村已落地生根，生儿育女，村里村外的人们，都称叔蔡为人淳朴正直，忠诚待人，不失为一个忠实的中国人。乃良是一个典型的庄稼汉：方棱棱的脸上呈现着憨直、耐劳、保守、怕事的神情，具备了东北部佬族人固有的民族品质特征。泰人少女茉莉与华裔青年阿华是一对恋人，茉莉"身姿矫健，脸孔秀丽"，"待人接物，彬彬有礼"，而阿华则是一个见义勇为、爱憎分明的人。从这些叙述中可见，佬族人与中国人的特点被刻意凸显出来，那就是他们身上所共同体现出来的憨厚、朴实与勤劳的品质。

　　与他们相对立的是压迫者、剥削者，如村长乃雷，其子乃沙怀，县长乃素贴，警察局长乃沛汕，烟酒局长乃素叻，警员乃洛、乃盛等人，几乎都是贪婪、阴险、奸猾的负面形象。很明显，作者更注重的是剥削与被剥削阶级的对立，是剥削与反剥削势力的抗衡与较量。正是在这种对立与较量中，华人不仅与泰国底层人民结成联盟，也自然而然地为自己进行了定位——生活在泰国的贫苦百姓。在这片土地上，华人与佬族人共同创业。

　　泰人中的阶级对立，也出现在陈博文的《大地之变》中。仑全家三代都是佃农，眼看着丰收在望，他盘算着拿剩下的钱给女儿茉莉买一台彩电。可是贪婪的地主却把这片土地卖给了建筑公司，并且使用了多种手段将村子里的佃农骗了出去；当这米仓谷坞变成高楼大厦时，仑全当初的希望像肥皂泡一样地破灭了。陈博文的另一篇小说《咆哮森林》，描写的是东北小山区里的村民抵抗外来侵略者的故事。当甲良人入侵时，村长胆小怕事，任自己的家园被外族侵犯践踏。在村民们手足无措，像无头苍蝇一样在山里到处躲避时，两位老华侨——伯清波与叔亮，如救星般降临；他们熟悉此地的地形，帮助村民们摆脱了困境，成功地狙击了入侵的甲良人。这二位老华侨，也因为这次特殊的贡献而获得泰人的肯定。正像村民乃功所说："现在还分什么唐人泰人？实际已经分不清了，听说从前这里是老一辈唐人骑象进来开垦的，村里就有好多家逢唐人年还要拜阿公的，可是他们却不知阿公是谁了。"

　　因此，这里所谓的"泰人"，应该是泰国华人文学中的一种文化积淀物，是经过了作家的心灵过滤与筛选的艺术典型，是华人作家在寻求心灵归宿时的参照体系。也可以说是泰华作家主观意识中的"泰人"，是经过作家审美观照的"泰人"。

外貌与神态描写是泰华文学在叙说"泰人"时常用的手法，如在黎毅《夜航风雨》中的老年泰人崀湛："不知所以地憨憨向着我们望，那个叫崀湛的泰人对钩发兄向我说的话一时似乎似懂非懂，但态度恳切地望着我们。""看他那对深邃而炯炯有光的眸子，表露出一股不折不挠的干劲；不过从他微秃的前脑那把莠草似的斑驳灰发，以及嘴巴残缺的门牙已掩饰不了在风霜剥削中逝去的青春。"

通过这些作为修饰语的形容词和副词，一个憨厚、勤劳、生活困顿的泰人形象呈现在读者的眼前，似乎也预示着他那悲惨的命运。崀湛，这个55岁的老年泰人，在米船上漂泊了一辈子，米船就是他的生命，米船就是他的家。然而在这个夜晚，米船被暴风雨击垮，为了重新拾起生活的希望，他一次次地潜入水中修船，最终就这样伴着他心爱的米船去了，再也没有回来……

这种惨剧并非偶发，从结尾我们可以看出，崀湛的妻子在丈夫死去之后如祥林嫂般的诉说只是招来了众人的观看，看厌了，听厌了，便陆续地散开去。而像"我"这样一位"游客"，本来只想坐船游览湄南河的美景，没想到却亲历了一场生离死别。"我"麻木了，麻木到只剩下简单的同情。如果说《夜航风雨》中的故事是一个悲剧的话，那么《干拉耶的爱情》则让读者在嬉笑的刹那悲从中来，所谓当局者迷，旁观者清，悲哀的是作品中的主人公丝毫没有意识到自己的悲惨处境。

对于厨娘干拉耶，作品的开头这样描述她：一个身材肥矮，黑得像木炭一般的女人。她的面貌是眉毛浓，眼睛大，鼻子扁扁的，额门至下颚之间的距离很短，整个脸部是一个"四"字型。那时候她正拖着一个大肚子，很喜欢说话，对于新来的"我"老问这问那，看样子倒是蛮老实的。

晚饭后，干拉耶收拾好东西便换了一套新衣服，匆匆忙忙的出去，我望见不远处站着一个黧黑的男人在等干拉耶，我内心暗说：

　　"你们不要存心来欺骗这个醉心于爱情的人吧，让她有一个完美的结局才合理啊！"

　　叙述者十分注意渲染女主人公泰人干拉耶的悲剧色彩：她是一个堂吉诃德式的人物，她自我陶醉，屡战屡败、屡败屡战，是一个勇往直前的爱情斗士。她24岁便结了两次婚，第一次丈夫另有新欢；第二次恋爱同居，男的却临阵脱逃；第三次闪电结婚，原以为找到了青梅竹马的终身伴侣，她为了爱情宁愿粉身碎骨，将金钱置之度外，没想到这次让她碰得更惨，伤得更重……她还会拥有爱情吗？

　　自华人漂洋过海来到这片佛国的土地上，他们便自然地与"泰人"，尤其是生活在底层的"泰人"有着密不可分的联系。在泰华文学的作品中，"泰人"始终与华人创业史联系在一起。可以说，在以上作品中，"泰人"既是作品中的主角，更是作品中华人的盟友或是华人扎根与创业的"配角"；华人与泰人在这里最明显的共同特征就是勤劳、朴实、憨厚。

　　从《夜航风雨》中崙湛与"我"的一段对话，我们还可以体会到作家在"异族叙事"时的某些"策略"：

　　"你看那个穿黑衣裤的唐人，去年还是北榄坡的一个大粟商；但因嗜赌如命，赌得什么都赌光，现在落得和我们一样一条光棍！"毫无疑问的是，在崙湛眼里，"那个唐人"本来应该是一个富商，但他却为富不仁，嗜赌如命，最后只落得"和我们一样"；这里，既有义正词严的批评，也不乏潜在着的幸灾乐祸。

　　而"我"却认为："'暹罗富翁如潮流，早起贫，日暗富。'像这些那亦是平常不过的事。"可见，"我"与崙湛总是在这样一种若即若离的距离中游离徘徊，企图相互走近，却又彼此保持着一定的距离，都在尽力地维护自己的立场，因而难以走入彼此的内心，"我"虽然同情他，但"我"始终是在"做客"，崙湛则始终在"待客"。经过如此叙事，一方面，显示出作者对某些华人恶习的警觉与反省；另一方面，也显示出作者对华人"自我空间"的有意维护。

　　"红毛"在泰华文学中，是那些金发碧眼、鼻梁高高的西方人的代名词，也是"西方"文化与价值观的代名词。在某一时间段里，"红毛"还是殖民者的代名词。

黎毅的短篇小说《小鱼》①，讲述的是阿祥所在的兴兴公司因为进了一批发霉的大陆奶粉而受到致命摧毁，最终倒闭的故事。其实这些发霉的奶粉，是"红毛"将大陆奶粉放到阴湿的栈房让它发霉，然后再贱价把它抛出来的。大林叔说："二十多年前洋盘商人似乎曾弄过这套把戏，那时的对象是中国香烟。头家兴真是衰狗，堵着红毛人的头铳！"商家破产、工人失业、债主追债落空，归根结底，魔头是"红毛"。在这篇创作于 20 世纪 50 年代末的作品中，"红毛"是邪恶的化身，是殖民者的代名词，它为华人所不齿。

到八九十年代，现代化的浪潮席卷了整个大地，它就像开闸的河水一样无孔不入，于是，在泰华文学中，对于"红毛"的描述往往夹杂着复杂的情感，"我们"一方面不能墨守成规、固步自封，对于世界先进的现代文明以及作为现代文明"代表"的"红毛"一族，"我们"是欣然接受的，如陈博文《大地之变》中，地主的女儿能"说红毛话，吃红毛饭"，当地人称之为"洛楮"，虽然带有鄙夷的口气，但这种鄙夷是来自于佃农们内心的不平衡，是对剥削者的讥讽，因为在他们心中，"说红毛话，吃红毛饭"是一个遥不可及的梦想。黎毅的《奔丧》② 更是委婉地表达了对"红毛"的新感受："黄绍基是一个三十出头的青年人，个子高高，鼻梁高高，眼睛大大，松松的头发带点赤褐色，有以上特征，自小人家叫他红毛。"这里的四对重叠词无不流露出叙述者的喜爱之情，一个可爱的青年形象跃然纸上。

但另一方面，由于"红毛文化"的入侵，社会开放程度日益加深，海外华人后代不仅接受了西方的文化与习惯，而且要找一个"红毛"伴侣，他们的后代也将成为新一代的混血儿。这样的行为，在其长辈的眼里却是数典忘祖、大逆不道。曾心《蓝眼睛》③ 中儿子出国留学，既带来欢喜又引发了担忧，"到外国留学虽然好，但怕日后娶个红毛妻子

---

① 见黎毅《黎毅短篇小说集（1956—1992）》，泰国八音出版社 1993 年版。
② 见司马攻主编《黎毅文集》，鹭江出版社 1994 年版。
③ 见曾心《一坛老菜脯》，泰华文学出版社 2000 年版。

回家!"当她看到照片上的姑娘是"一位窈窕淑女,穿着及膝的绿色旗袍,站在果实累累的苹果树旁,笑容可掬","头发是黑的,很像个上海姑娘",还有中国名字"李密",不仅会讲汉语、还会唱《龙的传人》这些都极符合传统中国媳妇的特征,才开始接纳她。而在另一篇作品《宝贝》① 中,母亲病危时"那停在凹窝里而失去光泽的两颗眼珠子"至今让人记忆犹新,它仿佛永远在注视着华人社会,"我的家族,从来就没有红……毛……的!""你可知道,我祖家与你父亲的祖家,世世代代的人,都是黑头发的。如果我家族出了个红头发,可上对不起祖宗,下对不起子孙呀!"直到临终前,"只见母亲蜡黄的脸色、两片枯叶似的嘴唇,微微地颤动着: '麦……莉,把……你的儿……子,给……我看……看!'""'我……我的孙儿,他的……头……发……'"也许母亲最终都没能含笑九泉,但在母亲去世后,在越(寺庙)里办丧礼期间,"这个混血统的婴儿,很惹人眼:乌黑的眼睛,金黄色的头发,胖乎乎的,像只粉红色的乳猪。这个亲友抱来吻吻,那个亲友抱去亲亲,在人群中,竟成了一个既可爱又好玩的宝贝!"

　　以上文本中,几乎都包含着两代华人的巨大差异,而且都涉及跨国婚姻问题。对于红毛,两代华人持有截然不同的看法:上一代华人是出于对"我"族根脉的坚守,新一代华裔则是出于对世界潮流的追赶与对自身理想的追求;前者饱含华人的沧桑感与历史感,后者则更加关注当下,他们去除了沉重的历史包袱,以"世界村"的姿态去面对现实。可见,在华人社会中,新老两代人的文化与价值观已经难以达成共识,而结果则往往以老一辈人的妥协告终。在饶公桥《"老子"与"儿子"》② 中,老周和老陈都对他们在美留学的儿子娶"红毛婆"极为不满,对儿子们遗忘家史,接受西方价值观感到十分焦虑和担忧,但相隔万里,他们也只能发出无可奈何的叹息。

　　这也许是一个必然的转折。在近几年的作品中,出现了像余非《曼谷街头游》③ 中的"红毛兄"、"红毛姐"这样的形象,讲述的是佐

---

① 见曾心《一坛老菜脯》,泰华文学出版社 2000 年版。

② 见《椰风蕉雨》,大众摄影广告有限公司出版,年份不详。

③ 《泰华文学》第二十四期。

治与茱莉这对外国恋人来曼谷旅游却踩上狗屎，让人大为扫兴的小事。但作者并未就此事进行道德上的指责或感慨，而是截取了一个小小的细节：一位华人老太太叫她的佣人帮他们洗狗屎："阿矮，去打桶水来，给这两位红毛兄、红毛姐洗掉狗屎。"正是这样一个小小的细节，使本来非常扫兴的事情变成了有趣的插曲，佐治对茱莉说："曼谷这地方，确如我们未来时所听到的，很好玩，胜迹处处，人情淳厚，价廉物美……就是野狗多，到处乱拉屎，像那天，若不是遇到好心热情的华人老太太，和那位好心的年青泰女佣帮助，我们还不知有多么尴尬呢……"这篇文章吐露的心声是：即使在老一代华人眼中，"红毛"也已经成为了"我们"的国际友人。

在泰华文学的异族形象中，印度人出现得最少；但他们在泰华作家的笔下同样醒目，对于他们的描写也更加诗意化。在不少华人作家的笔下，对印度人的描写，用两个词语足以形容：贫困潦倒、邋遢呆滞。也许是因为同样有着漂泊的命运，华人与印度人似乎有着天然的亲和力，"异乡人"便是"我"与"他"共同的代名词。

早在琴思钢60年代的《咖啡室里的印度老人》[1]中，"他""孤伶地在风雨霏霏下蹦蹀于大街小巷"，"背负生活的包袱，为三餐一日而搏斗"，"他"是"星眸凝蒙着一层秋雾"的异乡人。作为异乡人的印度人形象，仍然出现在80年代的泰华文学作品中，如黎毅《淹没的故事》[2]中的守阍人阿曼，"遍身似缠绕一幅白里带晦黄的布幔，剃光头，脑后留着一髻形同鼠尾的小辫，瘦削的老鹰鼻，深深陷落的眼窝藏着一对闪闪发光的眼珠子，满身黝黑的表皮衬托出他这对白色的眼珠子转动时更加灵活，令人醒眼"。而"我"与他的交往也不过是："关好店门，少不了和这守阍人打个照面，那是一天难得轻松的时刻，有时吃他一角烧饼，偶尔给他一杯开水，与他无形成为两个患难的异乡人，相濡以沫而建立起一份颇为浓厚的友谊。"作者的这种粗描淡写，却起到了此时无声胜有声的作用，与印度人的友谊不需要太多的言语表达，只需一个

---

① 见琴思钢《钢琴组诗》，泰国八音出版社2000年版。
② 见黎毅《往事随想录》，泰国八音出版社2000年版。

动作、一个眼神就足以触动他们敏感的神经。"听守阍人的打狗棒在地板上单调的敲击,听守阍人思乡的歌调在静夜的长街呢喃,由远而近,由近而远。"由此可知,"思乡"才是他们共同的心绪。

黎毅的另一短篇小说《鲁哈多和他的老牛》[①] 讲述了印度人鲁哈多的流亡故事。主人公鲁哈多从印度流落到泰国,为一家油站工作,油站从木屋变成了一幢崭新的楼房,他却因年老体衰而被辞退,被迫靠养牛挤奶为生。然而不幸的事情终于发生了:"牛病了,鲁哈多失去了依靠,为了活下去他不得不再度流亡。我看着这个年老的异乡客,相当有兴趣,他个子高而且瘦,剃光的脑袋在脑后却特别留着一条鼠尾似的小辫,肋巴上长着半寸来长的茸茸髭子,下体围着一条白里透黄薄纱布,上身在部分时间赤裸着,黑茸茸的体肤只有当他眼睛一瞪的时候见到两点白的颜色;他的老妻造型和他恰恰相反,身体痴肥而且矮。走起路来就像一只患着严重脚气的母鸭。"

李经艺《晚安,沙罕》则讲述了作者与印度人沙罕的几次邂逅:

(第一次)"也实在让人笑谑,你既黑老又邋遢,衣褂上没剩几个扣子,秃脑门上经常淌着大汗,双手还毫不在乎地不时提拉从大肚子上滑溜的裤子。"

(第二次)"你那总蒙着尘灰的苍黑的脸,那粗深的皱纹和旧污的布褂……"

(第三次)"你站在距我三步开外的地方,像不知打哪里冒出来的一根粗桩,浑身上下还是那么邋遢,只是已有些步态龙钟,显得更老、更黑了。"

泰华文学中这些为数不多的印度人,他们为生活所累,时刻面临流亡,不知道哪里才是他们最终的归宿。但是,他们的朴实和憨厚,为"我"所关注,尤其是思乡之情,与"我"形成默契与呼应。在作家笔下,印度人就像一道沉默的风景线,吸引华人流连忘返;尤其是在其贫困潦倒、邋遢呆滞的表象之后所拖曳的浓厚的思乡之情,时时刻刻也在拨动着作家的心绪。

---

① 见黎毅《黎毅短篇小说集(1956—1992)》,泰国八音出版社 1993 年版。

四　审美技巧的推演

紧密贴近生活、力求反映现实，是泰华文学的突出特色。泰华作家的许多作品，尤其是小说，包括比较活跃的微型小说，都写得非常自然，少雕琢感，仿佛每一个故事都是一段历史。但是，自然与少雕琢感，并不意味着泰华作家技巧的淡漠，也不意味着"操纵"的缺席；相反，在每一段"历史"故事的背后，都有一个叙述"机制"在不间断地运行。这里所谓的"操纵"①，包含两个含义：第一，素材被处理；第二，读者在阅读中常常可能被这一处理所"操纵"。由于第二层面的原因，在读者的紧张感与愉悦之情被激发时，作家的某些"想法"便在不知不觉中得到了彰显。

言及泰华作家的叙事技巧与叙事策略，有几个方面值得留意：

其一，"我"往往既是叙述者，又是当事人；显性的"我"与隐性的"我"往往互为表里。

《沸腾大地》讲的是"我"与佬族人共同抵制恶势力的故事，《夜航风雨》讲述"我"偶遇的一个泰人的悲惨故事，《干拉耶的爱情》则讲述了干拉耶数次失败的爱情故事……在这些作品中，"我"既是叙述者，又是当事人。作为叙述者的"我"，眼睛时刻都在注视着作品中的"异族"人物，并不时跳出来与读者对话；作为是当事人的"我"，直接参与了"我"与"异族"的故事，不论是显性的"我"与隐性的"我"，均对泰人悲惨命运表现出了深切的同情。当华人与泰人的经济地位并不对等时，叙述者可能会有意淡化或者避开这种差别，有意选择或者强化与他们的相同与相似之处。在《夜航风雨》中，"我"的朋友钧发兄，是嵩湛的老板，一个火砻主事人；在《干拉耶的爱情》中，"我"明显是干拉耶的上司；他们既与这些苦难中的"泰人"不属于同一阶层，但在小说中他们绝不是压迫者，因为这种角色往往是由"泰人"自己来担任的。华人与某些泰人的矛盾，也会隐约地出现在小说中，如《夜航风雨》中嵩湛的怨叹；然而，分歧一旦开始出现，对话

---

① 参见［英］马克·柯里《后现代叙事理论》，宁一中译，北京大学出版社2003年版。

也就戛然而止了。因此，在《夜航风雨》中让我们感受最深刻的是叙述者及其小说中的华人对崙湛的同情，而对崙湛的老板——火砻的主事人钧发，只是进行了有选择的叙说：把“我”送上了船，然后便没有再提；在《干拉耶的爱情》中，作品有意以“我”的内心独白：“让她有一个完美的结局才合理啊”来作为结尾，关心与同情的基调自始至终弥漫在全文之中。比较而言，叙事者对其他族群的态度则更加直白与鲜明，如描写“红毛”——经历了从厌恶到无奈再到接受的过程；又如描写印度人——既贫困潦倒、邋遢呆滞，又与华人的乡愁共振：同是天涯沦落人。描述“他者”也是言说自我，同情“他者”同样也是言说自我。通过作品中显性的“我”与隐性的“我”的不断“共鸣”，作家一方面强化着自己与艰辛、困苦中的“泰人”的兄弟情谊，从而更加彰显着自己的所在国公民身份；另一方面也隐约地传达出在兄弟情谊背后存在着的微妙分歧与距离。

其二，作家在小说中，常常会有意或无意地构筑一些显性与隐性的“解救”方式。

陈博文的短篇小说《放下屠刀》①，通过第二层次的叙述者——自认为是“坏人”的华裔阿强，讲述了一个在中泰结合的家庭中发生的故事：阿强的父亲是一个老实的华人，在阿强十岁的时候便去世了；阿强的母亲是泰人；由于父亲去世后家庭经济困难，母亲不得不改嫁给一个泰人——一个码头工人，性情乖戾、经常虐待家人。因为难以忍受继父对母亲的拳打脚踢，阿强失手将继父打“死”（其实并没有死），从此走上了逃亡的不归路。

在小说的叙述中有两点值得注意：一是阿强自述他“只有受过泰式教育”，父亲在世的时候，“爹妈很爱我们，我还曾进过华文学校”，这里一个“还曾”道出了他——一个曾经进过华文学校的贫困者的自豪；父亲与继父是他一生中两个不同的风向舵：一个让他感受到家庭的温馨，另一个则让他无家可归；一个让他受到两种不同的教育，另一个却剥夺了他受教育的权利。对于继父，作品有这样的叙述：“他揪住她

① 见《陈博文短篇小说自选集》，泰国八音出版社 1996 年版，第 278 页。

的头发向板壁猛撞"。这个细节，对阿强具有毁灭性的伤害，对他的影响刻骨铭心，也是导致他走上逃亡之路的一个关键性的事件。可见，作为第二层次叙述者的阿强，感情倾向十分鲜明。二是叙述者"我"，在遭到抢劫时，因为"坏人"阿强良心发现，见义勇为、拔刀相助，与"我"有了一面之交；第二次相见"他"对"我"坦诚相待，向"我"倾诉了他误入歧途的经历。出于理解与同情，"我"给他安排了工作，成为"他"危难之中的"救星"。

在泰华文学中，这种互为"解救"的模式具有一定的代表性——阿强首先解救了"我"，继而"我"又解救了阿强。但是，如果读者不仅仅陷入其逼真的情节当中，或不仅仅沉浸在作品所营造的悲伤的氛围之中，而是去认真推敲和考察的话，也许不难发现，后一种解救模式更为多见：当华人与"泰人"相遇之时，二者之间几乎总是隐隐约约地存在着一种启蒙者与被启蒙者、拯救者与受害者、同情者与被同情者的关系；华人几乎总是以启蒙者、拯救者与同情者的身份出现，而"泰人"几乎总是以被启蒙者、被拯救者、受害者与被同情者的身份出现。在《沸腾大地》中，"我"奋不顾身地去解救佬族少女茉莉，房叔则成了"我们"的庇护所；在《咆哮森林》中，伯清波与叔亮，在灾难中如救星般降临。而当"泰人"与"泰人"相遇之时，二者之间多呈现为一种较为简单、明确的二元对立关系；要么是以剥削者，要么是以受害者的身份出现。华人则自然地站在受害者或被剥削者一边，与其形成坚固的同盟。如在《沸腾大地》中，以乃良为代表的莲花村穷苦民众与上至县长、警察局长、烟酒局长，下至村长、流氓、恶霸的对立，华人叔蔡一家与村里的人融洽相处、同甘共苦等。

其三，对"小人物"情有独钟，且多以过去时态来进行叙述。

在上述作品中可以看出，不论是同情，还是"解救"，作家"钟情"的都是一些"小人物"，尤其是处于社会底层在苦难中挣扎的"小人物"。而且，作家还较为喜爱以过去时态来进行叙述。《沸腾大地》中的故事与人物，都已经属于过去——20 世纪 30 年代末泰国銮披汶独裁政府统治时期的人与事；正是在作家以过去时态讲述故事——过去发生的事或在作家记忆中发生过的事——的时候，上至县长、警察局长、烟酒局长,下至村长、流氓、恶霸的丑行,都被描述得栩栩如生。

　　这些"回忆"式的作品,不仅使故事与现实,在时间与空间上拉开了一定的距离,使得具有虚构性质的文学文本更具有历史感与真实性;而且,也在某种程度上流露出华人作家在处理现实题材,尤其是涉及现实政治时的小心翼翼。尽管族群关系较为融洽,"涵化"的景观正在逐渐形成;但是在经历过历史上的几次政治动荡之后,作家在处理与"泰人"以及现实政治题材时,依然显得十分节制与谨慎。也许,这也是泰华作家为什么对作品中华人与"泰人"的某些分歧欲言又止的原因。

　　海外华人作家,尤其是东南亚华人作家,在他们的创作活动中,依然会受到所在国主流意识形态的影响。但是,他们往往又不甘心被其所束缚,总会精心地设计或者利用一些艺术技巧与方法来抒发自己的内在想象。因而,这种创作主体的相对自由与不自由,常常会体现在对其异族形象的述说过程之中,从而产生出某些或明或暗、若隐若现的复杂景观。

　　如果说上述叙述技巧与策略,在某种程度上可以称之为老一代作家的创作"模式"的话,那么,90年代以来出现的新一代作家,则显现着多元化的特征。他们的作品,多散见于报端杂志;他们多着眼于当下,褪却了历史的沉重色彩,用生涩的笔来书写身边的故事。而对于祖籍国的描写,往往以大而化之的笔调将小我融入大我之中,那种从书本或祖辈故事中得来的意象一旦面对现实却显得不是那么真切,感情也显得生硬与迟疑。然而,由于其人数不多、发表的渠道不同,以及研究者的偏好等原因,他们的作品往往难以进入读者的视野,也易为研究者所忽视。

第六章　异与同的辩正

　　菲律宾华文文学中的"异族叙事"，是生活在菲律宾的华人，对于自身生存经验的一种表述与描绘。这种"异族叙事"不仅源于创作主体对于"异族"的想象，同时，创作主体的想象方式与叙事手法，也使得菲华文学中的"异族"形象带有深刻的文化内涵。因而，在菲律宾华文文学的"异族叙事"中，集中地体现着华人族群观察和言说"异族"的角度与立场，也显现出华人在与所在国族群长期相处和融合的过程中逐渐衍生与发展的华人的族群意识。

　　华人移居菲律宾的历史，始于16世纪。[①] 从华人被"卖猪仔"，到今天能自己撑起一片广阔的蓝天，在这长达数百年的时间内，华人在当地的地位及其心态，早已发生了翻天覆地的变化。在这样一个不断深化、发展着的融合过程中，华人族群不断地影响着其他族群，而其他族群也潜移默化地影响着华人族群；华人族群观察、言说着其他族群，其他族群也同样观察和言说着华人族群。华人族群在观察、言说其他族群时，更试图引入其他族群的视角和方式来反观和言说自己。在这个意义上说，他们双方既互为"他者"，也互为"异族"；既互为借鉴，又互为补充。

　　结合东南亚华人社会转型、中国的崛起和全球化经济等时代背景，以及菲律宾独特的国情与文化，本章试图从菲华文学中的婚恋叙事、"爱心"叙事及其"族群"交往等想象与叙事中，探讨当前菲华创作中的各种变化，进而分析在这些新的创作趋势中所隐藏与变化着的华人族群意识。

---

　　① 曹云华：《变异与保持——东南亚华人的文化适应》，中国华侨出版社2001年版。

一　"烂熟的芒果"、"梦中情人"与"烂蚝西施"

华人与异族之间的通婚，既是文化融合与族群融合过程中不可避免的一种走向，又是华人在保持与深化自己的族裔性过程中必须认真面对与思考的重要课题。因此，在菲华文学中，婚恋题材一直是菲华作家所关注和表现的一个重点。华人对异族通婚问题的不断思考，以及由此衍生出的某些转变，都使得婚恋题材的作品，显得极为复杂，而且富有变化。

1. "烂熟的芒果"

在菲华文学婚恋题材的作品中，"异族"女性与男性形象乃至性格，各具特点：早期的"异族"女性总是"热情"、"奔放"，但又往往缺乏贞洁观念和家庭责任感；而早期的"异族"男性则是好吃懒做，没有责任心的一群。因此，这些形象在作品中所承担的角色，多为颇具破坏功能的"第三者"和"始乱终弃者"。

菲华作家莘人发表于1956年的小说《芒果》，以"芒果"这一具有热带特征的水果为象征，对他眼中的"异族"女性进行了想象与描述：

"他"，是一个来自大陆，流落于菲律宾一个乡间小镇的教师；在椰林深处，偶然遇见了一位偷摘芒果的"异族"少女——"她"。这位美丽、热情的姑娘，"像只成熟了的芒果"，惹人喜爱；而"她"也毫不掩饰自己是一个喜欢偷芒果，甚至被人骂为"会偷男人"① 的女性。在以后的日子里，"他"逐渐被"她"吸引。一年过去了，"他"要离开了，而"她"还是一如以前，喜爱偷芒果，对"他"的离开毫不在意。

"他"最终明白，"'她'从不觉得有什么问题……她从来不肯认真地思想什么。到教堂去，到舞会去，找男朋友去……对她全是同样的一回事。人生啦，理想啦，爱情啦……似乎不曾困扰过她。真是'今年欢笑复明年，秋月春风等闲度'……因此，和'她'在一起的时候，

_____

① 林鼎安、沈丽真：《神迹人生》，菲律宾华教中心出版部2005年版，第33页。

他也不曾写过诗，作过文。"而"她"只是一只"烂熟的芒果"，"也许是又走到另一株芒果树下，或者是走到另一个男人的窗前……"①

叙述者还以水果作比，表达出这样的感受：

> 果摊上，菜市里，堆满了鲜嫩，硕大的金黄色芒果，太过滑腻，而且容易烂熟。它不像美国的香橙，酸中带甜，可以清火提神，而且可以久藏；也不像中国荔枝耐人细嚼，而又色香双全。……那椰林中的女郎，正像热地的花卉。她们浓郁而且娇艳，然而从她们哪里，能得些什么灵感呢？②

被想象为"烂熟的芒果"的"异族"女性——徒具艳丽外表而实质苍白、美丽娇艳却缺少内涵。同时，"异族"女孩的"烂熟"，也反衬出华人青年"他"身上的一种高风亮节。这样的叙述方式，使读者易于联想到，中国落魄文人吟咏女伎的诗词，在同情和批评之中也抒发出作者自身的失意与苦闷。

在"异族"间的婚恋叙事中，"异族"女性往往会作为"第三者"出场，为了金钱介入华人的家庭。在查理的《莉莉》中，"莉莉"的"罪人"身份显而易见："月光下莉莉的脸庞儿，更有一股子媚人的风韵，装饰也像以前一样认真，仍然保持那种文雅而端庄的外表，看不出是个会抢东盟的媳妇的丈夫的女人，她还是那种落落大方的典型，是不是这典型是种现代善于勾引人丈夫的象征？"③

在"异族"间的婚恋叙事中，"异族"男性，也大多是一些导致华人青年堕落的角色。明澈《春天的梦》讲述的便是这样一个故事：男主角伟顺，有一个既成功的商人又是著名侨领的父亲，被称作"庄少爷"，本该有着灿烂的前程。然而，"他"却因"一时糊涂，经常与几

---

① 林鼎安、沈丽真：《神迹人生》，菲律宾华教中心出版部2005年版。
② 查理：《老人与海》，《菲华文艺（四）》，菲律宾柯俊智文教基金会1994年版，第172页。
③ 林鼎安、沈丽真：《神迹人生》，菲律宾华教中心出版部2005年版，第61页。

个菲律宾人同学走在一起；一个星期差不多有二、三次到那些酒吧去逛。"① 后来认识了酒吧女莉莉，两人同居，不务正业，导致父亲"血冲脑"。伟顺也从此被赶出家门，最后不得不走上了靠借债度日的道路。

通过"隐含的作者""亚民"的话语，我们可以听到小说中某些来自作者的"潜在"声音：

> 他从中学进入大学以后，便开始跟一些菲律宾人同学混在一起，由于那些同学都是酒肉知己，所以后来他会喝酒、玩女人……在学期还未结束以前，每一个周末他便开始与那些同学到酒吧溜达。至大学毕业了以后，那些同学就更加放肆了！伟顺也就这样一直沉迷下去，直到毁灭了光明的前程与绮丽的远景。②

陈经时的《留学梦》，讲述的也是一个华人青年走向毁灭的故事。雷莎曾是父母的掌上明珠，由于从小与菲律宾邻居相处，沾染了菲律宾人的一些恶习。进入大学后，她更加趋向西化，对华人的作风、传统通通看不惯，对唐人街也十分厌恶。

一天晚上，雷莎要参加舞会，却苦恼于没有舞伴。家里雇用的菲律宾司机马溜，趁机接近美丽的雷莎。当雷莎被他引诱失身，身上的钱都被花光后，马溜就原形毕露，百般侮辱和打骂雷莎。万分痛苦的雷莎最终独走，她的留学梦也永远破灭了。

在董君君的《她从希腊归来》中，女主角丽莎不顾亲人的反对，执意嫁给了一个本地人；然而恋爱的甜蜜很快便被现实冲去了：菲律宾丈夫把丽莎辛苦赚来的准备用于孩子们的学费全数拿去赌马，孩子辍学后流落街头，落魄的丽莎只能追悔莫及。

这些故事，大都采取了倒叙的方式，以"惊叹号"作为开头共同言说一个主题："梦的破裂"。主人公多以受害者的身份出场，自己回

---

① 林秀心：《窗外、发》，见吴似锦《菲华文艺选集（第三辑）》，菲律宾菲华文经总会学术书业 2001 年版，第 101 页。

② 同上。

顾，或者是通过他者之口，回顾这段曾经发生过的不幸。例如，《留学梦》，以留学梦破灭之后的雷莎偶遇新婚不久的中学同学这一场景开头，回望自己的伤心往事。而董君君的《她从希腊归来》，也是把丽莎的悲剧结局置于开头，结尾再描写丽莎的难过与悔恨。《春天的梦》中的亚明的那段心理独白，则直言不讳地警示与规劝那些和伟顺一样的"后来人"回头是岸，重新做人。所以，无论是《春天的梦》和《留学梦》，还是《她从希腊归来》，无一不彰显了"人生之梦的破碎"。通过今昔对比，更强调了原本应该拥有的美好生活像"梦"一般的破裂及其痛苦。

这类叙事中的"异族"女性，往往作为第三者介入并破坏华人的家庭；"异族"男性则多为始乱终弃者，抛妻弃子缺乏责任心。与华族青年勤奋自律的特性相比，"异族"青年，多是一群喜欢吃喝玩乐、不图上进的堕落者，而且，还往往成为华人青年堕落的诱因。他们都是华人美好"人生之梦"的毁灭者与破坏者。这种叙事模式的运用，使得故事的警醒意味十分浓烈，共同讲述着一个令人警醒的"经验"：与"异族"的婚恋往往都会带来悲剧性的结局——"人生之梦的破碎"。

2．"梦中情人"

随着菲华融合步履的逐渐加快，大部分华人渐渐主动摘下自己的有色眼镜，试图从一种更为公正的角度上，重新观察那些生活在他们身边的异族。而在文学创作当中，也逐渐出现了一些崭新的"异族"形象以及创作题材，这便使得那些盖在"异族"身上的重重面纱被逐层揭开。而这些微妙的变化，在婚恋题材的作品当中表现得尤为明显。

20世纪80年代以来，婚恋框架中的"异族叙事"，呈现出一种新的方式："异族"女性成为华人男性的"梦中情人"。

初始的"梦中情人"，少了"烂熟的芒果"叙述中的"热情"与"奔放"，却"多出"了一些中国传统女性特有温柔敦厚的气息：她们贤惠、温柔、宽容、忍让，多少都有些像是被叙述者"华化"过的"梦中情人"。

早期漂洋过海来到异乡谋生的番客，面对着巨大的离乡别井的痛苦与谋生的压力。他们中的有些人，选择了在当地又成立了一个新家、娶了一个新妻。然而，随着岁月的流逝、事业的成功，新家与老家、新妻与发妻，如何在心灵中得到协调与安顿，日益成为他们的一个难解的心结，一种焦虑与期盼。

黄梅的《齐人老康》，通过讲述一个现代版的"齐人"故事，尤其是通过对"老康"的菲律宾妻子玛利亚的"华化"和"梦中情人"化，使得"老康们"的心结在文学中得以舒展，焦虑与期盼在文学中得以展现。

年轻时的老康，被生活所迫流落到菲律宾，在当地娶了一位异族妻子玛利亚。玛利亚温柔、体贴，无怨无悔地照顾着一家大小，包括行动不太方便的老康。为了让六个孩子都能顺利地完成学业，"亏得这个做母亲的四处奔走张罗，学校和宗亲会的贫寒补助金，她都去申请过"①。她的贤惠、勤劳令人十分感动："'玛利亚，你怎么不多睡一会儿，这么早就起来摸些什么……''我是半夜里醒来便睡不着，躺着又腰酸背痛，这才摸索着下楼来给你煮锅饭，怕把你弄醒，所以也没敢开灯，没想到还是把你给吵醒了。'"②她的宽容、忍让，更令人惊讶：当得知丈夫的发妻要来团聚，玛利亚早早就开始打理各种事务，还专门为他们俩收拾房间，让他们可以尽诉离别之苦。于是，老康在菲律宾打拼了半辈子后，拥有了一个和睦的家庭和两个互相谦让的妻子，终于可以心满意足地享受齐人之福。亚蓝《英治吾妻》、《唐山来客》中的异族女性，身上也都被赋予了这样一种中国传统妇女的美德与韧性。

《齐人老康》以及《英治吾妻》和《唐山来客》等作品，在某种程度上都可以说是当时华人的内心情感上的一种投射。在这些被"华化"的具有"梦中情人"色彩的异族女性背后，闪烁着的是早期菲律宾华人心底的一种焦虑与期盼。

后来的"梦中情人"，被叙述者有选择地"还原"了一些异族女性的"热情"与"奔放"，比初期的"梦中情人"多出一些美丽和娇柔，更多出了一些对华人祖籍国——中国的热爱。

---

① 林泥水：《玻璃底的圣母》，见林泥水《片片异彩》，菲律宾，1993年版，第34页。
② 林泥水：《石膏天使》，见林泥水《片片异彩》，第33页。

至津的小说《梦中情人》，讲述的就是这样一个新版的梦中情人：一个华族"王子"与一个菲律宾"公主"之间充满想象与浪漫色彩的爱情故事。

在菲律宾一个叫美西亚的小镇，山清水秀、平和繁荣，人人安居乐业。华人"王子"友生的父亲王天福，在菲律宾生活了大半个世纪，是当地一间大型超级市场的老板。他乐善好施，被誉为"大善人"，并且被当地政府颁授了"荣誉社民"的奖状。友生是一名留学美国归来的硕士，同时也是侨社的青年商会会长，为促进菲华团结、国家繁荣作出了许多贡献。在当地各族青年女性看来，友生都是她们心目中的"白马王子"。在故事的叙述中，安娜妮也被描绘为一位"菲律宾公主"——美西亚镇的社长千金；不仅美丽、善良，还活跃、能干，既是菲律宾全国青年活动工作大会的代表，还被选为全国十大优秀青年，获得了"青年楷模"的称号。

由于一次意外，更由于在意外中，友生奋不顾身地挽救了溺水的安娜妮，友生与安娜妮一见钟情，开始了他们热烈而真挚的爱情之程，并得到了双方家人的同意与支持，最终喜结连理。

从《春天的梦》、《留学梦》等人生之梦的破碎，到《齐人老康》、《梦中情人》等人生之梦的美妙，叙事者展现给读者的不仅是华人之"梦"的转向，更有华人对"梦"本身的理解和阐释。

《春天的梦》和《留学梦》中所谓的"梦"，充其量只是一种理想之"路"，或者说，是理想中原本可能实现之路；由于种种"第三者"和"始乱终弃者"的介入，导致了理想中原本可能实现之路的断裂。这种"梦"的破灭，可谓是"路"的断裂：在叙事者看来，由于异族之间的婚恋，导致了华人青年理想中原本可能实现之"路"的断裂或者破灭。

从现代心理学来看，《齐人老康》、《梦中情人》中的"梦"，才是一种真正具有梦之意义的"梦"。弗洛伊德曾经认为，"未能满足的愿望，可以通过幻想的方式造成替代品，给人（想象性的），而文艺便是这种替代品"。据最近出版的《局外人的生活》一书披露，劳伦斯的《查泰莱夫人的情人》亦是如此。该书作者约翰·沃森认为：劳伦斯深受结核病之害，丧失了性生活的能力，而他的妻子弗里达把意大利士兵安吉路·拉瓦格里当做情人，其创作的素材显然来自这里，他从书中性暴露场面中获得了满足。①

在中国的唐代爱情传奇中，也有许多这样的类似"白日梦"的作品。"这些爱情传奇中的女性，美丽温柔多才多艺，忍让谦谨，这是唐代士子们理想的女性，事实上不可能有。""这些女性是虚构的，不过是唐代士子们的'梦中情人'。"②

依据弗洛伊德的理论，文艺作品本身就是作家未能满足的欲望的替代品，是一种白日梦。这种白日梦来源于现实生活，又超越现实生活，作为一种文化现象纳入文学作品。劳伦斯是因为丧失了性生活的能力而作《查泰莱夫人的情人》，"从书中性暴露场面中获得了满足"；唐代士子们是在被迫屈从于"门第婚姻"的不美满之中，而去渴望着郎才女貌，渴望着"梦中情人"的美丽、温柔与万种风情。在《齐人老康》、《梦中情人》叙事的背后，"老康们"、"友生们"显然也有着同样的未能满足的欲望。在不失荒诞意味的叙事中，现代版的"齐人"故事，使"老康们"失去平衡的心灵得到了协调与安顿；华人"白马王子"与"菲律宾公主"的绝配，也使"友生们"在现实生活中的某些不和谐、不对等、不可能，变得和谐、对等与可能。

由于菲律宾华人在经济地位上较为优越，一般而言，不少当地妇女都愿意嫁给华人为妻。"当地人的家庭如果有女儿嫁给了华人，他们会为此感到荣幸和骄傲，全家人乃至亲戚朋友会感到这是一件很有面子的喜事，而有些华人则会认为这个华人男子'没有本事'，才娶当地妇女为妻。"③

在这样的社会背景中，"白马王子"四处皆是，"菲律宾公主"则人海难觅：菲律宾平常的青年女性，往往难以成为华人青年心目中的

① 转引吴建清《是伟大的发现还是病人的呓语——评弗洛伊德〈诗人同白日梦的关系〉》，《浙江传媒学院学报》2007年第1期。

② 黄桂凤：《唐代士子的梦中情人——唐代爱情传奇女性形象刍议》，《玉林师范学院学报》2005年第2期。

③ 林泥水：《天堂路》，见林泥水《片片异彩》，菲律宾，1993年版，第35页。

"梦中情人";反过来,真正的"菲律宾公主",又有可能意不在华人青年。即使万中有一,姻缘命定,文化的差异,以及在家庭生活中如何融合,以何种方式融合——能否出现一种华人族群所希冀的"融合",似乎也并不乐观。

但是,在《梦中情人》中,一切的不可能,均成为了可能:华族青年友生和菲律宾少女安娜妮,一个是"白马王子",一个是"菲律宾公主",他们门当户对、男才女貌、你友我善、两情相悦。值得注意的是,友生这一华人形象与老一辈的华人形象应该有所区别,他所代表的是一批土生土长、受过高等教育、在菲华社会生活中的青年知识分子。

他在菲律宾土生土长、曾经留学美国,对祖籍国却充满感情,这已经是非常难得。重要的是,安娜妮更是"万中之一":不仅具有菲律宾女性热情、奔放、美丽、多情的特征,而且具有善良、忠贞的优良品质;尤其是对友生的祖籍国——中国,充满向往与热爱。小说如此叙说着友生与安娜妮来到友生的祖籍国——中国喜度蜜月的情景:

> "安娜妮,你要知道,我们中国,地广物博,有太阳的地方,就有中国人,有水的地方,就有华侨,任何国家,任何地方,都有中国文化,这是我们中国人的伟大与骄傲。"
>
> "对呀,所以我才选择你为我终身的伴侣,我相信我们会很幸福。"[1]

而且,安娜妮还由衷地感叹:

> "友生,我却闻到了祖国泥土的芬芳,闻到了山川绿水的气息。"
>
> "好呀,好一张利口,嫁给我才一天,你就换了口气了。"
>
> 安娜妮只是在笑着,没有回答友生。

---

① 查理:《莉莉》,见吴似锦《菲华文艺选集(第二辑)》,菲律宾菲华文经总会学术书业 1999 年版,第 257 页。

"这句话是不是出自你的内心，抑是在讨好我的。"

"我是中国人，当然是自己的国家好，那用说吗?"①

安娜妮不仅向友生倾诉了自己对中国的热爱，并且称中国为自己的国家，称自己是中国人。可见，由于异族之间的通婚，安娜妮在保持自己的民族特性的同时，成为了一个热爱中国的新型的"菲律宾公主"，一位因为爱情而被"华化"了的"菲律宾公主"。

随着时代的发展，华人与异族之间的婚恋，不可阻挡；异族间婚恋带来的文化融合的趋势，也难以阻挡；不少华人，在与异族通婚之后，自己及后代逐渐当地化的趋势也难以阻挡。实际上，至津为自己的小说取名《梦中情人》，已经用另一种方式作了自白：今日第二代华人之"梦"，已经不似昔日第一代华人之"梦"；现实之"梦"与现实之"路"相距已远，现实之"梦"与"白日之梦"却渐行渐近。

从这个维度而言，《梦中情人》中的友生与安娜妮，都已经近乎"白日之梦"中的人物，他们都已经在某种程度上被理想化、被"华化"；他们都是叙事者"不能轻易放手"的"梦中情人"。

庄垂明的诗作《参加婚礼》，似乎更加突出了这种"理想主义"的主题：从一个华人的立场写出了对"一鸥一鸽"之间婚恋的美好祝愿。看见一鸥一鸽，肩并着肩——

　　　　踏着轻快的脚步
　　　　自码头的甬道走了出来
　　　　便不禁想着：一个跨越国界
　　　　破除种族藩篱的隆重婚礼
　　　　已告完成……
　　　　啊，恭喜你们！随话

---

① 查理:《莉莉》，见吴似锦《菲华文艺选集（第二辑）》，菲律宾菲华文经总会学术书业1999年版，第257页。

撒出一把爆米花①

在这种"破除种族藩篱的隆重婚礼，已告完成"的喧闹的"恭喜"声中，人们感受到的是喜悦、是和谐；然而，就在"已告完成……"所标示的即将开始的新的时空中，又不无等待与忧虑："鸥"、"鸽"的未来究竟会如何，"鸥"与"鸽"的后代究竟会如何：他们能否"白头偕老"，他们的后代"姓鸥"，还是"姓鸽"。诗人有意无意地引导着读者，从华人的角度看，对"鸥"、"鸽"的未来，对"鸥"与"鸽"后代的文化走向及其"身份"充满着忧郁。

3. "烂蚝西施"

"烂熟的芒果"与"梦中情人"叙事，更多的是以"丑化"与"华化"的方式，来叙说异族和叙说自我。近些年来，菲华作家正逐渐超脱，或者说是试图超脱出这种单向性的叙说方式，转为注重对华人自身的反思，包括对曾经较为流行的婚恋框架中"异族叙事"方式的反思。

同样还是婚恋框架中的"异族叙事"，关注与批判的焦点从"他者"转向"自我"，转向在异族婚恋与异族交往中华人的种种心理顽疾与丑陋。

迦宁的小说《完全守卫手册》，通过对一位华人女性过分敏感性格的夸张性叙述，传达出一种要求颠覆既有叙述方式，主动审视华人的某种偏执心态与陋习的讯息。

丈夫出差未归，夜深人静之时的"她"，忐忑不安地独守空房。虽然雇有守卫在家中"严防死守"，"她"仍然恐怖万分，几近崩溃："脑子里一幕幕生动画面：劫匪、破门、反绑、砰砰砰……她的腿几乎就软了。"② 滑稽的是，"她"最为担忧、害怕的不是外来的"绑匪"、"盗贼"，而是家中的菲律宾籍守卫阿诺："她"九点锁上大门，每隔十分

————————————

① 庄垂明：《参加婚礼》，见菲律宾中正学院校友会学艺组《正友文学（二）》，菲律宾中正学院校友会 1993 年版。

② 查理：《莉莉》，见吴似锦《菲华文艺选集（第二辑）》，菲律宾菲华文经总会学术书业 1999 年版，第 257 页。

钟就隔着百叶窗偷窥；电话铃声一响，"她"怀疑是劫匪与阿诺的某种试探和暗号。"她""特别留意他有没有紧张心虚的表情，却还是那招牌牙膏笑容，什么也看不出来，哼！老奸巨猾。"①

"她愈乏焦躁起来。准备好手电筒、木棍、喷雾器、冲了一杯浓浓的茶，研究起手中这本《女子防身术》。她是铁了心不睡了，她要严阵以待，拼尽全力保护家人安全。"②

就这样耗了一个夜晚，什么事情都没有发生。早上阿诺在睡梦中醒来，看见女主人笑吟吟地站在他面前跟他道早安。女主人很开心，因为"可以换班罗！她打了个哈欠，为自己的尽职表现感到骄傲，心满意足地回房睡觉了。"③

在小说中，叙事者有意引导读者从多个角度、多个侧面观看着华人女性——"她"，如何自我恐吓、无事生非，如何以比防窃贼还要惊恐的方式防备家中的菲律宾籍守卫，如何反复念叨"番仔咧，哪靠得住哟"——这些看起来滑稽和过分的举止。通过这种对"她"的"焦虑"的反复叙说，透露出的是某些华人对异族的一种无端的怀疑与猜测，一种歧视与恐惧。

董君君的《美琪之死》，有意与原有叙事方式——"烂熟的芒果"与"梦中情人"叙事，拉开了一些距离，或者说形成一种冲击。

美琪是一个具有叛逆性格并勇于挑战华人传统，敢于"挑战恶婆婆族专制的皇权，不惜与娘家父兄击掌翻脸"④的华人女性，并且嫁给了一个菲律宾"生番"。美琪夫妇结婚后，同心协力，共同奋斗，打拼出了一片自己的天空。但是，有一天，美琪却突然自杀了，留下了一本模糊不清的日记。美琪的死，在家族中、在华人中掀起了轩然大波。美

① 查理：《莉莉》，见吴似锦《菲华文艺选集（第二辑）》，菲律宾菲华文经总会学术书业1999年版。

② 迦宁：《完全守卫手册》，见吴似锦《菲华文艺选集（第一辑）》，菲律宾菲华文经总会学术书业1999年版。

③ 同上。

④ 董君君：《美琪之死》，见《菲华文艺（六）》，菲律宾柯俊智文教基金会2001年版，第328页。

琪的家人，认定美琪的丈夫雷示具有重大嫌疑：为了独吞保险金而实施了某种阴谋或者做了某些手脚。美琪的好友，"我"也充满疑心，甚至一度认为雷示有可能对自己的亲生女儿做出了禽兽行为："我脑筋短路似的擦出结案的火花，看多了报上报导父亲奸污亲生女儿的兽行，误导了我自以为是包青天的徒孙……我为自己可怕的猜疑吓了一跳，一股寒意泛上了心头……"①

尽管，美琪的保险金受益人中根本没有雷示，雷示女儿不寻常的"病症"只是因为患了尿道炎而已，没有任何证据表明雷示是凶手，最终也不知美琪到底是否他杀；但是，美琪的家人和周围的华人，都"众口一词"地认定雷示有最大嫌疑，理由只有一个，"他"是一个"生番"。

《卖蚝的女人》的叙事，具有某种颠覆性：是华人女性而不是异族女性，被归类于"烂熟"之类，而且是比"烂熟的芒果"更有过之而无不及的"烂蚝西施"。

在菜市场卖蚝的一对华人夫妇，妻子为生意奔波，一脸的沧桑，而丈夫却总是衣冠楚楚地站在旁边只管收钱。叙事者——"我"有意引导读者"以貌取人"：妻子任劳任怨，丈夫坐享其成，收钱之后，在外面花天酒地甚至包养小老婆。但是，在经历了种种曲折之后，"我"突然亮出了"底牌"：那个卖蚝的女人，貌似贤惠、诚恳，实则是花心、滥情的"烂蚝西施"；在家无情无义，在外包养了三个"猴哥"，赚的钱都倒贴给小白脸；她的丈夫，却是个被误会和受欺负的好男人……

从《完全守卫手册》中的"她"、《美琪之死》中的"我"及"我们"，到《卖蚝的女人》中的"女人"，叙事者关注与批判的焦点，从"他者"转向了"自我"，转向了在异族婚恋与异族交往中华人的种种心理顽疾与丑陋。

在"梦中情人"叙事中，菲律宾女性往往被"妖魔化"，"烂蚝西施"叙事，则颠覆了长久以来华文文学中华人妇女温柔贤惠的美好形

---

① 董君君：《美琪之死》，见《菲华文艺（六）》，菲律宾柯俊智文教基金会 2001 年版，第 328 页。

象，具有了强烈的自我批判与自我讽刺的意味。

在"烂蚝西施"叙事中，被"妖魔化"的是华人女性而不是异族女性。《完全守卫手册》、《美琪之死》，通过述说"她"、"我"及"我们"的种种下意识或者是想象、丑化"他者"的言行，有意识地暴露出"我"与"我们"内心的顽疾与丑陋。叙事者似乎有意要把华人从原本是高高在上的位置上拉下来，以平等的身份反观与正视华人本身一些根深蒂固的陋习以及潜藏在心灵深处的种种丑陋心态。《卖蚝的女人》则以"移位"的方式，更加进一步揭示出，"我"与"我们"并不比"她"与"她们"高贵多少，从而警示人们：族群之间的互相审视，应该在一个平等的位置上，互为观察、互为补充。

通过对婚恋框架中异族叙事的分析，也许我们可以从一个侧面看到：菲律宾华文文学婚恋叙事中的"异族"，不论是形象、性格，还是命运，在很大程度上，都处在发展和变动之中。"烂熟的芒果"叙事，更多地显示出华人对于异族的偏见与误解；"梦中情人"叙事，力图摆脱对异族的丑化，从其"华化"策略中，却仍然泄露出华人心中隐约存在着的某些优越感；而"烂蚝西施"叙事，极具颠覆性，使得婚恋框架中的异族叙事，以平视的眼光，在审视异族的同时，也转向审视自身。

二　"大爱叙事"与"比较叙事"

基督教文化与古希腊、罗马文化，已成为西方文化的两大源头，成为西方文化中重要的历史因素。由于不断受到时代思潮的严峻挑战与颠覆，基督教文化某种程度上以自己的方式，回答着时代的挑战与颠覆。因而，它也是一个动态的文化系统：固守着自己，发展着自己；在西方文化中，也成为一个重要的现实因素。

菲律宾是亚洲唯一以信奉天主教为主的国家。由于经历了西班牙长达三百多年的殖民统治，又受到美国文化的影响，时至今日，天主教作为一种信仰和文化，早已在这个亚洲国度扎下了深厚的根基。大约有85%[①]的国民信奉天主教，而天主教文化便也潜移默化影响着菲律宾。

---

① 曹云华：《变异与保持——东南亚华人的文化适应》，中国华侨出版社2001年版。

长久居住在菲律宾的华人，自然而然地受到了这种宗教氛围的熏染。

1. "大爱叙事"

当今菲华文坛，出现了一部分真诚地信奉基督教的华文文学作家，在人生历程当中，他们与基督教结下了深厚的思想与文化渊源；在他们许多作品中，着力宣扬的是一种以"耶稣之爱"为核心的"大爱"思想。因此，在他们的异族叙事中，总是无可避免地渗透出浓厚的宗教情结和传道意味。

吴新钿、林秀心，就是这种"大爱叙事"的代表。在文学活动和文学写作中，他们经常会表述出自己的宗教信仰和信众的身份，流露出自己对于基督之爱的信服与作为信仰者的虔诚。

吴新钿写道：人"不过是神的管家……生命中的一切皆靠神恩赐"①；就写作而言，"我是没什么可写的，但一生蒙神眷顾，我怎能不把我所经历的主耶稣以及他的大爱传扬出来？"② 因此，宣传与弘扬基督教的"大爱"思想，便自然地成为吴新钿创作中的一个中心，更是他"异族叙事"的中心。

《老人与海》讲述的是一个年轻的渔夫和渔村地主的独生女儿之间的爱情故事。这对年轻人因爱而结合，然而不同的身份和地位，注定了这场爱情只能以悲剧收场。迫于家庭的压力，最后女孩选择了不违抗父母的心意，与自己的爱人分别。失去爱人的渔夫为了填补内心的空虚，决定把自己的一生全都奉献给渔村，为渔民们散播爱、散播欢乐。"他一直全心投入为全村做义工的服务，乐意奉献爱，不冷漠不退缩。他让这小渔村成为一个充满温暖与爱的摇篮，他用这一切的实际行动来补偿那逝去的梦的残灵，在月光沉星落零中永没有忘怀。"③

常言道，爱情是自私的。然而在渔夫和他的爱人身上，这对无法拥有爱情的恋人没有愤怒、嫉妒、不甘与怨恨。作者把无私的"大爱"灌注在渔夫身上，除了让人们能够感受到渔夫心中淡淡的悲哀之外，没

---

① 见林鼎安、沈丽真《神迹人生》，菲律宾华教中心出版部2005年版，第33页。
② 同上。
③ 查理：《老人与海》，见《菲华文艺（四）》，菲律宾柯俊智文教基金会1994年版，第172页。

有任何激烈的冲突。而年轻的渔夫所热爱和服务的小渔村，仿佛是一个乌托邦式的爱心的家园，安慰和收容着所有需要安慰和收容的心灵。故事虽然涉及富人与下层平民的爱情、私生子等敏感的社会问题，矛盾十分尖锐。然而，作者有意以"大爱"来调解、化解各种矛盾，最终使得这个故事充满了温情脉脉的氛围。

在这个故事当中，渗透着作者对于基督"大爱"的理解："爱是什么，爱是有所牺牲的……爱明显分为三个层次。一、有私的爱；二、无私的爱；三、无条件的爱……只有神爱世人是无条件的爱。"① 也就是，人，信仰上帝的人，应该像神那样爱人，无条件地爱所有的人。

渔夫与地主的女儿的爱情，是一种真诚的男女之爱。由于家庭的压力，女孩选择了离开，渔夫并没有为此而因爱生恨，而是选择把自己的一生奉献给渔村，这是一种无私的爱；是人与人之间、人与社会之间的一种无私之爱，是像神那样无条件的爱。这是因为，渔夫选择了宗教，把自己完全奉献给上帝并感受到主对他的爱，并且以此来超越心中的悲痛，成为爱的传播者，成就了他的爱心的升华——出发于人对神之爱，再转而像神一样爱人，这便是作者通过小说和人物的叙述所表达出的人间的"大爱"。

在微型小说《窗外、发》中，林秀心同样流露出自己对"大爱"的理解和叙述。

菲律宾姑娘玛丽，拥有一头令人羡慕的乌黑色的长发，然而她和母亲、三个妹妹们的生活陷入了困境。身为长女的玛丽一早便离开了家，到了傍晚都没有回来，为此玛丽的家人十分担心。然而，这时，披着头巾的玛丽匆匆赶回家，并意外地从皮包里面抽出一卷钞票交给了母亲——原来，为了维持家人的生活，玛丽把自己的一头美丽的秀发卖掉了。

玛丽的举动震撼了所有的人，亲人们都激动得把失去一头长发的玛丽抱住，妹妹们哭着说道："她已不像我以前美丽的大姐，但因此我得

---

① 林鼎安、沈丽真：《神迹人生》，菲律宾华教中心出版部 2005 年版，第 1 页。

更爱她！"① 而这时候，叙事者在故事中也发出了自己的"声音"——"大姐牺牲自己的发，美化了家人的心灵，深情如不是存在骨肉手足的内心，就无从寻找。"

通过这个剪发养家的感人故事，作者也试图将这种家庭之爱引申至上帝之爱——"大爱叙事"之中：

> "窗外——发"，体认爱的真谛，生命是花，爱是蜜……爱是社会的结合物质，家庭的精神和春天。有爱的人，就更了解上帝，因为上帝就是爱。②

吴新钿、林秀心的"大爱叙事"，往往直接指向人神之爱与像神一样爱人；时时可见作家对人物与故事的评论，往往每一个故事都相应地对应着作家本身从宗教当中所感悟出的道理与体认——对"大爱"的宣扬，从而使得他们的创作，更加带有了一种"原汁原味"的宗教意味。

2. "比较叙事"

天主教在菲律宾影响较大：无论是作为一种信仰还是作为一种文化，都已经渗透到社会生活的方方面面。部分菲华作家，在对宗教教义与社会生活进行深入研究与分析的基础上，选择了具有讽刺意味的"比较叙事"：以批判的立场言说天主教这一"异域"的宗教，抨击来自西方的这一宗教教义与教会的虚伪、丑恶，尤其注重抨击教会叙说与处理"异族"时的虚伪、丑恶。这种具有讽刺意味的"比较叙事"，从另一侧面，在批评与解构中，丰富与完善了"爱心"框架中的异族叙事。

林泥水是其中一个重要代表。他的《现代神曲》，通过对教会中充满矛盾的多种画面的比较，试图解构神圣不可侵犯的圣母情结，充满着强烈的颠覆与讽刺的意味：

---

① 林秀心：《窗外、发》，见吴似锦《菲华文艺选集（第三辑）》，菲律宾菲华文经总会学术书业 2001 年版，第 101 页。

② 同上。

圣母的画像

悬在教堂的大柱上

玻璃光滑滑没半点尘

高贵的女人

用绣花的手绢

擦了又擦

每一个虚晃的动作

都开出一条难以填满的奢望

圣殿的长凳上

躺着一个赤条条的幼婴

那监护人

是个学步不久的姐姐

褴褛、油垢、体臊

惹起周围祈祷者默默的厌恶

而玻璃框中的圣母

顾把春晖投在怀中

头仍然低垂

——《玻璃底的圣母》①

在这首诗作当中，作者为我们展现了一幅极具强烈对比意味的画面：在神圣的大教堂里，一个是西方的高贵圣母，一个是本地的衣衫褴褛的"姐姐"；一个是在西方圣母怀中备受宠爱的西方圣婴，一个是在"长凳上躺着"的赤条条的可怜的本地幼婴；西方的高贵圣母面对的是"用绣花的手绢擦了又擦"的"虔诚"，本地衣衫褴褛的"姐姐"面对的是"惹起周围祈祷者默默的厌恶"；这种强烈的反差，在无言之中，在比较之中，作者对教会、教义充满了质疑与批判。

作者对于圣母的描写，也具有较为鲜明的个性与特点：不仅消隐了她的神性，使之还原为一位普通的贵妇人，一位缺乏同情心和怜悯心的

---

① 林泥水：《玻璃底的圣母》，见林泥水《片片异彩》，菲律宾，1993 年版，第 34 页。

贵妇人；还十分强调"圣母"作为西方人的"异族"身份。正因如此，面对着眼前那个满身油垢，怀抱着幼婴的"异族"女孩，她只是"顾把春晖投在怀中，头仍然低垂"。

作品对"虔诚"的"信众"的嘲讽，也溢于言表：虚伪、造作、毫无爱人之心。他们对小女孩表现出的厌恶之情的刻画，更是显得入木三分，一针见血地揭示出在菲律宾这个金钱挂帅的社会泛滥的贪欲和嫌贫爱富的社会心态，如诗中所言——"开出一条难以填满的奢望"。

在《石膏天使》中，通过对"供应圣水"仪式的质疑，也牵出对天堂、天使、天父及其教义的质疑：

> 教堂内
> 僵立的天堂
> 恒以匠意的微笑供应圣水
> 鱼贯的洗心革面者
> 机械地
> 蘸了又蘸
> 点了又点
> 神的心眼
> 就意味这么一滴滴的浇洒
> 能在钢铁上长出青芽
> 午后斜阳里
> 大街上飘着干雪
> 的层层雾濛
> 辨不出雪的来源
> 温度不变
> 一阵阵悸寒却凉自心底
> 而雕塑的天使
> 摺起厚笨的翅膀
> 把脚跟牢钉在地板上
> 连转身向外眷顾一下

　　不屑也不耐

　　它能起飞

　　捎个讯给天上的父？①

　　在这首诗中，作者的批判意识似乎更为浓重，神圣的天使在此被作者刻画为笨拙、虚假的一群，打破了人们对天使纯洁神圣的想象，字里行间中处处留下了作者对信徒功利性的朝拜的诘问："神的心眼，就意味这么一滴滴的浇洒，能在钢铁上长出青芽？"

　　然而这个反问留给人们的却是一个别有深意的反思——这不仅代表了作者对于宗教教义的思考，同时也指出了功利性社会对人心、信仰的侵蚀与污染。

　　在《天堂路》当中，作者对基督教经典中所指的天堂，有过这样的描述：

　　地上的天堂

　　盈盈的栈房

　　以及

　　天文数字的存户

　　可以制造自己的地毯

　　可以制造出坦坦荡荡的大道

　　圣经说：

　　天堂的路比骆驼穿针还难②

　　"天堂的路比骆驼穿针还难"——作者引用《圣经·新约·路加福音》中一个有名的故事，对菲律宾社会"利"字当头、金钱挂帅的社会心态，提出了严厉的批评。这个故事是这样的：从前有一个年轻的官员，来到耶稣面前，问主自己该做什么事才可以承受永生。耶稣回答

---

①　林泥水：《石膏天使》，见林泥水《片片异彩》，菲律宾，1993 年版，第 33 页。

②　同上书，第 35 页。

道，必须守全上帝透过摩西颁给以色列人的十诫，"不可奸淫；不可杀人；不可偷盗；不可作假见证；当孝敬父母。"年青人听了之后答道，"这一切我不仅遵守，而且从小就遵守了！"耶稣听完很高兴，就接着对他说："你还缺少一件，要变卖你一切所有的，分给穷人，就必有财宝在天上，你还要来跟从我。"少年官员听了之后，觉得很为难，因为他很富足，最后只好忧愁地离去。耶稣就对旁边的门徒说："有钱财的人进神的国是何等的难哪！骆驼穿过针的眼比财主进神的国还容易呢！"①

基督教是穷人的宗教，在其创立之初的活动及其所信奉的经典之中都有所体现。耶稣是个穷人的儿子，生在马厩之中；跟随他的门徒，绝大多数也都是些农夫、平民。耶稣在传教活动中，对富人、天堂与骆驼穿过针眼的比喻就是基督教作为穷人的宗教一个最好的说明。但是，基督教在"西移"之后，尤其在经过"中世纪"的"暴富"之后，许多教会的性质与情况发生了变化；正像陀思妥耶夫斯基在《宗教大法官》中所描述，当耶稣来到教会，也会被宗教大法官逮捕、关押、审判。因为，许多教会变质了，变成了富人而并非穷人的教会。

诗歌《天堂路》，通过对"天堂"的描述，通过对宁肯不上天堂也要"盈盈的栈房"以及"天文数字"的存款的所谓基督徒的叙说，折射的不仅仅是华人社会，而是整个菲律宾社会当中，以财富为神的一种扭曲的心态。在这种心态的支配之下，人们对于宗教的狂热和朝拜显得虚假而功利，原本属于宗教的神圣意味已经荡然无存。

3. "爱心"框架与"异族叙事"

吴新钿和林泥水等人的创作，都带有净化人们灵魂、洗涤社会污垢的一种社会意识和批判意识。

吴新钿、吴秀心所表述与弘扬的爱，从主观意愿上看，首先是超越阶级的，同时也试图是超越族群的。在每一个故事的叙述中，叙述者以至作者，都试图站在超越阶级和族群的立场上，以基督徒的身份进行创作。因此，在他们的作品当中，非但没有阶级的冲突，也少有族群之间

---

① 见《有钱人不能上天堂?》，http：//a2z.fhl.net/fore/fore53.html。

的矛盾与冲突。或许在作家的心目中，经济地位、族群身份已经不那么重要，重要的是作品中的每一个人物，是否都经历过"大爱"的灌注，是否能够将心中的贪欲逐渐去除，是否能够像神那样爱天下所有的人。

相比较而言，林泥水的创作带有更为强烈的批判性。他并非简单地站在宗教的"外部"：站在对基督教、天主教一无所知的立场上进行无休止的批判与揭露。相反，作者对宗教的性质、教义、教会等都进行了深刻的思考与比较。

在中国现代文学史上，注重表现耶稣之爱以及基督徒之爱的作家，主要有两类：其一，与基督教会有较深渊源的新文学作家，如许地山、冰心等；其二，与基督教并无太多往来，但对基督教文化及在其影响下产生的西方文学，有深刻了解的新文学作家，如鲁迅、郭沫若、巴金等。由于他们的出发点不同，叙说耶稣之爱的目的和效果也有所不同。

值得注意的是，注重批判基督教会、教士的作家，往往都是与基督教会有较深渊源的新文学作家，有的就是基督徒，如萧乾、老舍等。他们的许多作品，都对基督教会、教士的丑恶进行了无情的揭露与批判。

林泥水的批判，不同与萧乾、老舍等人的批判。林泥水既有对教会、信众这些在地上之人的批判，也有对天使、圣母这些在天之神的批判，还有对各式各样宗教仪式的批判。究其原因，既是由于天主教在菲律宾社会生活中产生的影响，远远超过当年基督教在中国社会产生的影响；更是因为林泥水对来自西方的天主教进行了深刻的思考与比较。正是因为有了对批判对象的深刻理解，作者才能采取"比较叙事"的方法，揭穿某些虚假性和荒诞性；使得作品所要传达的批判意味显得更为真实与深刻；从而大大扩充了批判的力度与批判的纬度。而且，作者是以华人社会作为自身观察的起点，去观照整个菲律宾的社会现实，进而直接指向菲律宾社会中浮躁的功利心及物质化的心态，具有极强的针对性与思辨性。

吴新钿等作为华人基督徒，所表述与弘扬的爱——"大爱叙事"中的"大爱"，不仅是超越阶级的，有时也是超越族群的。但是，作为一个华人基督徒，即使是在以"耶稣之爱"为核心的"大爱叙事"中，也多少会自觉与不自觉地流露出一些作者的华族意识与叙事"习惯"。

首先，是意识的杂糅导致与观念的不纯。例如，《莉莉》是一篇具有强烈教化意味的小说，无论从故事的内容甚至故事的叙述方式（劝诫式的寓言故事）来看，都呈现出与《圣经》叙事较为类似的特点。

小说隐含了《圣经·新约·路加福音》第15章《浪子回头》的主题：华人男子大亚与菲律宾女子莉莉，都是冒犯了"十诫"的罪人。大亚如同《浪子回头》这一古老的故事当中的"浪子"，而菲律宾女子莉莉正是引诱大亚犯下罪行的罪恶之源。通过这个故事，作者期待警诫与劝谕类似大亚的这些"羔羊们"能够迷途知返，以致不惜多次以上帝的口吻发出劝谕的声音，劝谕迷途的羔羊重新走回正道，否则触犯"十诫"必会受到惩罚："所以你们要把下垂的手发酸的腿挺起来，也要为自己的脚把道路修直了！"① "你或向左，或向右，你必听见后边也有声音说，这是正路，要行在期间。"②

与此同时，作者也不自觉地掺杂着、流露出一些中国的传统观念：如儒家所主张的"修身"的理念以及珍惜"家誉"的思想都渗透在这个故事当中，例如，劝谕大亚必须迷途知返，也是为了珍惜这来之不易的"父荫"：

> 一个有为的青年，因少年得志，却把父荫抛至头后，权柄金钱在手，沉迷于荒淫得生活，不图上进，随欲任性浮沉，离开信仰，被罪支配，何时清醒好好儿坚强站立起来，悬崖勒马，重新做人，重振家誉。③

在微型小说《茹茹的眼泪》中，作者也同样不自觉地掺杂着、流露出一些中国的传统观念：如对女性"贞节"问题的理念和理解。

华人女孩茹茹年轻的时候，在一个培训班上认识了一位菲律宾男同学沙礼示，并且与之发生了关系；培训班结束之后，菲律宾男子却

---

① 查理：《莉莉》，见吴似锦《菲华文艺选集（第二辑）》，菲律宾菲华文经总会学术书业1999年版。

② 同上。

③ 同上。

"人去楼空"，成为一个"不负责任、玩弄感情"的异族人物。茹茹结婚之后，丈夫非常在意妻子与这名菲律宾男子的过去，从而导致家庭战争不断爆发。此时的茹茹，为自己年少时的行为，感到深深的自责："这么多年来，茹茹也一直在不停地责备自己，现在她是又悔又怕，如果当初自己不做那件事，如果当初不那么坦白……如果……"① 对于茹茹的悲剧，作者一方面希望："多一点仁慈，少一点教条；多一点微笑，少一点苦笑；多一点饶恕，少一点定罪；多一点欢笑，少一点哭泣……"② 另一方面，更认为女性的"贞节"十分重要；茹茹未能保持自己的"贞节"，尤其是"失贞"于一个"不负责任、玩弄感情"的异族男人，更加为她的不贞之罪，添上更沉重的枷锁。

　　其次，是试图告别又不自觉地回归既有的"异族叙事"模式。"异族叙事"有过多种流行方式，"烂熟的芒果"是其中一种。在这种异族叙事中，菲律宾姑娘往往"热情"、"奔放"，但缺乏贞洁观念和家庭责任感，甚至多为颇具破坏功能的"第三者"和"始乱终弃者"；菲律宾男性多为始乱终弃者，抛妻弃子、缺乏责任心。与华族青年勤奋自律的特性相比，异族青年多是一群喜欢吃喝玩乐、不图上进的堕落者，还往往成为华人青年堕落的诱因，是华人青年美好"人生之梦"的毁灭者与破坏者。在曾经流行一时的"烂熟的芒果"的"异族叙事"中，几乎都共同讲述着一个令人警醒的"经验"：与"异族"的婚恋甚至交往，往往都会带来悲剧性的结局——"人生之梦的破碎"。

　　在以"耶稣之爱"为核心的"大爱叙事"中，作者试图告别既有的"异族叙事"模式，进而在超越阶级的同时也能够超越族群。于是，我们看到：玛丽深爱自己的家人，不惜卖掉自己的秀发以维系家庭的生存，不惜以"牺牲"自己的方式，换取家人的温饱和喜悦。叙述者与作者对玛丽的叙说，摆脱了"烂熟的芒果"的习惯性方式，显示出某种新奇与超越。

---

① 吴新钿：《茹茹的眼泪》，http：//www. chinawen. org/detail. asp？n_ id＝301。
② 同上。

　　然而，同样在以"耶稣之爱"为核心的"大爱叙事"中，作者有时又会不自觉表现出一种回归：回归于既有的"异族叙事"模式之中。例如，从茹茹"失贞"于一个"不负责任、玩弄感情"的异族男人，到"莉莉"作为一个"现代善于勾引人丈夫"的异族女人，以及"月光下莉莉的脸庞儿，更有一股子媚人的风韵"① 等描述中，我们可以看到"烂熟的芒果"型的"异族叙事"的风格与力量。大力弘扬西方的"耶稣之爱"，却又杂糅着东方的智慧与观念；希望告别曾经流行的"异族叙事"，又不自觉地落入这种意欲告别的叙事方式；从而显现出一个华人基督徒作家的"族群特性"：超越阶级的叙说往往较为自然或者容易，超越族群的述说往往艰难而且容易出现反复。

　　中外文学发展的历史证明，大凡有成就的文学家，总是一方面关注自己的土地和大地上的风云，继承本民族的文化传统并结合现代生活蓄意创新；另一方面，又广泛吸纳世界现代文艺思潮，向全人类的智慧开放，在自己的笔端实验创造性的话语转换。"五四"时代，身在中国的许地山、冰心等与基督教渊源颇深的作家，就曾经以流润着西方耶稣之爱，又不是完全的耶稣之爱；既承袭着东方的传统之爱，又不是完全的传统之爱，丰富了中国现代文学的历史画卷。

　　身在菲律宾的吴新钿和林泥水等作家，以华人与华人基督徒的方式，从批判与弘扬这两大侧面，丰富和实践着"爱心"框架中的异族叙事。他们同中有异、异中有同的美学追求和特殊经验，已经成为菲律宾华文文学在东南亚华文文学的一个突出特色，一个属于菲律宾华文文学的特殊风景；从而，以极为个性的方式丰富了菲律宾华文文学，以致东南亚华文文学的历史画卷。

三 "形神分离"与"在而不属"

　　印尼独立后，其华文文学的发展颇为曲折。20 世纪 50 年代可谓辉

---

　　① 查理：《莉莉》，见吴似锦《菲华文艺选集（第二辑）》，菲律宾菲华文经总会学术书业 1999 年版，第 257 页。

煌，60 年代中期至 70 年代初中期则静默无声①。但 70 年代末以后，华人的华语创作有复苏②的趋向。很多停笔多年的作家陆续复出，初涉文学之河的爱好者开始辛勤笔耕。这可能有三个原因。首先，印尼和大多数东南亚国家一样，在处理好国内的民族矛盾、安顿好国内的政治秩序后，都开始对外开放，全力发展经济，因而和东南亚华语国家的贸易交往也就大大增多，华文华语的商业价值也得以提升，从而使华文写作有了较温和的国内环境。其次，由于印尼政府对华人资本采取利用为主的政策，为了实现第四个五年计划，政府还开始推行"非原住民"和"原住民"③ 联营的政策，华人经济有了较好的发展机遇。据资料统计，其规模、速度远远超过了五六十年代。④ 华人经济力量的加强，也使作为族群文化实践的华文写作有了较坚实的基础。再次，世界各地兴起的海外华文文学研究热潮也使印尼的华文文学得到文学世界内部的扶持和关注，激发了创作者的热情，其作品也得以在中国台湾、中国香港、新加坡、中国大陆等地面世。

从题材的变化来看，独立初期，印华文学以中国回忆和华社内部日常生活为主要表现对象；过渡时期的文学（1965 年到 70 年代末）题材狭窄，几乎一片荒芜；而 70 年代后，印华文学却逐渐扩展了它的视野、题材呈现多样化形态。其中，最显著的特色是出现了大量以原住民为题材的文学作品。这是因为，印尼华人作为一个少数族群，当来自意识形态

---

① 李君哲在《印尼华文文学沧桑》一文中指出，这段时期，因为朔风凛冽寒气彻骨的政治气候，迫使华文作家如虫鸟类那样隐藏起来进入冬眠状态，期待阳光明媚和风吹拂的春天到来。见菲律宾《世界日报》1998 年 1 月 30 日。

② 如印华作家严唯真认为，1976—1986 年，是印华华文文学的醒悟活动时期；印华作家袁霓认为 70 年代后期，1978 年开始，一些作家如冯世才、白放情、苏艺（沙里红）等重作冯妇；印华作家莎萍认为，80 年代初开始，政府对华文的禁令其实是睁一只眼闭一只眼。以上均参考《第一届印度尼西亚华文教育与华文文学研讨会论文集》，未正式出版。此外，李君哲在《印尼华文文学沧桑》一文中对此也持类似观点。

③ 目前，考虑到印尼国内的种族冲突以及华人自身的意愿，大多数华人学者也用"友族或当地民族"代替"原住民"或"土著"的称号。但为了论述的方便，本书依然沿用原住民这一词语，但并无贬斥之意。

④ 参考黄昆章《东南亚国家的华侨华人政策之印尼部分》，暨南大学东南亚研究所、广州华侨研究所主编，暨南大学出版社 1989 年版。

的压力过大时，其文学创作就会采取避重就轻的方式去言说，或者干脆噤若寒蝉；涉及种族和认同的问题自然不多。[①] 当这种压力一旦缓解，被压制的倾诉和表达欲望就会慢慢涌现出来。70 年代末，华文创作中"原住民题材"的出现便是一个讯号，歌唱者依然受着限制，却有了一定的舒缓空间，开始挺起头颅，出现反思过去、建构未来的表征。

在 70 年代末以来的印华文学中，"异族"的所指主要受制于两个纬度。

印尼独立后，一向推行"一个民族、一种语言、一个国家"的政策，而其中的"原住民文化"成为"国族"的塑造模式。作为一个少数族群，当华人想努力融入本土，宣告自己的合法存在时，"原住民"就成为认同的标准符号。如果说，最初是在直接的政治压力下，华人被迫改写自我属性，那么，经过一段时间之后，就可能形成一种思维惯性。70 年代末，印华文学中的"异族"就在自觉与不自觉间成为"本土权力"的象征符号。这样，异族叙事与政治中心的权力辐射就有了纠缠不清的关系。

此外，印尼华族是一个十分特殊的少数族群，与其政治上的劣势相比较，其经济上却占据了一定优势。从主体来看，他们可以说是一个聚居都市的经商族群。长期以来，由于被局限在经济领域，不能拥有土地，他们不得不从事商业活动，这种特殊职业也就造成了他们与都市的天然亲缘。目前，他们是东南亚华人中聚居程度最高的，多集中在雅加达、棉兰、井里汶、泗水这些大都市，如雅加达的华人人口占了全部人口的 10%，棉兰占了 13%。[②] 生存空间和职业的独特性，造成了他们与"原住民"，特别是乡村"原住民"的疏离与差异。

---

① 参考廖建裕《现阶段的印尼华人文学》中的观点，见新加坡《联合早报·星期刊》2001 年 6 月 10 日。

② 曹云华概述了印尼华人聚居大城市的诸多原因。一是长期以来的职业限制，使华人只能从事工商业为主的经济活动；二是殖民时代分而治之的政策以及华人没有土地拥有权也使他们一般聚居在城市；三是独立后的 1959 年，政府通过法令，禁止外侨（全部都是华人）在乡村经营零售业，后来又规定居住在乡村的外侨均属非法，大批华人被驱赶到城镇。甚至外岛地区的华人农民也只好搬到城镇的周边地带。因此，印尼华人绝大多数属于大城市的居民。参见《变异与保持——东南亚华人的文化适应》，中国华侨出版社 2001 年版，第 24—25 页。

70 年代末开始，随着冷战的结束，东南亚各国都加快了经济发展的速度，由农业社会向工商社会快速过渡。在这一进程中，人们原有的价值观念、生活方式也不断受到冲击。都市更是集中、快速地反映着时代的诸种变化。印尼华人的传统文化本是一种以血缘、地缘等为基础建立起来的文化，它重孝顺勤俭、重人际关系，把社会认同、情感、血缘、道义放在首位，带有浓厚的传统村落文化特征，与原住民社会的农业文明有着相似之处。当都市进程改写了华人的传统特质时，原住民身上似乎仍闪现着他们的过去，乡村依然保存着他们最后的家园场景。因而"异族"有时也成为华人都市处境的参照物。

印尼独立初期，对华人入籍一直严格控制，但从 1978 年开始，政府采取敞开大门，尽量吸收华侨入籍的政策，由于大大简化了程序，到 1979 年 4 月止，95% 的华侨成为印尼公民。[1] 国籍问题的解决，表现出所在国对华人一定程度的容纳和认同。但这种容纳和认同是有限的，也许除了华人身份证上的特别记号[2]以外，更本质的方面在于，一个拥有印尼国籍的华人，也等于与所在国有了某种契约关系，除了可能享有的权益之外，还必须遵守一定的规则。

在倡导多元文化的国家，主体民族可能会给予少数族群一定的空间，使之能维系、发展自己的文化特质，但在单一文化体制的国家，少数族群将被迫朝某一种文化模式靠拢，进而丧失自我的文化特质，这使得少数族群融入本土的过程是一个充满屈辱感和焦虑情绪的过程。作为一个自身有着深厚的文化历史积淀的族群，华人族群在融入国家体制之内的过程中，必然也遭遇这种困境。也就是说，华人必须在自己原有的族群特性和国家的本土化要求之间寻找一个平衡点，形塑一个能被主流

---

[1] 温广益：《近二三十年来印度尼西亚华人政治认同的变化及其带来的影响》，见洪玉华、吴文焕主编《华人：东南亚变化中的认同和关系国际会议论文集》，菲律宾华裔青年联合会 1994 年版，第 181 页。

[2] 黄昆章指出，"加入印尼国籍后，华裔公民的身份证上被打上'0'或其他特殊记号，即使在九十年代，雅加达当局宣布取消这一做法时，仍有不少地方政府我行我素"，这无疑是印尼的种族政治思维的体现与延续。见黄昆章《风雨沧桑五十年——第二次世界大战后印尼华侨华人社会的变化》，香港丹青出版社有限公司 2000 年版，第 346 页。

意识接受的积极形象，从而像巽他人、爪哇人一样成为这个多民族国家的合理成员。那么在主流意识的期待视野里，华人应该成为怎样的族群呢？这一问题的答案，可以从主流意识对华人的负面评价来推测。

印尼独立以来，处于统治地位的主体民族在他们的各种演讲、报告文件和报刊文章中都谈到对华人的看法，总的看来，对华人的负面评价主要集中于下述两点：一是对于华人作为商人之"道德水准"的怀疑，诸如华人为富不仁，华人是经济动物的观念已经深入人心。而官方也在巩固这样的套话，如前副总统哈达认为："华人集团代表着中产阶级集团，因而成为外国资本主义在印度尼西亚社会中的延续……在资本主义结构中，商人的目的就是最大限度的谋取私利。"[1]　二是对华人作为印尼国民之"爱国情怀"的怀疑，如苏哈托后期的公共房屋部长 SISWO-NO 在公开演讲时说："仍然有少数的华人对印度尼西亚这个国家采取消极的态度……他们不想努力去了解印度尼西亚的风俗习惯和传统及语言。"[2]　在没有加入国籍之前，这种指责还没有合法性和必然性。一旦加入国籍后，这类指责必然构成华人族群现实生存的巨大压力。

因此，驳斥这些负面评价，建构与之相反的族群形象的过程，也就是华族确立本土合法性的过程。在这里，文学的地位凸显出来。作为华人族性建构的文化行为，印华文学可谓这一种族梦想的宣泄方式之一。

显然，在现实压力激发下的文学想象有其特殊性和局限性。如前所述，在印尼刻意区分人种的种族统治模式下，原住民被赋予政治上的优先权和优越地位，其文化也成为国族文化的标准模式。他们已经被形塑为本土权力的符号。因此，原住民的形象，就象征了国家的形象，华人对原住民的态度，很大程度上可以定义为华人对于主流意识和国家的看法。在这样的现实情境下，通过对原住民的文学想象以建构自身就成为一条有效而重要的途径。由此，也模塑出了一种特殊的异族叙事类型。

---

[1]　哈达：《致华人代表大会祝词》，转引自周南京等编《印度尼西亚华人问题同化资料汇编》，北京大学亚太研究中心 1996 年版，第 377 页。

[2]　转引自曹云华《变异与保持——东南亚华人的文化适应》，中国华侨出版社 2001 年版，第 88 页。

首先，它采取"形神分离"的方式，表面是在叙述"原住民"，实质却指向了华族自身的形象建构。其次，由于文学创作的隐含读者指向了主流意识，这种叙事可能会表现出拘谨和策略的一面。

阿蕉的《无檐帽》① 讲述了一个近乎荒谬的故事，在一场种族暴乱中，华人"我"戴上原住民沙里蔓那顶旧帽子，终于化险为夷，逃过了一场劫难。平时并不起眼的帽子为什么能发挥如此神效呢？这是因为，首先，这顶帽子原本是原住民常用之物，数十年来，一直都在沙里蔓的头上不曾脱下，它已经成为原住民一个象征符号。其次，它具备可辨认性和易于操作性。那沾满了汗水和臭味的帽子戴在头上，高高在上的空间位置十分瞩目，易于他人确认自我的存在。于是，在某种程度上，于种族仇恨丛生的场域，它便成为遮蔽彼此界限的道具。

对少数族群融入本土的历程，这一小说用反讽形式进行了有力的阐释。首先，它告诉我们，为了表达自己对祖国的热爱，少数族群必须认同于主流话语设定的文化模式。其次，为了使这种认同易见成效，最好选择易于辨认的文化符号作为认同对象。然而，这一想象行动中，少数族群便与权力中心有了欲说还休的关系，既反映出少数族群逃避权力迫害、追问和疑惑的策略，又反映出权力成为自我特性形成的唯一驱策力的危险倾向。印尼华人通过异族叙事建构"国家认同"的历程，便包容了这种两极性。

在某种文化体系中，最易变化的是物质文化，其次是制度文化，习俗文化较为稳定，观念文化变化最慢。又由于观念文化较为抽象和隐晦，难以明察，习俗文化便成为某一文化体系中最重要的特征。② 在很大程度上，印华文学便是通过对异族的饮食、衣饰、习俗的反复吟唱和赞美，建构起了自己的国家认同。这类文本很多。袁霓的系列散文《巴棠菜》③ 对异族的饮食文化作了详尽的描述，白羽的《繁垦

---

① 见东瑞主编《印华微型小说选》，香港获益出版事业有限公司1998年版。

② 参考刘珣在《对外汉语教育学导论》中的论述，北京语言文化大学出版社2000年版，第121页。

③ 见《袁霓文集》，鹭江出版社2000年版。

区组诗》① 对异族的风土人情做了由衷的赞美。如果说，他们还只是把祖国的形象隐匿在琐碎的诉说中，那么，陈宁的《华裔之歌》则极为率真地道出叙事的最终目的：

> 这里就是我的祖国印尼
> 喂我长大的是印尼大米
> 最爱的是辣椒、椰浆、咖啡
> 我忘掉了一年还有四季②

我们发现，诗歌中的叙述者"我"的祖国，是由印尼大米、辣椒、椰浆、咖啡组成的，而没有包括我的"黄皮肤、眯缝眼"以及我喜欢的"粽子、茶、筷子"。在文化属性的混杂性生长中，差异被剥除，剩下的只有来自"他者"的目光和欲望，于是，叙述者逐渐忘却来自祖先的记忆，正如诗歌所唱的"我忘掉了一年还有四季"。在这忘却自身、记忆他性的反复进程中，一个强大的本土国家形象出现了，而华人自身塑造也得以完成，成了印度尼西亚的合格公民。

应该说，合格公民的形象塑造显然不能在瞬间完成，它有时间差。首先往往是远远地观望着对方，然后才不知不觉地融化在其中，正如法侬所言："他者的运动、态度、目光固定在我身上，这就是说，在这种目光中一种化学溶剂被一种染料所固定。我愤怒了，我要求予以解释，没有解释。我愤然离开了。现在，所有的碎片已经被另一自我拼凑起来。"③ 其次，与异族还可能存在表面的抽离。如陈华《峇泽》写到了这种距离感：

---

① 白羽的《繁垦区组诗》散见于袁霓主编《印度尼西亚的轰鸣》以及《翡翠带上》等诗歌集。

② 选自袁霓主编《印度尼西亚的轰鸣》，印华文学社、印华作家协会 2000 年版，第 86 页。

③ 法侬：《黑皮肤，白面具》，转引自斯图亚特·霍尔《文化身份与族裔散居》，陈永国译，见罗钢、刘象愚主编《文化研究读本》，中国社会科学出版社 2000 年版，第 219 页。

　　　　纵横交错的纹化着
　　　　朝朝代代的兴兴衰衰
　　　　像源远流长的梭罗河
　　　　闪烁着爪哇民族特有的风貌
　　　　如果——你是来自异国他乡
　　　　我选手描的那一种
　　　　送你
　　　　它是民族的结晶之一
　　　　结晶中一划划的全是动人的故事
　　　　故事里尽是
　　　　心血
　　　　辛劳①

　　陈华的叙述中,"自我"与"他者"还有着清晰的距离。"峇泽"衣服象征的虽然是印尼的久远历史和灿烂文化,但那是"爪哇"族特有的风貌,而不是"我"——华人叙述者所属族群的特色。

　　然而,很多作家已把"自我"混同于碎片,幻想那个身着碎片的仆人是穿着新袍的主人。被改塑的愤怒早已消尽,只有一个个陶醉于在"碎片"中的自我。如白羽《我穿上了峇泽衣》写道:

　　　　为了参加亲戚婚礼
　　　　我在挂满服装的店里
　　　　东挑西选一件新衣
　　　　呵,这件正合心意
　　　　看来观光旅行游客
　　　　看到国外访问代表
　　　　穿上鲜艳的峇泽衣

---

　　① 选自袁霓主编《印度尼西亚的轰鸣》,印华文学社、印华作家协会 2000 年版,第132 页。

　　潇洒大方神采奕奕

　　看国际大展览会上

　　看热闹的超级市场

　　摆满彩色的峇泽衣

　　人人争看声声赞赏

　　我穿上美丽峇泽衣

　　出席隆重盛大婚礼

　　喜庆不忘热爱祖国

　　大家快来买国货①

　　在挑选的过程中，只有那"原住民"中的大族——爪哇族（印尼的"原住民"实际包括了100多个种族，其中爪哇族占47％，它的文化构成印尼文化的核心特征）的服装成为我目光的投射点，原因是什么呢，最后一句"喜庆不忘热爱祖国"道出了个中隐秘，因为那是祖国的象征。

　　于是，这种叙述在塑造一个全心爱国的"自我"形象之时，不知不觉融入对方的视线中，"华族"自身的特征被遗忘了。

　　另一些作家有意识地想构造一个与祖国同在的主体"我"，其表现也是苦涩之极。如广月的《八月的客人》中的"我"想以主人的姿态融入祖国的血脉里，于是想象中，"我"——

　　摘下爪哇岛沉甸甸的稻粒

　　把它串成金黄色的项链

　　穿着加里曼丹的森林

　　再配上

　　圆藤织成的

　　金光闪闪的格巴耶

---

　　①　选自袁霓主编《印度尼西亚的轰鸣》，印华文学社、印华作家协会2000年版，第81页。

披了条

白锡铸成的"施铃铛"

用乳白的橡胶汁

敷饰秀丽的脸腮

蘸了"芝勒干"鲜红的钢水

轻轻的

抹在热情似火的双唇

一束鲜艳的兰花

握在左手

走向摩拿史广场

右手挥舞着红白双色旗

迎接印度尼西亚

八月的客人①

　　我们发现,那个与祖国同在的"我",为了成为"主人",把"他族"所有的文化符号穿戴在身,并以迎接"客人"的行动策略来凸显自己的主人翁地位,但形塑的依然是一个缺乏安全感、寻找着外在庇护物的种族。它的装束暗示它"在而不属于"的尴尬,似一个天使家族的成员,不属于印尼,也不属于地球上的任一民族。

　　应该说,这些文本的存在,一方面是华人对本土感情的自然流露,另一方面也是其抵抗种族主义的顽强努力。但其有限性在于,他们自觉或不自觉地接受了主流意识的标准,从同化论的角度表述了华人和"原住民"的相同——对两者之间在历史和文化上的差别却避而不谈,这样,随着华人国家认同的转变,华人本身的特异性和特殊性就可能为了获得主流意识的接受和赞同而被抹除。

　　虽然华人与"原住民"的相互融合是自然过程,但在华人的本土生存中,自我特性是不可或缺的。随着多元化意识的提高,保留一个人原有的族群认同(特别是文化认同),使其成为本族群文化遗产宝贵财

---

① 见《广月文集》,鹭江出版社 2000 年版,第 244 页。

富的载体，但同时与所在国文化相互作用，移民因而不是外侨，而是一个为推动所在国文化发展作贡献的人。因此，华人在当地化和服务当地社会的现实中，为了充分体现自己的主人翁地位，强调自身文化是必要的。[1] 正如霍尔所言，移民社群经验不是由本性或纯洁度所定义的，而是由对必要的多样性和差异性的认可所定义的，同时，也是由通过差异，利用差异而非不顾差异而存活的身份观念，并由杂交性来定义的。[2] 卡伦也认为，个人与民族群体的关系是由祖先、血缘和家族关系所决定的，是不可分割和不可改变的。少数民族有保留自己的文化的权利。民主不是消灭差异，而是保持和改善差异。[3] 总之，在多元主义看来，移民社群及其后裔只有通过改造差异和不断生产和再生产差异才能更新自身的身份。对本土权威的自觉认可，对自身族性的有意匿迹，可能会引起华人的多种危机，加深其作为少数族群的边缘地位。

如果说，上述文本以其夸张、显的方式映射出华人族群拥抱祖国的热情以及追寻过程中的动荡和断裂感的话，那么，另有一些作者则以完全的国民意识介入了对异族的文学想象中，其叙述和"原住民"作家在价值判断、情感表现等方面有很大的相似性，其主题也远离了族群惶惑。如果不是那些印记族群历史的方块字，我们可能会忘却叙述者是华人。如 90 年代中后期，一些作家对本土历史（往往以叙述异族为主）的关注与挖掘，便是这一新动向的表征。

如柔密欧·郑的《椰加达掌故诗》之一：

　　昨日的美丽
　　错押了今日的赌注
　　逃出一个掌心

---

① 参见居维宁《海外华人的种族认同》，陈希译，见陈文寿主编《华侨华人新论》，中国华侨出版社 1997 年版，第 91 页。

② 斯图亚特·霍尔：《文化身份与族裔散居》，陈永国译，选自罗钢、刘象愚主编《文化研究读本》，中国社会科学出版社 2000 年版，第 222 页。

③ 转引自曹云华《变异与保持——东南亚华人的文化适应》，中国华侨出版社 2001 年版，第 98 页。

又落入另一个掌心

错综的掌纹

横看直看

都是人家的玩偶

想回首的时候

没有什么可以典当了

虚晃一身洁白

却毁于墨黑里

——《姬妾达西玛》①

　　一向是柔情百结、带着古中国气息的柔密欧·郑，在对异族历史人物的叙述中显得十分理智和平静，失去了他以往的独特"个性"，这种个性的隐匿，使他文字里洋溢的华族文化特质也消失殆尽。显然，他想表露的不是华族对他族的独特看法，而是一个普通国民的历史感悟。

　　此外，在情感表现方面，某些华人作家一反小心谨慎的态度，毫无顾忌，任凭感情勃发。如老作家幸一舟吟唱独立战争中爪哇族英雄"莫哈玛·多哈"时，感情激烈而沉郁，他甚至痛声呐喊：

烈士的英雄儿孙们啊

不容

蒙混于鹰群的昏鸦

在椰林夜空

跋扈！

不容

古王朝暴君的阴魂

把烈士英名

---

① 见《印度尼西亚的轰鸣》，第141页。他的雅加达掌故诗还散见于《翡翠带上》等书。印尼华人为雅加达的发展付出过血与泪的代价，但在柔密欧·郑的一系列掌故诗里却没有华人的影踪，正反映了这类本土历史叙事的局限性所在。《翡翠带上》由严唯真主编，香港获益出版事业有限公司1997年版。

玷污

不容

"贪勾裙"三妖的毒爪

把威武圣洁的红白旗

凌辱

————《英雄莫哈玛·多哈颂》①

　　叙述者回溯异族的英雄事迹，直接目的并非夸示自己的爱国情，而是借古讽今抒发自己对现实的忧虑之情。但既然没有了故意的夸张，也就表现了更深切的国家之爱，那是国民强烈的承担意识和忧患意识的由衷体现。这种叙述也就汇入了"国族"想象的大潮之中，足以与很多原住民作家的同类作品媲美。

　　如原住民作家在《印度尼西亚在呼救》一诗中也写道：

　　人民在挨饿，爬行着吃草，只要能送进口的都吞进去。
　　人民在尖叫，在呼喊，在哭泣，形势是疯狂的。②

　　于这种"与国家、人民同在"的想象中，原住民作家和华人作家看来是如此平等，他们都有责任和权利为那个苦难多端的国家哭泣。在这种以祖国为归结的"异族想象"中，华人似乎以千岛之国的符号——铸造了自身的"肉与灵"。

　　但是，只要华文文学还不是国家文学的一部分③，那么，这群企图在华文写作中寻找现实家园的人就无法平静。在对祖国倾诉却被祖国遗

————————————

　　① 选自袁霓等主编《印度尼西亚的轰鸣》，印华文学社、印华作家协会 2000 年版，第113 页。

　　② 作者达纳尔多 1940 年出生，是印尼当代颇有影响的小说家，见《印度尼西亚的轰鸣》，第 32 页。

　　③ 印尼大学文学院院长沙巴迪佐科·达摩诺在《印度尼西亚的轰鸣》的序文中明确指出，印尼文学必须用印尼文写成，印尼人用英文或华文或任何文字写出来的作品都不属于印尼文学。

忘的想象中，呈现的依然是一个族群沉默的姿势。

种族政治给华人族群以极大压力，模塑了异族叙事的一种特殊类型。这类叙事的目的在于驳斥主流意识对华人的偏见、重塑自我的美好形象、表现对印尼的热爱之情。叙述者虽然在主观上有意突破对异族的偏见，但其内在的偏见和距离却难以祛除。

总之，在政治压力召唤下的印华文学中的异族叙事，本以建构一个祥和的现实家园为最终归宿。然而，位于外缘的叙述者，恰如筋疲力尽的逃亡者，用战栗的手指摸索着开关，把自己拉入门内，拉入一个他在其中能够获得精神安息的空间。但就在竭力进入的同时，自由被再度冻结，探索者成为皈依者①这一隐喻说明了此类文学行动的最终限度。

四　都市进程与创作中的互文性

> 我的乡土呢？
> 我可爱的乡土，我可爱的家，
> 只因我这一去就不复返了吗？
>
> 　　　　　　　　　　　——袁霓《老家》

> 当女儿把不听使唤的筷子
> 换成叮当作响的匙叉
> 我惊觉
> 含蓄却清晰的传统
> 像祖先神台上燃烧的香烟
> 一分接一分
> 已越烧越短
>
> 　　　　　　　　　　　——阿里安《团年餐》

---

① 参考朱大可《逃亡与皈依》，见《聒噪的时代——在话语和信念的现场》，湖南文艺出版社 1998 年版，第 233 页。

　　叙述"他者"从来都是反映主体自身的诉求。但对于同一主体而言，它的诉求也不是单纬度的。毫无疑问，对于印尼华人而言，其内在焦虑既可能是本土化过程中来自政治上层建筑的压力，也可能来自现代化过程中新旧观念的冲突。而本章探讨的就是，对"异族"的想象规范是否会因后一种压力而呈现出独特性。在这里，所谓的都市进程是指伴随整个国家的现代化进程，华人自身在生存环境、生活方式等方面变化和进行的过程。

　　70年代末以来，随着印尼由农业社会到工商业社会的快速过渡，人们的生存环境、生活方式、价值观念也在不断变化。都市作为现代文明的聚焦处，更是快速、集中地呈现着这种变化。

　　如果说，城市的昨天还保留着最后一片绿洲的话，那么随着工商业社会的进程，它的最后一片绿荫也被喧嚣吞没。如在袁霓的《彩霞》①中，记忆中的雅加达（原本是一个小渔村，经过多年的发展，已经成为国际化的大都市）被描述得如此美好：那时候，"旁边有一个大院落，种了很多树，婆婆养了好多鸭子啊、鸡啊什么的"，而她和玩伴们"爬树摘芒果，在泥浆里打滚，采摘着各色各样的树叶"。但"环顾今天的雅加达，建筑发展得令人咋舌，到处都是高楼大厦，再也找不到十多年前的那种有广阔空地、种满大树的庭院"②了。在未充分发展的都市中，类似农业社会的生活场景原本依稀可见，但随着都市的不断拓展，它们已不复存在了。

　　在都市进程中，人们的生活方式和价值观念也在变化。广月的散文《庭院》③绘制了一幅今不如昔的城市风俗图："现在，每一家人都关在自己的小天地里，欣赏电视节目，其中的生意人，也为着要迎合商战技巧的进化，在酒楼歌厅夜总会里觥筹交错。年轻的一代，受文化教育、生活习惯的影响，一种新的观念在他们的思想意识里形成，使人与人之间仅有的一线之牵快要断离，哪里还有在庭院月下谈笑人生的雅兴？"

　　对都市变迁的迷惘和伤感是印尼华人的一种普遍心态。他们在反思

①　见《袁霓文集》，鹭江出版社2000年版，第26页。
②　同上书，第27页。
③　见《广月文集》，鹭江出版社2000年版，第209页。

都市进程、时代变迁时，一方面，往往只看到消极负面的因素，对"过去"充满留恋。另一方面，又把都市本身当成了罪恶的根源与载体①。

　　一般而言，困惑于都市文明的现代人，都习惯从乡村空间与文化中去寻找遭遇都市压迫的精神补偿，让精神或肉体徜徉在乡村的宁静乐园。

　　"原住民"所在的山村因其还残留着农业社会的场景和生活方式，成为城市之外的一处"乌托邦"世界。于是，身处都市的印尼华人，在找寻"失去的天堂"时，其诗意的目光投向了"异族"。在这一视野里，"异族"与"我"的差异，其实已被表述成了空间——都市与乡村的差异。

　　在对自身的严厉审视中，商品社会中的华人曾被视为腐朽的、无望的人群。② 但与农业社会场景融成一体的原住民似乎保持了理想特征。都市人争强好胜，自私利己，原住民淳朴善良、与人为善；城市喧嚣和压抑，缺少个人空间，偏僻山村则天人合一，其乐融融。于是，"我"消失的过去就闪现在"异族"的生活场景里。带着这种先见，许多文本展开他们对"异族"的诗意想象。此类文本有袁霓的《山中一

---

　　① 如袁霓在《爱它死后的梦坠》中，都市被描述成充满欺骗和陷阱之地，主人公美好的梦想被击得粉碎。广月在《迎着朝阳的人》一文中，则以乡里人的朴实、安天乐命对城市的虚伪、狡诈、虚浮作了谴责。《爱它死后的梦坠》选自《印华短篇小说选》，香港获益出版事业有限公司1997年版。《迎着朝阳的人》选自《沙漠上的绿洲》，新加坡岛屿文化出版社1995年版。

　　② 随着工商社会的进程，华侨/华人社会本身的危机感扑面而来。印华资深作家黄东平曾用很激烈的语言抨击了这一切。他认为，包括亲情、友情、甚至爱情，连同进步还有爱国，有时也不过是一块虚假的招牌，只是在某种情势下达到某种目的新产生的虚假关系。这种对生存的绝望难免偏激，但在描述华社内部生活的华文文学中，现代生活方式对华人的改塑被渲染得触目惊心。如晓星的《跟不上时代》描绘了人们为了寻求刺激，疯狂飙车，对惨死轮下的同胞却无动于衷，显得残忍而自私。歌林的《大慈善家的父亲》中那位大慈善家一方面到处捐献以弘扬自己的爱心，另一方面却将自己的父亲弃之不顾，早送进养老院。金梅子的《售屋记》中一向被视为华人的"祖传产业"的老屋被子女随意出售，留下老人无可奈何的一声叹息。碧玲的《吉屋出售》中子女和寡母间不但存在价值观念的差异，而且子女根本不尊重母亲，亲情的冷酷导致了老人对生命的自弃。阿五的《第三子》中一向乖巧的儿子最终被金钱纠葛所腐蚀。正是在对华人都市蜕变的严厉审视中，原住民的淳朴和善良才被凸显出来。

日》①，高鹰的《林中的微笑》②、《欢笑的克达顿森林》③，宋元的《渔村一夜》④，刘旭的《一串饭盒，一串乡情》⑤、《武丁》⑥、《小村赴宴》⑦，明芳的《保护森林》⑧ 等。

这些文字都是乡村随记，带着个人的真实游历成分，写实成分颇浓。但其想象并未因为写作者个人经历的不同而差异很大，相反，在表现内容和主体情感上有着惊人的一致性。优美和谐的自然景物、单纯简朴的生活、恬静平和的气氛、淳朴热情的人们、奇特的风俗人情构成了他们笔下的乡村。赞美和沉醉成为主体的全部情感基调。从袁霓那篇颇受赞誉的散文《山中一日》可窥一斑。

自小生活在雅加达，以经商为生的袁霓，对于"逼得人喘不过气来的都市喧哗"⑨ 深感厌倦，她不时想逃离，去寻找一处休憩流离的梦境："我幻想过有一天我要住在农庄里，吹着笛子在草原上放羊牧牛，晚上倚着栏杆看星光，多么富有诗意。"⑩ 带着这种期待，一家人驱车前往山林去寻觅那份"诗意"。

在她的眼里，原住民是和善淳朴的："我们立刻被包围了，一张张淳朴的脸，露出憨厚的笑容，热情的迎接我们。""我们坐在屋子前的木床上，好多左邻右舍的妇女、老人、孩子围着我们，瞪着好奇的眼睛，憨憨地笑着，不知该说些什么，只好用笑来表示欢迎。"⑪ 印尼原住民被称为"微笑的民族"，极为有礼节，这些在袁霓笔下不经意地被勾勒出来。

---

① 见《袁霓文集》，鹭江出版社 2000 年版。
② 见高鹰《越野路上》，香港获益出版事业有限公司 2002 年版。
③ 见《高鹰文集》，鹭江出版社 2000 年版。
④ 见《沙漠上的绿洲》，新加坡岛屿文化出版社 1995 年版。
⑤ 见《刘旭文集》，鹭江出版社 2000 年版。
⑥ 同上。
⑦ 见《沙漠上的绿洲》，新加坡岛屿文化出版社 1995 年版。
⑧ 见《明芳文集》，鹭江出版社 2000 年版。
⑨ 袁霓：《老家》，见《袁霓文集》，鹭江出版社 2000 年版，第 18 页。
⑩ 同上书，第 26 页。
⑪ 袁霓：《山中一日》，见《袁霓文集》，鹭江出版社 2000 年版，第 52—53 页。

　　山村的生活十分简单，人与人之间毫无猜忌之心："我感动于乡村人的那种热情，他们对于一个闯入自家私有地的全然陌生的人，不但没有丝毫的防范和不快，反而如此热情的招待，这种四海一家亲的宽阔胸怀，是我梦寐以求的。""城市人那种狭隘、多疑、争强好胜、疲惫的心，在乡村人如海似的热诚、坦然的胸怀下，在山里的这一天中，被解放了。"①

　　当诗意的那只眼睛在寻找之前早已睁开，那么关注真实的那只就会闭上。虽然袁霓也如实写到雅城一次的泊车费竟相当于这里一个孩子的整整一学期的费用。然而，带着寻梦、圆梦的心情而来，一切都染上了梦幻色彩；连那些简陋的小木屋，也让她怦然心动。

　　其他文本也相似，围绕着个人记忆中或偶然邂逅中的乡村和原住民生活，抒发赞美之辞；原住民被视为与都市人那种争强好胜，自私利己的形象的对立面；农村被视为喧嚣和压抑的大都市的对立面。由于带着寻觅都市之异的心理，带着游客心理，乡村的贫困、原住民社会与自身社会的经济差距都被不经意地忽略了。

　　从这种乡村想象的表现内容来看，其中展现的诗意场景正是与现代异化相对比的原始幸福：一个梦幻的世界对立于一个庸俗的世界，一个人与自然和谐相处的世界对立于一个喧嚣压抑的世界，一个人情淳朴的世界对立于金钱利益唯上的世界。由此看来，它与一种历史悠久的文学样式——牧歌有着同样的性质。"牧歌的实质，是在与复杂、败坏的城市生活对比中，表现淳朴、自然的乡村生活，尽管有时其描述与城市和乡村的实际生活相去甚远，但这种二元对立的模式，极大地满足了现代人回归自然，回归乡土，回归单纯朴质生活的永恒愿望。"②

　　虽然乡土之恋的基本根源是都市人对现代文明的困惑，但对于印尼华人而言，这种"乡土情结"的萌发还与祖辈的生存经验有着微妙的联系。

　　印尼华人祖先的生活方式与山村原住民是极为相似的。据统计，他

---

① 袁霓:《山中一日》，见《袁霓文集》，鹭江出版社 2000 年版，第 55 页。
② 刘洪涛:《〈边城〉：牧歌与中国形象》，《文学评论》2002 年第 1 期。

们（第一代华人）大多是粤、闽一带的农村人口，曾在中国的某些小山村长期从事农业生产，来到印尼后，大多从事商业活动；但是，他们身上依然保存着农民式的淳朴，对土地和田野生活依然有着归属感。如女作家明芳的母亲"年轻的时候，在乡下务农为生，嫁给父亲后，才来印尼，一直住在城市，所以很向往田野生活"①。

在家庭的影响下，这种对泥土的热情，在第二代、第三代身上还隐约可见。如明芳受母亲影响，也很热爱耕作，虽然商场生意忙碌，但一有时间，她还会去参加农民的生产活动。在《收获的喜悦》中她写道，一次偶然上山，她遇见一群巽他族的农民在收割马铃薯，便马上和他们一起拔起马铃薯来。此时，心头竟涌上无限喜悦："在扒开泥土的刹那，我的心涨得满满的，从没想到，原来泥土里的马铃薯是这样可爱。""汗水，从发际流下，我还是满怀高兴地蹲在地里，挖马铃薯……"② 明芳能和他族农人亲近，分享他们收获的喜悦，与母亲的影响是分不开的。

可以说，在这些创作者的自我意识中，对于乡村生活之所以向往，其思想根源是模糊的。自然，既有都市人对淳朴生活方式的向往，也可能源于华人家庭文化的影响，但后者无疑为这种乡村想象增加了深度。

在社会转型时期，整个族群的生活方式已沧海桑田，移民后裔与祖先的过去将逐渐失去联系。此时，"我从哪里来，我的祖先是谁"这些问题已难以解答。这种叙事中便隐含着华人的一种寻觅与渴望。在亲吻土地、走进乡村的想象中，在淳朴的原住民身上，他们也许重温了祖辈的过去，再塑了自身生命的源头。

当乡村与过去与祖辈的生存经验相联系时，某种意义上，它与华人想象中的"原乡"就有了同构的意味。

首先让我们梳理一下有关"原乡"这一概念的含义。虽然有不少论者把它与故乡、家乡等词语混为一谈，但马来西亚华人学者黄锦树的看法似乎更有启迪性。他认为，主体"因为离去，而让故乡不得不鸟

---

① 明芳：《种菜》，见《明芳文集》，鹭江出版社 2000 年版，第 88 页。
② 明芳：《收获的喜悦》，见《明芳文集》，鹭江出版社 2000 年版，第 42 页。

托邦化成为原乡"①。在这里，他指出了原乡形成的机制，认为是时空的距离和想象的作用造就了"原乡"。同时，"原乡"已被剥除了它的物质具体，成为一种精神乌托邦形式。可以说，在他看来，"原乡"的确是主体的生命源头，但却是想象和虚拟之物，没有必要和地理位置建立固定必然的联系。

在广月的一系列文本《回乡客，幸福人》、《返乡》、《城市的真貌》、《游子乡情》、《时代的旋律》② 中，我们可以清晰感悟到乡村与原乡叠合的过程。

这个自小生活在雅加达的都市华人，通过描述开斋节前回乡异族的生活场景一次又一次地诉说着乡村对于原住民的意味。与其他作家相似，在他的想象中，乡村也被诗意化。但他文本中的"乡"的含义是多重的，既指与都市对立的空间——乡村，又指原住民的根源与归宿——他们的故乡。

如在《城市的真貌》这篇文章里，他写到当开斋节来临时，平日喧闹的商业中心，像疲劳过度的人，在悄悄地静歇。高层写字楼，像没有了生命的空壳，在虚渺的高空中伴着难熬的寂寞……这是被一两百万回乡的人暂时遗弃时的城市的缩影，他们不单带回大包小包长期辛苦的积蓄，还把城市戴着的面具也带走了，露出了它的原形——原来，城市只是柏油路纵横交错，加上洋灰沙石和铁架砖瓦砌成的一块块高矮参差的框格。③

而开斋节过后，"城市又有了生机：回乡的人群，带着新的乡情重回城市以后，城市才又复活，才能再戴上繁荣和喧闹的面具。"④

细细品味上述话语中的"乡"，就会发现，它颇为含糊的有了两重所指——乡村与故乡，它可能是被叙述者无意间重叠的。叙述者似乎已自设了一个前提，即"我是都市人，他们是乡村人，乡村是他们的故乡，而不是我的故乡"。值得重视的是，这种混淆是一种普遍的现象。

① 黄锦树：《原乡与乱离》，台湾《联合文学》第221期。
② 几篇文章均见《广月文集》，鹭江出版社2000年版。
③ 见《广月文集》，鹭江出版社2000年版，第183页。
④ 同上。

如袁霓在《山中一日》中写道，当丈夫提议他们去乡下看看时，她眉头一皱，说："我们有什么乡可回？"[①] 丈夫的"乡"指的是农村，而袁霓却把它误解成故乡。为什么会这样呢？或许，在这些叙述者看来，乡村在想象中成为了诗意空间，而故乡也是想象中的精神家园，均与华人的现实处境——都市形成了鲜明的对比。正因为故乡和乡村具备了相同所指，这种重叠和混淆才顺理成章地出现了。

这一细节透露的信息是，都市华人对乡村的诗意想象，其实也是无根的移民后裔对生命之源的渴求和再造。从文学所具备的现实效用来看，它和原乡想象一样，起着抚慰个体或群体心灵的作用。

但是这种想象的有效性是值得怀疑的，有时它恰恰是焦虑的反映。广月写道："看着每趟车和大大小小的汽车内坐着的老人、青年、小孩，男男女女带着欢悦的笑脸朝向各自的故乡奔驰，心中自有一股羡慕和妒忌的感觉。"[②]

回乡者成为"我"——没有故乡的人的参照物，欢悦与羡慕和妒忌、辛酸的感受形成鲜明的对比，在这种断裂的想象中，呈现的是主体的迷惘和痛苦。似乎，在叙述者心中，乡村——是原住民的归宿和根源，对于华人而言，却是一个不可触及的异己空间。

凭借什么样的方式，乡村成为了诗意场景呢？

首先，从文本的展开方式来看，"偶然出游"和"回忆"是最常见的叙述方式。在纪实性的散文中，常常是在"偶然出游"中展现了一个"相异"的场所。如袁霓的《山中一日》，明芳的《收获的喜悦》，高鹰的《林中的微笑》等。这是因为，在现实生活中，都市华人与乡村有着真实的地理距离，借着偶尔的出游，才能进入乡村原住民的生活空间。

在一些虚构性的小说中，"回忆"成为展示相异性场景的方式。如刘旭的《武丁》、宋元的《渔村一夜》等。如宋元的《渔村一夜》中，对异族美好风俗的想象便以"回忆"开始又以"回忆"结束：

---

① 袁霓：《山中一日》，见《袁霓文集》，鹭江出版社 2000 年版，第 51 页。
② 广月：《回乡客，幸福人》，见《广月文集》，鹭江出版社 2000 年版，第 182 页。

"求学时候，每逢假期来临，我……"①

"此后……我总会忆起在渔村的那一夜……"②

"回忆"意味着时空与现实的界限，在回忆中，生活的某些部分被不经意地遗忘，留下的是那些对于主体有意义的部分。

偶然出游与回忆等方式，都建构了"我"与他者的距离，而距离的开拓，构成了审美必备的条件。在想象中，原本中性的"空间对立"现象获取了特定的意义。正如巴柔所总结的一样，在一种文化的形象中，空间既非持续的，亦非一致的，一个"神话"思想提高了一些地域的身价，孤立了某些地域，又使另一些受贬；它使某些地域成为"我"和一个集体选定的空间，并赋予其从属性空间的功能。③ 对于印尼华人而言，那个有关乡村的神话藏在西方的牧歌意象里，存在祖辈的泥土记忆里，也藏在无根移民的原乡向往里，因此，乡村便在有意开拓的审美距离中获取了诗意空间的位置，成为一个种族所有疲惫的抖落处、成为他们虚幻梦想的积存处。

由于种族间的文化和生理差异与类同，转换成空间的对立和互补，种族身份的表白就变得无足轻重。在这些文本中，都没有刻意渲染异族的种姓特点。在这种以地域性隐蔽种族性的叙事策略中，"我"与"异族"的关系达到了一种想象中的和谐和亲近。

其次，这类叙述中"童年"作为一个重要元素融会在其中。有时山村的记忆就是童年的趣事，如《武丁》、《渔村一夜》等都是在童年的回忆中重现了山村的诗意场景。而有时，童年的幻想总会被眼前的乡村场景悄然激发，如《一串饭盒，一串乡情》、《午夜流萤》等。

刘旭在《一串饭盒，一串乡情》中，有对现实中的乡村的描述："那是一幅宁静、和平、淳朴、美丽的乡村图——乡间小路上走着两个乡村姑娘，手里都提着两串四层饭盒，脸上带着温柔的微笑，正在向她

① 宋元：《渔村一夜》，见《沙漠上的绿洲》，新加坡岛屿文化出版社1995年版，第100页。

② 同上书，第104页。

③ ［法］达尼埃尔—亨利—巴柔：《形象》，孟华译，见孟华主编《比较文学形象学》，北京大学出版社2001年版，第168页。

们的乡邻或者亲友送节日佳肴呢！"①

这一场景即刻勾起了他的童年回忆："我被这幅图片所深深吸引，良久良久目光不愿移开——不知不觉，我整个人仿佛融进了图片中，我仿佛飘然回到那遥远遥远的童年。"②

饭盒是巽他人开斋节的布施，但在作者看来，它不仅是一种宗教仪式，更是宁静、和平、淳朴的乡村生活的象征。而童年，意味着纯真、幸福、和谐，它与想象中的乡村有着同样的内涵，于是，"童年"这一元素被牢固融合在诗意家园的建构之中。

不过，这些长大了的都市华人，在世事变迁中，无论是以乡村美感招回童年的梦魂，还是在时间的压缩和童稚的目光中使乡村变幻成纯粹的美感经验，由于是以幻想替代现实，都难免有丝丝悲凉。因此，在这类充满了欣喜和梦幻的叙述中，其内在的凄清却难以驱除。

70 年代末后，印尼华人的传统文化处于变动调整的阶段，原有的家庭结构和伦理道德观念慢慢被抛弃。传统本非永恒之物，挑战传统有时是社会发展的动力所在；但对于印尼华人而言，传统是他们在印尼长期以来积聚的生存经验的结晶，③已经成为维系自身的一个牢固所指，其作用更多是精神层面的。正如美国著名社会学家爱德华·希尔斯在《论传统》中提出，许多实质性传统是一种心理精神需要，他说："人生就需要它们，缺少了它们便不能生存下去。"④ 所以印尼华人对传统变迁表现出了一致的敏感与惶惑。

在论及传统变迁的原因时，一般认为主要源于西方文化的冲击。都市由于处于与西方文化接触的前阵，它往往被视为这种冲击力之源。在印尼华人看来，都市文化有时就摇身成为传统文化的对立面；同时，正因为都市文明规定了农业文明的界限，乡土精神也就成为了传统文化之化身。

当乡村被诗意化，成为一种精神慰藉时，它与华人的精神原乡

① 见《刘旭文集》，鹭江出版社 2000 年版，第 224—225 页。

② 同上。

③ 这里所谓的印尼华族的传统并不是指单一的中华文化，还包括其他的文化成分。

④ 转引自龙卫球《论传统》，见"法律之维"网站，2003 年 6 月 24 日。

之一——传统已建立了某种内在联系，因此，当山村的原住民被赋予勤劳、善良与忍耐这些美德时，他们和传统型的华人也就难以区分了。在70年代末后的印华文学中，这样的异族形象是很多的。如广月的小说《老农》① 中，那个没有姓名的原住民日出而作、日落而歇，在遭遇不幸时只求真主保佑、别无他言，"勤劳和忍耐"成了他生命的支点。冯世才小说《安娜》② 中，从乡下来的原住民女孩安娜孝顺而善良，为了养活一家老小，不惜牺牲了自己的青春。他们身上的动人之处正在于吃苦耐劳、父慈子孝这些传统的文化特质。

　　但这些有着"乡土精神"的"异族"，却被描述成与都市较量时惨遭失败的悲剧人物。在《老农》中，这个世代以耕种为生的原住民，依靠自己的勤劳耕耘，原本过着贫穷却安静的生活。但推土机和辗路机吞没了他赖以生存的土地，柏油马路摧毁了他简陋的小屋，他不得不远离故土，领着一家人往远方走去。他的悲哀，与其说是因为贫苦，不如说是源于家园的被侵袭，源于都市文明向乡村扩张时造成的一种失去土地（根基、安身立命之处）的迷茫。《安娜》中的安娜饱受了肉体与感情的屈辱，不得不选择自杀以结束生的烦恼。而吞没安娜的是她临死前诅咒的摩天大厦，这座大厦是物质无比丰盛的都市的象征——"它是市中心的一座综合建筑物，从超级市场到按摩院，包括安娜工作的舞厅，真是应有尽有"。安娜在这里耗尽了她的青春和血泪，却没有得到幸福和真情。③

　　此外，类似的作品还有柳岸的《山村》④，广月的《天命》⑤，立锋的《卖渣姆的姑娘》、《拾荒者》、《河边》⑥，见茜茜丽亚的《吹笛的流浪者》⑦ 等。这些作品大都缺乏深入的思考和足够的技巧，流于外在性

---

　　① 见东瑞主编《印华微型小说选》，香港获益出版事业有限公司1998年版。

　　② 见林万里主编《印华短篇小说选》，香港获益出版事业有限公司1998年版。

　　③ 冯世才：《安娜》，见林万里主编《印华短篇小说选》，香港获益出版事业有限公司1998年版，第140页。

　　④ 见林万里主编《印华短篇小说选》，香港获益出版事业有限公司1998年版。

　　⑤ 见《广月文集》，鹭江出版社2000年版。

　　⑥ 立锋的这三篇文章选自《立锋文集》，鹭江出版社2000年版。

　　⑦ 见茜茜丽亚《只为一个承诺》，香港获益出版事业有限公司1998年版。

的描述之中，但通过对"异族"都市遭遇的呈现，一个都市文明冲击之下，乡土精神崩溃的意象已经跃于纸面。

在这类叙述中，不难觉察到作者对"异族"的态度——同情和哀悯。表面看来，它与那类有意建构华人高尚情怀的"异族叙事"极为相似，但其中建构的"恶"的都市形象，以及对乡土精神丧失的迷惘和忧虑，却使它更多地折射出华人对自身传统的危机感。可以说，由"异族"的都市悲剧呈现的"乡土"哀歌，其实也是华人对传统逝去的悲悯和痛惜；而这些惶惑不安的"异族"形象中，多少也有丧失精神家园、惶惑不安的华人自己的影像。

阿五虽是一位老作家，却对时代变迁有敏锐的感触，在20世纪90年代末的创作中，他塑造了一类新的"异族"形象——他们生机勃勃，带着时代赋予他们的优越感，发出炫目的光芒。

《姐妹花》① 中刻画了一个特别的仆人形象——安妮。在华人的刻板印象里，仆人总是衣着简陋、沉默寡言、胆小怕事的样子，令人心生怜悯。小说里的姐姐恩妮便是这种形象。她从乡下来时，"头发焦黄紊乱、衣着简陋，满脸哭相。……一幅怪可怜的样子"。但十年后登场的妹妹安妮却叫人大吃一惊："她远比姐姐秀丽俊俏，身材高朗，脸上还带着一处笑窝……俨然一都市女郎。"姐姐初来时，见到主人家的大黄狗"周身发抖，紧靠着介绍人说她怕狗，催促着要离去"，而妹妹则"一点也不介意，也不用费力费神，很快就给摸熟了"。姐姐沉默寡言，从不与左邻右舍打交道，串门、聊天，而妹妹却不时煲着电话粥、约会……在小说刻意设置的对比中，一个机灵善变、口齿伶俐、交游甚广的现代女性安妮浮出了水面。不过，她对于华人"我们"而言，是完全陌生的经验，他们所适应和熟悉的是那个安分守己、从不多事的姐姐，而不是这个充满活力、步步逼近的妹妹。两者生活方式的差异慢慢激化成难以调和的矛盾，安妮最终被解聘了。

姐姐身上不难看到老一辈华人的特质，所以她得到了"我们"的认同，而妹妹却如一阵微风拂过"我们"安静稳固的旧世界，带来的

---

① 见阿五《人约黄昏后》，香港获益出版事业有限公司1998年版。

是惊慌、恐惧和迷乱，最终不得不被驱除出"我们"的世界。可是，从头到尾，她都不是需要怜悯的弱者，就在被辞退时，她也并不难堪，潇洒地走了。在这个个性鲜明、来去洒脱的"他者"身上，散发出的是强者特有的魅力。尽管叙述者的同情全在"旧世界"一边，却不得不对她刮目相看。阿五这一小说的独特性在于，它在竭力维护华人传统的合法性时，并未遮蔽"异族"身上的闪光之处。

　　如果说安妮只是搅起了华人精神世界的一点微波的话，他的另一篇小说《比翼不双飞》① 中的原住民女子丽莎则毁掉了华人一种稳固的信念。丽莎与华裔方璆相逢时，还是一名刚入校的大学生，看到对方落落寡合的样子，她主动伸出了友谊之手。在种族间的隔阂和偏见似乎不成问题的大学学府里，两颗年轻的心走近了，他们相恋了。在这段琐琐碎碎的爱情故事里，并没有发生现代爱情常见的危机——第三者的插入，父母的反对，性格的不合——都没有。但这段爱情最终却毫无结果。为什么？小说写到他们的两次信约危机。第一次，方璆与丽莎约定在某一天同赴山区度假，不料到了那一天，方璆苦苦等候了一天，丽莎没有出现，也没有托人通告变易，方璆只有满怀疑惑和气忿回家了。第二次，两人本来已订好百年好合的婚约，但丽莎为了能出国留学，不得不和另一人假结婚远走德国，本是权宜之计，后来却日久生情，假戏成真。可怜方璆信守誓言，苦等数年，直到丽莎和夫婿出现在他面前，他的迷梦才被打破。

　　在两人对待信约的不同态度中，他们之间的本质差异显露出来。在原住民女子丽莎看来，她的确是因迫不得已的原因（实际是为了个人的幸福和利益）才作出了失约的决定。第一次，她是必须完成老师交代的任务，不得不改变计划；第二次，为了留学国外，她必须采取假结婚的措施。也许，"守诺"在她的价值体系中和现世幸福根本不是同等的，她没有也不可能认识到"失诺"对方璆的伤害有多大。因此，这个原本善良的女子，才以极为轻率的方式处理这类事情。第一次，她没有着急解释自己失约的原因，而是采取冷处理，让疙瘩自行消失；第二

---

① 　见阿五《人约黄昏后》，香港获益出版事业有限公司 1998 年版。

次虽然事关重大，她却选用一个偶然的机会，事隔多年后才塞给对方薄薄的一张信纸作为交代。

而在方璆看来，守信与人格等同，与生命的价值等同。当丽莎第一次失约时，方对丽莎的指责是："你怎么可以随便失约，我向来尊重信任你的人格、不想你……"说完掉头就走，不肯给对方回旋的余地。第二次，方与丽莎已数年没有音信来往，但他依然信守诺言，尽管明知对方已经另嫁他人，也仍不肯重觅幸福。与其说他是痴情，不如说他在自我欺骗。他对信约的坚守，已到了迂腐可笑的程度。

叙述者将这场感情危机定性为信约危机，是颇有意味的。在印尼华人的本土生存经验里，"信誉"两个字是有分量的。早期的华侨由于知识水平的限制，也不可能争取法律保护的意识，华侨的商业活动，习惯上以个人的信誉为保证。由此慢慢形成重信誉的文化特质。据说，"直到 20 世纪的 70 年代，在雅加达的唐人街，守信还是印尼华人最重要的买卖方式。经商全凭信誉，口头说妥，不需要任何收据，生意就做成了。有的商人撕下香烟包装纸，便是几亿印尼盾的欠款单据。守信的商人会很快被大家接受，信誉越来越好，而违背诺言的商人马上就被'扫地出门'"。① 由此也可想象，在这一小说里，痴情与背叛也许并非唯一的主题，在时代变迁中惨遭弃置的传统信约文化也是主角之一。而信约的危机也不仅仅带来爱情的危机，还蕴藏着华人传统文化的时代危机。

此时，如果我们不妄自作道德审判的话，我们可以看到，丽莎的生活是清晰明朗的，没有负罪感，没有痛苦，她在积极主动地追求爱情、事业；而方璆的生活却错综迷乱，与犹豫、迟疑、被动连接在一起。让人不禁怀疑，如果不能带来现世幸福，固守过去的一切又有什么意义？

在这里，丽莎这一"异族"形象的意义还在于她的存在引发了有关华人身份的一种困惑。即：如果需要遵循某种身份的基点才能在时代流变中站稳脚跟的话，对于印尼华人而言，这个基点显然是传统；但是如果传统已不再能为华人身份提供基本的支持甚至精神慰藉，那么，对

---

① 佚名：《印尼华人经商有道》，新华网，2001 年 9 月 13 日。

于传统的苦恋是否还有意义？远离家园，自我放逐、意志消沉的方璆似乎就是答案，在他身上，怎么也体验不到一个族群振奋的未来。

在这类通过"异族"形象质疑自身的文学想象中，也不经意中改写了本族群对"他者"的一贯印象，"我"开始重新审视那群变化中的他者。从中可以目睹在一种思想的开放状态中，不同文化试图对话的微妙趋向。

或许与他的生活经历有关，作为第五代华裔，白放情对"异族"的态度是独特的，在他的想象中，"异族"屡屡成为"美和梦幻"的象征。① 从他的小说《覆舟山的雾》、《花落悄无声》② 中可触摸到这一特点。

这两篇小说实际是连贯的故事，其主要形象都是一位神秘女子姗蒂。姗蒂是原住民女子常用的名字，这样的命名已经暗示了她的"异族"身份。③

在这位"异族"女子身上，寄托了作者的一种诗意幻想，她被描述成完美的化身，既有如仙的外表又有纯洁痴情的心灵。不时出现在叙事场景里的雾，营造出这位女子神秘而脱俗的魅力，如她首次出现时，小说中华族男子"我"看到："山风吹送着白雾，也吹送着她那没有上扣的灰蓝外套及红丝巾，在飘动的雾气中，看起来，她真是飘飘欲仙，给人一种幻觉，如仙女下凡。"④

这位雾中出现的神秘女子，虽与"我"一见钟情，相爱甚深，却从不透露自己的身份，与我相会时，也往往是来去无踪。但正是她的神秘和美，深深地吸引了"我"，为了破译她的真实身份，"我"在痛苦而徒劳地寻觅。然而，在忧郁和软弱中游走的"我"，在等待中失去理智，终于萌生了背叛她的企图（召妓），虽然只是一种企图，但已经亵

① 在他的童年时代，与山村的原住民有过共同生活的经历，与他们建立了深厚的感情。

② 见《白放情文集》，鹭江出版社 2000 年版。

③ 白放情小说的人物命名很有特色，不同的名字有着不同的种族来源。如果是华人，都被命名为极富中国古典气息的名字。颜敏《本土爱情与华族隐喻——论白放情爱情小说的叙事策略》中对此有所阐述，见《世界华文文学论坛》2003 年第 1 期。

④ 《覆舟山的雾》，《白放情文集》，第 51 页。

渎了这个女子对完美爱情的信念，她的世界容不下一粒沙砾，于是，她假托自己乃是仙界之人，凄然远去。最终她在都市红尘中郁郁而逝，留下一个无限悔恨的男子的孤影。在失踪——寻觅——死亡的叙事结构中，这种美最终成为可望而不可即的虚幻之物。

有意思的是，白放情之前还写了一篇与之十分类似的小说《峡谷的哀愁》①，小说中，一个神秘女子与一个男子在峡谷邂逅之后，男子对她朝思暮想，苦苦寻觅，终无结果，"男子"只得投身于洪水中，以生命为代价以求与之再遇。这篇小说，也许不止是一个荡气回肠的爱情故事②，还可视为一个有关梦想与寻觅的寓言，因为，在白放情的很多小说里，女子都被赋予了理想和梦幻色彩，焕发出古老文化中国的魅力。③ 可以说，神秘女子是他建构的梦幻世界之表征。《覆舟山的雾》和《花落悄无声》是这一短篇的扩展，两者之间诸多联系。不难想象，臻于完美、如仙如幻的神秘女子姗蒂，仍是归属于作者这一梦幻世界的。

这一梦幻世界显然是与都市对立的世界。在小说模糊的提示④中，姗蒂本是外岛⑤的一个女孩，入嫁繁华的都市后不久就被抛弃，开始颠沛流离的生活，当最后的爱情幻想被华族男子击碎之后，她自甘堕落，酗酒、吸毒、放荡，终至死亡。（她的自弃，不正是对"华族男子"的谴责吗？）于是，这个冰清玉洁的女子在都市红尘中的经历，又成了乡土精神（传统）被都市湮没的镜像。白放情曾经指出"乡村的落寞中能萌发美感的火苗"⑥，正是姗蒂的乡村背景，使她被作者想象成与都

---

① 见林万里主编《印华短篇小说选》，香港获益出版事业有限公司1997年版。

② 此乃东瑞在解读这篇小说时所持观点。但小说中反复出现的意象却是"梦幻长河"，神秘的女子、富于乡野魅力的绿色峡谷不过是这一意象的表征形式。

③ 颜敏在《本土爱情与华族隐喻——论白放情爱情小说的叙事策略》中，对他这一特点作了探讨，见《世界华文文学论坛》2003年第1期。

④ 在寻觅姗蒂的过程中，曾碰到一位老妇人讲述她家女主人，其经历大抵如此。但作者只是暗示她家女主人与姗蒂外貌的相似，不管是有意还是无意，始终没有肯定她就是姗蒂。

⑤ 在印尼，称爪哇为本岛，其他岛屿为外岛，外国投资的企业和工程全部集中在爪哇，爪哇成为经济、政治、文化的中心，其他地区却比较落后。

⑥ 参见白放情的《旅途》，见《白放情文集》，鹭江出版社2000年版，第266页。

市异质的"美与梦"之象征。

可见,某种程度上,这个"异族"形象是作者对华族传统的一种诗意化。她的存在与毁灭仍纠缠着华人对于这一精神家园的眷念与困惑。但白放情小说的独特性还在于,他借鉴、运用台港的言情小说模式①,在爱情的面纱下演绎出对待"异族"的新态度,形塑了一个集"梦想与美"于一体的"异族"形象,从而使他的"异族"想象有了异国情调意味,与西方的异族想象有了相似之处——我所渴求、所向往的以及现实中无法实现的,都化作美丽的他性投射到对方。

在这类"异族"叙事中,无论是在空间划定中将"异族"诗意化,或是借"异族"形象以自我质疑,还是以"异族"作为"美与梦想"的象征,都与华人的都市处境密切相关。可以说,这种叙事是华人对"传统与过去"的诗意沉思。叙述者虽不是刻意在改写对"异族"的刻板印象,但却于不经意间形塑了新的"异族"形象。

五 "浪子回头"与双重肯定

"族群众多、时有冲突",可谓印尼的基本国情之一。因此,不管是华文文学还是印尼语文学,对"族群杂居经验"的表述一直都是重要主题。通过这种经验的回溯,文学企图诉说、寻找族群和平共处的途径。因此,叙述"异族"的文本与表述"族群关系"的文本难以截然分开。

70年代末后,印华文学中的"异族"叙事文本则以单一思路表现了这一主题。从"异族"形象的类型来看,几乎只有两类"异族"形象进入了关注视野。一是生活困窘、遭遇不幸的"异族"女子,二是胡作非为、称霸一方的"异族"男子。从情节构造来看,其叙事模式往往是同一主题的重复,变化极少。此类"异族"想象模式,显然凝聚了华人的共同生活经验,其成因是复杂的。

在印尼,位于偏僻山区的"原住民"由于缺少教育,交通不便利,

---

① 由于60年代末期和70年代,印尼华人所能借鉴的大多是台湾和香港出版的通俗读物,所以言情小说成为印华小说的主要形式,但它与消费娱乐目的毫无干系,显得纯情而炽热,表现的主题也很严肃。

大多过着贫困的生活。虽然，与华人相比，在印尼这片土地上，凭借"原住民"三个字，他们避免了因种族而遭受的迫害，但贫穷依然使他们漂泊流离，很多人不得不离开祖辈依存的故土，寻找栖息之地。某种意义上，他们是印尼社会的弱势群体。而这个群体中的女性，还受到来自群体内部的压迫，更是集中体现了这一群体的弱者地位。

"异族"叙事文本中，这类不幸的"异族"女子占了相当比例。如阿五小说《阿娜》[①] 中的阿娜，从小双亲早亡，衣食无靠，甚至"连睡觉的地方都没有"；结婚后又被丈夫抛弃，带着一个刚出生的婴儿苦苦挣扎着。思闻小说《蒂娜》[②] 中的蒂娜出嫁三次，碰到的都是负心男人，后来又怀上了电梯工人玛喜的儿子，可临盆时，那男人却故意躲藏起来，逃避责任。郑金华小说《榴莲上市了》[③] 中的阿米娜，从小寄居在外婆家，衣不裹体。出来当仆人时又被一有妇之夫勾引，但失身之后却被这男人的前妻赶走，在乡下过着郁郁寡欢的日子。

经济上的窘困，还未必带来深切的痛苦，因为这些女子多被描述成拥有吃苦耐劳的好品质，能自谋生路。文本强调，作为女人，是其婚姻和爱情的失败导致了她们整个人生的走调。如小说《阿米娜》[④] 中，"原住民"女子阿米娜可以不顾自己的身体，起早贪黑地去"讨生活"，可以忍受街头流氓的侮辱和刁难，一如既往地去沿街买卖，显得十分坚强；但一听说丈夫在外面嫖妓被抓的消息，便"颓然倒在屋旁的竹椅上，整个人都瘫痪了"。对这些女子不幸根源的揭示，将谴责的目标直指"异族"的性爱婚姻文化——对待爱情大都随意而轻浮，常常任意娶妻和休妻，而这些女子由于承载了整个"习俗"的阴暗而越发令人同情。

对弱势女性的关注，已足以表征创作者的情感倾向和道德立场。但这些文本显然急于表述自己的意图。在强调对方是"原住民女子"这一身份的同时，还特意在文本中设置了与"异族"同样重要的形

---

① 见《阿五文集》，鹭江出版社 2000 年版。

② 见思闻《印华短篇小说选》，香港获益出版事业有限公司 1997 年版。

③ 见郑金华《金梅子短篇小说集》，曙光出版社 1998 年版。

④ 同上。

象——华人。他们在整个事件中，不是旁观者，而是道义的化身和苦难的主动分担者。如在《阿娜》中，"我们"（华人夫妇）和仆人"阿娜"的琐碎的生活小事乃叙述的重心，文本始终把"我们"对阿娜的同情和关爱作为线索来展开情节，如当阿娜母子无家可归时，"我们"无微不至地照顾他们，她"消瘦的脸庞身躯"便"日见长肉，健壮起来"。当阿娜被迫离开，"我们"也爱莫能助时，"我们"的惆怅和痛苦不少于阿娜，对"这个弱肉强食、恶人欺负善人甚至人吃人的环境"发出了愤怒的控诉。思闻的《蒂娜》中，"我"（女主人）在蒂娜最困难之时给予她无私的帮助。由此，在对弱女子坎坷人生的叙述中，富有同情心、责任感的华人形象也逐渐清晰起来。可见，这些文本突出了华族的关爱精神，渲染出其对他人与社会的承担意识。

此外，由于普遍采用第一人称叙述的方式，这些文本一定程度上强调了叙事的真实性和可信度，表明这种叙述是现实的写照而非想象的产物。

值得注意的是，这些弱者身上，也寄托了华人自身的边缘感。在某种意义上，华人和这些弱女子一样，遭受着被抛弃被侮辱的命运。因而这种叙述还隐藏着悲愤和激昂的内心话语，以抗拒着来自权力中心的压力和偏见。

在印尼原住民社会中，还存在一批"流民"，他们游手好闲，以敲诈勒索为生。来自政治领域的压迫是庞大无形的，而他们则是触手可及的、琐碎的麻烦。华人在生活中，不时会与之磕磕碰碰，他们构成了华人异域生存必须承受和面对的直接压力。在袁霓的《叔公》①中，"原住民""叔公"是一个"不停的惹事、打架、闹事"甚至还"拦路抢劫"的"江湖人士"，大家一提起他就如"谈虎色变"；高鹰的《扎根》②里的马占是当地出了名的"地痞贼头"，杀人放火、明抢暗夺，无恶不作。

正是如此，此类"异族"首先被排斥在华人世界之外。父亲、祖

① 见袁霓《花梦》，香港获益出版事业有限公司1997年版。
② 见《高鹰文集》，鹭江出版社2000年版。

母都对"叔公"恨之入骨，连小孩子"我"也"非常非常的讨厌他"。华人小杂货店老板智刚和他妻子屡遭商场风云并未倒下，但对付"马占"却让他们忧心忡忡。然而有趣的是，这些被否定的"异族"不久又被许可进入华人世界。这一事件在文本中被命名为"浪子回头"。"叔公"终于改邪归正，和"我们"由仇敌变成亲人，恶邻"马占"终于被感化，成为"智刚"创业的得力助手。

"浪子"之所以能回头的原因是什么呢？袁霓的《叔公》中，叔公一家长期住在我家，房租、水电费全免；尽管叔公常常"恩将仇报"，但"叔公"惹事时，"我父亲"却一次次去警局为他疏通。一次，叔公深夜归来，因房间没有亮灯便"磨刀霍霍、杀气腾腾"，一家人全忍气吞声，"我母亲"悄悄起床，为他点亮了灯。可见，"叔公"和"我们"由仇敌变成亲人的历程，与"我家"的慷慨和宽容、忍耐密切相关。如果说，袁霓的立意还较为隐讳的话；那么高鹰的小说《扎根》则强化了这一意图。① 与"马占"的"凶横霸道"对比，华人智刚显出了过人的美德，他的"宽容和忍耐"被叙述者一次次强调。如"马占"对"智刚"数次勒索，他都忍气吞声，如数奉上钱财。马占深夜行刺导致智刚身患重伤后，按理马占应受到法律制裁，但智刚却以慈悲为怀，主动撤诉，使其免除了牢狱之灾。而当马占被人追杀时，智刚反而以德报怨，伸手相助。于是，这位无恶不作的痞子被感化，放下屠刀，变成了好人。

可见，在这种叙述中，改邪归正的"异族"形象也并非叙述的重心，他仅是一种强力的象征。在与他的较量中，华人表现出自己的特质：宽容、忍耐和柔韧性。凭借这些，华族在异质环境中赢得了属于自己的一片天空。

这两类"异族"叙事，虽难免模式化和趋于单调，却从两大层面上完成了印尼华族对自我特质的建构。华人成为了一个有爱心、有责任

---

① 高鹰有一系列小说是刻意树立华人的美好形象的：如《傻子》中忙于社区公益事业的华人杨辉；《风雨芝加本浓河》中与原住民携手共战的英雄华大嫂；《永远微笑的人》中与人为善、乐观机智、见义勇为的尼诺伯；《心灵的呼唤》中善待下人、关心家人、同情下层人士、劳累致死的陈律师等。此篇可谓其华人形象建构工程之一。

感并且善于忍耐、宽容的族群，而不是主流意识所流传的有道德缺陷的形象。同时，它也隐含着一种对"自我"的规劝。在异质环境中，对弱小者必须有奉献与关怀，以有余而奉不足，才能化干戈为玉帛。对强悍者，则必须采取迂回战术，以柔克刚，以减少生存的压力。因此，此类"异族"叙事虽不免有虚幻的成分，但它实际是印尼华族守望、再建现实家园的经验回溯与再造。正如文本《扎根》所描述的一样，在历经劫难后，华人在百花丛中微笑，那片荒芜之地已化作绿荫满地、芬芳四溢的家园。

70 年代末以后，随着政治气氛逐渐缓和（90 年代后更为宽松），印尼华文文学有了直面现实的勇气，对族群关系中的敏感问题已有所触及，一些作家还有了自我审视和批判意识。但另一方面，还是表现出迟疑和犹豫，在对"异族"的叙事中，也表现出与其他国家的华文文学不同的策略。

郑金华的一些创作颇有代表性。他对生活有着细微的观察和体验，对社会痼疾有着强烈的批判意识，因此他的小说常能言他人之所不言。但在这种"直面痼疾"的想象中，他仍采取了一些"障眼"的写法以消解矛盾。

写于 1996 年的《农村的故事》①便对"原住民"与华族之间的尴尬历史做了巧妙处理和审视。故事发生在 20 世纪 60 年代一个偏僻山村。叙述者"我"是一个偶尔前来观光的游客，因被此地淳朴的民风所吸引，便留下成为该地的教师。在任教期间，目睹了一件尴尬的事情，"原住民"（文本中，有意用这一措辞强调西蒂的身份）少女西蒂被强奸了，几个不务正业的浪荡子与守窑的老福伯成了嫌疑犯，少女的母亲阿米娜明知真相却沉默不语，西蒂的肚子越来越大，人们对嫌疑犯们怨声载道，整个山村就像一锅沸腾的水，矛盾一触即发。……在众人的追问下，阿米娜终于口吐真言。原来，是学校理事、碾米店老板华人杜老伯的儿子杜亚地造的孽。

---

① 见郑金华《金梅子短篇小说集》，曙光出版社 1998 年版。该小说首次发表于《新加坡文艺》第 62 期。

　　从小说朴实的描写中，我们无法漠视这一小山村里存在的对立——西蒂一家和杜老伯一家不可逾越的沟壑。一方是寄居在破砖窑里软弱孤独、无依无靠的穷母女，另一方则是德高望重、有财有势的学校理事和碾米店老板及其子。西蒂一家生活在贫困线上，靠他人救济，杜老伯则广施财物，在穷山村里树立了自己的威望。受侮辱的西蒂是一个白痴，自然无法说明真相，母亲在女儿受辱后也保持沉默，任由他人处置。她们也是社会中弱势群体的象征，而杜老伯一家则代表着那种靠勤勉起家、在经济上形成了一定优势的华人。当弱势族群中的女人身体被侵犯时，金钱便成了润滑剂，用来平息弱者和旁观者的怒火，在该小说中，十多岁的少女西蒂嫁给了五十多岁的杜亚地，从此衣食无忧；她受辱的经历倒成了生活的转机。

　　这篇小说触摸到了华人历史中隐秘的哀痛。在以往的历史时段中，某些华人曾依仗自己的经济实力，对社会的弱势群体有过压制，而这已渐渐在异族中形成一种负面的公众记忆，由于带着严重的创伤，问题不仅仅是经济的对抗，而是被深化成族群问题。女性身体在这种极为复杂的社会结构中，便成为族群之间一个部分换整体的隐喻，当她成为一方整体优势的作用场所，同时也成为另一方整体耻辱的表征场。于是，个别华人对待"异族"的孽行，往往会扩展成社会对华人族群的仇恨。

　　能正视族群记忆中的"阴暗面"，已表现出足够的勇气。在自我反省意识之下，文本对华人的某些劣性进行了透视，并暗示如果不克制、改变这些，来自他族的烈焰就将燃成熊熊大火，伤及无辜者。可以说，在风雨欲来的1996年，这一文本似乎为"九八动乱"中的族群暴力写下了预言，那场动乱中，华人女子无辜的贞操便成为族群矛盾的祭品。

　　然而，叙述者对这种历史记忆和社会现实作了策略性改造。首先，叙述者对这一事件的发生场域——山村表现出了由衷的眷念和赞美："村中的人情味浓得叫人化都化不开"，"这和平的山村"。叙述者对华人校董杜老伯和他的儿子也满怀赞誉："杜老伯热衷于教育事业，虽是文盲，钱倒捐了不少，村里人说，学校就是他的第二个家"；

儿子杜亚地也很好，"第一回与他打交道，我的直觉就告诉我，这个中年汉子很直，但很善良"。当山村因强奸事件而沸腾时，叙述者的声音一定程度上控制了读者对文本的理解和接受，上述话语也成为华人的护身符，山人的淳朴足以消除恶意的种族偏见，避免事态的恶性发展；华人的美德则遮蔽了其身上的罪孽。其次，施加强暴的杜亚地被设定为一个弱智男人，承受暴力的西蒂也被描述成一个白痴少女。如此，一方面，由于强奸行为由神志不清者发出，事件的不道德因素被彻底祛除。另一方面，白痴少女本身面临着"终身无靠"的可能性，被侮辱后，强盛的一方主动要求缔结婚约，以助她摆脱贫困的命运，反而显出强者的大度。因而，原本"沸腾"的山村，在喜宴后恢复了平静。

对"异族"充满同情，对华人又不失赞美。这种对"我"和"他者"双重肯定的方式，反映出了含糊的主体态度。① 在涉及族群关系的"异族"叙事文本中，这种避重就轻的方式十分常见，它既是华人企图消解矛盾的一种机智，也是以往高压环境所造就的谨慎态度之延续。

总之，与都市进程、时代变迁直接相关的"异族"叙事，显现的是华人欲重建诗意家园，以求在其本己因素中生活的过程。虽然这种探索是小心翼翼、满怀伤感的，但毕竟显现了现代蜕变中的华族之美好幻想。

值得注意的是，随着时间的流逝，在国家共同体中，除了政治认同的改变会潜移默化或强制地改变少数族群的文化属性以外，长期的通婚和共同生活等也会导致各民族之间的生理特征和生活方式的区别自然趋向淡薄。而在华文文学创作中，亦表现出种种新的倾向。一是作品中人物的族群身份不再受重视。如新世纪以来，邱茂发的小说中就有这一趋向——人物的族群身份已经不再重要，被作者有意无意地淡化。② 二是

---

① 与印华文学稍异的是，马华文学中华人能严厉自审华人对异族的歧视和偏见，如李永平的《拉子妇》、驼铃的《下女》等。

② 王列耀：《邱茂发与新世纪印尼华文文学中的"吾国吾民"》，见《香港文学》2002年第11期。

由于作者本身已是两个族群的"融合体",其笔下的人物便具备多元色彩。如已故作家钟若迟的创作便是极好的例证。他从血统上来说,是典型的原住民,但他后来又过继给华人,接受了很好的中文教育,是台湾师范大学历史系的才子。他文本中的人物一般都很难定位属于哪一族群。

第七章　艺术空间的新建

菲律宾、马来西亚、印度尼西亚和泰国，都属于东南亚国家，各自的国情却有不同：菲律宾、马来西亚、印度尼西亚曾经有过被"殖民"的历史，甚至被多次"殖民"的历史，泰国则有不同。而且，即使一国之内的不同区域，被"殖民"的经历也不完全相同，如马来西亚的"西马"与"东马"①。但是，作为所在国的少数族裔，菲律宾、马来西亚、印度尼西亚和泰国华人的"杂居经验"，有着一些相似之处：华人在经济活动方面的参入度较高，尤其在商贸领域的参入度较高，在政治活动方面的参入度较低，而且不同程度地都受到过来自主要族群的某些限制和压力，甚至是对华人族群整体性的诋毁和攻击。②

一　族群姿态与书写姿态

菲律宾、马来西亚、印度尼西亚和泰国的华人族群，都是所在国的少数族群，"族群杂居经验"是他们最为重要的生存经验。东南亚华文文学的"异族"叙事，是作为少数族裔的华人作家在"族群杂居"的语境中，对复杂、微妙的"杂居经验"的感受、想象与表述方式；是他们利用文学方式，与各种异己话语进行交流的一种积极努力和追求，

---

① 傅承得：《西马是马，东马也是马》，世界华文文学研究网站，2003 年 12 月 4 日，原文为《婆罗洲》书系推介礼及"隔阂与沟通"座谈会开场白。

② 曹云华在《变异与保持——东南亚华人的文化适应》中说："可以把东南亚国家当地民族的华人观用一句话来概括，那就是对华人的优秀的民族特性有一种历史形成的恐惧感和对本民族在数世纪以来一直处于无权地位时形成的自卑心理，是一些东南亚国家制定带有偏见和仇视的华人政策的最深刻的思想根源。此外，在华人社会中普遍存在的那种病态的优越感，或者叫大民族沙文主义则从另一方面刺激了东南亚各国当地民族的对华人的恐惧心理，促成各国政府制定和推行对华人带有明显偏见的各项政策。"中国华侨出版社 2001 年版，第 93 页。

也是他们期望通过或者是利用文学方式，实现对作为少数族群之一的自我的一种言说策略与方式。

华文文学的"异族叙事"，因此也获得了一些相似之处：主要面对与叙说的对象都是与他们同在一个国土和同在一片蓝天下生活的非华人族群，尤其是当地的主要族群，这就是文本中的"菲律宾人"、"马来人"、"印尼人"和"泰人"；当然，也包括与他们身份相同或者在某些方面有着某些相似性的边缘族群、弱势族群，也就是文本中的达雅人、印度人等。

在马华小说对印度人、达雅人等弱势族群的叙事方式中，可见一种从"魔化"、到"华化"再到"还原"的变化；从而，也透露出作者从"俯视"到试图挣脱"俯视"，再到试图"平视"的心路历程；这同样也是消解在华人中曾经流行、当今仍然阻碍着华人顺利地融入所在国族群的"病态的优越感"的历程。

早期的"魔化"叙事，首先通过"视觉"上的"审丑"得以展现，主要体现在对异族的"可视"性特征——生理特征、生活习性，尤其是肤色特征、衣着方式的某种丑化与渲染。如在秋红的《旅星杂话：吉宁人》中，印度人黑色的皮肤和怪异的举止，让人觉得邪恶不堪："他那蓬乱的头发，散在肩上，黝黑的肤肉，涂着油黏黏的液汁，说话像鬼叫的咽啼，还有，还有那五花十色的纱笼，如袈裟，简直像鬼一样可怕。"

"魔化"叙事，又通过"动作"上的"审丑"得以延伸。在姚拓的《捉鬼记》中，由于印度人"山星佬"的捣乱，戏院的生意日渐冷清。于是，通过一场"头家"与"山星佬"的对话，充分展现出"山星佬"的丑态：

"混帐的东西，"我咆哮着，"还说没喝酒，小心我拔去你脸上的狗毛！"

"头家，头家，"他慌慌忙忙地几乎是哭着说，"酒……酒，酒是喝了一点点——要是不喝点酒壮壮胆，我……我真的连站在这里都不敢了！"

"胡说，你守门了半辈子，还要喝酒壮你的胆！"

"魔化"叙事，还通过"二元化"的结构性"审视"得以"深化"。在姚拓的《捉鬼记》中，二元分流、二元对立的叙事结构十分明显：就地位而言，我"为一家东方戏院的经理部书记"，"山星佬"是一个卑微的看门人；就能力而言，"我"年轻有为，"山星佬"碌碌无为；就精神状态而言，"我"朝气蓬勃，"山星佬"萎靡不振；就勇气而言，"我"勇敢无畏，带领大家"捉鬼"，"山星佬"胆怯心虚，魂飞魄散。在这样一种泾渭分明的叙事结构中，清者自清、浊者自浊；"山星佬"的丑态，在与"我"的美德的比较中，不断得到强化和深化。

在这样的"魔化"叙事中，"视觉"上的"审视"，使印度人的外形"像鬼"；"动作"上的"审视"，使印度人的行为"像鬼"；加之以"结构"性的"审视"，在不知不觉中，印度人甚至"娘惹"，都成了"丑陋"与"邪恶"的化身。

由于作家观念的调整，"魔化"叙事逐渐淡化；随后而来的是"华化"叙事——在塑造"异族"形象、叙说"异族"故事时，作者有意无意地过滤或者部分过滤了异族的"他性"特征，使得他者不似"他"，或者说成为了"我"的某种变体——"己他"。

"过滤""他性"，首先是在叙事中有意无意地淡化、模糊异族的生理特征，以适合华人的审美习惯。在碧澄的小说《迷茫》里，作者塑造了一对勤劳、自立、恩爱的印度族年轻夫妻古马和勒兹美，叙述者只是对古马做了如此的介绍："两条肌肉坚硬、有几条粗筋突起的臂膀"。虽然也提及了勒兹美"黑色"的肤色，但是尽量淡化"黑色"，以避免在读者心里可能引起的不舒服的感觉。

"过滤""他性"，还表现为叙事中有意无意地植入、强化华人的道德观念，以适合华人的审美追求。在《可可园的黄昏》里，马来青年阿旺与华人少女相爱；在强大的社会压力之下，只好选择了私奔。尽管"岳父"一味反对，对他不理不睬；当老人孤苦无助之时，阿旺义无反顾地选择了回归，任劳任怨、勤勤恳恳地尽一个晚辈的责任，直到最后得病死去。这样，阿旺这个马来青年身上闪耀着的是华人所推崇的美德：重孝道，讲责任，容忍敦厚。如果不是作者有意标出他的马来人身份，阿旺的所思所想、所作所为，倒更像是一个优秀的华人青年。

在不断"进行痛苦的调整"的过程中，作家还试图以新的姿态和心态面对"异族"、叙述"异族"——试图以多元化的审美眼光，来"还原"异族。

在石问亭的小说《梦萦巴里奥》中，华人青年"我"与土著少女瑞柳相爱；这种爱已经不是《拉子妇》中"三叔"对"三婶"的"权宜"之爱，也不同于《槟榔花开》中"贵清"那种精神之爱、理想之爱，而是彼此承认差异又互相妥协的现实之爱、平等之爱。叙述者在叙说"瑞柳"的时候，采取的是多元的审美视角——既是华人的，又是异族的。所以，"瑞柳"的族群特征十分明显，而且美丽动人："一对大耳垂，手上、脚上刺青"，"瑞柳为了隆重上我们家与父母这一次会面，特换上五两重的沙铃（sarring）金坠子。那是她祖先世袭的财产，一代传一代的遗物，这两粒沙铃垂到她两边肩上闪闪发亮，加上族人传统珠饰帽子，非常漂亮。这时，我方留意她的眉是纹的，就像诗词上的柳眉"；"她轻柔的手姿好似肯雅兰鸟于一场雨之后，制芰荷以为衣，集芙蓉以为裳，安然振翅起飞，从一个树头滑到另一个树头，没有目的也没有企图。两个乳房跟着舞步起伏如风之于山巅，十指轻盈上下翻动如鸟的飞翔，双脚碎步向前滑行。静止时一潭湖水"。大耳垂和纹眉等异族特征，成了美的标志与象征——是土著少女健康、生气勃发、活力四射的标志。

叙述者在叙说的"异族"文化特色的时候，也试图采取多元的审美视角——既是华人的观察、感受与批评，又有试图换位思考的辩解与"自白"。

在《色魔》中，黄锦树塑造了一个全新的马来青年形象，那就是警员阿末。当美丽而有着悲惨屈辱身世的华人少妇棉娘被印度黑皮在橡胶林里强奸之后，族人对她不是同情，而是或幸灾乐祸或也想效仿来占她的便宜。她的丈夫也对她产生莫名的厌恶，并且对她进行报复般的性虐待和冷嘲热讽。面对这个不幸的少妇，阿末对她产生了爱怜，最后放弃了自己警察的身份而和棉娘一起私奔。尽管叙述者对马来青年阿末用笔不多，但是，这个年轻的马来青年正义、善良的形象却深刻地烙在读者的脑海中。

在"还原"他者的同时，作者也在重审"自我"——"自己家族的罪恶"。达雅克人以本族女孩丽妹失踪为诱饵，将华人余家的孙子骗入丛林深处，希望得到他祖父的黄金。然而，在故事的叙述中，这个阴谋的恶性被逐渐缓解，曾祖的荒淫、"自己家族的罪恶"，却逐渐突出。"曾祖父"，曾经残暴地强占和蹂躏了一个雇工的女儿小花印，撕碎、践踏了儿子——"祖父"的爱情梦想。而"祖父"，则继承了"曾祖父"的荒淫，买下了达雅克人的女儿丽妹。丽妹产后在医院失踪，是阿班班、亚妮妮、巴都等达雅克人的一个阴谋。祖父杀死了阿班班，巴都出现，杀死了祖父。在叙述中，华人的罪恶遮盖和淡化了这场达雅克人的阴谋，早期华人身上的荒淫、丑恶，如狎妓、抽鸦片、奸淫等，都被重笔呈现出来。

在某种意义上看，作者的叙事心态与叙事方式，决定着被叙之事的发展与结局，决定着被叙说着的人物的性格和命运。马华小说中对印度人、达雅克人的叙事心态与叙事方式，既反映出作为少数族裔的印度人、达雅克人在不同历史时期的生活状况与精神面貌；更反映出不同时期的作者对同处社会边缘的弱势兄弟的心态与看法。

而马华小说中，对马来人的叙事心态与叙事方式，也不仅反映出作为个体的华人与马来人的密切关系与紧密联系；更反映出作为少数族裔的华人对主要族群的复杂心态与希冀。

在面对与叙说当地主要族群与边缘族群、弱势族群时，东南亚华文文学"异族叙事"的族群姿态和书写姿态，表现出某些变化和差异。

1. 族群姿态

面对与叙说主要族群时，"异族叙事"的一种主要姿态，是表达和言说华人族群与主要族群之间的你友我善、互为欣赏、互为扶持、互相信任、共为主人的故事；通过对这类故事的反复表述和言说，叙事者力求建构两者之间的一种具有互补与互动特性的族群关系。

马来西亚作家马崙的小说《槟榔花开》、《摆渡老人》，泰国陈博文的小说《咆哮森林》，菲律宾柯清淡的散文《五月花节》等都是这方面的代表作。《槟榔花开》以一个华人橡胶园为舞台，展现出华、巫两族关系融洽、毫无族群偏见的美好天地。《咆哮森林》借泰人乃功之口，表达出华人的心迹："现在还分什么唐人泰人？实际已经分不清了。"在《五月花节》中，作者通过叙说"我"如何从昔日的看客成为今天"异族文化节日"的领军人物——以高票当选为五月花节的 HERMANO DE MAYOR 庆典的筹备人；讲述了一个"双方由陌生而产生敌对、相持、隔膜……由于长期相处而互相了解，达到了最终的融合，遂成为这另一群人中的成员"的故事。①

　　这类想象与叙事，多采用第一人称叙述方式，"我"既是叙述者，又是当事人，使得"我"与"他们"之间的关系显得更为真实、可信。叙述者还不时从故事中跳出来与读者直接对话，以文学的方式消解和驳斥各种对华人不利的种种负面话语。

　　面对与叙说其他边缘族群、弱势族群时，"异族叙事"呈现出的是一种较为复杂的姿态，曾经经历过叙事角度的反复调整：从"俯瞰"叙事——有意无意地携带某些偏见，到"反思"叙事——自觉清理与反省潜在的偏见，再到"平视"叙事——有意识地行走在"他们"中间。

　　菲律宾、马来西亚、印度尼西亚和泰国都是多民族国家，其中，包括与华人族群身份相近的其他移民族群和生活在边远地区的"土著"族群。他们不仅在政治活动方面的参入度较低，文化、经济的发展也较为落后。

　　相当长时间内，马华小说里的印度人，又称为"吉宁人"，通常是以"外形之丑、习性之恶"的基调被"叙说"："这位印度人平时就有点阴阳怪气的，连话都懒得和人说一句，除了看门，偷喝椰花酒外，就是睡觉。"②"吉宁仔"以诱惑加暴力的方式占有了在野外割茅草的单纯

---

① 柯清淡：《五月花节》，见菲律宾新潮文艺社编选《菲华散文选》，海峡文艺出版社 1985 出版。

② 姚拓：《捉鬼记》，《马华当代文学选（小说）》，马来西亚华人文化协会出版（出版年月不详，约 1982 年或者稍后），第 46 页。

少女林亚格,还以下流的语言侮辱、伤害林亚格。[①]

"她若要来得早,她就有一肠肚理由嫌衣服多了几件,然后一路刷一路叽里咕噜地发牢骚,说要早点做完了这儿的好赶到秦家李家及一位女警官家去抹地板及洗床单,看情形又要迟了。刷子声音不比她的声音低,刘家的几件名牌衬衫就是这样叫她给报销掉。"在商晚筠的《洗衣妇》中,"她"是一个类似于"祥林嫂"的悲剧性人物:起初嫁了个好吃懒做的印度胶工,第二个丈夫"醉起来连老婆都可以大方地陪给人睡",第三丈夫是个贪图享乐而不负责任的男人","凭着一张嘴巴搭上她,把个女儿捏成形了从此便跑天下"[②]。与"祥林嫂"不同的是,"她"的身上多了懒惰而少了勤劳;而作为"下女"的痛苦,则被叙述者嘲讽、戏谑的语气冲淡了。

梁放的《观音》、李永平的《婆罗洲之子》和《拉子妇》等作品,显示出族群姿态的调整。《观音》里有一位耐人寻味的人物——被视作"拉子婆"的阿狗姨。她身材矮小,皮肤黝黑,自小就穿着娘惹装,最终被福来姆寻衅赶出了泥屋。作者从阿狗姨的视角,观察、描述福来姆的言行举止,反观、见证的是华人的虚伪、守旧与冷酷,而不是"拉子婆"的"阴阳怪气"。《婆罗洲之子》,则是从达雅克人的视角,叙述、反省负情的华人给自己混血的儿子——"半个拉子"和他的达雅克人母亲带来的巨大的心灵创伤和人生悲剧。

在《拉子妇》中,叙述焦点集中在一个与华人结婚的达雅克族女人——"拉子妇"身上。"拉子妇""是三叔娶的土妇","长相很好",会讲"唐人"话。"三叔一路来在老远的拉子村里做买卖",就娶了她做妻子。但是,"祖父从家乡出来,刚到沙捞越,听说三叔娶了一个土妇,便赫然震怒,认为三叔玷污了我们李家的门风"。"祖父在家里拍桌子,瞪眼睛,大骂三叔是'畜牲'"。"三婶敬茶时没有跪下去,祖父脸色突然一变,一手将茶盘拍翻,把茶泼了拉子婶一脸。"八年后,三

---

① 见温祥英《角色》,《马华当代文学选(小说)》,马来西亚华人文化协会出版(出版年月不详大约1982年或者稍后),第189—204页。

② 商晚筠:《洗衣妇》,《马华当代文学选(小说)》,马来西亚华人文化协会出版(约1982年或者稍后),第459—462页。

叔为了再娶一个 18 岁的"唐人"姑娘，决定把"拉子妇"和她的孩子送回长屋去，他竟然振振有词地说："拉子妇天生贱种，怎好做一世老婆？""生下的孩子，也是'半唐半拉'，人家见了就吐口水，他妈的！"又过了两年，拉子婶静静地死去了——死于病痛，死于孤独，死于遗弃。①

　　叙述者作为故事中的第三代华人，通过对"祖父"和"三叔"种种言行的描述，对"自我"在与"族群杂居"中的"丑恶"，而不是"拉子妇"的"丑恶"，进行了深刻的"反思"与批评。

　　驼铃的《下女》、碧澄的《迷茫》、陈绍安的《古巴列传》、风子的《长屋的哀伤》、沈庆旺的《哭乡的图腾》等作品，则显示出"异族叙事"中族群姿态的再次调整：从"反思"与"异族"相处中"自我"的"丑恶"，调整到有意识地行走在"他们"中间。

　　《迷茫》里的印度青年古玛，是一个正直、有责任感、勤劳、爱家庭、爱妻子的男人。妻子受到惊吓时，"古玛握着她的手，柔声地说，'我是你的丈夫，我会保护你的，你不必怕，有什么事情，你只管说出来！'"②《古巴列传》则用一种诙谐的语气塑造了一个富有正义感和具有英雄气质的印度人形象：他正义、勇敢，追求平等又具有理性。在当局强行拆除华人的木屋——"槟榔阿当"的时候，"古巴一口流利英语、国语再加上什么人权、人道理论把政府官员噼里啪啦得一个个瞠目结舌，一举成为木屋居民以来的大柱子"，"一个在华人区崛起的黑皮英雄，以福建话纵横民间，以国、英语对抗官方，以半生不熟的华语争取华人的认同与亲近"③。

　　诗歌也以行走在他们中间的姿态，参与了"平行"叙事。《长屋的哀伤》，这样叙说着"他们"与"我们"：

　　　　没有籍贯的子孙

---

　　① 李永平：《拉子妇》，见《李永平作品集》，马来西亚婆罗洲文化出版局 1978 年版。

　　② 碧澄：《迷茫》，见《碧澄文集》，鹭江出版社 1995 年版，第 140 页。

　　③ 陈绍安：《古巴列传》，选自《马华文学大系·短篇小说卷》（1981—1996），马来西亚彩虹出版社 2001 年版，第 71—84 页。

同饮一江的水
不同的泪
流着相同的哀伤

掺杂文明语的乡音
喝相同的酒
相同的醉
醺醺地躺在
被暴阳烤得骚热的长屋里①

　　以原住民为题材的诗集《哭乡的图腾》，"在马华文学中可能是第一部"。"诗集中的许多篇章，一方面写出山林族群在文明狂潮下的命运浮沉，一方面也写出他们的无助感和挫折感。"正如石问亭所指出的：作者"除去其诗人身份，完全化入达雅克族群一边来看这次的'加威安都'，承担他们的忧愁、烦恼"。"作为一个头脑清醒的诗人，沈庆旺是带着同情心与不平心去描写山林族群在过渡向文明的荆棘路上所经历的惶惑与痛苦，这种同情心与不平心乃源于'共饮一江水'的兄弟般感情。"②

　　这种以"承担他们的忧愁、烦恼"、"完全化入达雅克族群一边"为特征的"平视"叙事，明显不同于过去以"妖魔化"为特征的"俯瞰"叙事，即便与李永平为代表的"去妖魔化"为特征的"反思"叙事相比，就"族群姿态"而言，也展现出一些差异。

　　2. 书写姿态

　　"异族叙事"中的族群姿态，必然会影响和反映在"异族叙事"的书写姿态之中；换句话说，"异族叙事"中的书写姿态，有可能也有必

---

① 沈庆旺：《长屋的哀伤》，《犀鸟文艺电子文库》，Hornbill Literary Electronic Library, Sarawak, Sibu, Malaysia, http：//ftp. sarawak. com. my/org/hornbill。

② 石问亭：《焉知舞者止于舞乎？——沈庆旺〈加威安都〉的表现与局限》，《犀鸟文艺电子文库》，Horobill Literary Electronic Library, Sarawak, Sibu, Malaysia http：// ftp. sarawak. com. my/org/hornbill。

要反映与实现"异族叙事"的族群姿态。

首先,"书写""族群杂居"中的主要族群,叙述者往往会十分小心、谨慎:以"正面书写"为"主线","反面书写"即便存在,也往往会被安排和处理成"副线"。这种以"正面书写"为主,又内含"反面书写"的"迂回式"书写姿态,一方面,能够与"异族叙事"中的族群姿态密切配合,另一方面,又使得面对主要族群的异族"书写",获得了较大的发挥空间,从而有可能成功地创造出一大批异族的"浪子"故事,当然,从"书写"的"主线"来看,还是"回头浪子"的故事。

所谓"浪子",一般分为两类:一为生活困窘、遭遇不幸的异族女性——"热情"、"奔放",往往缺失贞操观念和家庭责任感,如菲律宾作家查理《莉莉》中的莉莉、苇人《芒果》中的"她"——"像只成熟了的芒果"般美丽、热情,又像一只"烂熟的芒果"般茫然和随意,"也许是又走到另一株芒果树下,或者是走到另一个男人的窗前"①;二为胡作非为、称霸一方的异族男性——好吃懒做,缺乏责任心,如陈经时的《留学梦》中的马溜,董君君《她从希腊归来》中的"丈夫",印度尼西亚作家袁霓《叔公》中的"叔公",高鹰《扎根》中的马占,陈博文《放下屠刀》中的"继父",马来西亚作家碧澄《未写出的信》中的山尼等。

作为"书写"的"副线",叙说"浪子"往往只是故事的前奏,叙说"浪子"的回头,尤其是叙说"浪子"如何"回头",往往才是故事的"主线"。

"叔公"是一个"不停的惹事、打架、闹事",甚至还"拦路抢劫"的"老江湖"。他率全家长期住在"我"家,房租、水电费全免,还常常"恩将仇报"。当"叔公"惹事时,"我父亲"却一次次去警局为他疏通。正所谓"日久见人心","叔公"终于良心发现,改邪归正后和"我们"由仇敌变成了亲人。

---

① 苇人:《芒果》,见施颖洲主编《菲华文艺(三)》,菲律宾菲华文艺协会1992年版,第431页。

　　马占是当地出名的"地痞贼头"，杀人放火、明抢暗夺，无恶不作。他深夜行刺华人，身负重伤的智刚却以慈悲为怀，主动撤诉。马占被他人追杀时，智刚则以德报怨，伸手相助。这位无恶不作的"浪子"终于被智刚感化，成为"智刚"的朋友和助手。

　　通过这种"副线"、"主线"的书写，叙述的不仅是"浪子"的"回头"，更是"浪子"的如何"回头"；进一步而言，则是你友我善、互为欣赏、互为扶持、互相信任、共为主人之局面的来之不易，是华人在建构这种具有互补与互动特性的族群关系中的如何艰辛与如何努力。

　　其次，"书写""族群杂居"中的其他移民族群和"土著"族群，叙述者的心态往往较为舒展、自然，叙事手法也较为直接、多样。不论是"正面书写"还是"反面书写"，一般都会一条线索贯穿到底，如对"吉宁人""丑恶"的书写，对造成"半个拉子"、"拉子妇"悲剧的华人的自身"丑恶"的书写，往往都会淋漓尽致、入木三分，给人以触目惊心之感。

二　在钢丝上行走的"继子"

　　"我在哪里？"
　　"我是谁？"①
　　在《乌暗暝》中，黄锦树曾经这样追问。
　　放大了来看，这也可以是对东南亚华文文学中"异族叙事"的文化身份的一种思考和追问。"我在哪里"，就"异族叙事"而言，也许需要思考和追问的是作为叙事主体的"我"的"心"在那里，也就是，面对、应对被叙之"事"，"我"的"心态"如何？
　　在面对、叙说边远族群和弱势族群时，"异族叙事"的种种"姿态"，似乎已经自觉、不自觉地透露出华人在"族群杂居"境遇中的一些优越感。例如：对"吉宁人"、"拉子"、"拉子妇"，以至对混血儿"半个拉子"的习惯说法和描述——经济状况低下，"外形之丑、习性之恶"："他们——吉宁人——生活真可怜，竟和牛马没有什么两样。

而工作率又极小，整天辛劳，所做的寥寥无几。"① "他那蓬乱的头发，散在肩上，黝黑的肤肉，涂着油黏黏的液汁，说话像鬼叫的咽啼，还有，还有那五花十色的纱笼，如袈裟，简直像鬼一样可怕。"② 这类贬抑性和决断性的词汇，暗示这种生理特征和习性，曾经一度成为某种想象的规范。这种想象方式与叙说方式，凸显的正是那个身为华人的"我"忽隐忽现的自我优越感。

"她是一个好人"，"一生中大约不曾大声地说过一句话"。这是《拉子妇》中的叙述者在"反思"过程中对"拉子妇"的评述。但是，"那时我还小，跟着哥哥姐姐们喊她拉子婶。一直到懂事，我才体会到这两个字所带来的轻蔑的意味，但是已经喊上口了，总是改不来；并且，倘若我不喊拉子，而用另外一个好听的，友善的名词代替它，中国人会感到很别扭的"；"我现在明白了。没有什么庄严伟大的原因，只因为拉子妇是一个拉子，一个微不足道的拉子！对一个死去的拉子妇表示过分的哀悼，有失高贵的中国人的身份呵！"③

透过《拉子妇》的这种"反思"，我们可以看到"我"的"优越感"，不仅由来已久，而且已经到了何等盲目与病态的程度。

在面对、叙说主要族群时，"异族叙事"的种种"姿态"，则自觉、不自觉地透露出华人在"族群杂居"境遇中的某些恐惧感。

例如，小心翼翼、如履薄冰的族群姿态与书写姿态，已经泄漏出了"我"的恐惧感；"异族叙事"中的一些"禁忌"和"诗意化"特色，更强化着"我"的恐惧感。

黄东平书写"战前"与"战时"的故事，充满自信与潇洒之气；书写"战后"的故事，则变得小心翼翼，充满隐喻，黑、夜、海、血，这些常被展现在诗歌中的"意象"，反复地出现在他的作品中，呈现出一种明显的"诗意化"特征。

"黑暗"、"寒冷"、"鬼魅"、"死亡"等意象，也较为普遍地存在于马华散文的诸多主题书写中，鬼魅意象成为许多作家不约而同的选

① 冷笑：《热闹人间》，《南洋商报》副刊《海丝》1927年10月。
② 秋红：《旅星杂话：吉宁人》，《南洋时报》副刊《狮声》1933年5月19日。
③ 李永平：《拉子妇》，见《李永平作品集》，马来西亚婆罗洲文化出版局1978年版。

择，它以强烈的隐喻性与文本的文化意义生产。除此之外，文本中频繁出现的相关的鬼魅意象就是"死亡"，"死亡"的主题或者意象在众多作家的笔下得到反复渲染、淋漓刻画，而且多与凄冷林立的墓碑、墓群和各种隐喻不同的仪式相连，或多或少带有阴森恐怖的色彩①。

黄锦树这样述说"胶林"与"恐惧"："收在集子里的《乌暗暝》和《非法移民》对我而言最大意义就在于相当程度的记录了我及家人多年胶林生活灯火恐惧，……它凝结了极大的痛苦和无奈在里头。"胶林深处的"生活不正隐喻了大部分马华人长期生活在敌意的环境下的无名的恐惧？"②

这些"姿态"、"特色"和"说法"，共同透露与强化着的正是"我"在"异族叙事"中的无法掩饰与消解的一种心态——恐惧。王德威将之称为"原罪恐惧"："移民是否终将沦为夷民"③，这样一种由华人的"身份"与"血缘"所决定，与生俱来的，多少有些类似"向死而生"的恐惧。

"我是谁"，就"异族叙事"而言，需要思考和追问的是作为叙事主体"我"的"身份"和"我"对自我身份的感知。

在论及海外华人的处境时，王赓武曾经指出："请注意'困境'一词的使用，它来自于大多数作家都以这种或那种方式对自己变化的、暧昧的华人身份有自我意识的事实。""对海外华人来说，解决问题的出路之一就是回到中国去使压力降到最低。另一种办法就是干脆不当华人，彻底与入籍国同化。但是，只要他们坚持某种华人认同，或者允许其他人以某种方式给自己贴上华人的标签，他们就将继续生活在困境当中。"④

东南亚华文作家面对的也正是这种困境：一方面，他们利用各种机

---

① 参见李薇、袁勇麟《盘旋的魅影——试论马华散文中的鬼魅意象》，《华文文学》2004年第5期（总第64期）。

② 黄锦树：《非写不可的理由（自序）》，见小说集《乌暗暝》，台湾九歌出版社有限公司1997年版。

③ 王德威：《原乡想象，浪子文学——李永平论》，《江苏社会科学》2004年第4期。

④ 王赓武：《无以解脱的困境？》，《读书》2004年第10期。

会极力诉说着，有时还是小心翼翼地述说着"我"对于本土化的愿望和喜悦、对于本土的热爱和效忠；另一方面，又无可奈何地，当然更是小心翼翼地述说如何备受限制、压力，明显地表现出"我"的无所适从——一种类似于"继子"的感受。

袁霓曾经这样表达"我"的情感和心声：

> 我想不明白怎么
> 我与我的上代又上上代
> 命运
> 竟被风雨
> 铸成相同的模式
> 一样的生活
> 一样的苦难
> 一样的忧伤
> 一波又一波
> 重复又重复了的
> 形形色色的非难
> 能够承受的都已承受
> 包括自尊
> 都已经典当尽了[①]

作为在印度尼西亚生活的第五代华人，经历了本土教育和长期的、实在的"同化"之路，却无法拥有一个稳固的本土身份，作者以"痛苦地忍受"、"在艰难中挣扎"这类意象，对一代又一代华人被驱逐到本土的边缘、成为社会"继子"的角色与命运，抱有深深的忧思。

现在，我们也许可以归纳一下对"异族叙事"中"我"的思考和追问：

"我在哪里?"——"我"，在由优越感和恐惧感织成的钢丝上

---

① 袁霓：《男人是一幅画》，印尼文学社 2001 年版，第 94 页。

行走。

"我是谁?"——"我",是一个情感复杂且在钢丝上艰难行走的"继子"。

在相当长的时间内,"异族叙事"中的"我",就是这样:在由优越感和恐惧感共同织成的钢丝上行走;以"继子"的心态和身份,在堪称"困境"的"高空"进行着高难度、高水准"表演"。

三　戴着与松解"镣铐"的舞蹈

与叙事"姿态"和叙事"身份"相适应,叙事者往往采取了一些特殊的艺术策略。

1. 通过"过滤"——内化与净化,自觉不自觉地将自己的审美理想渗透在叙述过程之中,使异族的"他者"形象具有华化色彩。

菲律宾作家黄梅的《齐人老康》中的玛利亚,是一个反映着"华侨文学""审美理想"的异族形象。番客老康的菲律宾妻子玛利亚,贤良淑德。为了让六个孩子都能顺利地完成学业,"亏得这个做母亲的四处奔走张罗,学校和宗亲会的贫寒补助金,她都去申请过"①。得知丈夫的发妻要来菲律宾,玛利亚体贴地为他们夫妻俩收拾了一间房间,让他们可以重续旧情。这位菲律宾的玛利亚,身上不仅彰显的是中国传统妇女的温柔敦厚与善良驯服,还透露出华侨社会"番客们"对历史造就的"一夫二妻"现象合理化的愿望。

亚蓝的小说《英治吾妻》、《唐山来客》中的异族女性,也都带有某些"华化"的特质:她们身上都有一种中国传统妇女节俭持家的美德与吃苦耐劳的韧性,是华人在异地的生活上的理想伴侣。

2. 在建构二元对立式关系过程中消解二元对立。

在泰国华文文学中,当华人与"泰人"相遇时,总是呈现出一种"思想"对立的关系:华人是启蒙者、同情者,"泰人"多是被启蒙者、被同情者。作品中的"我",多以"雇主"、"经理"的身份,讲述一

---

① 黄梅:《齐人老康》,见施颖洲主编《菲华文艺(三)》,菲律宾菲华文艺协会1992年版。

个"共同经验"：在"杂居"环境中"泰人"生活的可悲与可怜。但是，二者之间的"经济"关系，有可能随着叙事的过程被适当消解。

当"华人"与"泰人"相遇时，多是呈现出一种"经济"对立的关系：要么是剥削者，要么是被剥削者。这时，华人自然站在受害者或被剥削者一边。

3. 双重肯定：对异族"弱者"充满同情，对华人既有批评也不失赞美。

郑金华的小说对社会痼疾有着强烈的批判意识，常能言他人之所不言。他采取的双重肯定的叙事策略，有着一定的代表性：在正视矛盾、揭示矛盾的同时，也化解着矛盾。

在《农村的故事》中，叙述者"我"目睹了一件尴尬的事情：少女西蒂被强奸了。经过众人的反复追问，西蒂的母亲阿米娜终于道出了真相，是碾米店老板华人杜老伯的儿子杜亚地"造的孽"。

杜老伯靠勤勉起家，同时还广施财物，有着较高的威望。西蒂一家人生活贫困，靠人救济。这篇小说触摸到了华人历史中隐秘的哀痛：某些华人依仗自己的经济实力，对社会的弱势群体有过不公，而这已渐渐在异族中形成一种负面的公众记忆。在自我反省意识之下，文本对华人的某些劣性进行了透视，并暗示如果不克制、改变，来自他族的烈焰就将燃成熊熊大火，伤及无辜者。

叙述者对事件的发展又作了策略性处理。首先，叙述者对这一事件的发生场域——山村的美好人性表现出由衷的眷念和赞美："村中的人情味浓得叫人化都化不开"。其次，对杜老伯和他的儿子也满怀赞誉："杜老伯热衷于教育事业，虽是文盲，钱倒捐了不少，村里人说，学校就是他的第二个家"；儿子杜亚地"这个中年汉子很直，但很善良"①。

当山村因强奸事件而沸腾时，叙述者的声音一定程度上控制了读者对文本的理解和接受，也成为杜亚地的护身符：山人的淳朴足以消除恶意的种族偏见，避免着事态的恶性发展；华人的美德则遮蔽了其身上的罪孽。并且，杜亚地被设定为一个弱智男人，西蒂也被描述成一个白痴

---

① 郑金华：《农村的故事》，《金梅子短篇小说集》，曙光出版社1998年版。

少女，事件的道德因素被相对缓解；同时。男方主动要求缔结婚约，西
蒂也就嫁给了杜亚地。原本"沸腾"的山村，在喜宴中恢复了往日的
平静。叙述者含糊而又明晰的态度：对"我"和"他者"的双重肯定，
既是消解矛盾的一种机智，也是以往高压环境所造就的谨慎之延续。

可见"异族叙事"的种种姿态、艺术策略，都与东南亚华人的现
实"困境"与文化身份有着紧密的联系。需要补充的是，不应该忽视，
一个以和平与发展为特征的中国的不断崛起、所在国族群政策可能的变
化，以及华人不断调整自我"身份"的主观要求，已经为和将要为东
南亚华文文学"异族叙事"带来冲击和变化。

换句话说，"困境"与"身份"有可能发生的变化，将会对"异族
叙事"的姿态、艺术策略产生重大的影响。例如，小黑《细雨纷纷》
对敏感题材的叙说，驼铃《板桥上》对马来"家庭生活"的叙说等。
尤其是新近获得第八届花踪文学奖马华小说佳作奖的《人人需要博士
夏》，虽然从艺术上看，算不上非常出彩，但是，作品涉及的主题和所
采用的叙事方式，却让人耳目一新。小说通过对议员"那兹兰"丑行
的大胆叙说，"以调侃的笔调和荒谬的情节来写马来西亚种族政治的悲
情"，"带出马来西亚华、巫族群课题或国情的荒谬、不公，夹带嘲讽
与怜悯"①。可以说，在这种大胆、直率的"异族叙事"中，"继子"
的恐惧感明显减退，"我"已经开始以接近"亲子"的口吻、方式，叙
说过去不能叙说和不敢叙说的敏感"故事"。

这些来自族群之外与来自族群之内的变化，将促使东南亚华文文
学——作为所在国的一种少数族裔文学——的"异族叙事"，既能够更
好地"戴着""镣铐"舞蹈，又有可能"松开"或者是"拿着""镣
铐"舞蹈，从而，变化得更有艺术张力和魅力。

四　在趋异与共生中发展

以文学建构"自我"，以文学争取文学的地位乃至族群的地位，是

---

① 傅承得：《第八届花踪文学奖马华小说奖决审记录——开政治的玩笑》，见《星洲日
报·文艺春秋》2006 年 3 月 19 日，林宝玲整理。

东南亚国家华人族群文学的重要使命。作为所在国少数族群文学的华人族群文学，对于文学建构"自我"的方式、内容分外重视，既要广泛吸纳与应对东南亚社会各种非华人的价值观，以争取合法地、长久地生存下来，又要保持华人文化的基本认同，以确保在多元民族文化中独特的"华"性特征。因此，华人文学与华裔文学的不断互动、相互靠拢，首先表现为文学中"自我"意识的不断互动与相互靠拢。

华裔文学作家，在居住国出生、长大，从小便拥有居住国的国籍，他们很自然地认为自己生来就是所在国的国民，故乡不在中国，故乡就是他们的出生地、居住地。在他们的文学观念中，"家"与国，"乡"与国，已经较为自然地糅合在一起，而且，也应该糅合在一起。

华人文学，曾经带有浓厚的华侨文学气息。在相当长的时间内，许多华人作家，并非主动，而是被迫入籍，所以，往往是身入心未入。在他们的文学观念中，"家"与国，"乡"与国，往往呈现出一种游离或者分离。对于这样的华人文学作家而言，所谓"本土化的进程"，只能是一个反复振荡、充满矛盾的缓慢过程。

然而，随着时间的流逝，东南亚的华人社会发生了变化，而且是多元的变化：他们"活跃于政治、文化、社会诸领域，加强与居住国的融合程度。从前者到后者的变化，是巨大的变化，也是土著化的进程"[1]；他们以文学的方式，"探索了一种作为华人效忠正在为建立国家而奋斗的入籍国的新感受，或者强调他们必须重新确立自己作为华裔或者华裔国民的身份"[2]。

从菲律宾作家庄子明的两篇小说中，我们可以窥见这种"融合"前后"巨大的变化"，感受到在"土著化的进程"中，华人作家文学观念变化的轨迹。

在早年创作的短篇小说《卖身契》中，庄子明通过老华侨阿李穿着"描笼大家乐"衣衫，在入籍宣誓前后的思想矛盾，以"卖身契"为题，形象地反映出当时华人的入籍心态：

---

① 蔡苏龙、牛秋实：《"华侨""华人"的概念与定义：话语的变迁》，《云梦学刊》2002 年第 11 期。

② 王庚武：《无以解脱的困境?》，《读书》2004 年第 10 期。

　　入籍宣誓之前，"他静坐沉思，感触人生虽满百岁，如今已是活过大半数；还得重新做人，真是不甘心！一时情绪冲动，几乎要站起折回家去。可是，耳朵里却响起了老妻三番五次的唠叨：'老顽固啊，环境变迁啦；再不看风扯帆，抓住机会改换身份，日后只有一条路好走——你当和尚，我做尼姑……'"

　　"连带想到靠薪水过日子，不是根本生计；许多年来筹措经营一间小店铺，还有孩子们考大学和就业……一大堆现实问题，入籍是唯一的答案。他轻轻叹息一声，还是坐在长凳上。"

　　入籍宣誓之后，阿李从检察官手中接受入籍的证书的一刹那，想起自己小学毕业时，从校长手中接过的文凭，代表全班同学演讲："我要做一个伟大的中国人，效法岳飞，尽忠报国……"① 这一颇具自嘲意味的情节，正如文志在诗中所描写的一样："两面被煎熬，都是鱼的骨肉"②；折射出的是这一批华人无法表达的痛苦——既有对"挥别"中国的难舍，亦有对入籍当地的抗拒。从某种意义上说，如果我们把作品中人物的"历史"看做是作者本身心灵历程的反映的话，阿李的矛盾也隐现着作者本身的矛盾。

　　时隔二十年，庄子明的小说《光荣的故事》与当年《卖身契》所表述的心境形成了巨大的反差。小说中的主角阿兴，是一个开小杂货店的菲律宾华人，阿兴的故事，就是当年"阿李"故事的延续，阿兴这个人物，也可以说是"阿李"的当代"化身"。

　　凭着自己的勤奋与拼搏，阿兴的小杂货店不仅维持了一家人的生活，还供养儿子志强读了医科大学。志强接到征召，前往战地服务。在一次执行任务时，志强不幸误踩地雷，为国牺牲。在纪念殉难军人大会上，伤痛万分的阿兴，受到全体官兵的尊敬，陆军总司令也向阿兴致以最崇高的敬礼。这时的阿兴，"作为父亲他也感觉到无限的骄傲，最后他把国家颁发给他的抚恤金捐赠给其他殉难军人的遗属。阿兴在此已经不仅领悟到的是光荣的含义，更是一个菲律宾公民的职责与义务"。

----

① 　庄子明：《卖身契》，见施颖洲《菲华文艺》，菲律宾菲华文艺协会1992年版。
② 　文志：《煎鱼》，见《千岛诗选》，菲律宾千岛诗社1991年版。

　　此时的阿兴，发出了新的感叹："自己的儿子为国牺牲，他尽了国民的责任和义务。"①

　　同样的主题，也表现在柯清淡的小说《两代人》中。读大学的儿子，正在参加军训，回到家中，向父亲"我"提出了一个尖锐的问题："当中菲两个对南沙的争执时，自己应该站在哪一方，究竟是要效忠菲律宾还是中国？"面对儿子的询问，"我"不禁回忆起当年，台湾与菲律宾为南沙群岛发生争夺的时候，"我"毅然将"可看五场电影和可吃五碗牛肉羹"的十块比索，捐给华侨社会，资助台湾派遣海军，去镇守群岛中最大的"太平岛"。然而今天，面对着儿子询问，"我"只能"用颤抖的手燃起一根香烟，感慨地说：'这个国家是你永远生活下去的地方，你应该跟土著不分彼此，亲如家人。'""你既然已成为一个菲律宾的学生军，照说要服从国家的号召！"②

　　上述叙述，虽然始终围绕着的是一个假设的问题，但是，却是一个非常敏感的问题；是正在转变心态的东南亚华人最难言说，又不得不言说的问题。言说中的"我"，小心翼翼地使用的"照说要"这三个字，已然泄露出"我"的内心痛楚与无奈，与"学生军"的儿子的想法仍然存在有某些距离，但还是表明这时的"我"，已经不是刚入籍时的"我"；在一种不得不作出的选择中，已经选择了效忠菲律宾而不是中国。

　　就作为所在国国民的"效忠"而言，如果说"我"可能代表着大多数华人，"儿子"可能代表着大多数华裔，那么，这"两代人"之间仍然有着某些差异，但是，这种差异正在日益缩小。而且，差异的关键已经不是"效忠"与否，而只是在特定情形中，对"效忠"的表达：是自然，还是稍有犹豫。

　　以文学参与文化建构，以文学争取文学的地位乃至族群的地位，是华人族群文学的重要使命。作为所在国少数族群文学的华人族群文学，对于文学的文化选择、文学的文化朝向分外重视，既要广泛吸纳与应对

东南亚社会各种非华人的价值观，以争取合法地、长久地生存下来，又要保持华人文化的基本认同，以确保在多元民族文化中独特的"华"性特征。因此，华人文学与华裔文学的不断互动、靠拢，也带动了文学中文化意识的不断互动、碰撞，形成一种同中有异、异中有同的新气象。

随着社会的发展，华人族群在当地的生存与生活条件有了改善，获得了较好的发展前景。但是华人文学作家与华裔文学作家，同属所在国的少数族群——华人族群。作为一个"移植"而来的少数族群的"一员"，边缘处境、边缘化趋势，始终是他们在发展中的忧虑，在亮丽中的阴影；加之，他们头顶着一个共同的"华"字——只愿"融合"，不愿"同化"；不可能"回到中国"，更不愿放弃华文写作；他们只能将自己"献身"于这样的双重"困境"之中。

为了走出边缘，退一步说，为了防止被进一步边缘化，华人文学作家与华裔文学作家，不得不共同站在所在国少数族群——华人族群的立场上，思考与谋求建设与发展华人的族群文化与文学。为了保持华人文化的基本认同，以确保在多元民族文化中独特的"华"性特征，华人文学作家与华裔文学作家，显示出"同"中之"异"。

例如，都是以文学的方式"望乡"，华人文学所"望"之"乡"，是由给予他们童年、亲情、事业与政治身份的祖国——入籍国，以及赋予他们血统与文化身份的故国——中国构成的二元之乡。政治身份与文化身份的二重性，导致了华人文学所"望"之"乡"的分裂。东南亚的岛与村、镇与城，虽然也成为了文学中的实体性"故乡"，承载着作家的部分童年和亲情；作家所在的"新兴国家"，虽然成为了他们唯一的祖国，承载着他们的事业和生命。但是，文化中国——具有"原根"意味的中国传统与文化，仍然是华人作家的心灵与精神的归依与"故乡"。所以，华人文学的所"望"之"乡"，具有某种二元性、过渡性、模糊性；但是，非常明确的是，它已经不再属于中国文学的海外"叙事"，已经以过渡的方式，走向了东南亚文学的"在地""叙事"。

华裔文学所"望"之"乡"，是一个新的一体化之"乡"，由给予他们生命、童年、亲情、事业与政治身份的祖国，以及他们正在追寻、

建构的国家文化框架中的华族文化所构成的实体性与精神性二者合一的
"故乡"。在华裔文学的"望乡"叙事中，中国不再被视作华裔自己的
故乡，而已经演化为华裔祖辈的"原乡"。这个"原乡"，曾经存在于
祖辈们成长的经验与历史里，属于祖辈的记忆图像；现在已经虚化为一
个"引以为傲、引以为荣的名字"①。这个"原乡"，具有"神话"的
意味，"在本质上意味着乐园形式的家乡"②。这个"原乡"，作为一个
抽象的历史背影，再难以承担得起遥远的乡愁，更多的是作为一种见
证：见证他们的祖辈从安土重迁的中国出走海外、漂泊南洋的辛酸，也
见证着他们在融入"在地"遭遇坎坷与挫折时的迷茫。华裔文学的所
"望"之"乡"，"放逐"了华人文学所"望"之"乡"中的那种二元
性、过渡性与模糊性；以非常明确的方式表明，它在诞生之日，就成为
了东南亚华文文学的"在地""叙事"。

　　与此同时，华裔文学作家，主张以"树"与"树"，而不是"树"
与"根"，更不是"枝"与"树"的关系，来比喻正在建设中的华族
文化与中华文化的关系。在这样一个的变动着的文化视野中，"文化中
国"受到种种新的审视，并且，辅之以"舍近求远"与"重审"经典
的具体"路径"。

　　所谓"舍近求远"，就是与中国"五四"文学拉开距离，以抗拒所
谓"大中原中心文化"的影响，强调华族文学的国籍归属；同时，又
要从中华五千年来的历史、文化、艺术积淀中汲取营养，以使华族文学
区别于其他族群文学。就是说，中国古代的辉煌文明和悠久的历史积
累，被认为是巨大的资源深井，仍然为海外华人世代所求、所用。所谓
"重审"经典，就是既要"重审"中国经典，也要"重审"所在地经
典；既要"重审"经典作家，也要"重审"经典作品；在"重审"的
过程中，重新整合作为少数族群文学——华人族裔文学的"在地"与
异地资源。

---

　　① 小四：《菲律宾才是我的乡愁》，见《菲华文学（四）》，菲律宾柯俊智文教基金会
1994 年版。

　　② 林幸谦：《狂欢与破碎——原乡神话》，见钟怡雯主编《马华当代散文选》（1990—
1995），台湾文史哲出版社 1996 年版，第 26 页。

　　为了广泛吸纳与应对东南亚社会各种非华人的价值观,以争取合法、长久地生存下来;华人文学作家与华裔文学作家,还在"异"中显示出"同"。作为所在国的少数族群,东南亚华人的"困境",还体现在遭遇着来自族群之外与族群之内的"病态"心理的两面夹击。曹云华指出:"可以把东南亚国家当地民族的华人观用一句话来概括,那就是对华人的优秀的民族特性有一种历史形成的恐惧感和对本民族在数世纪以来一直处于无权地位时形成的自卑心理,是一些东南亚国家制定带有偏见和仇视的华人政策的最深刻的思想根源。此外,在华人社会中普遍存在的那种病态的优越感,或者叫大民族沙文主义则从另一方面刺激了东南亚各国当地民族的对华人的恐惧心理,促成各国政府制定和推行对华人带有明显偏见的各项政策。"①

　　在自觉反驳与清理这些"病态"心理,建立华人新形象、新观念,尤其是在建立华人族裔文学的文化意识的实践中,例如,在对"父亲"的重写与对"异族叙事"姿态的调整中,都可以看出华人文学作家与华裔文学作家的携手奋斗、不断互动与相互靠拢。

　　在东南亚华文文学中,"父亲"的故事,尤其是故事中的"父亲",往往具有多重含意:既象征着,甚至是代表着华人祖辈及其子孙身上携带着和心中流淌着的中国血缘与文化基因;同时,也蕴含着不同时期的作者对"父亲"所象征、所代表的思想内涵的种种看法、立场与心态。因此,从某种程度上看,华文文学中的"父亲"叙事,既是作者对"这一位父亲"具体、生动的描述和言说,更蕴含着作者对"这一位父亲"所代表的"父辈"文化的一种观察和态度。

　　从文学中"父亲"形象的演变来看,呈现出这样一个序列:强势的"父亲"、"弱势"的"父亲"、被审视的"父亲"。从叙述方式来看,强势的"父亲"往往被英雄化、被硬汉化;"弱势"的"父亲",往往被老化、被弱化;被审视的"父亲",往往被陌生化、被堕落化。从"父""子"关系的变化来看,早期较为常见的是高大的"父亲"

---

　　①　曹云华:《变异与保持——东南亚华人的文化适应》,中国华侨出版社 2001 年版,第93 页。

与狭隘的"儿子";"父亲"走向"弱势"之后,较为常见的是的"矮化"的"父亲"与成长中的"儿子"。

从高大、完美的父辈形象,到矮化、偏执的父辈形象,从小气、偏执的"子辈"形象,到善于观察、较为理性的"子辈"形象;这一变化,多少带有一些中国"五四"文学中"弑父"的含意。但是,东南亚华文文学中的"弑父",不同于中国"五四"文学中的"弑父"。这不仅仅是由于半个多世纪的时间流逝形成的时代差异,更是由于空间转换,所谓"弑父"的目的性差异。"五四"文学中的"弑父",目的是反对中国的封建主义;东南亚华文文学中的"弑父",目的是消解华人中曾经流行、当今仍然阻碍着华人顺利地融入所在国族群的"病态的优越感"。因此,前者的"弑父",针对的是制度、社会,是你死我活的,是异常决绝的;后者针对的是观念、思想,是逐渐摸索的,也是逐渐推进的。

在这样一个逐渐演进的所谓"弑父"的浪潮中,尽管"儿子"的成长,还有待时日;但是"父亲"的衰老、"儿子"的独立,以及"父与子"地位的转换,已经反映出作者文化意识的嬗变,反映出东南亚华人社会,包括华人作家与华裔作家对族群交往中"自我"意识的一种重新定位与反思。

东南亚华文作家,无论他们如何调整心态、调整文学的文化取向,从根本上看,他们仍然处在"困境"之中。恰如王赓武所指出的:"虽然每一个时代都有各自特定的困境,他们每个作家群的困境的来源却是相同的……对海外华人来说,解决问题的出路之一就是回到中国去使压力降到最低。另一种办法就是干脆不当华人,彻底与入籍国同化。但是,只要他们坚持某种华人认同,或者允许其他人以某种方式给自己贴上华人的标签,他们就将继续生活在困境当中。只要他们以华人或者海外华人的身份写作,而不论他们是在东南亚还是北美,困境就不会得到解脱。"① 因此,东南亚华文文学与作家的所谓"困境",既是来自他们的"内心",又是来自他们作为所在国少数族群的华人的身份。

---

① 王赓武:《无以解脱的困境?》,《读书》2004 年第 10 期。

　　知难为而不得不为——在难以逆转的"困境"中，奋力而为；向外争权利、求公正，向内克"病态"、强自身；以华人族群文学的面貌，以不断调整甚或转型的姿态，谋求作为所在国少数族群文学生存、发展的权利与质量，谋求作为所在国少数族群文化生存、发展的权利与质量；这就是我们不断观察，并试图言说的——在趋异与共生之中，不断发展与变化的东南亚华文文学。

参 考 文 献

一、作家作品

1. 《作协短篇小说选》，马来西亚写作人（华人）协会 1980 年版

2. 爱薇：《落日故人情》，马来西亚文学书屋 1984 年版

3. 爱薇：《小镇的故事》，马来西亚南马文艺研究会 1986 年版

4. 《高林风响》，马来西亚华文作家协会 1988 年版

5. 方修编：《马华文学作品选》，马来西亚华校董事联合会总会 1988 年版

6. 静华：《迟到的春天》，马来西亚新亚出版私人有限公司 1989 年版

7. 洪祖秋：《讨海人》，马来西亚新亚出版私人有限公司 1990 年版

8. 爱薇：《回首乡关》，马来西亚南马文艺研究会 1991 年版

9. 商晚筠：《七色水花》，远流出版事业股份有限公司 1991 年版

10. 李天堡：《桃红秋千记》，马来西亚华文作者协会 1993 年版

11. 云里风主编：《最初的梦魇》，现代出版社 1993 年版

12. 黄锦树：《梦与猪与黎明》，台湾九歌出版社有限公司 1994 年版

13. 云里风：《云里风文集》（东南亚华文文学大系·马来西亚卷），鹭江出版社 1995 年版

14. 陈政欣：《陈政欣文集》（东南亚华文文学大系·马来西亚卷），鹭江出版社 1995 年版

15. 马崙：《马崙文集》（东南亚华文文学大系·马来西亚卷），鹭江出版社 1995 年版

16. 甄供：《甄供文集》（东南亚华文文学大系·马来西亚卷），鹭

江出版社 1995 年版

　　17. 马汉：《马汉文集》（东南亚华文文学大系·马来西亚卷），鹭江出版社 1995 年版

　　18. 驼铃：《驼铃文集》（东南亚华文文学大系·马来西亚卷），鹭江出版社 1995 年版

　　19. 曾沛：《曾沛文集》（东南亚华文文学大系·马来西亚卷），鹭江出版社 1995 年版

　　20. 孟沙：《孟沙文集》（东南亚华文文学大系·马来西亚卷），鹭江出版社 1995 年版

　　21. 碧澄：《碧澄文集》（东南亚华文文学大系·马来西亚卷），鹭江出版社 1995 年版

　　22. 李忆莙：《李忆莙文集》（东南亚华文文学大系·马来西亚卷），鹭江出版社 1995 年版

　　23. 陈大为主编：《马华当代诗选》（1990—1994），台湾文史哲出版社 1995 年版

　　24. 田思：《田思散文小说选》，马来西亚沙捞越华族文化协会 1996 年版

　　25. 钟怡雯主编：《马华当代散文选》（1990—1995），台湾文史哲出版社 1996 年版

　　26. 黄锦树：《乌暗暝》，台湾九歌出版社有限公司 1997 年版

　　27. 黄锦树主编：《一衣天涯：马华当代小说选》，台湾九歌出版社有限公司 1998 年版

　　28. 爱薇：《变调的歌》，马来西亚彩虹出版社 1999 年版

　　29. 黎紫书：《天国之门》，台湾麦田出版股份有限公司 1999 年版

　　30. 林幸谦：《诗体的仪式》，台湾九歌出版社有限公司 1999 年版

　　31. 张贵兴：《猴杯》，台湾联合文学出版社有限公司 2000 年版

　　32. 陈大为、钟怡雯主编：《赤道形声——马华文学读本Ⅰ》，台湾万卷楼图书有限公司 2000 年版

　　33. 云里风、戴小华总编：《马华文学大系》，马来西亚彩虹出版社 2001 年版

　　［1］李忆莙主编：《马华文学大系·短篇小说卷》（1965—1980）

　　［2］陈政欣主编：《马华文学大系·短篇小说卷》（1981—1996）

　　［3］马崙主编：《马华文学大系·中长篇小说卷》（1965—1996）

　　［4］碧澄主编：《马华文学大系·散文卷》（1965—1980）

　　［5］小黑主编：《马华文学大系·散文卷》（1980—1996）

　　［6］何乃健主编：《马华文学大系·诗歌卷》（1965—1980）

　　［7］叶啸主编：《马华文学大系·诗歌卷》（1980—1996）

　　［8］柯金德主编：《马华文学大系·剧本卷》（1965—1996）

　　［9］陈应德主编：《马华文学大系·评论卷》（1965—1996）

　　［10］李锦宗主编：《马华文学大系·史料卷》（1965—1996）

34. 林幸谦：《原诗》，香港天地图书有限公司2001年版

35. 黎紫书：《山瘟》，台湾麦田出版股份有限公司2001年版

36. 张贵兴：《我思念的长眠中的南国公主》，台湾麦田出版股份有限公司2001年版

37. 《台港文学选刊·马华文学专辑》2003年第4期

38. 林幸谦：《漂移国土》，马来西亚学而出版社2003年版

39. 陈大为、胡金伦、钟怡雯主编：《赤道回声——马华文学读本II》，台湾万卷楼图书股份有限公司2004年版

40. 林幸谦：《人类是光明的儿子》，马来西亚图书有限公司2004年版

41. 林幸谦：《愤懑年代》，马来西亚图书有限公司2005年版

42. 林幸谦：《千岛南洋》，马来西亚图书有限公司2005年版

43. 温任平总编：《马华当代文学选》（4卷本）（散文选、小说选、诗选、评论选），马来西亚华人文化协会出版，出版年份大约1982年以后，具体不详

44. 黄东平：《七洲洋外》，中国友谊出版公司1986年版

45. 林万里：《结婚季节》，新加坡岛屿出版社1990年版

46. 黄东平：《远离故国的人们》，中国华侨出版公司1990年版

47. 《沙漠上的绿洲》，新加坡岛屿文化出版社1995年版

48. 广月：《广月文集》（东南亚华文文学大系·印度尼西亚卷）

鹭江出版社 1995 年版

49. 白放情：《白放情文集》（东南亚华文文学大系·印度尼西亚卷），鹭江出版社 1995 年版

50. 林万里：《林万里文集》（东南亚华文文学大系·印度尼西亚卷），鹭江出版社 1995 年版

51. 刘以鬯：《印尼华文文学专辑》，《香港文学》1996 年 2 月号

52. 晓彤：《哑弦》，香港《印尼与东协》月刊社 1996 年版

53. 张汉英、秋明月等：《诗集选刊》，香港《印尼与东协》月刊社 1995 年版

54. 立锋：《给我微笑》，香港梦萍出版社 1996 年版

55. 严唯真主编：《翡翠带上》，香港获益出版事业有限公司 1997 年版

56. 林万里选编：《印华短篇小说选》，香港获益出版事业有限公司 1997 年版

57. 袁霓：《花梦》，香港获益出版事业有限公司 1997 年版

58. 阿五：《人约黄昏后》，香港获益出版事业有限公司 1997 年版

59. 曾三清：《挣扎》，香港获益出版事业有限公司 1998 年版

60. 郑金华：《金梅子短篇小说集》，曙光出版社 1998 年版

61. 东瑞选编：《印华微型小说选》，香港获益出版事业有限公司 1998 年版

62. 高鹰选编：《印华散文选》，香港获益出版事业有限公司 1998 年版

63. 立锋选编：《印华诗文选》，香港新绿图书社 1999 年版

64. 碧玲：《摘星梦》，香港获益出版事业有限公司 1999 年版

65. 冯世才：《秋实》，香港获益出版事业有限公司 1999 年版

66. 茜茜丽亚：《只为一个承诺》，香港获益出版事业有限公司 2000 年版

67. 莎萍：《等待》，［印度尼西亚］印华作家协会 2002 年版

68. 冯世才：《遥寄》，香港获益出版事业有限公司 2000 年版

69. 袁霓：《袁霓文集》，鹭江出版社 2000 年版

70. 袁霓等主编：《印度尼西亚的轰鸣》，印尼文学社、印华作家协会 2000 年版

71. 严唯真：《严唯真文集》，鹭江出版社 2000 年版

72. 明芳：《相约在山城》，印华作家协会 2000 年版

73. 明芳：《明芳文集》，鹭江出版社 2000 年版

74. 曾三清：《自珍集》，香港获益出版事业有限公司 2000 年版

75. 广月：《广月文集》，鹭江出版社 2000 年版

76. 阿五：《阿五文集》，鹭江出版社 2000 年版

77. 白放情：《白放情文集》，鹭江出版社 2000 年版

78. 立锋：《立锋文集》，鹭江出版社 2000 年版

79. 林万里：《林万里文集》，鹭江出版社 2000 年版

80. 刘旭：《刘旭文集》，鹭江出版社 2000 年版

81. 高鹰：《高鹰文集》，鹭江出版社 2000 年版

82. 袁霓：《男人是一幅画》，印尼文学社 2001 年版

83. 高鹰：《越野路上》，香港获益出版事业有限公司 2002 年版

84. 印华作家协会主编：《远去的雁声》，印华作家协会 2002 年版

85. 莎萍主编：《印华文友》2001 年第 11 期

86. 老兵主编：《虾城放歌》，印度尼西亚虾城文艺出版社 2002 年版

87. 方北方：《头家门下》，漓江出版社 1987 年版

88. 亦舍、亦非等：《破毕舍歪传》，泰京华文出版社 1965 年版

89. 余多幻：《鬼蜮正传》，香港上海书局 1969 年版

90. 姗姗：《海外五十年》（上），南美有限公司 1972 年版

91. 史青：《葡萄架下的闲话》，新艺出版社 1973 年版

92. 史青：《灰色的楼房》，香港上海书局 1973 年版

93. 史青：《波折》，香港上海书局 1973 年版

94. 杨帆：《遥远的爱》，香港上海书局 1973 年版

95. 林聪：《她的一生》，香港上海书局 1973 年版

96. 史青：《搔痒集》，新艺出版社 1974 年版

97. 姗姗：《海外五十年》（下），南美有限公司 1974 年版

98. 巴尔：《陋巷》，泰国大朋出版社 1980 年版

99. 巴尔：《就医》，泰国大朋出版社 1980 年版

100. 史青：《北游鳞爪》，泰国大朋出版社 1980 年版

101. 年腊梅：《花街》，泰国大朋出版社 1980 年版

102. 陈博文：《人海涟漪》，泰国大朋出版社 1981 年版

103. 李栩：《火砻头家》，泰国大朋出版社 1981 年版

104. 巴尔：《绘制钞票的人》，中国友谊出版公司 1983 年版

105. 李虹、乃方、李栩等：《风雨耀华力》，地平线出版社 1983 年版

106. 伽玛耀摩编著：《佛国书简》，景溪越考蔓观音阁佛化世界研究组 1983 年版

107. 吴继岳：《六十年海外见闻录》，南粤出版社 1983 年版

108. 姚宗伟：《欧游见闻录》，泰国寄园出版社 1985 年版

109. 姚宗伟：《东游随笔》，泰国寄园出版社 1985 年版

110. 李栩：《光华堂》，大众摄影广告有限公司 1986 年版

111. 吴继岳：《侨领尘正传》，中国友谊出版公司 1986 年版

112. 沈逸文译：《泰国作家短篇小说选》，中国友谊出版公司 1986 年版

113. 陆留：《家在椰林》，中国友谊出版公司 1987 年版

114. 饶公桥：《椰风蕉雨》，出版社不详，1987 年版

115. 司马攻、梦莉等：《轻风吹在湄江上》，泰国八音出版社 1988 年版

116. 姚宗伟：《寄园诗稿》，泰国寄园出版社 1988 年版

117. 剑曹：《冷热集》，《新中原报》1988 年版

118. 黄水遥：《琴与花朵》，泰国大众印务局 1989 年版

119. 饶公桥编：《泰华散文集》，泰国泰华写作人协会 1989 年版

120. 白云：《万水千山总是情》，出版社不详，1989 年版

121. 何韵：《女记者生涯传真》，《新中原报》丛书 1989 年再版

122.《泰华短篇小说集》，泰国泰华写作人协会 1989 年版

123. 梦莉：《烟湖更添一段愁》，泰国八音出版社 1989 年版

124. 陈博文：《雨声絮语》，泰国八音出版社 1989 年版

125. 陈博文：《畅言集》，泰国八音出版社 1989 年版

126. 年腊梅：《年腊梅散文集》，泰国八音出版社 1989 年版

127. 司马攻：《明月水中来》，泰国八音出版社 1989 年版

128. 司马攻、梦莉主编：《尽在不言中》，泰国八音出版社 1989
年版

129. 司马攻编：《因为你是梦莉》，泰国八音出版社 1989 年版

130. 盛伯：《嘻哈集（一）》

131. 盛伯：《嘻哈集（二）》

132. 司马攻：《泰国琐谈》，泰国八音出版社 1990 年版

133. 司马攻：《湄江消夏录》，泰国八音出版社 1990 年版

134. 姚宗伟：《瓦罐里开的花》，泰国寄园出版社 1990 年版

135. 老羊：《花开花落》，泰国八音出版社 1990 年版

136. 年腊梅：《泰华写作人剪影》，泰国八音出版社 1990 年版

137. 年腊梅：《湄南河畔的故事》，泰国八音出版社 1990 年版

138. 毛草、林文辉：《赤贫儿女》，泰国大众印务局 1990 年版

139. 陈博文：《蛇恋》，泰国八音出版社 1990 年版

140. 巴尔：《沸腾大地》，厦门大学出版社 1990 年版

141. 剑曹：《踏影集》，泰国八音出版社 1990 年版

142. 姚宗伟：《春暖》，泰国寄园出版社 1991 年版

143. 《泰国华文作家协会文集》，泰国华文作家协会 1991 年版

144. 司马攻：《演员》，泰国八音出版社 1991 年版

145. 《泰华杂文集》，泰国华文作家协会 1991 年版

146. 陈博文：《泰国河山》，泰国八音出版社 1991 年版

147. 秦程：《春节的故事》，泰京汽车客运公司 1992 年版

148. 秦程：《生死恋》，泰京汽车客运公司 1992 年版

149. 鲁纯：《鲁纯文集》，郁垒社 1992 年版

150. 白云：《羽毛脱落的翅膀》，出版社不详，1992 年版

151. 阿谁：《阿谁文集》，出版社不详，1992 年版

152. 白翎、曾天执行编辑：《试金石》，泰国华文作家协会 1992
年版

153. 梦莉：《在月光下砌座小塔》，泰国八音出版社 1992 年版

154. 范模王：《董事长来了》，泰国八音出版社 1992 年版

155. 梦莉：《片片晚霞点点帆》，中国文联出版公司 1993 年版

156. 陈博文：《晚霞满天》，泰国八音出版社 1993 年版

157. 陈皮：《陈皮诗文集》，捷印公司印刷 1993 年版

158. 黎毅：《黎毅短篇小说集 1956—1992》，泰国八音出版社 1993 年版

159. 姚宗伟、范模士等编：《泰华诗集》，泰国华文作家协会 1993 年版

160. 黎毅、倪长游执行编辑：《春天咯咯的笑声》，泰国华文作家协会 1993 年版

161. 年腊梅：《黑腊肠》，曼谷大众摄影有限公司 1993 年版

162. 胡惠南：《走过历史》，黄金地出版社 1994 年版

163. 《亚细安散文集（泰国卷）》，泰国华文作家协会 1994 年版

164. 司马攻：《泰华文学漫谈》，泰国八音出版社 1994 年版

165. 饶公桥编：《泰华文学五人作品选》，晨耕文艺出版社 1994 年版

166. 罗慧仪：《慧仪文集》，寿星俱乐部 1994 年版

167. 陈博文：《泰国风采》（上），泰国八音出版社 1994 年版

168. 司马攻：《梦余暇笔》，泰国八音出版社 1994 年版

169. 剑曹：《晚节集》，泰国八音出版社 1994 年版

170. 海华编：《茉莉花串——梦莉作品评论集》，中国文联出版公司 1994 年版

171. 洪林主编：《泰华名人传》，英国剑桥华人世界出版有限公司 1994 年版

172. 老羊：《薪传》，泰国华文作家协会 1995 年版

173. 曾心：《大自然的儿子》，云南民族出版社 1995 年版

174. 陈博文：《泰国风采》（下），泰国八音出版社 1995 年版

175. 司马攻：《独醒［微型小说集］》，泰国八音出版社 1995 年版

176. 陈博文：《惊变》，泰国八音出版社 1995 年版

177. 司马攻主编：《泰华微型小说集 1996》，泰国华文作家协会 1996 编印

178. 叶树勋：《迷失鸟》，泰华文化出版社 1996 年版

179. 倪长游：《只说一句》，泰国八音出版社 1996 年版

180. 白令海：《小城残梦》，泰国八音出版社 1996 年版

181. 陈博文：《陈博文短篇小说自选集》，泰国八音出版社 1996 年版

182. 自然：《自然短篇小说集》，泰国八音出版社 1996 年版

183.《流失的回思》，泰国华文作家协会编印 1996 年版

184.《春的漫笔》，泰国华文作家协会编印 1996 年版

185. 司马攻：《司马攻序跋集》，泰国八音出版社 1996 年版

186. 马凡：《蝶花恋》，湄江文艺出版社 1996 年版

187. 江水寒：《我的歌》，泰国文学研究社 1996 年版

188. 陈博文：《浮生漫笔》，泰国八音出版社 1996 年版

189. 姚宗伟：《姚宗伟短篇小说》，泰华文化出版社 1997 年版

190. 李润新：《文化之花——梦莉评传》，中国文联出版公司 1997 年版

191. 白翎、老羊执行编辑：《还愿》，泰国华文作家协会 1997 年版

192. 郑若瑟：《情解》，泰国八音出版社 1997 年版

193. 司马攻主编：《倪长游文集》，鹭江出版社 1998 年版

194. 司马攻主编：《佟英文集》，鹭江出版社 1998 年版

195. 司马攻主编：《黎毅文集》，鹭江出版社 1998 年版

196. 陆留：《陆留散文集》，亚太文学出版社 1998 年版

197. 司马攻：《人妖·古船》，泰国八音出版社 1998 年版

198. 陈博文：《博文杂记》，泰国八音出版社 1999 年版

199. 林光辉：《碧城风云录》，时代论坛出版社 1999 年版

200. 姚宗伟：《姚宗伟杂文集》（泰国版），华文文化出版社 1999 年版

201. 曾心：《心追那钟声》，泰华文学出版社 1999 年版

202. 郑若瑟：《情哀》，时代论坛出版社 1999 年版

203. 李栩：《不断的根》，出版社、时间不详

204. 周新心：《春在枝头已十分》，广东省归侨作家联谊会编 2000 年版

205. 曾心：《一坛老菜脯》，泰华文学出版社 2000 年版

206. 陈博文：《佛都旧忆》，泰国八音出版社 2000 年版

207. 陈博文：《海忆》，泰华文学出版社 2000 年版

208. 洪林编：《泰华文华人物辞典》，泰中学会 2000 年版

209. 倪长游：《未运通怪行录》，泰国八音出版社 2000 年版

210. 龙彼德：《曾心散文选评》，泰华文学出版社 2000 年版

211. 梦莉：《我家的小院长》，泰国八音出版社 2000 年版

212. 琴思钢：《钢琴组诗》，泰国八音出版社 2000 年版

213. 倪长游：《狗精传》，泰华文学出版社 2000 年版

214. 白翎：《这里的夜静悄悄》，泰华文学出版社 2000 年版

215. 陈小民：《黑本子与红叶》，泰华文学出版社 2000 年版

216. 郑若瑟：《情结》，泰华文学出版社 2000 年版

217. 黎毅：《春迟》，泰华文学出版社 2000 年版

218. 郑若瑟：《情味》，时代论坛出版社 2001 年版

219. 赵朕：《尺水兴波的情愫——郑若瑟微型小说选评》，时代论坛出版社 2001 年版

220. 刘映东：《悠悠岁月四十年》，泰国八音出版社 2002 年版

221. 郑若瑟：《情债》，香港获益出版事业有限公司 2004 年版

222. 郑若瑟：《情浓》，时代论坛出版社 2001 年版

223. 湄南河副刊主编：《待垦的土地》，泰国世界日报社 1987 年版

224. 黎毅：《往事随想录》，泰国八音出版社，时间不详

225. 柳烟：《柳烟诗存》，出版社、时间不详

226. 卢楚高等：《巳未中秋丁巳重阳题襟集》，出版社、时间不详

227. 潘兴吾：《布衣草》，出版社、时间不详

228. 谢增泰：《湄南河畔采风行》，出版社、时间不详

229. 司马攻主编：《泰华文学》第一期至第四十期

230. 2006 年以来的《新中原报》、《星暹日报》

231. 商晚筠：《七色花水》，台湾远流出版事业有限公司 1991 年版

232. 郑百年：《青云传奇》，香港中文大学海外华人研究社 1994 年版

233. 郑百年：《石叻风云》，香港中文大学海外华人研究社 1994 年版

234. 汤亭亭：《女勇士》，李剑波译，漓江出版社 1998 年版

235. 谭恩美：《喜福会》，程乃珊译，浙江文艺出版社 1999 年版

236. 谭恩美：《灶神之妻》，张德明译，浙江文艺出版社 1999 年版

237. 若艾：《若艾文集》（东南亚华文文学大系·菲律宾卷），鹭江出版社 2000 年版

238. 陈琼华：《陈琼华文集》（东南亚华文文学大系·菲律宾卷），鹭江出版社 2000 年版

239. 黎紫书：《山瘟》，台湾麦田出版社 2001 年版

240. 黄玉雪：《华女阿五》，张龙海译，译林出版社出版 2003 年版

241. 李永平：《李永平自选集》（1968—2002），台湾麦田出版社 2003 年版

242. 刘俊等主编：《出走的岁月》，花城出版社 2005 年版

二、有关著作

1. W. C. 布斯：《小说修辞学》，华明等译，北京大学出版社 1987 年版

2. ［新加坡］王赓武：《东南亚与华人》，姚楠译，中国友谊出版公司 1987 年版

3. 方北方：《马华文学及其他》：三联书店香港分店、新加坡文学书屋 1987 年版

4. 王宁编：《精神分析》，四川文艺出版社 1989 年版

5. ［印度尼西亚］晃华：《印度尼西亚华侨沧桑》，香港商务印书馆有限公司 1990 年版

6. 苏菲：《战后二十年新马华文小说研究》，暨南大学出版社 1991

年版

　　7. 黄枝连：《东南亚华族社会发展论》，上海社会科学院出版社 1992 年版

　　8.［新加坡］王庚武：《中国与海外华人》，天津翻译中心译，香港商务印书馆 1994 年版

　　9. 罗钢：《叙事学导论》，云南人民出版社 1994 年版

　　10.［新加坡］杨松年：《东南亚华人文学与文化》，新加坡亚洲研究学会 1995 年版

　　11.［马来西亚］黄锦树：《马华文学：内在中国、语言和文学史》，马来西亚华社资料研究中心 1996 年版

　　12. 奥·弗洛伊德：《精神分析引论》，高觉敷译，商务印书馆 1997 年版

　　13. 盛宁：《人文困惑与反思》，三联书店 1997 年版

　　14. 杨义：《杨义文存（第一卷）·中国叙事学》，人民出版社 1997 年版

　　15. 潘亚墩：《后来居上》，马来西亚彩虹出版社 1998 年版

　　16. 王德威：《想象中国的方法》，三联书店 1998 年版

　　17. 黄锦树：《马华文学与中国性》，台湾元尊文化企业股份有限公司 1998 年版

　　18.［美］弗莱德里克·詹姆逊：《政治无意识》，陈永国等译，中国社会科学出版社 1998 年版

　　19. 庄国土：《世纪之交的海外华人》，福建人民出版社 1998 年版

　　20. 饶芃子、费勇：《本土以外——论现代汉语文学》，中国社会科学出版社 1998 年版

　　21. 周京媛：《后殖民理论与文化评论》，北京大学出版社 1999 年版

　　22.［英］汤林森：《文化帝国主义》，冯健三译，上海人民出版社 1999 年版

　　23. 张锡镇：《东南亚政府与政治》，台湾扬智文化事业股份有限公司 1999 年版

24. ［美］爱德华·W. 萨义德：《东方学》，王宇根译，三联书店1999 年版

25. 王守仁、吴新云：《性别·种族·文化——托妮·莫里森的小说创作》，北京大学出版社 1999 年版

26. 陈贤茂：《海外华文文学史》，鹭江出版社 1999 年版

27. ［美］克利福德·格尔茨：《文化的解释》，韩莉译，译林出版社1999 年版

28. 谭君强：《叙述的力量》，云南大学出版社 2000 年版

29. ［新加坡］杨松年：《新马华现代文学史初编》，新加坡教育出版社 2000 年版

30. 蔡仁龙：《印尼华侨与华人概论》，南岛出版社 2000 年版

31. 公仲：《世界华文文学概要》，人民出版社 2000 年版

32. 罗纲、刘象愚主编：《文化研究读本》，中国社会科学出版社2000 年版

33. 孟华主编：《比较文学形象学》，北京大学出版社 2001 年版

34. 李金英：《东南亚"华人问题"的形成与发展：泰国、菲律宾、马来西亚、印度尼西亚案例研究》，时事出版社 2001 年版

35. ［法］拉康：《拉康选集》，褚孝泉译，三联书店 2001 年版

36. 钟怡雯：《亚洲华文散文的中国图像》，台湾万卷楼图书股份有限公司 2001 年版

37. ［新加坡］王润华：《华文后殖民文学——本土多元文化的思考》，上海学林出版社 2001 年版

38. ［新加坡］杨松年：《战前新马文学本地意识的形成与发展》，八方文化企业公司 2001 年版

39. 杨乃乔等编译：《后殖民批评》，北京大学出版社 2001 年版

40. 孟华主编：《比较文学形象学》，北京大学出版社 2001 年版

41. 方成：《精神分析与后现代批评话语》，中国社会科学出版社2001 年版

42. 王中忱：《越界与想象：20 世纪中国、日本文学比较研究论集》，中国社会科学出版社 2001 年版

43. 钱平桃等主编：《东南亚历史舞台上的华人与华侨》，山西教育出版社 2001 年版

44. 曹云华：《变异与保持——东南亚华人的文化适应》，中国华侨出版社 2001 年版

45. 谭君强：《叙述理论与审美文化》，中国社会科学出版社 2002年版

46. 刘宏、黄立坚主编：《海外华人研究的大视野与新方向——王赓武教授论文集》，八方文化企业公司 2002 年版

47. ［新加坡］王赓武：《王赓武自选集》，上海教育出版社 2002年版

48. 周大鸣主编：《中国的族群和族群关系》，广西教育出版社 2002 年版

49. 詹姆斯·费伦：《作为修辞的叙事》，陈永国译，北京大学出版社 2002 年版

50. ［美］J. 希利斯·米勒：《解读叙事》，申丹译，北京大学出版社 2002 年版

51. ［美］戴卫·赫尔曼主编：《新叙事学》，马海良译，北京大学出版社 2002 年版

52. 卫景宜：《西方语境的中国故事》，中国美术学院出版社 2002年版

53. 顾长永、萧新煌：《新世纪的东南亚》，台湾五南图书出版股份公司 2002 年版

54. 南帆：《文本生产与意识形态》，暨南大学出版社 2002 年版

55. ［美］珍尼·理查森·汉克斯：《文化解读：美国及泰国部族文化研究》，刘晓红主译，云南大学出版社 2002 年版

56. 爱德华·W. 萨义德：《文化与帝国主义》，李琨译，生活·读书·新知三联书店 2003 年版

57. ［美］本尼迪克特·安德森：《想象的共同体：民族主义的起源与散布》，吴叡人译，上海人民出版社 2003 年版

58. ［德］弗里德里希·克拉托赫维尔：《公民权：在秩序的边界

上》，选自约瑟夫·拉彼得、弗里德里希·克拉托赫维尔《文化和认同——国际关系回归理论》，浙江人民出版社 2003 年版

59. 刘宗贤、蔡德贵主编：《当代中国儒学》，人民出版社 2003 年版

60. ［英］戴维·理查兹：《差异的面纱》，如一等译，辽宁教育出版社 2003 年版

61. ［美］约瑟夫·拉彼得、［德］弗里德里希·克拉托赫维尔：《文化和认同——国际关系回归理论》，金烨译，浙江人民出版社 2003 年版

62. ［德］沃尔夫冈·伊瑟尔：《虚构与想象——文学人类学疆界》，陈定家、汪正龙等译，吉林人民出版社 2003 年版

63. ［荷兰］米克·巴尔：《叙事学：叙事理论导论》，谭君强译，中国社会科学出版社 2003 年版

64. 任一鸣、瞿世镜：《英语后殖民文学研究》，上海译文出版社 2003 年版

65. 陶家俊：《文化身份的嬗变——E. M. 福斯特小说和思想研究》，中国社会科学出版社 2003 年版

66. ［英］马克·柯里：《后现代叙事理论》，宁一中译，北京大学出版社 2003 年版

67. 庄国土：《二战以后东南亚华族社会地位的变化》，厦门大学出版社 2003 年版

68. 叶舒宪：《文学与人类学——知识全球化时代的文学研究》，社会科学文献出版社 2003 年版

69. 程爱民主编：《美国华裔文学研究》，北京大学出版社 2003 年版

70. 申荷永：《心理分析》，三联书店 2004 年版

71. 申丹：《叙述学与小说文体学研究》，北京大学出版社 2004 年版

72. 曾少聪：《漂泊与根植：当代东南亚华人族群关系研究》，中国社会科学出版社 2004 年版

73. 马戎：《民族社会学：社会学的族群关系研究》，北京大学出版社 2004 年版

74. 彭兆荣：《文学与仪式：文学人类学的一个文化视野》，北京大学出版社 2004 年版

75. 饶芃子：《世界华文文学的新视野》，中国社会科学出版社 2005 年版

76. 王列耀：《隔海之望——东南亚华人文学中的"望"与"乡"》，中国社会科学出版社 2005 年版

77. 王列耀：《宗教情结与华人文学》，文化艺术出版社 2005 年版

78. 姚新勇：《观察、批判与理性——纷杂时代中一个知识个体的思考》，文化艺术出版社 2005 年版

79. ［加拿大］威尔·金里卡：《自由主义、社群与文化》，应奇、葛水林译，上海译文出版社 2005 年版

80. 邵宗海等编：《族群问题与族群关系》，幼狮文化事业有限公司 1996 年版

三、有关论文

1. 伯圆长老：《南洋群岛种族由来与佛教的动态》，《南洋佛教》创刊号，1969 年 5 月

2. 谭天星：《论海外华族与华人社团》，《世界历史》1994 年第 3 期

3. 周南京：《文化融合是历史的选择——海外中华文化的继承与变异》，《东南学术》1994 年第 4 期

4. 张世君：《隐喻的父亲主题》，《暨南学报》（哲学社会科学版）1994 年第 10 期

5. ［印度尼西亚］迪德吴托摩：《印尼华人的多元语言和种姓特点》，杨启光摘译，《八桂侨史》1995 年第 1 期

6. 黄万华：《论马来西亚华文文学的本土性》，《华侨大学学报》（哲学社会科学版）1995 年第 1 期

7. ［马来西亚］邱光耀：《马来西亚华人政策日愈开放化的导因》，

《华侨华人历史研究》1995 年第 2 期

8. 朱立立：《都市女性的情感悲剧和生存境遇——论钟晓阳的近期作品》，《世界华文文学论坛》1995 年第 2 期

9. 梁英明：《战后东南亚华人社会变迁与中国的关系》，《华侨华人历史研究》1995 年第 2 期

10. 张国培：《东南亚华文文学的发展道路和现状》，《中山大学学报》1995 年第 3 期

11. 黄万华：《陈政欣小说的创新锐意》，《华侨大学学报》（哲学社会科学版）1995 年第 4 期

12. 杨振昆：《东南亚华文文学的文学考察》，《云南社会科学》，1995 年第 4 期

13. 王希恩：《民族认同发生论》，《内蒙古社会科学》1995 年第 5 期

14. 谭天星：《变异与继承——谈从"华侨文化"到"华人文化"的发展》，《华侨华人研究》1996 年第 1 期

15. 黄万华：《从华族文化到华人文化的文学转换——对东南亚华文文学发展趋势的一种考察》，《华侨大学报》（哲学社会科学版）1996 年第 1 期

16. 温北炎：《印尼对华侨华人政策及其发展趋势》，《华侨华人历史研究》1996 年第 1 期

17. 许肇林：《中华文化的传播与海外华人》，《东南亚研究》1996 年第 1 期

18. 刘洪涛：《沈从文小说中的苗汉族形象及其背景——比较文学形象学研究一例》，《北京师范大学学报》（社科版），1996 年第 1 期

19. 马绍玺：《现代商品社会中的少数民族传统互助精神》，《思茅师范高等专科学校学报》1996 年第 1 期

20. 许肇琳：《试论二战后东南亚海外华人的观念变化》，《华侨华人历史研究》1996 年第 2 期

21. 肖成：《东南亚华文文学发展及 90 年代的融会倾向》，《华侨华人与侨务》1996 年第 2 期

22. 梁英明：《战后东南亚华文教育发展趋势与困境》，《华侨华人历史研究》1996 年第 3 期

23. 费勇：《海外华文文学的中国意识》，《中国比较文学》1996 年第 4 期

24. 李君哲：《战后马华文学发展概述》，《华侨华人历史研究》1996 年第 4 期

25. 庞中英：《族群、种族和民族》，《欧洲》1996 年第 6 期

26. 饶芃子、费勇：《海外华文文学的中国意识》，《暨南学报》（哲学社会科学版）1997 年第 1 期

27. 梁英明：《战后东南亚华人家族企业的发展》，《华侨华人历史研究》1997 年第 1 期

28. ［新加坡］居维宁：《关于新加坡年轻华人价值观的调查》，《华侨华人历史研究》1997 年第 1 期

29. 马戎：《美国的种族与少数民族问题》，《北京大学学报》1997 年第 1 期

30. ［新加坡］曾国文、唐志强：《建立泰国各族文化交往与华人种族特性的模型》，谧谷译，《南洋资料译丛》1997 年第 2 辑

31. 黄松赞：《论华侨文化的内涵特点及其战后的演变》，《华侨与华人》1997 年第 2 期

32. ［泰］旺威帕·布鲁沙达那攀：《泰国的华人特性》，其实译，《南洋资料译丛》1997 年第 4 期

33. 陈乔之：《略论华侨文化与华人文化》，《东南亚研究》1997 年第 6 期

34. 姚新勇：《未必纯粹自我的自我阐释权》，《读书》1997 年第 10 期

35. 范若兰：《当代马来西亚华人与伊斯兰教关系略论》，《东南亚学刊》1998 年第 1 期

36. 周聿峨：《海外华人的文化承传与适应》，《华侨与华人》1998 年第 1 期

37. 饶芃子：《海外华文文学的学科建设和方法论问题》，《文艺理

论研究》1998 年第 1 期

38. 温北炎：《印尼华人逐渐融入当地主流社会》，《华侨华人历史研究》1998 年第 2 期

39. 宋伟杰：《身份认同的"混杂"与文化记忆缺失症——管窥金庸的小说世界》，《天津社会科学》1998 年第 2 期

40. 龙登高：《中华文化海外播迁的移植和分异》，《华侨华人历史研究》1998 年第 2 期

41. 廖小健：《马来西亚华人政策的特点》，《华人华侨历史研究》1998 年第 2 期

42. 吴燕和：《族群意识、认同、文化》，袁同凯译，《广西民族学院学报》1998 年 7 月第 20 卷第 3 期

43. 刘小新：《略谈马华文学的文化属性》，《世界华文文学论坛》1998 年第 3 期

44. 何云波：《"父亲"：文化的隐喻主题》，《国外文学》1998 年第 3 期

45. 王振科：《一道亮丽的文学风景——关于马华文学"新生代"作家群》，《世界华文文学论坛》1998 年第 3 期

46. 黄昆章：《论印尼排华运动的特点和背景》，《八桂侨史》1998 年第 3 期

47. 梁英明：《东南亚华商企业与儒家文化》，《华侨华人历史研究》1998 年第 4 期

48. 刘登翰：《台湾经济转型期的乡土眷恋和都市批判——黄春明小说创作一面观》，《世界华文文学论坛》1998 年第 4 期

49. 黄昆章：《论华人文化的适应、传承与改造》，《华侨华人历史研究》1998 年第 4 期

50. 陈志明、李远龙译：《马来西亚华人的认同》，《广西民族学院学报》1998 年 10 月第 20 卷第 4 期

51. 刘林平：《论家族主义对东南亚华人的影响》，《中山大学学报》1998 年第 5 期

52. 李红：《东南亚华人与当地主体民族的剪刀差现象》，《广西大

学学报》1998 年第 6 期

53. ［澳］颜清湟：《东南亚少数族华人的文化与认同》，周添成译，《学习与思考》1998 年第 10 期

54. ［日］荒井茂夫：《马来西亚华文文学马华化的心理路程》，《资料与研究》（马来西亚）1998 年第 32 卷

55. 段研：《从菲华新诗探华人心态变迁》，《东南亚学刊》1999 年第 1 期

56. 陈秀容：《近三十年印尼华人族群文化适应初探》，《人文地理》1999 年第 3 期

57. 单纯：《略论海外华族形成的历史》，《中央民族大学学报》（社会科学版）1999 年第 3 期

58. 刘洪涛：《对比较文学形象学的几点思考》，《北京师范大学学报》（社科版）1999 年第 3 期

59. 庄国土：《关于华人文化的内涵及与族群认同的关系》，《南洋问题研究》1999 年第 3 期

60. 曹云华：《东南亚华人青年如何看待华人与当地民族的关系》，《东南亚研究》1999 年第 4 期

61. 王爱松：《中国现代文学中父亲形象的嬗变及其文化意味》《首都师范大学学报》1999 年第 4 期

62. ［英］斯图亚特·霍尔：《文化身份和族裔散居》，罗钢、刘象愚主编《文化研究读本》，中国社会科学出版社 2000 年版

63. 饶芃子：《海外华文文学与比较文学》，《暨南学报》（哲学社会科学版）2000 年第 1 期

64. 昌切：《民族身份认同的焦虑与汉语文学诉求的悖论》，《文学评论》2000 年第 1 期

65. 梁英明：《关于海外华人经济研究》，《华侨华人历史研究》2000 年第 1 期

66. 王望波：《东南亚华人社会政治地位的现状与发展趋势》，《南洋问题研究》2000 年第 3 期

67. 饶芃子：《海外华文文学异族人物形象的文化分析》，《世界华

文文学》2000 年第 3 期

68. 刘小新:《黄锦树现象与当代马华文学思潮的嬗变》,《华侨大学学报》2000 年第 4 期

69. 孟华:《形象学研究要注重总体性与综合性》,《中国比较文学》2000 年第 4 期

70. 黄万华:《原乡的追寻——从一种形象看 20 世纪华文文学史》,《人文杂志》2000 年第 4 期

71. 麻国庆:《全球化:文化的生产与文化认同——族群、地方社会和跨国文化圈》,《北京大学学报》(哲学社会科学版)2000 年第 4 期 (总 200 期) 第 37 卷

72. 钱超英:《自我、他者与身份焦虑——论澳大利亚新华人文学及其文化意义》,《暨南学报》(哲学社会科学版)2000 年第 4 期

73. 〔马来西亚〕颜泉发:《游离与回归——对马来西亚华人文学的分析回顾及文化反思》,《暨南学报》(哲学社会科学版)2000 年第 4 期

74. 吴奕锜:《印尼华文文学历史发展述略》,《广东社会科学》2000 年第 4 期

75. 骆莉:《二战后东南亚华人的身份认同问题》,《东南亚研究》2000 年 5/6 期

76. 吴奕锜:《寻找身份》,《文学评论》2000 年第 6 期

77. 古远清:《马华文学研究在中国》,《湖北教育学院学报》2000 年第 11 期

78. 刘小新:《世代更替与范式转换》,《镇江师专学报》2001 年第 1 期

79. 胡志明:《剥去了圣衣的上帝》,《外国文学评论》2001 年第 1 期

80. 饶芃子:《跨文化视野中的海外华文文学》,《汕头大学学报》2001 年第 1 期 (第 17 卷)

81. 廖小健:《日军统治对马来亚民族关系的影响》,《世界民族》2001 年第 1 期

82. 陈衍德：《论当代东南亚华人文化与当地主流文化的双向互动》，《东南亚研究》2001 年第 1 期

83. 徐颖果：《美国华裔的族裔身份与中国文化》，《西北大学学报》2001 年第 2 期

84. 陈衍德：《论华族——从世界史和民族史的角度所作的探讨》，《世界民族》2001 年第 2 期

85. ［马来西亚］庄华兴：《阁楼上的暗影—华裔马来文学评述》，《星洲日报》2001 年 2 月 11 日 "文艺春秋" 专栏

86. ［日］原不二夫：《马来西亚华人眼中的 "马来西亚民族"》，《南洋资料译丛》2001 年第 2 期（总 142 期）

87. 马绍玺：《全球化语境中中国少数民族诗歌的文化认同问题》，《民族文学研究》2001 年第 2 期

88. 许文荣：《挪用 "他者" 的言说策略——从殖民话语到后殖民话语的马华文学》，《华文文学》2001 年第 2 期

89. 王列耀：《全球化背景中菲律宾华文文学的文化取向》，《世界华文文学论坛》2001 年第 3 期

90. 王列耀：《马来西亚华文文学中的文化个性》，《暨南学报》（哲学社会科学版）2001 年第 4 期

91. 王付兵：《二战后东南亚华人华侨认同的变化》，《南洋问题研究》2001 年第 4 期

92. 钱超英：《诗人之死：一个时代的隐喻》，《华文文学》2001 年第 4 期

93. 石平萍：《典型美国人中的文化认同》，《南京师大学报》2001 年第 4 期

94. ［马来西亚］庄华兴：《他者？抑或 "已他"——商晚筠的异族人物小说初探》，许文荣主编《回首八十载·走向新世纪：九九马华文学国际学术研讨会论文集》，南方学院出版社 2001 年版

95. ［马来西亚］许文荣：《挪用 "他者" 的叙述策略——从殖民话语到后殖民话语的马华文学》，《华文文学》2001 年第 12 期

96. ［马来西亚］张锦忠：《婆罗洲雨林的后殖民叙事情：張贵兴

的〈猴杯〉》，《星洲日报》2001 年 2 月 22 日"文艺春秋"专栏

97. 刘俐俐：《文学中身份印痕的复杂与魅力》，《甘肃社会科学》2002 年第 1 期

98. 朱立立：《论新生代马华作家的文化属性意识》，《华文文学》2002 年第 1 期

99. 刘小新：《论马华作家黄锦树的小说创作》，《世界华文文学论坛》2002 年第 1 期

100. 刘华：《论新马文学的文化底蕴》，《汕头大学学报》（人文社会科学版）2002 年第 1 期

101. 廖小健：《马来西亚马、华两族关系的几个特点》，《世界民族》2002 年第 1 期

102. 罗岗：《"文学香港"与都市文化认同》，《杭州师范学院学报》（哲学社会科学版）2002 年第 1 期

103. 刘洪涛：《〈边城〉：牧歌与中国形象》，《文学评论》2002 年第 1 期

104. 陈衍德、任娜：《马来西亚华人与马来人族际关系演变新探》，《暨南大学学报》（哲学社会科学版）2002 年第 1 期

105. 刘俐俐：《文学中身份印痕的复杂与魅力》，《甘肃社会科学》2002 年第 1 期

106. 乔以钢：《女性写作与文化生存》，《甘肃社会科学》2002 年第 1 期

107. 王宁：《文化身份与中国文学批评话语的建构》，《甘肃社会科学》2002 年第 1 期

108. 吴杰伟：《印度尼西亚和菲律宾民族意识的形成、特点及其对独立运动的影响》，《民族研究》2002 年第 1 期

109. 王一川：《断零体验、乡愁与现代中国的身份认同》，《甘肃社会科学》2002 年第 1 期

110. 曾少聪：《东南亚华人与土著民族的族群关系研究》，《世界民族》2002 年第 2 期

111. 宏凯：《海外华人作家书写中国形象的叙事模式》，《华文文

学》2002 年第 2 期

112. 黄万华：《寻根与归化——80 年代海外华文写作的新姿态》，《华文文学》2002 年第 2 期

113. 温煦：《想象、幻象与消费社会》，《文艺理论研究》2002 年第 2 期

114. 马绍玺：《20 世纪云南少数民族诗歌的现代转型》，《云南民族学院学报》（哲学社会科学版）2002 年第 2 期

115. 张继焦：《少数族群是数量上的少数，更是一个经济上的少数——对族群"歧视"关系的解释》，《广西民族研究》2002 年第 2 期

116. 张隆溪、李博婷：《异域情调之美》，《外国文学》2002 年第 3 期

117. 庄国土：《略论东南亚华人的族群认同及其发展趋势》，《厦门大学学报》（哲学社会科学版）2002 年第 3 期（总 151 期）

118. 庄国土：《论东南亚的华族》，《世界民族》2002 年第 3 期

119. 高鸿：《文化碰撞中的文化认同与困境》，《福州大学学报》2002 年第 3 期

120. 王光林：《翻译与华裔作家文化身份的塑造》，《外国文学评论》2002 年第 4 期

121. 刘俐俐：《走近人道精神的民族文学中的文化身份意识》，《民族研究》2002 年第 4 期

122. 刘登翰：《命名、依据和学科定位——关于华文文学研究的几点思考》，《福建论坛》（人文社会科学版）2002 年第 5 期

123. 朱立立：《华人学的知识视野与华文文学研究》，《福建论坛》（人文社会科学版）2002 年第 5 期

124. 廖小健：《震动马来西亚的首相辞职》，《东南亚研究》2002 年第 5 期

125. 蒋道超：《文化并置与杂交》《外国文学》2002 年第 5 期

126. 陈志明：《族群认同与国家认同：以马来西亚为例（上）》，罗左毅译，《广西民族学院学报》（哲学社会科学版）2002 年 9 月第 22 卷第 5 期

127. 张月：《观看与想象——关于形象学和异国形象》，《郑州大学学报》（社科版）2002 年第 5 期

128. 顾肃：《当代自由主义对社群主义挑战的回应》，《哲学动态》2002 年第 6 期

129. 陈志明：《族群认同与国家认同：以马来西亚为例（下）》，罗左毅译，《广西民族学院学报》（哲学社会科学版）2002 年 11 月第 22 卷第 6 期

130. 王宁：《叙述、文化定位和身份认同》，《外国文学》2002 年第 6 期

131. 廖小健：《马来西亚华人政治的突破与困境》，《东南亚纵横》2002 年第 6 期

132. 生安锋：《后殖民主义、身份认同和少数人化》，《外国文学》2002 年第 6 期

133. 吴开军：《战后马来西亚华人经济演变的原因和特点》，《东南亚纵横》2002 年第 7 期

134. 姚新勇：《文化身份建构的欲求与审思》，《读书》2002 年第 11 期

135. 廖小健：《马哈蒂尔辞职与马来西亚华人》，《东南亚纵横》2002 年第 11 期

136. 许梅：《制约马来西亚华人政党政治发展的种族政治因素》，《世界民族》2003 年第 1 期

137. 温北炎：《试比较印尼与马来西亚华人融入当地主流社会的程度》，《东南亚纵横》2003 年第 1 期

138. 孙红霞：《遮蔽：张爱玲小说父亲形象解读》，《周口师范学院学报》2003 年第 1 期

139. 年红：《马华文学发展近况》，《世界华文文学论坛》2003 年第 2 期

140. 庄国土：《二战以后东南亚华族社会地位的变化》，《东南学术》2003 年第 2 期

141. 朱崇科：《吊诡中国性》，《海南师范学院学报》（社会科学

版），2003 年第 2 期

142. 高鸿：《形象、身份、策略——异质文化语境下文学的文化传递》，《华侨大学报》（哲学社会科学版）2003 年第 3 期

143. 庄国土：《文明冲突，抑或社会矛盾——略论二战以后东南亚华族与当地族群的关系》，《厦门大学学报》（哲学社会科学版）2003 年第 3 期

144. 王芳：《寻找父亲》，《汉中师范学院学报》2003 年第 3 期

145. 陈千里：《凝视背影》，《天津社会科学》2003 年第 3 期

146. 庄国土：《文明冲突，抑或社会矛盾》，《厦门大学学报》2003 年第 3 期

147. 黄万华：《"在旅行中"拒绝"旅行"——华人新生代作家和新华侨华人作家的初步比较》，《中国比较文学》2003 年第 3 期

148. 陈爱敏：《当代美国华裔文学的文化关照》，《文史哲》2003 年第 4 期

149. 李一平：《试论马来西亚华人与马来人的民族关系》，《世界历史》2003 年第 5 期

150. 王列耀：《东南亚华文文学：华族身份意识的转型》，《文学评论》2003 年第 5 期

151. 黄万华：《视角越界：海外华人文学的叙事身份》，《学习与探索》2003 年第 6 期

152. 王茜：《拉康：镜像、语符与自我身份认同》，《河北学刊》2003 年 6 月

153. 傅腾霄：《关于全球化与文化认同危机》，《社会科学战线》2003 年第 6 期

154. 管建明：《〈唐老亚〉中的隐性叙事与华裔美国人历史的重建》，《外国文学研究》2003 年第 6 期

155. ［马来西亚］庄华兴：《华文和他们的故事》，《星洲日报》2003 年 7 月 26 日"文艺春秋"栏

156. ［马来西亚］庄华兴：《他者诠释：商晚筠实践了什么?》，商晚筠遗著《跳蚤》研讨会讲稿，2003 年 8 月 9 日

157. ［新加坡］南治国：《中国现代文学中南洋的一种图像》，"中国文学与马华文学：中心与边缘的对话"国际研讨会提交论文，2003年10月5日

158. 廖小健：《马来西亚政治中的伊斯兰教因素》，《当代亚太》2003年第12期

159. 张训涛：《泰国华文文学的文化特质及与政治之关系》，《广东教育学院学报》2004年第1期

160. 饶芃子：《海外华文文学异族人物形象的文化分析》，《跨文化语境中的比较文学》，译林出版社2004年版

161. 范若兰、孟顺庆：《马来西亚华人如何看待伊斯兰教国》，《当代亚太》2004年第1期

162. 廖小健：《马来西亚的华人穆斯林——兼论不同文明的共存》，《世界民族》2004年第1期

163. 周宇：《重整马华文学独特性》，《华侨华人历史研究》2004年3月1期

164. 许维贤：《"女人神话"在小说里的演绎》，《华文文学》2004年第2期

165. 陶家俊：《身份认同导论》，《外国文学》2004年第2期

166. 梁立基：《东南亚文学：世界四大文化体系的汇聚之所》，《国外文学》2004年第2期

167. 梁茂春：《什么影响了族际通婚——社会学研究视觉述评》，《西北民族研究》2004年第3期（总42期）

168. 刘兮颖：《论索尔·贝娄长篇小说中隐喻的"父与子主题"》，《外国文学研究》2004年第3期

169. 颜泉发：《叶落归根抑或落地生根——对"马来西亚华人中国绘画"的身份认同问题的反思》，《新美术》2004年第4期

170. 朱福芳：《〈俄底浦斯王〉中的神话与父亲原型》，《山东农业大学学报》2004年第4期

171. 楼小荣：《被弱化的他律机制》，《聊城大学学报》2004年第5期

172. 朱文斌：《后殖民论述与去中国性——以东南亚华文文学为例》，《绍兴文理学院学报》2004 年 12 月第 6 期

173. ［马来西亚］庄华兴：《马华文艺独特性论争（上）：主体（性）论述的开展及其本质》，《星洲日报》2004 年 7 月 11 日"文艺春秋"专栏

174. ［马来西亚］庄华兴：《马华文艺独特性论争（下）：主体（性）论述的开展及其本质》，《星洲日报》2004 年 7 月 18 日"文艺春秋"专栏

175. 刘卫东：《20 世纪家族小说中父亲形象新论》，《石家庄师范专科学校学报》2004 年 9 月

176. 肖支群：《孩子、父亲与母亲》，《长沙大学学报》2004 年 9 月

177. ［马来西亚］庄华兴：《支那人/华马关系：马来小说中的华裔镜像与叙事策略》，《星洲日报》2003 年 9 月 14 日"文艺春秋"专栏

178. ［马来西亚］黄锦树：《贺淑芳〈别再提起〉导读：尸首的族群归属》，《南洋商报》2004 年 9 月 14 日"南洋文艺"专栏

179. ［马来西亚］庄华兴：《离散：马华文学的夙命？〈别再提起：马华当代小说选（1997—2003）〉读后》，《星洲日报》2004 年 10 月 17 日"文艺春秋"专栏

180. ［马来西亚］黄锦树：《注释〈注释的南方〉》，《星洲日报》2004 年 11 月 7 日"文艺春秋"专栏

181. ［马来西亚］黄锦树：《出走，还是回归？——关于国家文学问题的一个驳论》，《星洲日报》2004 年 11 月 7 日"文艺春秋"专栏

182. 何西湖：《马来西亚华人政策的演变和发展》，《广西民族学院学报》2004 年 12 月

183. 张永红、刘德一：《试论族群认同和国族认同》，《中南民族大学学报》（人文社会科学版）2005 年 3 月第 25 卷第 2 期

四、网络资源

1. 李君哲：《印尼华文文学沧桑》，菲律宾《世界日报》1998 年 1

月 30 日

2. 佚名：《印尼文学重现生机》，中华读书网，2000 年 8 月 28 日

3. 佚名：《伊斯兰教法》，yusfu. 533. net，2000 年 11 月 3 日

4. 佚名：《印度尼西亚的礼仪》，中华涉外网，2001 年 1 月 11 日

5. 佚名：《华文在印尼重获自由》，深圳侨报电子版，2001 年 5 月 31 日

6. 《泰国华人的文化忧患》，摘自《星洲日报》http://www. zaobao. com/chinese/region/others/pages/thai_ chinese010601. html，2001 年 6 月 1 日

7. 曹云华：《东南亚华人日常生活的本地化》，中新网，2001 年 7 月 4 日

8. 佚名：《印尼西加省认同华人是原住民》，《广州侨商报》2001 年 8 月 30 日

9. 颜泉发：《这是一种文化张力—解读马华南来作家作品中的异族形象》，Sarawak. . com，2001 年 8 月 16 日

10. 佚名：《印尼华人对传统中华文化兴趣淡薄》，《联合早报》电子版，2001 年 9 月 2 日

11. 佚名：《印尼华人经商有道》，新华网，2001 年 9 月 13 日

12. 陈秀容：《东南亚华人融入所在国主流社会的地域差异——印尼与泰国之比较》http：//www. hsm. com. cn/node2/node116/node119/node162/node470/userobject6ai29649. html，2001 年 12 月 28 日

13. 钟天祥：《印尼华裔不再是"支那"》，《联合早报》电子版，2002 年 2 月 23 日

14. 佚名：《专家呼吁印尼政府废除歧视华裔条例》，东方网，2002 年 3 月 29 日

15. 作者不详：《印尼排华暴乱 4 周年，还有多少真相被隐瞒》，南方网，2002 年 5 月 13 日

16. 庞中英：《印度尼西亚考察报告：转型还是混乱》，http. xiloo. com，2002 年 5 月 22 日

17. 朱晓东：《1930 年—1950 年共产党的婚姻和妇女解放法令中的策略与身体》，pkujurist. home. chinaren. com，2002 年 7 月 26 日

18. 周大鸣：《族群与族群关系》，桥网，2002 年 10 月 23 日

19. 庄国土：《中国与东南亚华人的微妙关系》，朋友论坛，2002年 12 月 8 日

20. 陈大为：《当代泰华文学中的湄南图像》，http：//192. 192. 148. 75/data/paper3. pdf，2003 年 1 月 15 日

21. 孙淑芹：《立足于民族扎根于泰国——泰国华文文学特色浅论》，http：//www. thaisinoliterature. com

22. 罗喻臻：《试论泰国佛教"华僧宗"的历史发展及其特征——兼论泰国华人的文化认同》，http：//www. olc. pku. edu. cn/filebase/show. aspx? id = 72&cid = 10

23. 林琬绯：《从"赏月"到"共婵娟"的华教理想》，http：//www. zaobao. com. sg/chinese/region/others/pages/thai_ chinese120800. html

24. ［新加坡］苏卫红：《新马华文多元种族题材小说论析》（新加坡国立大学中文所硕士），http：//www. fgu. edu. tw/ ~ wclrc/drafts/Singapore/su/su-01. htm

25. ［新加坡］陈荣照：《新马华族文史发展的本土化进程——〈新马华族文史论丛〉序》，http：//www. fgu. edu. tw/ ~ wclrc/drafts/Singapore/chen-rong/chen-rong-01. htm

26. ［马来西亚］颜泉发：《这是一种文化张力——解读马华南来作家作品中的异族形象》，http：//www. sarawak. com. my/org/hornbill/my/smsia/ganchuanhuat/ganchuanhuat05. htm

27. ［马来西亚］许通元：《商晚筠作品特色》，选自《跨出华玲的"女性作家"——商晚筠》，http：//www. sc. edu. my/Mahua/search-menu. htm

28. 傅海波：《外族人》，Zyk1. cdhtzx. net，时间不详

29. 作者不详：《汇集自然人文风光的印度尼西亚》，仙源投资网，时间不详

30. 作者不详：《马来人来自何方?》，网上文摘：世界民族之窗，时间不详

31. 佚名：《数不清的东南亚海岛》，网上文摘：世界民族之窗，时

间不详

32. 苏生勇:《如何维护少数族群语言文化之方法的建议》,网上文摘,智邦生活馆,时间不详

33. 廖建裕:《现阶段的印尼华人文学》,www.minxi.com.cn,时间不详

34.《亚洲华侨华人》,暨南大学华侨华人文献信息中心,时间不详

后　记

　　在书稿将要付印之时，内心惴惴不安。

　　尽管注意了收集资料与调整思路，但是"隔海之望"的现实无法改变。真诚地期望，本书的观察与言说，能够抛砖引玉，能够得到方家的指正。

　　在成书的过程中，得到过许多前辈与同行，特别是杨匡汉先生的帮助、指导与支持。本书最终得以完成，也要特别感谢妻子朱芳女士的大力支持。

　　课题组成员，付出了许多心血：阎美萍，第二章第一节、第二节；赵牧，第二章第三节；舒勤，第三章第一节、第二节、第三节、第四节；马淑贞，第四章；谭芳，第五章；李丹，第六章第一节；颜敏，第六章第三节、第四节、第五节。在修订过程中，林芳做了很多具体的工作。

　　借此机会，谨致以衷心的感谢！

王列耀

2011 年 2 月于广州